LA ROUTE SANS RETOUR

SEXE & CHAOS

K.A. MERIKAN

D1674075

Texte copyright © 2014 K.A. Merikan

Tous droits réservés

http://kamerikan.com

Conception de la couverture par

Natasha Snow

Traduit de l'anglais par Émeline FD

TABLE DES MATIÈRES

CHAPITRE I

STITCH

STITCH[1] DESCENDIT SA TROISIÈME bière de la journée et claqua le verre sur ses papiers de divorce.

— Un autre ? demanda son meilleur ami, Capitaine, et Stitch plissa les yeux.

Il ne savait jamais si Capitaine lui faisait un clin d'œil ou s'il clignait simplement des yeux. Les dangers de n'avoir qu'un seul œil. Cela n'empêchait pas Capitaine de conduire une moto comme un fou ou d'être le vice-président du club.

— Allez, je l'ai mérité, râla Stitch en posant ses coudes sur le comptoir graisseux.

Il se sentait chez lui au bar des Hounds of Valhalla[2]. Au pire, il pourrait toujours s'endormir dans l'une des chambres d'amis à l'arrière et ne pas avoir à rentrer chez lui. La chaleur de la Louisiane l'accablait aujourd'hui, aussi portait-il son gilet sur sa peau nue, mais avec le recul, ce n'était pas une si bonne idée, car le cuir lui collait maintenant au dos.

C'était un vendredi soir très animé et le bar était plein. La plupart des clients étaient de la région, et Stitch les connaissait d'une manière ou d'une autre, avec quelques étrangers disséminés dans la grande salle. Lors des fêtes publiques comme celle-ci, les Valhalla s'adressaient à tout le monde, des vieux amis réunis dans des cabines confortables à la foule qui passait son temps au comptoir, en allant aux danseurs ivres près de la table de billard. C'était plus grossier que classe,

---

1. Signifie point de sutures

2. Chiens de chasse de Valhalla

mais Stitch s'y sentait comme chez lui, du comptoir déglingué à la petite pièce à l'arrière où Stitch avait baisé une fille pour la première fois. C'était le bon temps.

Capitaine versa un whisky à Stitch et sourit, frottant sa barbe noire pour lui donner une forme plus raisonnable.

— Une de moins, mon frère. Tu te trouveras une meilleure femme.

— Bien sûr que je le ferai. Pas une salope infidèle comme Crystal.

Stitch sirota son alcool en fronçant les sourcils.

— Tu as envie d'une des chattes du billard ?

Capitaine fit un geste en direction de l'attroupement omniprésent de filles qui espéraient attirer l'attention en étant habillées de peu de vêtements. Le billard était interdit le vendredi, à moins d'être membre des Hounds of Valhalla. Ou une salope sexy.

Stitch suivit le signe de tête de son ami (pour sauver les apparences), mais il regarda au-delà des filles. Il ne tremperait plus sa bite dans ces filles. Sans compter qu'aucune d'elles n'était son genre. La plupart de celles qui étaient là aujourd'hui étaient de jolies blondes, comme si elles s'étaient trompées de bar ou quelque chose comme ça. C'était d'ailleurs ce qui l'avait attiré chez Crystal, elle était toute tatouée et rock'n'roll.

— Non, je passe mon tour.

Stitch avala son whisky et tenta de faire semblant de ne pas voir les regards directs venant de la table de billard. Le soudain regain d'intérêt ne pouvait signifier qu'une chose : elles savaient toutes qu'il était de nouveau sur le marché.

— Où est le rhum, Capitaine ? dit-il.

Mais sa bouche resta ouverte lorsque quelqu'un de nouveau entra dans le bar et s'arrêta à la porte, regardant autour de lui comme s'il avait perdu son chemin. La lumière bleue tamisée fit immédiatement ressortir tous les tatouages sur les bras de l'inconnu, et bien que Stitch ne puisse voir quels étaient les motifs, l'encre était dense, principalement noire et blanche.

L'homme était assez grand pour se distinguer dans la foule, mince mais tonique. Il traversa le bar d'un pas assuré, ressemblant à un personnage de film futuriste. Stitch ne savait pas d'où venait cette comparaison, car le type portait une tenue simple composée d'un pantalon étroit enfoncé dans des bottes de combat jusqu'au genou et d'un débardeur, mais il avait effectivement l'air d'un étranger dans ce bar de motards de la vieille école. Ses cheveux étaient d'un noir absolu, avec les côtés rasés et les longues mèches au sommet de la tête rassemblées en queue de cheval. Un sourire sournois se dessina aux coins de ses lèvres alors qu'il s'approcha de Stitch parmi tous les gens.

Un sourire idiot se dessina sur le visage de Stitch, comme un cadavre flottant dans le bayou. Ce serait son choix de « chatte » s'il pouvait faire ce qu'il voulait. Il savait que cela n'arriverait pas, mais il se redressa tout de même sur le tabouret de bar, bien trop petit pour contenir correctement son corps volumineux, et se tourna vers l'étranger. L'homme fut le premier à parler, mais il regarda Stitch comme s'il était fait de verre.

— Salut comment vas-tu? demanda-t-il d'une voix riche et veloutée.

Il tendit la main pour serrer celle de Joe, l'un des prospects des Hounds of Valhalla, qui servait actuellement au bar. Il avait des cheveux blonds et courts et un petit écart entre ses dents de devant. Stitch l'avait toujours vu comme un petit frère qu'il n'avait jamais eu.

Joe sourit à l'homme tatoué et lui serre la main.

— Que puis-je faire pour toi ?

Stitch ne quittait pas l'étranger des yeux, encore plus déterminé à attirer son attention. Le nouveau venu avait de grands yeux expressifs de la couleur d'un ciel d'été sans nuage, une ligne de sourcils épaisse sur un nez ferme et droit et des lèvres pâles et larges. C'était un beau visage, mais il faisait penser à Stitch à un esprit malveillant, ce qui pouvait être dû aux piercings sur son visage. Il y avait deux boules de chaque côté du nez, entre les yeux, un petit anneau avec une boule violette dans le septum, puis un piercing sur son sourcil gauche, et un anneau métallique rond encerclant le milieu de la lèvre inférieure. En contraste avec la taille modérée de ces derniers, d'épaisses spirales étaient enfoncées dans la chair des lobes d'oreille de l'homme, les étirant au-delà de leur capacité normale.

— Une bière serait la bienvenue, dit l'étranger avec un sourire.

— Écoute, je suis nouveau en ville. Penses-tu qu'elle a besoin de son propre studio de tatouage ?

Une goutte de sueur coula le long de la colonne vertébrale de Stitch et descendit jusqu'à l'arrière de son pantalon comme une main invisible.

— Apporte-lui une bière, Prospect.

Stitch fit un signe de la main à Joe, sans quitter des yeux la chair chaude et tatouée. Il y avait tellement de motifs sur la peau de l'étranger que Stitch ne savait pas sur lesquels se concentrer.

— Tu devrais demander à quelqu'un qui est vraiment tatoué, pas au petit Joe.

— Ah oui ?

Les yeux bleus de l'inconnu se posèrent immédiatement sur lui, mais ils descendirent rapidement plus bas, et Stitch sentit la chaleur monter dans sa poitrine sous les tatouages de crâne et de feu que le type regardait.

— Et je suppose que c'est toi ?

— Oui, je connais beaucoup de gars qui aimeraient voir un bon encreur. Et je suppose que c'est toi ?

Stitch sourit et ne put s'empêcher de faire jouer les muscles de son ventre.

Le type lui fit un sourire en coin, regardant toujours le torse de Stitch, puis releva le regard et lui tendit la main.

— Je m'appelle Zak.

— Stitch.

Il serra la main de Zak avec un sourire, en veillant à ne pas la retenir trop longtemps. Joe posa une bière sur le comptoir et Capitaine passa à Stitch un verre de rhum qui sentait l'herbe à chat pour pirates.

— Oh, je connais un tatouage que Stitch doit dissimuler ! s'esclaffa Capitaine.

Stitch fronça les sourcils, sachant exactement ce que son ami voulait dire et imaginant comment il pourrait scalper la tête noire et poilue de Capitaine pour avoir mentionné l'inavouable.

Zak haussa les sourcils et prit la bouteille dans sa main, la tapotant avec toute une série de lourdes chevalières.

— Avoue.

Stitch prit un peu de rhum et donna un coup de poing dans les côtes de Capitaine si fort que le gars cria.

— D'accord, d'accord. Prospect, dehors, ordonna-t-il à Joe, et le type se dirigea vers l'autre côté du bar pour déranger d'autres clients.

Stitch se leva du tabouret et s'introduisit une seconde dans l'espace personnel de Zak avant de faire le tour du bar et de faire signe à Zak de le suivre. C'était bien d'avoir un accès libre, cela lui donnait presque l'impression d'être le seul propriétaire de l'endroit.

— J'ai divorcé aujourd'hui, vois-tu. Je dois donc me débarrasser d'un crime d'amour.

— Ça a l'air intéressant.

Zak marcha derrière lui, et Stitch remarqua que le beau nouveau venu était même un peu plus grand que lui. Dès qu'ils eurent disparu derrière le comptoir, l'homme se pencha, inondant Stitch d'une odeur d'eau de Cologne fraîche et musquée.

— C'est sur ta bite ?

Stitch renifla et fit un clin d'œil à Capitaine.

— Non, presque.

Stitch ouvrit la grosse boucle en forme de tête de mort de sa ceinture et continua à dézipper son jean. Il essayait de ne pas être trop excité et le fait de ne pas être seul avec ce type l'aidait à garder son sang-froid. De toute façon, c'était probablement la dernière fois que sa bite s'approcherait de Zak.

— Alors, qu'est-ce que tu veux faire ? demanda Zak, assez fort pour que Stitch puisse entendre sa voix à travers le bruit.

— Je n'y ai pas encore réfléchi.

Stitch baissa son pantalon suffisamment pour exposer l'encre sur la face interne de sa hanche, près de son pubis. Il sortit son téléphone portable et alluma l'écran pour éclairer le tatouage à l'intention de Zak, qui se baissa sans cérémonie. Il se retrouva ainsi face à l'entrejambe de Stitch, ce qui fit s'arrêter le cœur de Stitch, même si ce ne fut que pour un bref instant.

— Oui, ça ne devrait pas poser de problème.

Capitaine se mit à rire si fort que Stitch se pencha sur le comptoir pour lui frapper le côté de la tête.

— Tais-toi !

— Désolé, mec. On aurait dit que...

— Je sais à quoi ça ressemble, grogna Stitch et baissa les yeux sur Zak. Bien. Je prendrai un rendez-vous alors, essaya-t-il de parler sans s'embrouiller et remonta son pantalon.

Zak se leva, sans se laisser impressionner par les moqueries, et sortit une carte qu'il tendit à Stitch.

— Jette d'abord un coup d'œil à mon portfolio.

— Je le ferai. Mais n'importe quoi sera mieux que ce putain de nom. Je préférerais que le visage du Capitaine soit encré.

Stitch désigna son ami d'un air renfrogné. Un énorme bâtard borgne avec un cache-œil, une barbe noire et des cheveux en bataille. Oui, il préférait encore cette gueule cassée au nom de Crystal. Stitch boucla sa ceinture et sortit de derrière le comptoir.

— Une image de dévotion, s'esclaffa Zak en le suivant. Es-tu associé d'une manière ou d'une autre à ce bar ?

— Petit quiz. Comment s'appelle cet endroit ?

Stitch posa son cul sur le tabouret et prit le verre de rhum en main.

Zak cligna des yeux.

— Valhalla.

Stitch se retourna sur le siège pour présenter l'arrière de son gilet. Il était toujours fier de le montrer. Il portait le patch des Hounds of Valhalla sur une tête de chien dépassant du symbole triangulaire de Valknut. Un chien avec plus de dents qu'aucun animal ne devrait en avoir dans sa mâchoire.

— On peut dire qu'on est tous... des actionnaires.

Il but une nouvelle gorgée de rhum et trinqua avec le verre du Capitaine.

Zak pencha la tête.

— Dans ce cas, je suppose que mon destin est entre vos mains à tous les deux, messieurs, dit-il avec un grand sourire. Pourrais-je laisser mes tracts et une affiche ? Je dirige le studio chez moi.

— Bien sûr.

Stitch tapota le comptoir.

— Est-ce que j'ai droit à une réduction spéciale divorcé ?

Zak gloussa et se mordit la lèvre, l'observant avec de petites rides d'humour apparaissant au coin des yeux.

— Si tu promets d'être ma tête d'affiche, je peux te faire ça gratuitement.

— Tu entends ça, Stitch ?

Capitaine renifla son rhum.

— Tu es une telle prise qu'il te fera gratuitement.

La chaleur parcourut la poitrine de Stitch et il évita ces grands yeux bleus.

— Ferme-la, Cap, à moins que tu ne veuilles perdre tes dents. C'est ma soirée ce soir, tu te souviens ? grogna-t-il à l'adresse de Capitaine.

La dernière chose qu'il voulait, c'était que Zak se fasse des idées stupides.

— Si c'est gratuit, je passerai dimanche. Mais t'as intérêt à ne pas être une merde.

Stitch leva enfin les yeux vers Zak, mais il ne trouva aucune trace d'intimidation sur ce beau visage.

— Je ne le suis pas, dit Zak, toujours aussi détendu.

— On verra ça. Allez, laisse les tracts.

Stitch avait hâte de voir Zak sortir, juste pour pouvoir reluquer son cul dans ce pantalon moulant.

Zak lui donna une tape ferme sur le bras.

— Je vais les chercher dans la voiture.

Il fit un signe de tête à Capitaine et à Joe, et se retourna, une bière à la main. C'était un beau cul. Rond mais mince, sous le jean noir, il semblait aussi ferme qu'un pneu fraîchement enfilé.

Stitch se lécha les lèvres, souhaitant soudain pouvoir faire plus que regarder ce cul.

— Je veux voir sa monture, je reviens tout de suite, dit-il à Capitaine et il était déjà le loup qui suivait la brebis galeuse.

Zak sauta du porche comme une gazelle et se dirigea vers la pelouse, qui servait de parking improvisé. Stitch serra le poing en apercevant une voiture qu'il n'avait jamais vue en ville. Il ne pouvait pas en être certain car il faisait sombre, mais elle ressemblait à une Chevrolet des années 1970, noir mat, avec des flammes violettes brûlant sur ses côtés. Si Satan conduisait une voiture, ce serait celle-là.

Le véhicule était tellement cool qu'il détourna même l'attention de Stitch du cul de Zak. Il se dirigea vers le côté de la voiture et se déplaça pour mieux voir la peinture.

On entendit quelqu'un se racler la gorge.

— Je peux t'aider ? demanda Zak, et tout à coup, son regard brûla le dos de Stitch.

Ce dernier ne put s'empêcher de sourire en se levant et en se retournant.

— Belle monture.

— Merci. Un ami l'a fait pour moi. Cadeau d'anniversaire.

Zak s'appuya contre la voiture, son corps mince se moulant au véhicule. Le lampadaire étant assez proche, Stitch pouvait mieux voir la belle encre. Sur l'un des bras de Zak, il y avait des personnes portant des lunettes et des masques en tissu. Ils rappelaient à Stitch l'une de ces horreurs médicales où un personnage était soumis à des expériences par des chirurgiens fous, et cette seule vue suffisait à lui donner un peu froid dans le dos. Sur l'autre biceps, toute une série de pilules et de seringues flottaient autour d'un homme en camisole de force qui semblait se recroqueviller dans un coin, mais ce qui attira vraiment l'attention de Stitch fut une phrase encrée en lettres grasses sur la clavicule de Zak.

Il s'approcha pour mieux le voir.

— « Ne parle pas aux étrangers », lut-il à haute voix et le toucha. Tu ne suis pas tes propres conseils.

Zak gloussa et baissa les yeux vers le doigt qu'il portait à son cou.

— Je sais. Et voilà ce que j'obtiens. Un grand méchant motard accroupi à côté de ma voiture.

Stitch retira son doigt. *Trop d'attouchements.* Pourtant, le type n'avait pas l'air effrayé.

— Y a-t-il une histoire derrière tout ça ? Un avertissement pour toi-même ou pour les autres ?

Zak haussa les épaules, observant Stitch avec un sourire narquois.

— C'est quelque chose que j'entendais souvent quand j'étais enfant. Et c'est aussi le titre du premier chapitre de mon livre préféré. Tous mes tatouages en sont inspirés.

— Ah oui ? C'est quel livre ?

Stitch caressa l'arrière de la voiture comme il aurait voulu passer sa main sur la peau encrée de Zak.

— As-tu entendu parler de « *Le Maître et Marguerite* » ? C'est l'histoire de démons qui plongent le Moscou de Staline dans le chaos, et il y a une intrigue romantique, entre le Maître et Marguerite, évidemment.

Il soupira et passa sa main sur le côté de la voiture, vers l'endroit où Stitch gardait la sienne.

La chair de poule apparut sur toute la peau de Stitch. Il ne savait pas de quel livre Zak parlait ni pourquoi il s'intéressait à une histoire d'amour avec des démons dans le Moscou communiste, mais Zak pouvait lui dire qu'il s'agissait de l'histoire d'un cheval métamorphe en Corée du Nord et ce serait tout aussi intéressant.

— Alors, qu'est-ce qui te plaît ? Et qu'est-ce qui se passe quand tu parles à des étrangers ?

Zak se détendit encore plus contre la voiture, et plus Stitch le regardait, plus il aimait son beau visage, mais quelque peu arrogant.

— C'était un jeu de mots sur le fait que tout le monde se sentait surveillé et espionné à l'époque, mais dans le chapitre en question, ce type rencontre un étranger, qui est en fait le diable. Ils discutent et l'étranger révèle que le Russe va mourir. Ce n'est ni athée ni rationnel, donc le gars ne croit pas Satan et meurt environ une page plus loin. Il glisse sur de l'huile et un tramway lui coupe la tête, explique Zak avec un large sourire.

— Et la morale, c'est : ne parle pas aux inconnus ? s'esclaffa Stitch. Il n'arrive rien au diable ?

Zak s'approcha et pointa son long doigt contre la cage thoracique de Stitch.

— Euh, c'est le diable. Il sauve le Maître.

La queue de Stitch sentit une poussée d'excitation à ce contact et il recula, prétendant qu'il voulait mieux voir le capot de la voiture.

— Tu n'as pas peur de parler à un diable ? Stitch regarda Zak dans les yeux.

— Non, le diable est juste. Ce sont les gens autour de toi qui te prennent à la gorge et ne veulent pas que tu dépasses certaines limites préétablies. C'est de cela que parle ce livre pour moi.

— Parfois, le diable a aussi des limites...

Stitch pencha la tête sur le côté, ne sachant plus trop sur quoi portait cette conversation et se demandant s'il ne devrait pas y mettre un terme.

— C'est le cas ?

Les dents de Zak s'enfoncèrent dans sa lèvre inférieure et il retourna vers le coffre.

— C'est le diable, dit-il en ouvrant la porte.

Stitch joua avec ses chevalières.

— Je suppose qu'il devrait agir comme il l'entend alors...

Zak sortit un bloc de prospectus et ferma le coffre, se dirigeant vers Stitch.

— Ce serait ma devise actuelle.

— Peut-être que *je* ne devrais pas parler aux étrangers alors.

Stitch tendit la main et Zak plaça les papiers sur la paume tendue.

— Jusqu'à présent, tout va bien.

Zak lui sourit et le silence devint étrangement long.

Stitch déglutit.

— Alors... ouais, sois sage Zak, ne parle pas aux étrangers.

Il prit les prospectus et fit demi-tour avant que le rhum qui coulait dans ses veines ne le pousse à faire quelque chose d'irréfléchi. Quelque chose ne tournait pas rond et il n'arrivait pas à le cerner.

Il entra directement dans le bar sans se retourner, au cas où Zak le regarderait à nouveau d'une manière aussi glaçante que réchauffante. Capitaine n'avait pas bougé d'un poil depuis la dernière fois que Stitch l'avait vu, mais il prit le premier prospectus dès que Stitch en posa la pile sur le comptoir.

— Alors, comment est sa monture ?

— Cool. C'est une vieille Chevrolet repeinte.

Capitaine regarde le dépliant, puis tapa soudain sur le bras de Stitch.

— J'ai cru qu'il allait te sauter dessus tout à l'heure.

Il pointa du doigt l'arrière du comptoir du bar.

Stitch gémit.

— Allez, le gars à l'air bien.

Pourtant, il n'arrivait pas à se débarrasser des vibrations bizarres que lui inspirait Zak.

— Un peu bizarre quand même. Qu'est-ce qu'il fait à Lake Valley ?

Capitaine avala son alcool.

— C'est peut-être différent d'où il vient, mais il devrait être plus prudent, tu vois ce que je veux dire ? demanda-t-il en baissant ses lourdes paupières.

Stitch prit une grande inspiration.

— Oui. Je vois bien qu'il est paumé, mais certaines personnes pourraient ne pas comprendre ses blagues.

Capitaine vida la petite bouteille de whisky dans son verre et le tapota de ses doigts épais. Il détourna la tête, si bien que Stitch se retrouva face au cache-œil portant le symbole du club.

— Tu as entendu parler de ce qui est arrivé à un motard pédé à Edmonton ? J'ai un ami chez Les Rippers[3].

Stitch dut faire appel à toute sa maîtrise de soi ivre pour ne pas ricaner. Il ne voulait pas l'entendre.

— Quoi ?

Capitaine lui adressa un large sourire.

— Les gars voulaient lui donner une leçon, et ils ont un peu exagéré. Après avoir été traîné derrière une moto, nu, n'importe quel homme perdrait l'envie de rouler. Il n'a plus de peau sur le cul maintenant, ça ne doit pas être de chance pour un pédé.

— Ouais.

---

3. Les Éventreurs.

Stitch repoussa le verre vide et prit toute la bouteille de rhum. Ce n'était pas lui qui allait faire ça. Il savait qu'il devait la garder dans son pantalon. De toute façon, il ne se sentait pas si gay que ça.

— Il savait dans quoi il s'engageait. Les Rippers ne plaisantent pas.

— Oui, qu'il aille se faire foutre. Tu ferais mieux de dire à ton nouvel ami de bien se tenir quand tu iras le voir dimanche. Certaines personnes ne comprendront pas son sens de l'humour.

Capitaine haussa les épaules et sirota son whisky avec un sourire satisfait.

Stitch ricana.

— Je lui dirai pendant qu'il regarde ma bite. Il n'est pas d'ici. Il faut qu'il s'installe.

Il resta silencieux pendant un moment, se contentant d'apprécier la musique du juke-box en arrière-plan et de boire son rhum.

— Tu connais le gars des Rippers ? Comment l'ont-ils découvert ?

Capitaine reposa le verre sur le comptoir.

— Un type que je connais m'a dit que quelqu'un l'avait vu baiser un type dans les chiottes d'une station-service. Si tu veux mon avis, il l'a bien cherché.

Stitch acquiesça et se tourna vers la porte lorsque le beau gosse tatoué, Zak, entra à son tour.

Donc hors limites.

CHAPITRE 2

STITCH

STITCH SE RÉVEILLA EN sursaut lorsque Joe lui tapota l'épaule.

— Allez, tu es à la maison, murmura-t-il en tendant la main par-dessus les genoux de Stitch pour ouvrir la portière côté passager.

Le froid de la nuit mordit immédiatement la peau de Stitch qui leva la tête pour regarder la petite maison qu'il était toujours obligé de partager avec son ex-femme. Elle était vieille et nécessitait des rénovations constantes, mais il faisait toujours de son mieux pour la maintenir dans le meilleur état possible : il effectuait toutes sortes de réparations et fabriquait même certains de leurs meubles. C'était en s'occupant de la maison qu'il avait commencé à s'intéresser à la menuiserie. C'est aussi ce qui lui avait valu ses premiers points de suture lorsqu'il était plus jeune et qu'il était tombé à travers le balcon centenaire pourri. C'est à ce moment-là qu'il avait déclaré qu'il *ferait un* nouveau balcon même s'il en mourait.

Mais en ce moment, il était ivre et tout ce qu'il voulait, c'était une bonne collation copieuse avant de tomber la tête la première dans le lit. Stitch remercia Joe pour le trajet et entra dans la maison par la porte de derrière, directement dans la cuisine.

En poussant la porte derrière lui, il se rendit compte que quelque chose n'allait pas. Il y avait du ruban adhésif brillant sur le sol et il fronça les sourcils en allumant la lumière. La cuisine était modeste, un peu exiguë, mais bien rangée. Du moins, elle l'était avant que quelque chose ne transforme le sol en jeu de société.

Il regarda le réfrigérateur et s'y dirigea directement après avoir repéré une note. Une note qu'il ne prit pas la peine de lire. Mais ouvrir le frigo n'était pas non plus une expérience réjouissante. Toute la nourriture avait été déplacée sur le côté gauche où les étagères étaient marquées d'un 'C' scintillant, tandis que l'autre côté aurait été complètement vide s'il n'y avait pas eu une bouteille de ketchup et une note jaune avec le nom de Stitch dessus.

— Putain de merde !

Il grommela et ferma la porte pour lire la note sur le côté extérieur.

Stitch,

Maintenant que tu es célibataire, tu es libre de remplir ton côté du réfrigérateur. Comme je ne veux pas voir ton visage, j'ai établi un planning d'utilisation de la cuisine, afin que nous n'ayons pas à nous voir.

Stitch regarda les heures allouées, puis l'horloge sur le mur. Son esprit ivre n'était pas prêt pour cela. Il voulait juste de la nourriture. Il la rachèterait pour cette salope. Stitch gémit et glissa ses doigts dans ses cheveux. Il ne savait même pas quand il avait perdu son bandeau.

Il y avait les œufs, seulement deux, mais il pouvait les faire frire avec... du jambon maigre parce que Crystal n'avait pas acheté de bacon depuis longtemps. Il pouvait prendre la banane pour le dessert, recouverte de crème fouettée en conserve. Crystal suivait un régime permanent de toute façon, elle devrait être reconnaissante de ne plus pouvoir voir la tentation.

Il alluma le gaz, sortit la poêle du placard et prépara les œufs. Il jeta d'abord le jambon dans la poêle, puis les œufs. Il mit même du pain dans le grille-pain. Il avait ça. Un putain d'emploi du temps. Comment faisait-elle pour trouver ces idées stupides ? Ce devait être la suggestion de son nouveau petit ami. Milton à quatre yeux et à la tête de rat. C'était normal qu'il l'ait rencontré lorsqu'il était venu réparer son ordinateur. Qui pouvait bien s'appeler « Milton », d'ailleurs ?

Stitch posa son cul sur la chaise du côté de la table de Crystal (marqué par le même 'C' pailleté que dans le frigo) et éplucha la banane, la recouvrant immédiatement d'une généreuse cuillerée de crème fouettée.

— Et voilà.

Stitch sourit avant de mettre la moitié de la banane dans sa bouche d'un seul coup. Il ne savait pas comment la connexion lui était venue à l'esprit, mais il s'était soudain imaginé avoir la bite de Zak dans la bouche. Il suça la banane en fronçant les sourcils. Il était à la fois nerveux et excité à l'idée de se faire tatouer. Ce n'était pas tous les jours qu'il parlait à un homme aussi différent de son type, et sucer le jus sucré de la banane était plutôt agréable. Assez agréable pour qu'il en prenne une bouchée. Il gémit de plaisir lorsque la crème et le fruit se mélangèrent dans sa bouche, mais lorsque de la fumée envahit ses narines, il se leva d'un bond et se précipita vers la casserole en feu. Elle n'aurait pas dû chauffer si vite !

Stitch hurla lorsque la poignée lui brûla la main, et laissa tomber la nourriture brûlante dans les flammes.

— Putain, grogna-t-il.

Il attrapa la cruche d'eau filtrée et en versa le contenu sur la cuisinière. La flamme s'éteignit et il regarda le désordre, les yeux écarquillés. Les pas rapides dans le couloir étaient comme des clous qu'on lui enfonçait dans la tête.

— Stitch ? siffla Crystal en se précipitant dans la cuisine, les cheveux roux enroulés sur ce qui ressemble à des escargots roses en plastique. C'est quoi ce bordel ? Tu vas réveiller Holly !

— J'étais en train de préparer un casse-croûte, grogna-t-il, ne sachant même pas comment commencer à nettoyer cette merde. Ça ne serait pas arrivé si tu n'avais pas fait cet emploi de temps fou et séparé le frigo. Est-ce que j'ai divorcé de la cuisine ou quelque chose comme ça ? Putain de merde !

Crystal ouvrit la bouche pour parler, mais elle renifla et éteignit le gaz en fronçant les sourcils.

— Bon sang, tu ne peux même pas faire cuire des œufs sans les brûler ? C'est pitoyable. Et tu ne peux pas laisser le gaz allumé sans la flamme. Tu pourrais tuer ta propre fille, tu comprends ça ?

Elle planta son index au milieu de sa poitrine. Il était difficile de comprendre comment une telle force pouvait tenir dans son petit corps.

— J'allais l'éteindre !

Stitch écarta les bras sur les côtés.

— Le bacon ne brûlerait pas comme ça. Si tu avais du bacon, ça ne serait pas arrivé !

— Eh bien, achète du bacon si tu veux te boucher les artères et mourir à quarante ans ! Vas-y, ce n'est plus mon problème, siffla Crystal. Au moins, Holly n'aura pas à voir son excuse désolante de père !

Les yeux de Crystal se tournèrent vers la banane sur le sol et son visage se crispa plus que Stitch ne l'aurait cru possible. Et il l'avait vue avec un masque de boue.

— C'était pour son petit déjeuner, espèce de salaud crevard.

— Quoi ?

Stitch fit une pause, se sentant sale d'avoir comparé la banane à la bite de Zak.

— Oh, allez, ce n'est qu'une banane. Tu ne peux pas dire à *Milton* de lui apporter des fruits ?

Il irait lui-même s'il n'était pas encore ivre. Cette satanée Crystal savait toujours où frapper pour que ça fasse mal. S'il y avait une chose qu'il voulait faire correctement dans la vie, c'était d'être un bon père.

Crystal secoua la tête.

— Ce n'est pas la fille de Milton, c'est la tienne, malheureusement.

Elle montra d'un geste l'eau répandue sur la cuisinière et le jambon brûlé.

— Nettoie ça avant de t'endormir sur le sol.

Et sur ce, elle partit en trombe. Le tatouage du phénix dans son dos et les flammes sur ses chevilles correspondaient bien à sa personnalité.

Pendant un instant, Stitch envisagea de monter dans la chambre de Holly et de s'excuser, mais elle était probablement encore endormie. Et puis, la dernière chose qu'il avait envie de faire, c'était de nettoyer la cuisine. *Pour l'amour du ciel.* Il grogna, attrapa la chaise que Crystal avait étiquetée à son nom et sortit dans le jardin. Leur jardin était en désordre, plein de mauvaises herbes et de vieux arbres, puisqu'ils étaient tous les deux nuls en jardinage, mais ils parvenaient à en garder une petite partie bien rangée. Stitch avait utilisé l'espace pour créer une aire de jeu pour Holly, avec un petit bac à sable et une balançoire attachée à une grosse branche.

Stitch prit la chaise et l'écrasa avec toute sa force contre l'arbre, faisant voler des échardes. Il hurla sa colère dans le matin silencieux, frappant l'arbre à plusieurs reprises avec la chaise. Il l'avait créé, il pouvait donc la détruire s'il le voulait.

Putain de Crystal. Putain de jambon maigre. Putain de distraction bite-banane. Putain de mariage foireux. Putain de Milton qui vole Crystal.

Stitch respira profondément et jeta ce qui restait de la chaise. Il glissa le long de l'arbre et s'assit dans le bac à sable. Ce fut sa putain de chance de ne pas remarquer un des jouets en plastique et de l'écraser avec son poids.

Stitch se cacha le visage dans les mains. Peut-être que Crystal n'aurait pas divorcé s'il avait pu la faire jouir. Elle en avait probablement marre d'un mari à la bite molle. Elle s'était inscrite pour un biker et s'était retrouvée avec un pédé.

CHAPITRE 3

ZAK

LE FAIBLE BOURDONNEMENT DE la machine à tatouer s'harmonisait avec le son brut du disque pirate qui passait en arrière-plan. Zak ajoutait lentement des ombres sur l'un des trois crânes qu'il avait tatoués au-dessus du nom de l'ex-femme de son client. C'était un nom plutôt merdique, mais il ne ferait aucun commentaire à ce sujet. Il ne cesserait jamais d'être déconcerté par les gens qui s'encraient le corps avec les noms de leurs amants. Même le nom d'un animal de compagnie aurait été plus raisonnable. Il venait d'ouvrir son petit studio à Lake Valley, et la dernière chose qu'il souhaitait était d'offenser un membre du club de motards local. Faire du bon travail, c'était s'assurer un grand nombre de clients potentiels qu'il ne voulait pas perdre.

Zak jeta un coup d'œil discret sur le beau morceau de viande qu'était le torse nu de Stitch. La première fois que Zak avait croisé le regard de Stitch dans ce bar peu fréquenté, l'alchimie avait grésillé comme de l'eau versée dans de l'huile chaude. Le grand méchant motard avait fait de son mieux pour attirer l'attention, et avait même suivi Zak jusqu'à la voiture. Avec ses yeux brillants qui traçaient tout le corps de Zak comme s'il était en chocolat, il était difficile de ne pas faire le lien. Zak ne s'attendait pas à trouver un homme aussi sexy et enthousiaste dans une petite ville comme Lake Valley, si peu de temps après avoir déménagé ici. Et maintenant qu'ils étaient enfin seuls dans la maison de Zak, il était difficile de ne pas lever les yeux vers le corps du gars de temps en temps. Il était presque aussi grand que Zak, mais aussi corpulent qu'un pitbull, envahi par des poils et une barbe qui devait être agréable et rugueuse au toucher. Les veines de ses bras étaient prononcées et s'étalaient comme les racines d'un vieil arbre, et Zak aurait adoré les lécher de fond en comble. D'autant plus que les tatouages sur les bras de Stitch étaient un spectacle délicieux. Deux marteaux Mjölnir ornementaux avec des runes se transformant en loups d'un côté et en corbeaux de l'autre.

Stitch était assis sur la chaise où il se faisait tatouer, avec son cuir, son jean et son slip tirés à mi-cuisses pour que Zak puisse atteindre l'endroit où se trouvait le tatouage, au bas de la hanche. Il n'était pas facile de se concentrer quand ce ventre meurtri montait et descendait à chaque respiration de Stitch. Et dès que Zak pouvait voir l'abdomen de Stitch sous une bonne lumière, il comprit d'où venait son surnom. Il y avait trois cicatrices sur son ventre, deux petites, une longue et trop proéminente pour être manquée, toutes tatouées de crânes et de runes enflammées, mais clairement visibles à cause de leur protubérance.

Et même si Zak n'était généralement pas du genre à reluquer les bites de ses clients de manière non professionnelle, la vibration de Stitch cochait toutes ses cases, et avec cette bite épaisse bien en vue, sous le visage de Zak qui se penchait sur les hanches de Stitch, il se surprenait à lui jeter des coups d'œil. Elle était de bonne taille, reposant entre deux cuisses bien dessinées et surmontées d'un pubis blond bien taillé. À quelques centimètres, Zak pouvait sentir le musc riche et la sueur fraîche se mêler à l'odeur de l'encre pour créer une combinaison des plus enivrantes.

— A-t-il une signification particulière pour toi ? demanda-t-il à propos du nouveau tatouage.

Pas son sexe.

— Ouais, dit un grognement bas qui fit hérisser les poils des avant-bras de Zak. J'enterre le souvenir de cette salope. Alors, tu sais, les fleurs, la mort et tout ça.

— C'est à peu près ça.

Zak sourit, déplaçant la machine à tatouer en cercle sur le côté intérieur du contour d'une orbite vide.

— Au moins, tu es libre comme l'air maintenant, hein ?

Il jeta un coup d'œil sur le torse plein, sur les pectoraux charnus, jusqu'au visage beau et robuste. Stich avait une belle mâchoire ferme, mais ses longs cheveux blonds lui donnaient une douceur qui n'avait sans doute rien à voir avec sa personnalité. Une certaine confiance en soi suintait des pores de Stitch, l'envahissant comme l'eau de Cologne qu'il portait.

— Exactement. Je peux faire ce que je veux. Et toi ? Qu'est-ce qui t'amène ici ?

Stitch bougea sur la chaise lorsque Zak s'éloigna légèrement.

— Et je veux dire, *ici*.

Il désigna le mur du menton, et ce léger mouvement permit à sa queue d'effleurer l'avant-bras de Zak. La peau de Zak explosa de milliers d'étincelles, mais il releva la tête et regarda les murs bruns cuivrés qu'il avait peints lui-même il y a quelques semaines, en ajoutant un peu de texture à l'aide d'une éponge. Avec quelques crânes en métal en guise de décoration supplémentaire et un tableau représentant un chat démoniaque sur l'un des murs, il était parvenu à donner à son studio un aspect sombre et brut.

— Tu connais Virginia Abbot ? Elle est morte il y a deux mois, dit Zak, en essayant d'ignorer les picotements persistants dans son avant-bras, là où il était le plus proche de la verge incroyablement chaude.

— Je suppose. La vieille dame avec le caniche ?

Les yeux châtains de Stitch se fixèrent à nouveau sur Zak. Ils semblaient le transpercer de part en part. Ce n'était que maintenant que Zak remarqua que Stitch avait une autre cicatrice sur la lèvre supérieure. Celle-ci était bien cicatrisée et pâle, mais elle coupait la barbe à cet endroit.

Zak soupira. Le caniche n'était plus très chic, car, contrairement à Tante Virginia, il ne se donnait pas la peine de le toiletter pour les expositions.

— C'est elle. C'était la sœur de ma grand-mère, et elle m'a laissé cette maison. J'ai donc choisi de m'installer ici et de voir comment ça se passait. La période n'est pas propice à la vente de biens immobiliers, dit-il en ne quittant pas le beau visage des yeux.

C'est comme si des armées de fourmis descendaient dans son dos à chaque fois que leurs regards se croisaient sur la hampe de Stich. Il y avait cette alchimie d'une intensité monstrueuse qui faisait palpiter l'air au même rythme que le sang de Zak. Il pouvait imaginer que Stitch était une bête au lit, avec tous ces muscles qui l'aidaient à se déhancher comme un piston. C'était un chien dominant, qui n'hésitait pas à saisir le cou de son amant pour le maintenir en place.

— Oui, je suppose que Lake Valley n'est pas exactement la Silicone Valley en ce qui concerne la valeur des propriétés. Ce n'est pas non plus très accueillant pour les gars avec des tatouages partout.

Stitch prit une grande inspiration qui fit gonfler sa poitrine de la manière la plus appétissante qui soit.

— Tu as fait une belle redécoration ici.

Zak expira lentement, pour ne pas paraître déstabilisé.

— Oui, je me demande encore si je vais rester ici ou non. Cette maison, c'est un peu... le rêve d'une vieille dame ringarde, si tu vois ce que je veux dire.

Il secoua la tête, se souvenant de deux armoires entières remplies de caniches en porcelaine dans le salon. Il fallait bien que ces choses disparaissent un jour ou l'autre s'il voulait rester. Mais même s'il détestait les goûts de Tante Virginia, c'était la seule personne de sa famille qui n'avait pas oublié le « punk pédé » qu'il était apparemment, même s'ils ne s'étaient jamais rencontrés. En fait, jusqu'à ce qu'il reçoive le coup de téléphone de son avocat, Zak ne savait même pas que sa grand-mère avait une sœur de plus, mais il supposait que certaines des choses que Tante Virginia avait faites dans sa jeunesse avaient dû faire d'elle une brebis galeuse dans la famille, encore plus que lui. Au moins, personne ne faisait comme s'il n'existait pas, bien qu'un bref coup d'œil sur le bureau d'une des chambres ait révélé que Mamy avait eu des contacts avec Tante Virginia jusqu'à sa mort, il y a trois ans.

Stitch prit une autre grande inspiration.

— Mais le seul *bon* artiste se trouve à plus de trente kilomètres d'ici, ce qui te permettrait d'avoir un flux régulier de clients.

Zak pouvait jurer que le sexe de ce type commençait à se gonfler, mais il ne voulait pas le fixer.

— Oui, mais je ne suis pas encore sûr d'aimer l'atmosphère de la petite ville.

Il éteignit sa machine et se retourna sur sa chaise pour attraper le désinfectant et toutes les autres fournitures dont il avait besoin.

— Tu aimes le résultat ?

Stitch regarda sa hanche et écarta un peu plus les cuisses, ce qui déclencha dans l'esprit de Zak une mer de fantasmes dégoûtants. Il aurait aimé que Stitch écarte les cuisses de cette façon pour une tout autre raison. Mais son esprit s'évanouit lorsqu'il s'assit et évalua l'état de la queue de Stitch. Elle devenait de plus en plus foncée et se raidissait sous les yeux de Zak.

— Ouais, bien, murmura Stitch sans lever les yeux.

— On se revoit dans un mois pour faire quelques retouches, d'accord ?

Zak se déplaçait comme un somnambule, jetant un coup d'œil à la bite pendant qu'il aseptisait le tatouage avec de la gaze, puis fixait rapidement le pansement avec du ruban adhésif. Ses yeux se fixèrent sur le gland sombre, mais il s'arrêta au milieu de son mouvement alors que le sang s'écoulait de son cerveau, se précipitant vers son entrejambe lorsqu'il remarqua que la superbe et grosse bite se redressait lentement comme un escargot timide qui sortait de sa coquille.

— Désolé, me faire tatouer m'excite, marmonna Stitch de la voix la plus rauque que Zak ait jamais entendue.

C'était une gorge certainement habituée à la cigarette et à l'alcool, mais pendant un court instant, Zak imagina aussi qu'elle avait pu devenir ainsi à force de se pratiquer de nombreuses gorges profondes.

Zak expira en tremblant. Oui, c'est vrai. Ce type était mou pendant tout le processus, et maintenant il se mettait dans l'ambiance ? Il n'y croirait pas, mais il dit quand même :

— Ouais, ça arrive à certains gars. Moi y compris, s'écria-t-il, surpris par le son de sa propre voix.

Il leva les yeux pour regarder les iris profonds et sombres qui semblaient être des trous noirs jumeaux dans le visage carré. La tentation était tout simplement trop grande, et il commença à faire glisser langoureusement sa main gantée le long de la cuisse charnue, vers son but.

— As-tu envisagé de te la faire encrer ?

Le visage de Stitch eut une petite crispation, suivie d'une profonde expiration.

— J'y réfléchis, dit-il.

Zak sentit tous ces muscles glorieux se tendre sous la peau dorée. La tête de la virilité de Stitch continuait à se dresser dans une demande incessante de caresses. Une petite lueur de présperme apparut à l'extrémité sombre. L'odeur de l'eau de Cologne de Stitch s'intensifia, comme pour attirer Zak.

Un bref mouvement, et il aurait la bite de Stich dans sa main. La chaleur de la circonférence l'étourdit, avec une sensation soudaine de pulsation dans ses gencives et un sexe si dur que l'enfermement de son jean moulant devenait douloureux. Il ne pouvait pas sentir la douceur de la peau à travers le gant en latex, mais la chaleur était si intense qu'elle semblait brûler à travers.

— Ça fait mal, mais ça vaut le coup, murmura Zak, à bout de souffle.

Le grand méchant motard aimait donc les hommes.

Stitch expira si profondément que son souffle sembla se propager dans l'air.

— Putain de merde, murmura-t-il sans bouger d'un poil, comme s'il était collé au siège.

Une goutte de présperme glissa le long de la tige dure comme le roc et sur la main de Zak, comme au ralenti.

Zak se mordit la lèvre, poussé par une envie irrépressible, une faim qui semblait lui ouvrir la gorge et faire saliver sa bouche. Il arracha le gant de son autre main avec les dents et posa la paume désormais nue sur le ventre de Stitch. Du muscle à l'état pur. Il y avait quelques poils blonds sous le nombril, ce qui le ramena directement à la longueur qui se raidissait.

— J'aurais beaucoup d'espace pour travailler sur celle-ci.

— Enlève l'autre putain de gant, dit Stitch en se redressant, observant Zak d'en haut.

Sa poitrine se soulevait comme un soufflet.

— Finissons-en avec les bavardages. Tu veux me sucer, n'est-ce pas ? Tu le veux.

Sa voix tremblait clairement, mais la façon dont la main de Stitch s'agrippait à la nuque de Zak n'avait rien de nerveux, tout comme Zak l'avait fantasmé plus tôt. C'était grand, chaud, un peu humide.

Zak eut un rire essoufflé et lâcha la bite, la laissant claquer contre l'estomac de Stich alors qu'il retirait le gant, la tête vide. Une veine épaisse remontait tout le long de la face inférieure, et il fut pris par l'envie de la suivre comme Dorothée suivait la route de briques jaunes.

— Bien sûr que oui, c'est une belle bite.

Stitch était excité comme s'il s'agissait de la première pipe de sa vie et, à en juger par le tatouage qui avait été recouvert plus tôt, Zak en doutait fortement.

— Alors, vas-y, murmura Stitch, tandis qu'une perle de sueur descendait le long de ses abdominaux jusqu'à son nombril.

Il pressa la nuque de Zak pour souligner son propos.

— Quelqu'un est trop autoritaire, murmura Zak, en caressant le pénis de sa main.

Il pétrissait la veine avec son pouce, buvant avidement chaque soubresaut entre ses doigts. De la main gauche, il ouvrit la fermeture éclair de son jean et sortit sa propre queue, soulagé de voir que la pression avait enfin disparu.

Le fait que Stitch se soit penché en avant pour la voir rendait la situation douloureusement évidente.

— Allez, je veux juste que cette bouche de suceur... suce une bite.

Le moins que l'on puisse dire, c'est que cela semblait offensant, mais le désespoir dans les yeux de Stitch et la caresse douce de son pouce contre le cou de Zak adoucirent le coup.

Zak se rapprocha, se pencha sur les cuisses de Stich pour se mettre à l'aise. Il saisit à nouveau la verge et suivit avec sa langue sa lente ascension sur la longueur. Même l'odeur des antiseptiques ne pouvait pas tuer l'ambiance, et il suça la peau chaude, pressant sa langue contre la veine.

— Oh, putain... dit Stitch en massant le cou de Zak d'une main si chaude qu'elle le brûlait.

Il écarta les cuisses pour mieux accueillir Zak, ce qui fit regretter à ce dernier de ne pas avoir eu un aperçu du cul de Stitch. Non pas qu'il ne puisse imaginer à quoi il ressemblait sans jean, mais ce n'était pas la même chose. Le bruit de fond des halètements de Stitch faisait palpiter la hampe de Zak. Il adorerait entendre ce type gémir et perdre le contrôle, et c'était précisément ce qu'il avait l'intention de lui faire faire.

— Ouais, acquiesça Zak, qui passa la pointe de sa langue sur le dessous de la couronne avant de l'enfoncer dans la fente humide de son extrémité.

Son corps frémit sous l'effet de l'amertume du présperme, mais la sensation ne fit que l'exciter davantage. Il dodelina de la tête, aspirant la tête bulbeuse et serrant son propre membre de l'autre main.

Stitch glissa ses deux mains sur les côtés de la tête de Zak et la fit descendre doucement. C'était un bâtard impatient. La chaleur produite par son corps donnait le vertige à Zak et le transportait dans une réalité où ils étaient allongés ensemble dans le lit, tout en sueur et satisfaits, avec Stitch toujours accroché au dos de Zak. Resterait-il ? Pourquoi pas ? De toute façon, il n'avait pas de femme chez qui rentrer.

Zak prit la longueur plus profondément, inhalant l'odeur de l'excitation et de la sueur masculine, qui était d'autant plus intense que son visage s'approchait du buisson taillé qui recouvrait le sexe de Stitch. C'était un magnifique morceau de viande. Lourd, doux à l'extérieur, mais dur comme de l'acier sous la peau. La langue de Zak était un tapis rouge, prêt à inviter cette virilité au plus profond de sa gorge.

— Oui, siffla Stitch, en s'accrochant à la tête de Zak avec cette force délicieuse.

L'une des mains glissa sur les côtés rasés et démêla la queue de cheval de Zak, pour mieux s'agripper à ses cheveux. C'était tellement étrange. Zak n'avait jamais été attiré par des gars si profondément cachés qu'ils choisissaient de se marier. Ceux qui le faisaient étaient assez ouverts pour écrire leurs préférences sur Grindr ou aller dans un club gay. Il semblait que Stitch était un animal différent, rude, inculte, exigeant, mais si sexy que Zak n'avait jamais envisagé de s'en éloigner. Les doigts de Stitch étaient si rudes sur sa peau, comme s'ils avaient été aspergés de produits chimiques acides, mais la tête de la queue glissait si doucement sur le palais de Zak qu'il se branlait déjà sous la chaise de tatouage, les poils hérissés sur toute sa peau.

Lorsque la tête de la bite commença à frapper le fond de la gorge de Zak, il obtint de Stitch les gémissements les plus excitants, longs et gutturaux, accompagnant les pulsations de sa hampe. Les hanches de Stitch basculèrent vers l'avant pour rencontrer les lèvres de Zak, quittant le siège en cuir avec un bruit de claquement.

— Ouais, suce-la comme ça, murmura-t-il en passant son pouce sur la mâchoire de Zak.

Zak frissonnait, coincé entre les cuisses les plus fermes qu'il ait jamais touchées, respirant lentement pour lutter contre son réflexe nauséeux, mais les sensations provenant de l'assaut rendaient ses genoux doux comme du beurre. Il commença à caresser sa longueur à une vitesse plus élevée, massant la tête au même rythme que la verge de Stitch bougeait dans sa bouche. Il essayait toujours de sucer la délicieuse queue, et les sons baveux qu'il produisait semblaient les exciter tous les deux. Zak avait tellement chaud qu'il aurait aimé arracher son débardeur, mais il renonça à cette idée, car cela signifierait qu'il devrait se désencoller.

La prise sur les cheveux de Zak devenait douloureuse, mais il ne s'en souciait pas. Stitch le maintenait en place et lui baisait la bouche avec acharnement, s'enfonçant dans sa gorge de temps à autre. Le présperme de Stitch couvrait déjà toutes les papilles gustatives de Zak lorsqu'il jouit avec un grognement, s'accrochant à la tête de Zak comme si elle lui appartenait.

— Putain, oui ! gémit-il alors qu'il effectuait ses dernières poussées, les cuisses tremblant de tension.

Zak toussa, s'éclaircissant la gorge, mais pressa son visage contre le membre épuisé de Stitch. Celui-ci était humide de sa propre salive et s'accrochait à sa joue tandis que Zak gémissait, arrachant un orgasme à son membre douloureusement dur. La chute fut si soudaine qu'il fut sur le point de s'endormir, le visage dans l'entrejambe de Stitch, peut-être pour se réveiller avec une autre érection qui lui pousserait la joue comme un chiot gourmand. Les muscles de sa mâchoire et sa gorge lui faisaient mal, mais c'était le genre de douleur qu'il associait à une bonne baise brutale. Il avait connu pire de toute façon.

— Tu as un endroit où aller ? murmura-t-il.

Stitch se laissa tomber sur la chaise, cherchant désespérément de l'air, son ventre bien exposé lorsqu'il s'étira.

— Ouais, je... ouais, dit-il entre deux respirations.

Zak n'avait aucune idée de ce que pouvait être le cheminement de ses pensées, mais il ne laissa pas cela l'affecter et se leva, sa verge se ramollissant lentement à l'endroit où elle dépassait de sa braguette ouverte.

— N'oublie pas de m'appeler pour ton tatouage, ou si tu as besoin de quelque chose d'autre, dit Zak avec un sourire.

Stitch remonta son pantalon avec plus d'empressement qu'il n'aurait fallu.

— Ne te fais pas d'idées stupides, d'accord ? râla-t-il, s'accrochant à son slip comme s'il n'était pas sûr de ce qu'il voulait faire ensuite.

Zak fronça les sourcils.

— Des idées stupides ?

Stitch remonta son pantalon par-dessus le tatouage et boucla sa ceinture aussi rapidement que si le trio démoniaque du *Maître et Margarite* était à ses trousses.

— Tu sais, les idées gays, comment je pourrais le savoir ?

Il haussa le ton et écarta les mains sur les côtés.

Zak fronça les sourcils. Tout à coup, les aspérités de Stitch ne lui paraissaient plus si tentantes. Il enleva le bandeau de ses cheveux ébouriffés et les remit en queue de cheval.

— Qui a dit ça ? C'est toi qui m'as demandé de te sucer, alors *c'est quoi* ton problème ?

Les narines de Stitch se dilatèrent, et Zak évalua le corps volumineux plus en fonction des dégâts qu'il pouvait causer que de sa chaleur.

— C'est toi qui t'es acharné sur ma bite ! Personne ne t'a dit de faire quoi que ce soit !

Stitch glissa de la chaise et s'approcha d'un pas, faisant soudain paraître la pièce plus petite.

Zak recula, touchant le tiroir où il rangeait les scalpels et autres accessoires. Son cerveau se réveillait rapidement, comme si quelqu'un lui avait administré une dose de caféine pure.

— Sors de chez moi.

— Non, tu m'écoutes, et tu m'écoutes bien, siffla Stitch en saisissant le bras de Zak.

La poigne n'avait rien à voir avec la force excitante dans un contexte sexuel, et Zak sentit le sang s'écouler de son visage. D'un simple mouvement de poignet, il ouvrit le tiroir et saisit un lourd objet en acier dans un plateau en plastique à l'intérieur. Il l'approcha de la gorge de Stitch et pressa la lame contre la pomme d'Adam. Il ne pouvait plus respirer, complètement perdu dans l'instant, alors que ses yeux rencontraient ceux de Stitch.

Bien que Zak ne veuille pas en arriver là, le scalpel fit réfléchir Stitch qui s'efforça de ne pas déglutir contre la lame.

— Qu'est-ce que tu vas faire avec ça, hein ? dit-il à voix basse, tout en relâchant sa prise sur le bras de Zak.

Zak serra les dents. Était-ce la gratitude qu'il allait recevoir de cet enfoiré ? La douleur dans sa gorge, qui était auparavant si satisfaisante, se transforma en une sensation nauséabonde.

— Ça dépend. Maintenant, va te faire voir.

Stitch retira lentement sa main, sans même cligner des yeux.

— D'accord, d'accord, dit-il d'une voix calme.

Il recula d'un pas, mais au moment où Zak osa baisser la main, Stitch s'élança vers lui. Avant que Zak ne puisse lui asséner un coup de lame, il rencontra le mur la tête la première. Cela lui fit un mal de chien et l'étourdit tellement qu'il en oublia ce qui l'avait mis dans cette position en premier lieu. Stitch frappa la main de Zak contre le mur avec une telle force que Zak laissa tomber le scalpel et se figea, choqué par la douleur qui se propageait dans son poignet. Une panique soudaine s'empara de ses sens à l'idée qu'il aurait pu être endommagé et empêcher Zak de poursuivre son travail. Le grand corps de Stitch était juste derrière lui, le poussant contre le mur et le forçant à se mettre sur ses orteils, une main dans les cheveux de Zak, l'autre sur son poignet droit.

— Tu sais comment j'ai obtenu mon surnom ? murmura-t-il à l'oreille de Zak en fredonnant.

Zak haleta et jeta un coup d'œil à sa main, prisonnière de cette main charnue. Elle lui faisait mal partout et il avait peur de bouger les doigts. À ce stade, il n'osait même pas bouger son autre main, qui n'avait pas été immobilisée de quelque manière que ce soit. Il se raidit en réalisant qu'il était sans défense. Il ne faisait aucun doute que Stitch savait ce qu'il faisait. L'effrayante facilité avec laquelle il avait plaqué Zak contre le mur et lui avait fait perdre sa seule arme figea Zak sur place. Des frissons froids parcouraient sa colonne vertébrale, mais il refusait de parler, de peur que sa voix ne tremble.

— C'est parce que j'ai eu tous ces points de suture après qu'un type m'ait poignardé dans le ventre et ait essayé de me découper.

Le souffle de Stitch lécha l'oreille de Zak de la manière la plus désagréable qui soit.

— Tu sais pourquoi j'ai des crânes et du feu encrés sur ces cicatrices ? Parce que j'ai brûlé sa putain de maison avec lui à l'intérieur. Alors *ne pose pas* une putain de lame sur moi. Compris ?

Cette fois, Zak ne put s'empêcher de trembler. Il ne s'était jamais trouvé dans une telle situation, et son esprit sombra dans le chaos, comme si des dizaines de voix différentes lui criaient de toutes parts, mais le laissaient finalement désorienté et impuissant.

Stitch recula et entraîna Zak avec lui, pour le repousser ensuite contre le mur.

— Un putain de conseil ? Tu t'égares. Tu ferais mieux de quitter cette ville avant de t'y installer parce que tu ne vas pas t'y plaire.

Zak serra les dents, enroulant sa main douloureuse contre sa poitrine. Il se retourna avec un grognement. Il *parlerait* aux étrangers.

— Ou quoi ?

Stitch recula d'un pas vers la porte et croisa ses bras musclés sur sa poitrine.

— Tu ne veux pas le savoir, chéri. Mais ça n'aura rien à voir avec le fait de me sucer.

Zak luttait pour retrouver une respiration normale, la fureur brute montant dans ses veines.

— Va te faire foutre.

— On est d'accord ?

Stitch haussa à nouveau le ton et arracha une affiche du mur dans l'attaque la plus aléatoire que Zak ait jamais vue.

— À propos de quoi ? Tu me jettes hors de *ta* ville ?

— Oui. Les gens n'aiment pas les gens de ton espèce ici. Allez, reste. Essaye-moi.

Stitch jeta l'affiche au sol avant de partir en trombe et de présenter le patch sur le dos de son cuir. L'inscription « Hounds of Valhalla » sur le signe nordique triangulaire avec la tête d'un chien hargneux qui dépassait.

— Ne remets plus jamais les pieds ici ! hurla Zak en ramassant le scalpel et en le suivant à bonne distance.

Ses tempes battaient la chamade.

— Pas étonnant que tu n'aies personne pour te sucer !

Dehors, Stitch s'approchait déjà de sa bête de moto, mais il se retourna pour faire un doigt d'honneur à Zak.

— Ferme ta putain de bouche de suceur !

Zak vit blanc.

— Alors, dégage ton cul de pédale de ma propriété !

Tout ce qu'il obtint en réponse, ce fut que Stitch crache sur sa pelouse avant de mettre son casque et d'enfourcher sa moto. Une Harley noire digne d'un des Cavaliers de l'Apocalypse.

Zak plongea la main dans un sac de charbon de bois ouvert que Tante Virginia gardait sous le porche et lui en lança un aussi fort qu'il le put. Le projectile rebondit sur la muselière du chien de Stitch et tomba dans la terre. Zak avait besoin d'une arme. Non, un *fusil de chasse* pour effrayer ce bullterrier enfermé dans le placard.

CHAPITRE 4

ZAK

ZAK REGARDA LE PLAFOND blanc pour ce qui lui sembla être la centième fois cette nuit-là. Le clair de lune jetait une lueur froide et étrange sur le papier peint fleuri, les meubles anciens, le portrait encadré de Versailles, le caniche de Tante Virginia, qui somnolait dans son panier près du mur.

Zak n'arrivait pas à dormir. À chaque bruit, il serrait sa main sur le couteau de cuisine qu'il avait apporté à l'étage, juste au cas où. La lame était un poids agréable sur la poitrine de Zak, juste au-dessus des couvertures blanches immaculées qui appartenaient à sa défunte tante. Il ne lui restait plus qu'à espérer qu'en cas de danger, le couteau ne s'emmêlerait pas dans la dentelle que Tante Virginia semblait adorer.

Malgré toute la confiance impromptue qu'il avait exprimée plus tôt, plus le temps passait depuis la visite de Stitch, plus Zak devenait nerveux. Il n'en revenait pas de l'attitude de cet enfoiré, mais il se mentirait à lui-même s'il prétendait ne pas avoir réfléchi à la menace de Stitch. Stitch était un homme dangereux, et Zak l'avait senti à la façon dont il avait été maintenu contre le mur et à la facilité avec laquelle Stitch l'avait désarmé. Zak avait du mal à croire ce que cela avait fait ressortir en lui. Tenir un scalpel sous la gorge de quelqu'un ? Ce n'était pas lui. Ou bien était-ce le cas ?

Un craquement dans le couloir donna la chair de poule à Zak. Il se leva d'un bond et s'arrêta sur le tapis fleuri au milieu de la pièce, la tête vide. Ses mouvements rapides avaient dû réveiller Versailles de son sommeil. Le chien passa devant lui en grognant et fixa la porte fermée. La poitrine de Zak se serra tellement qu'il eut du mal à respirer.

— Qui est là ? cria-t-il en attrapant son téléphone portable.

Aucune réponse ne vint, mais Versailles baissa la tête, se hérissa et émit un gargouillis d'avertissement. Et si Stitch revenait vraiment pour tenir sa promesse ? Zak n'était pas un lâche, mais ce type posait problème. Qui faisait des conneries pareilles ? Se faire tailler une pipe, puis devenir fou ? Les pipes n'étaient-elles pas censées rendre un homme candide ? C'était le cas dans *son* livre.

Zak serra le couteau plus fort. Lentement, il posa son pied plus loin vers la porte et se rapprocha pas à pas, l'estomac tendu par les nerfs.

— Je vais appeler la police.

Il s'attendait vraiment à ce qu'il s'agisse d'une fausse alerte malgré la folie de Versailles, mais il entendit une voix derrière la porte. Il y avait un intrus chez lui. Un intrus qui l'avait menacé quelques heures auparavant.

— Calme-toi ! Je suis juste venu parler.

Zak se figea, ses yeux se portèrent sur les chiffres verts de l'horloge électronique. Il était presque 3 heures du matin. Il regarda entre le couteau et son téléphone portable. La situation était tellement surréaliste qu'il ne savait pas quoi faire.

— C'est le putain milieu de la nuit.

Il y eut un léger déclic lorsque la poignée de la porte se retourna en même temps que l'estomac de Zak, mais avant que Stitch ne puisse s'approcher de Zak pour le poignarder, Versailles se précipita sur l'intrus, toutes dents dehors et avec des aboiements dignes d'un rottweiler et non d'un caniche.

— Bordel de merde ! Putain ! Éloigne le chien ! hurla Stitch en reculant.

Pour la première fois depuis que Zak était arrivé à Lake Valley, il était vraiment content d'avoir gardé le chien. Les deux bêtes se débattaient dans le couloir comme deux ombres démoniaques lorsque Zak sortit précipitamment de la chambre et alluma la lumière.

— Versailles, lâche-le, hurla-t-il à la boule de poils gris et blancs qui était autrefois un caniche de concours bien entretenu.

La scène qui s'offrait à Zak était si pathétique qu'il laissa tomber ses mains sur les côtés.

Stitch était calé dans un coin, les crocs de Versailles lui tenant le mollet. Il donna un coup au chien avec son autre pied, mais cela ne fit qu'agiter davantage la bête. Il fallut encore un coup de botte pour repousser Versailles. Le chien se recroquevilla derrière Zak avec un gémissement aigu, laissant Stitch haletant de l'autre côté du couloir.

Zak respira profondément entre ses dents et leva les mains en signe de colère. Cette nuit ne pourrait pas être pire. Quelle était la prochaine étape ? Sa maison allait-elle être incendiée ? Au moins, elle était encore assurée.

— Putain de merde, tu saignes !

Il ouvrit l'écran d'accueil de son téléphone portable.

— Je vais finir par emmener ce connard de cambrioleur à l'hôpital, putain.

— Non, non, non ! N'appelle personne !

Stitch hurla comme si la maison était vraiment en feu et boita, juste pour que Versailles lui grogne à nouveau dessus.

— Je vais bien.

Zak posa la lame contre son front, ayant désespérément besoin de se rafraîchir.

— Considérant que tu es enragé de toute façon, probablement.

Stitch tapa soudain du pied devant le chien et grogna avec un visage si sauvage que Versailles pleurnicha et s'enfuit dans la chambre. Tant pis pour la protection.

— Qu'est-ce que tu fais avec ce couteau, mon chou ?

Zak fronça les sourcils, surpris par le surnom.

— Pour amputer ta jambe qui saigne.

Stitch se redressa et regarda à nouveau le couteau.

— Ne sois pas comme ça.

Il écarta les bras sur les côtés.

— Je croyais qu'on avait déjà eu une discussion qui avait abouti à la conclusion que les coups de couteau n'étaient pas une bonne option.

Zak secoua le couteau devant lui, sa mâchoire se serrant sous l'effet d'une colère à peine contenue.

— Écoute, espèce d'imbécile, je ne veux pas te voir approcher de cette maison. Qu'est-ce que tu crois faire en entrant par effraction ici ?

Stitch roula des yeux.

— J'ai un peu réfléchi et je voulais parler, d'accord ? Je ne voulais pas que tu hurles dans la rue pour que tous les voisins l'entendent, grogna-t-il en se rapprochant encore d'un pas.

Cet enfoiré avait envie de mourir.

— Reste où tu es, dit Zak en reculant vers la chambre.

Stitch prenait beaucoup trop de place dans ce couloir pour qu'il ne se sente pas intimidé. Ce connard outrageant faisait comme si de rien n'était, même avec ses blessures à la jambe. Qu'est-ce qui n'allait pas chez lui ?

— Où vas-tu ?

Stitch le suivit en boitant légèrement.

— C'est une invitation ? demanda-t-il comme s'il ne comprenait pas ce que voulait dire « ne bouge pas ». Ce satané Versailles était plus doué pour suivre des ordres simples.

— Reste et parle, grogna Zak, en haussant les épaules, juste au cas où il aurait besoin de se battre.

Il ne pouvait pas montrer la moindre faiblesse à ce type.

— Je ne suis pas très doué pour parler.

Stitch prit une grande inspiration et se calma.

— Je me disais que j'avais peut-être réagi de façon excessive, tu sais ?

Zak le regarda avec des yeux écarquillés. Il *n'allait pas* faciliter la tâche de Stitch. Il surveillait les mouvements du type, son corps étant prêt à agir immédiatement.

— Si tu peux te taire, je voudrais prendre un autre rendez-vous pour un tatouage.

Zak avait du mal à le croire, mais Stitch fronça les sourcils.

— Je te l'ais dit, l'encre a besoin d'un mois pour se fixer, dit Zak, faisant semblant de ne pas comprendre le sous-entendu.

Et voilà. Un motard gay refoulé qui croyait pouvoir aller et venir à sa guise, laissant sa merde sur le sol. Ou du sang, d'ailleurs. Le froncement de sourcils de Zak s'accentua à la vue des gouttes sombres sur la moquette.

— Moi, par contre...

Stitch recommença à marcher vers Zak, sa silhouette étant étrangement éclairée par la lumière bleue de la lune, malgré la lumière artificielle qui brillait à l'arrière.

— Je n'ai eu besoin que de quelques heures pour me « fixer ».

Zak laissa tomber le couteau sur le sol et s'appuya contre le mur, secouant la tête.

— Arrête tes conneries.

— Pas de conneries, chéri, tout est vrai.

Stitch lui fit un sourire de travers en s'approchant.

— Je suis juste... tu sais, je dois garder ce genre de choses discrètes.

Je ne suis pas ton « chéri », je ne suis pas ton « chou », et je suce peut-être des bites, mais je ne suis pas un « suceur de bites », grogna Zak, ne reculant pas d'un pouce, même si son cœur battait la chamade en présence d'un homme aussi dangereux et séduisant à la fois.

Stitch se tenait à quelques centimètres de Zak, sa chaleur corporelle exsudant déjà une intense odeur de copeaux de bois. Il resta silencieux pendant un long moment, puis posa sa main sur le mur à côté de l'épaule de Zak.

— Tu veux me montrer le reste de tes tatouages ? Tu as l'air d'en avoir beaucoup.

Zak passa une main sur son visage. Cela le dépassait.

— Écoute, je suis gay, tu n'as pas besoin d'utiliser des euphémismes stupides. Qu'est-ce que tu veux ?

Stitch gémit, ses yeux noisette se posant sur le sol.

— J'ai envie de te baiser. J'ai réfléchi, j'ai pris du temps, et j'ai vraiment envie de te baiser, d'accord ? Tant que tu ne dis rien, on pourrait avoir une situation mutuellement optimale.

Zak fronça les sourcils, parcourant lentement des yeux la poitrine massive, le paquet à l'avant du jean de Stitch, ses jambes fermes. C'était une perspective attrayante.

— Pourquoi crois-tu que je voudrais ça après ce que tu as fait tout à l'heure ? Tu es fou ?

Pour la première fois, Zak vit une véritable confusion sur le visage de Stitch.

— Mais tu es gay, tu l'as dit toi-même.

Zak le regarda, surpris. Ce type n'avait aucune idée de la façon dont le monde fonctionnait, apparemment.

— Tu as peut-être remarqué que je suis aussi très sexy. Je n'ai pas besoin de me contenter de ce qu'on me propose. Si tu me veux, tu dois me convaincre du pourquoi je devrais *te* vouloir. Voilà, j'attends, dit Zak, se sentant très tordu et cruel.

Avant même qu'il ne s'en rende compte, les lèvres de Stitch étaient sur les siennes, la langue forçant le passage, tandis que les mains de Stitch agrippaient les côtés du visage de Zak, comme un rappel physique de la façon dont il avait maintenu Zak en place pendant la fellation. Lorsque le corps de Stitch poussa contre celui de Zak, ce dernier regretta de ne pas avoir dormi nu. Le baiser était trop bon. Des traînées de chaleur parcouraient la peau de Zak. Ses lèvres se mirent à picoter et sa gorge à souffrir à nouveau. Il remarqua à peine qu'il se fondait dans le mur derrière lui, à bout de souffle. La langue de Stitch était chaude et taquine, ne quittant jamais la bouche de Zak, ne le laissant pas parler.

Stitch retira l'une de ses mains, mais avant que Zak ne s'en rende compte, elle était sur sa hanche, les doigts glissant déjà sous la ceinture de son bas de survêtement. Zak saisit son poignet, le maintenant en place. Il ouvrit les yeux, regardant directement dans ceux de Stitch. La démonstration avait été plutôt convaincante.

— Tu embrasses bien. C'est bien d'utiliser un tel atout, dit-il, essoufflé, en se frottant aux lèvres douces.

Sa queue se raidissait déjà sous l'effet de ce contact étroit.

— Alors, je peux te baiser maintenant ? grogna Stitch et faisant un tour rapide des lèvres de Zak.

Il ne poussa pas sa main plus loin dans le pantalon de Zak, mais il recourba ses doigts et gratta le côté de la fesse de Zak. Putain de charmeur.

— On peut baiser, mais seulement si tu me garantis que tu ne vas plus t'en prendre à moi ou m'intimider. Ce genre de choses ne se fait pas, grogna Zak, essayant d'ignorer les frissons chauds qui lui parcouraient le corps.

Il devait fixer des limites.

— Promis.

Stitch lécha le côté du visage de Zak, le laissant sans voix. Ce type était vraiment un chien.

— Et tu seras gentil, et tout, grogna Zak en se penchant vers lui.

Il était difficile de résister à une telle chaleur, et à l'odeur de bois fraîchement coupé qui l'enveloppait comme un nuage chaud.

— Je serai très gentil, *putain*.

Stitch gloussa et s'enfonça dans Zak comme s'il avait hâte d'en avoir un morceau.

— J'ai encore besoin de te rafistoler, tu sais.

Zak soupira, regardant entre les deux corps. Il ne se réveillerait pas demain à côté d'un homme mourant.

— Je vais bien, vraiment.

Stitch passa le bout de ses doigts sur les fesses de Zak et expira avec un faible grognement.

Zak secoua la tête, retira la main envahissante de son pantalon et entraîna Stitch vers l'escalier.

— Allez, viens.

— Tu es tatoué de partout, n'est-ce pas ? demanda Stitch de sa voix grave et sexy, et se pencha plus près pour... renifler les cheveux de Zak.

Il était chaud comme un radiateur, et son souffle chatouillait la nuque de Zak, ce qui faillit le faire trébucher.

— Ouais, pourquoi ? Tu aimes ça ? demanda-t-il en descendant les escaliers sans allumer la lumière.

La main dans la sienne était chaude et rugueuse, à tel point qu'il voulut l'apaiser avec sa langue.

— Bien sûr que oui, ça m'intéresse.

Stitch le regardait attentivement, comme si Zak était un bol de friandises pour chien. Un repas idéal pour un chien enragé comme Stitch.

— Je n'ai laissé que mes mains, mon cou et mon visage sans tatouage. Partout ailleurs, tout est permis, dit Zak.

Et avant qu'il ne puisse réagir, Stitch tira sur l'arrière de sa ceinture pour jeter un coup d'œil. L'air frais qui effleurait ses fesses fit rougir Zak.

— Allez, je suis sûr qu'un adulte peut attendre cinq minutes, murmura-t-il, accélérant le pas alors qu'ils quittaient les escaliers et se précipitaient vers le studio.

Il n'arrivait pas à croire à l'audace de cet homme, il n'était pas différent d'un chien qui vole de la nourriture sur la table.

— J'ai attendu vingt-sept ans. J'en ai marre d'attendre, dit Stitch, dont les pas n'étaient plus qu'à quelques centimètres derrière Zak.

Il ne toucha cependant pas au pantalon de Zak.

Zak s'arrêta, et c'est alors que le corps, plus grand et plus lourd, le percuta. Avant qu'il ne puisse faire quoi que ce soit pour se sauver, des bras épais l'enveloppèrent dans une odeur de bois et de cuir frais. L'air frais s'engouffrait dans sa trachée à chaque fois qu'il respirait.

— Tu n'as jamais été avec un mec ?

— Et alors ? Je ne suis pas puceau, tu sais.

Pour insister, Stitch enfonça ses hanches dans le cul de Zak. Sa bite était déjà à moitié dure.

— Oui, mais... tu sais ce que tu fais ici ?

Zak se retrouva à murmurer les mots dans la barbe de Stitch alors qu'il se tournait pour lui faire face, sans jamais essayer de rompre l'étreinte.

— Tu te moques de moi ? Je vais te baiser si bien que tes genoux seront encore faibles demain.

Stitch resserra ses bras autour de Zak et lui caressa le cou en gémissant.

Zak laissa retomber sa tête pour respirer plus profondément. Quelqu'un était un peu trop content de lui pour le bien de Zak. D'après son expérience, les gars qui se vantaient de leurs compétences étaient généralement des merdes au lit.

— On va y aller doucement, d'accord ? Mais il faut d'abord s'occuper de cette jambe. Tu boites.

Stitch s'éloigna et entra dans le studio à reculons, en adressant à Zak un sourire en coin. Ses yeux bruns brillaient dans la lumière.

— Je ne suis pas un bébé, mais je le ferai pour toi.

Les lèvres de Zak se courbèrent en un sourire.

— Tu es fou.

Il le suivit comme si Stitch le tirait par une laisse invisible. Il n'avait jamais rencontré un type aussi audacieux.

— Alors, je suppose que tu veux que j'enlève mon pantalon ?

Stitch remua les sourcils et déboucla sa ceinture près de la chaise sur laquelle il avait été tatoué plus tôt. Il se tenait droit et ne rompait jamais le contact visuel, comme s'il ne se préparait pas à faire évaluer sa blessure, mais se déshabillait pour Zak. L'estomac de Zak était parcouru de petits picotements aigus qui le rendaient agité tandis qu'il regardait le dieu nordique blond devant lui.

— Tu pourrais tout aussi bien te mettre à poil.

— Oh, vraiment ? Tu ne veux pas que je garde mon cuir ?

Stitch tira sur les côtés de son gilet de cuir avec un sourire. Son jean dégrafé glissa vers le bas, tombant à peine sur ses hanches et révélant un slip noir.

— Les filles adorent ça, en général.

— Je ne suis pas une fille, dit Zak en ouvrant l'armoire où il rangeait le matériel médical et quasi médical qu'il utilisait pour les transformations corporelles. Du coin de l'œil, il observa Stitch l'homme puceau. Qui l'eût cru ? Ce type aimait visiblement les hommes.

Stitch fit la moue, un peu dégonflé, en retirant soigneusement son jean.

— J'ai l'impression que je devrais le garder quand même.

Il fit un clin d'œil à Zak, qui plissa les yeux. Qu'est-ce qui se passait ? Stitch avait-il des cicatrices quelque part, ou une malformation quelconque ?

— Je trouve que c'est sexy quand un mec est complètement nu. Allez, montre-moi ton dos, et tout le reste.

Il referma le tiroir d'un coup de hanche.

Stitch s'arrêta un instant, mais continua d'enlever ses bottes. Son visage avait perdu son sourire, mais n'en était pas moins sexy pour autant.

— Ce n'est pas à moi de faire le tour des choses ?

Malgré ses paroles, il enleva son gilet et le jeta sur le siège en cuir. Stitch se tenait là, juste vêtu d'un slip, comme le rêve humide d'un motard, grand et costaud, avec quelques tatouages éparpillés sur le corps. Plusieurs mèches de cheveux s'échappaient de sa queue de cheval et pendaient sur son visage.

— Pourquoi ? J'aime bien regarder, dit Zak avec un sourire en s'approchant de Stitch à pas lents et calmes.

Il était heureux de constater que les blessures n'étaient pas si graves, même si elles s'étaient rouvertes lorsque Stitch avait arraché le jean. Le studio paraissait petit et intime maintenant qu'il était rempli de la présence sexy d'un Stitch presque nu. Zak se demanda s'il serait difficile d'éduquer un motard adulte sur le sexe gay.

— J'aime bien regarder aussi, alors enlève ce haut.

Stitch tira sur l'ourlet du débardeur de Zak.

— Je le ferai si tu t'allonges et que tu me montres ta jambe, espèce de parasite, dit Zak en le repoussant.

Ce type était plus nécessiteux que Versailles dans ses mauvais jours.

Stitch gémit et s'allongea sur le fauteuil de tatouage à plat ventre, puisque la blessure se situait à l'arrière de son mollet. Il s'avéra que Stitch n'avait pas besoin de son gilet après tout, car il avait le symbole de son club tatoué sur tout le dos. Le regard de Zak glissa plus bas, vers le cul ferme, et il s'imaginait déjà le chevaucher en regardant comment le tatouage bougerait sur ce dos large et musclé.

Il soupira et passa le dos de sa main sur la tête du chien. C'était un symbole approprié pour un homme aussi sauvage.

— Beau travail, dit-il en retirant son débardeur.

C'était un homme de parole.

Stitch arqua le dos, avide de caresses, mais il se retourna instantanément vers Zak.

— Merci. Le club, c'est pour la vie, il faut qu'il soit bon.

Son regard parcourut le torse de Zak de haut en bas, mais si la blessure devait être soignée, Zak ne pouvait pas perdre la tête. Il regarda les petites marques de piqûres. Stitch avait de la chance que son pantalon et ses bottes soient si épais, car la blessure n'était pas aussi grave que Zak l'aurait cru. Il désinfecta la peau et commença à l'envelopper d'un bandage propre.

— Alors, qu'est-ce que vous faites dans ce club ? Vous roulez ensemble ?

— Le club possède un bar et un atelier, il y a donc toujours du travail à faire autour. Sans parler de l'entreprise de déménagement.

Stitch allait avoir mal au cou s'il continuait à regarder par-dessus son épaule.

— Qu'est-ce qu'il y a ? demanda Zak, incapable d'ignorer plus longtemps les regards affamés.

Il s'arrêta brièvement pour caresser le haut du mollet de Stitch et sourit aux poils chatouilleux qui poussaient tout autour.

— Tu as les tétons percés, dit Stitch en se hissant sur les coudes.

Ses lèvres étaient légèrement écartées, comme si elles invitaient déjà une queue.

Zak sourit et attacha le pansement pour qu'il ne tombe pas. Le fait qu'un homme aussi sexy que Stitch le reluque comme un délicieux repas après des jours de disette lui donnait un étrange regain de confiance. Sa peau devenait brûlante, comme si elle grésillait sur un grill, et tandis que ses tétons se raidissaient sous le regard, Zak regarda les cerceaux d'acier qui scintillaient sur sa poitrine.

— Oui, c'est le cas.

Il enleva le gant et tapota la cuisse de Stitch pour lui faire savoir qu'ils avaient terminé.

— J'aime ça.

Stitch se leva et fit glisser sa main sur le ventre de Zak.

— J'aime bien ça aussi.

Il prit une grande inspiration et rapprocha Zak par la ceinture.

— Quoi ? le taquina Zak, soudain essoufflé.

Il posa sa main sur la cuisse de Stitch et le regarda droit dans les yeux, malgré la rougeur qui montait lentement à son visage.

— L'encre. C'est sexy.

Stitch regarda le torse de Zak, mais ses mains se faufilèrent déjà vers les piercings des mamelons.

— Et ton corps. Agréable et ferme.

Zak soupira, pressant inconsciemment son torse vers l'avant, ses tétons se gonflant déjà de chaleur. Il posa une main sur la nuque de Stitch et se souvint du baiser en observant sa bouche pâle, entourée d'une barbe rugueuse qui taquinait et grattait.

Zak approchait de la surcharge sensorielle lorsque les doigts de Stitch commencèrent à jouer avec son mamelon, et que son autre main glissa le long de son ventre, autour de sa taille et passa directement sous la ceinture pour presser ses fesses. Stitch laissa échapper une petite respiration et s'inclina pour l'embrasser, tout en attirant Zak plus près de lui tout en lui serrant les fesses. C'était trop, le toucher de Stitch était partout sur son corps, le taquinant, le caressant, puis explorant à nouveau les lèvres de Zak avec sa langue brûlante.

Zak se fondit en lui, glissant son bras autour du cou épais. Il remonta son autre main le long de l'avant-bras de Stitch, plaçant le dos de la main ferme de son torse.

— Plus fort, murmura-t-il en fermant les yeux, ce qui lui permit de savourer l'afflux de sensations.

Stitch gémit et le retourna. D'un seul coup, il glissa son autre main vers le cul de Zak et le souleva pour l'installer dans le fauteuil en cuir. La perte de terrain fut si soudaine que Zak voulut dire quelque chose, mais les lèvres de Stitch étaient à nouveau sur les siennes, et il ne voulait pas qu'elles se séparent. Il s'ouvrit complètement, invitant la langue impatiente à pénétrer dans sa propre bouche, et écarta les jambes pour accueillir les hanches de Stitch. La simple proximité de leurs sexes poussait maintenant le sien à l'action.

— Je pense que ça doit disparaître, dit Stitch en commençant à baisser le pantalon de Zak. Tu es vraiment tatoué partout.

Il respira de plus en plus fort tandis qu'il reluquait sans vergogne le corps qui se trouvait devant lui. Cela donna à Zak un sentiment de fierté.

— Jaloux ? murmura-t-il en tirant le pantalon ample vers le sol avec ses pieds. Il ne portait pas de sous-vêtements, si bien que sa verge durcissante jaillit avec empressement et se dirigea droit vers le visage de Stitch.

— En quelque sorte. J'aime bien que ce soit comme ça...

Stitch marmonna, se déconcentrant en regardant la queue de Zak et en pétrissant les démons encrés sur les cuisses de ce dernier.

Zak expira brusquement en regardant le serpent qui encerclait son propre pénis et le petit anneau d'acier qui traversait la peau juste au-dessus de sa base. Il était à deux doigts de surchauffer d'excitation.

— Tu peux le toucher. Continue.

Pour la première fois, Stitch hésita, regarda vers le bas, mais se contenta de caresser les cuisses de Zak. Zak ne pouvait qu'imaginer ce qui se passait dans la tête de Stitch, mais la rougeur sur les joues du jeune homme était révélatrice.

— Je vais le faire, râla-t-il.

Zak couvrit la main de Stitch de la sienne et la rapprocha doucement de son entrejambe, voulant l'aider. Tant de conflits internes à vingt-sept ans. Il ne l'enviait pas.

— Tu me fais tellement bander.

Stitch respirait aussi fort que s'il était dans un hammam, et lorsqu'il enserra finalement la hampe de Zak dans sa poigne ferme, le contact envoya des étincelles d'excitation dans les couilles de ce dernier. La main de Stitch était rude, mais d'autant plus excitante.

— Putain, c'est bon.

Zak embrassa à nouveau Stitch, le rapprocha et pétrit la chair mûre de ses bras. Sa queue irradiait de petits frissons jusqu'à la poitrine de Zak.

— Qu'est-ce que ça fait ?

— C'est... bien. Épais.

Stitch tira doucement sur la longueur, comme s'il s'agissait d'un essai. Ses cheveux chatouillaient le visage de Zak tandis qu'ils s'embrassaient.

— Tu as du lubrifiant ? murmura-t-il.

Zak s'esclaffa.

— Quelqu'un regardait du porno gay.

Il embrassa longuement Stitch et lui gratta doucement l'arrière du crâne, appréciant ce moment de tendresse.

— J'ai même des préservatifs. Dans le tiroir du bas du meuble.

Stitch grommela quelque chose dans sa barbe et se dirigea vers le placard. Le regarder était un pur plaisir coupable. Le cul ferme encore caché sous un coton épais, le dos large, les bras musclés, tout se combinait pour créer une forme masculine parfaite. Les taches d'encre ici et là sur sa peau ne faisaient qu'exciter Zak. Malgré la crise d'agressivité de Stitch, Zak commençait à se dire qu'il avait peut-être eu de la chance. Il pouvait l'éduquer, lui apprendre tout ce qu'il savait, en faire son propre disciple massif et sexy.

• C'était quoi ça ? demanda-t-il en souriant au chien sur le dos de Stitch.

— Je ne regarde pas de porno gay, dit Stitch en revenant avec du lubrifiant et tout un paquet de préservatifs.

Il les posa à côté de Zak et retira son slip d'un seul coup, révélant une queue plus que jamais prête à baiser et des hanches musclées qui firent saliver Zak.

— Non ? Jamais ? On devrait peut-être t'éduquer alors.

Zak sourit, essoufflé, et fit glisser ses mains le long des pectoraux de Stitch, serrant la chaire dans ses paumes. Il se détendait au toucher, chaque parcelle de la chaleur de Stitch s'infiltrant en lui et alimentant son excitation.

Stitch grogna et rapprocha Zak en le saisissant brusquement par les cuisses.

— Arrête avec ton porno gay, dit-il en haussant la voix, sans jamais regarder Zak dans les yeux, trop occupé à reluquer son corps et à le toucher partout.

Zak soupira et baissa la tête de Stitch tout en se penchant en arrière. Ses tétons étaient à l'honneur, et la simple idée que Stitch puisse jouer avec eux le rendait si insupportablement chaud qu'il ouvrit les jambes encore plus grand.

— Oui ? Tu le veux ?

Stitch fit courir ses mains le long du torse de Zak, taquinant ses tétons en les effleurant.

— Tu écartes les jambes pour moi ? chuchota-t-il, regardant finalement Zak dans les yeux avec une intensité intimidante.

Ce ne fut qu'à ce moment-là que Zak remarqua que le scalpel avait laissé une entaille sur la gorge de Stitch, et il passa ses doigts sur la croûte.

— Je le fais, murmura-t-il en tirant doucement sur l'un de ses piercings sans jamais détourner son regard de Stitch.

Il voulait qu'il devienne fou de désir.

Stitch prit une grande inspiration et s'inclina pour un autre baiser, poussant leurs sexes l'un contre l'autre.

— Retourne-toi, murmura-t-il dans les lèvres de Zak.

Son poids donnait des vertiges à Zak, et même le léger mouvement qui consistait à glisser du banc et à se détourner de Stitch fut paresseux, lent. Il se pencha sur la chaise, reposant la moitié de son poids sur ses coudes, et regarda en arrière, caressant du pied le mollet sain de Stitch.

Stitch se redressa derrière lui, pétrissant les fesses de Zak comme s'il ne pouvait s'en passer.

— C'est le plus beau cul que j'aie jamais vu, dit-il à bout de souffle en frottant sa bite contre le flanc.

Stitch remonta sa main le long de la colonne vertébrale de Zak, avec assurance même s'il ne pouvait cacher le tremblement de ses doigts. Il devait être incroyablement excité, peut-être un peu effrayé. Zak pouvait le comprendre. La première fois qu'il avait pris un mec avait été un désastre. Il n'avait aucune idée de ce qu'il faisait, son petit ami de l'époque souffrait, et Zak s'était ramolli. Il leur avait fallu cinq tentatives au total pour réussir à introduire la queue de Zak, et même là, le sexe n'avait duré qu'une demi-minute environ. Au moins, Stitch semblait avoir de l'expérience en matière de pénétration.

Un frisson parcourut Zak qui se cambra et frotta ses fesses contre la longueur dure. Son trou picotait déjà à l'idée de l'avoir à l'intérieur.

— Doigte-moi, murmura-t-il.

Stitch ouvrit le lubrifiant et s'inclina pour embrasser le dos de Zak. Le contact était étonnamment tendre et fut suivi de beaucoup d'autres baisers, tandis qu'un doigt glissant commençait à explorer la peau entre les fesses de Zak. Il se cambra sous Stitch avec un faible gémissement et écarta davantage les jambes, laissant sa tête reposer dans le creux du cou de Stitch. Son corps était tellement prêt pour cet homme qu'il avait du mal à y croire. Au moment où le doigt épais effleura son anus, sa verge tressaillit si violemment qu'il poussa un petit glapissement.

— Ah oui ? Tu aimes ça ?

Stitch haleta et enfonça son doigt glissant jusqu'à la jointure.

— Tu aimes te faire baiser comme une petite salope ? gémit-il et se mit à peser de tout son poids sur Zak, écrasant son pénis contre la hanche de ce dernier.

Le cul de Zak accepta l'épais doigt sans poser de questions, mais son esprit s'alarma alors même qu'il reculait, se baisant lui-même sur le doigt. Il n'était pas opposé aux propos salaces, mais il ne connaissait pas ce type, et il se sentait très mal à l'aise.

— Non, j'aime être baisé comme un homme, murmura-t-il.

Stitch ricana.

— Ah oui ? Et comment un homme se fait-il baiser, hein ?

Il retira son pouce pour le remplacer par deux autres doigts, vissant encore plus fort.

— Dans le cul, hein ?

Son souffle chaud chatouilla la peau de Zak.

— Un homme n'est pas une salope, murmura Zak. Il choisit de se faire enculer et il en est fier.

Sa respiration devint superficielle alors qu'il se détendait pour la pénétration après la gêne initiale. Il serra ses muscles autour des doigts, anticipant les réactions de Stitch. Il allait lui montrer à quel point c'était bon de baiser un vrai homme.

— Alors pourquoi tu n'arrêtes pas de me faire la morale et ne le prends-tu pas comme un homme, hein ?

Stitch grogna et ajouta un autre doigt, baisant Zak avec des coups rapides et durs.

— Je n'aime pas qu'on me dise ce que je dois faire.

Zak fronça les sourcils et tendit la main vers l'arrière, saisissant fermement le poignet de Stitch. La brûlure ne le dérangeait pas, mais même s'il en voulait plus, il fallait établir des règles avec ce dur à cuire.

— Je n'aime pas l'idée d'être le jouet de quelqu'un. Tiens-toi bien.

Stitch retira ses doigts, son poids disparut, laissant le dos de Zak se refroidir. Zak n'entendait que de longues et profondes respirations. Il se retourna, déglutit lorsque le silence lui parut étrange.

Stitch le dévisagea, à quelques centimètres de lui, les mains sur la nuque et les sourcils froncés lui donnant l'air du dieu motard du tonnerre, mais il ne parlait pas, et il ne baisait pas non plus.

— Quoi ? grogna-t-il quand leurs regards se croisèrent.

Zak cligna des yeux, confus.

— Pourquoi t'es-tu arrêté ? demanda-t-il en tirant lentement sur la hampe raide qui serait bientôt en lui.

Elle tressaillit dans sa main, le liquide de son extrémité se répandant sur le poignet de Zak et le brûlant.

— Je ne suis pas un singe savant. Ne me dis pas de bien me tenir ou je vais craquer, s'emporta Stitch, sans pour autant reculer devant le contact.

— C'était une blague, murmura Zak, en faisant lentement le tour de la tête de la queue avec son pouce.

Il n'était pas très à l'aise dans cette position, mais il pouvait la supporter encore un peu. Il avait tellement envie de baiser. Cela faisait longtemps qu'il n'avait pas baisé, et ça n'avait pas été très bon non plus.

— Ne m'offense pas, et tout ira bien, d'accord ?

Stitch respira à nouveau profondément, l'air plus nu que jamais, les yeux écarquillés.

— Je n'ai pas fait exprès. Je suis... tellement excité, je vois ton magnifique cul tatoué. Tout ce que je veux, c'est bien te baiser. Je ne veux pas t'utiliser ou quoi que ce soit d'autre.

Il soupira et regarda Zak dans les yeux.

Zak déglutit, surpris par cette franchise. Il acquiesça, ne sachant que dire, et tapota les préservatifs avant de plonger ses propres doigts dans son trou pour l'étirer. La mâchoire de Stitch se décrocha et Zak se moqua de son visage.

— Allez, tu as dit que tu en avais envie, l'encouragea-t-il en perçant son trou avec trois doigts.

Des vagues de frissons chauds se répandirent dans tout son corps.

— Putain oui, je le veux.

Stitch sortit le préservatif de son emballage et l'enroula sur sa grosse bite.

— Laisse-moi entrer, gémit-il en posant sa main sur le côté de la fesse de Zak.

La chaleur entre eux devenait insupportable.

— Ajoute du lubrifiant, murmura Zak, en retirant lentement ses doigts de son trou étiré.

Avec son autre main, il écarta ses fesses pour montrer à Stitch ce qu'il avait manqué pendant tout ce temps. Stitch gémit, recroquevillant ses orteils sur le carrelage sous ses pieds, alors que l'impatience atteignait son paroxysme.

— Oh putain, tu es si sexy, bébé. Si sale, si sexy.

Stitch versa du lubrifiant dans la fente de Zak avant d'aligner son sexe sur le trou accueillant. Le simple fait de sentir la pression de la queue contre son anus donnait à Zak l'envie de se frotter à cet homme. Aussi horrible que cela puisse paraître, son corps se moquait de savoir s'il était un « bébé » ou une « salope ».

Zak inclina ses hanches et se mit à peser de tout son poids sur la chaise. Il enfouit sa joue dans le cuir et regarda en arrière, se mordant la lèvre. Sa verge était si lourde qu'elle était à peine supportable. Il voulait que cet étalon rugueux soit sur lui.

— Baise-moi, Stitch.

C'était tout l'encouragement dont Stitch avait besoin pour enfoncer sa longueur à mi-chemin d'un seul coup.

— Tu aimes ça ? grogna-t-il en posant sa main sur le bas du dos de Zak. Dis-moi comment tu l'aimes en toi.

Le cul de Zak irradiait de douleur jusqu'à ses jambes et ses hanches, et il leva un pied, l'accrochant au mollet de Stitch. Il avait surestimé sa préparation, mais ne voulait pas reculer.

— Donne-moi un moment, d'accord ? dit-il en tournant son visage vers le rembourrage.

Les phéromones de Stitch lui avaient brouillé l'esprit et il avait oublié la préparation dont il avait habituellement besoin.

— Oui, bien sûr.

Stitch s'inclina et recommença à embrasser le dos de Zak en le tenant fermement par les hanches. Zak imagina que c'est ainsi que Stitch tenait sa moto. Avec fermeté. Ses doigts ne tremblaient plus.

— Tu es si bon, murmura Stitch, et sa hampe palpita dans le canal serré de Zak, comme si elle voulait communiquer à quel point Stitch est excité.

Zak haleta et, au moment où la douleur commençait à s'estomper, il bougea ses hanches d'avant en arrière, se baisant sur cette tige raide et charnue. Tout son corps était en alerte face à la sensation d'être touché par un morceau d'homme de premier choix.

— Tu es si gros...

— Tu aimes ça ? chuchota Stitch à l'oreille de Zak, le chatouillant avec de l'air chaud.

Tout le corps de Stitch était comme un radiateur vivant. Un radiateur qui se mettait à bouger au même rythme que les hanches de Zak. Stitch n'avait peut-être aucune expérience de la baise avec les hommes, mais il apprenait vite et savait comment surfer sur la vague. Ses mains glissaient de haut en bas sur les côtés du corps de Zak, mais c'est quand l'une d'elles se glissa entre ses jambes que Zak vit des étoiles.

— Retiens-moi, murmura-t-il, en bougeant ses hanches pour amener la bite de Stitch là où il le voulait.

Il n'était déjà plus qu'un gros tas de frissons, et ils venaient à peine de commencer.

Zak n'eut pas besoin de demander deux fois. Stitch s'agrippa à ses bras et le maintint en place, donnant à Zak un avant-goût de sa force. Les genoux de Zak se transformèrent en bouillie lorsque Stitch commença à enfoncer son sexe, frappant soudainement la prostate de Zak de temps en temps.

— C'est ce que tu aimes ? C'est comme ça que tu le veux ? dit Stitch entre deux halètements.

Zak gémit lorsque la queue en piston toucha à nouveau son point sensible, et il lutta contre la poigne de Stitch juste pour vérifier s'il pouvait se libérer. Il était ivre de désir.

— Ouais, juste là... putain, c'est si bon...

— Je vais bientôt jouir, râla Stitch, sans cesser de chevaucher le cul de Zak.

Ses mains étaient occupées, mais il laissait ses lèvres parcourir la nuque de Zak. C'était une expérience tellement bouleversante, avec ces hanches puissantes qui claquaient contre son cul en coups secs, et la main charnue qui branlait Zak. Même la sensation du pansement sur le tatouage de la hanche de Stitch était une expérience à part entière.

Il gémit, inclinant à nouveau ses hanches.

— Fais-le, s'il te plaît, fais-le.

Stitch se jeta sur lui, le corps en sueur à cause de la chaleur.

— C'est si doux, putain.

Il mordit la nuque de Zak alors qu'il effectuait ses dernières poussées profondes et jouit en lui avec un gémissement guttural.

Zak mordit dans le rembourrage lorsque la queue tressaillit en lui, traitée par les muscles de son propre cul. Stitch s'allongea sur lui, haletant, mais ne cessa jamais de branler Zak. Il faisait même ces mouvements langoureux et ronds avec ses hanches, le membre usé, mais encore dur frôlant la prostate de Zak.

— Oui ? Viens pour moi. Viens partout sur ce putain de sol.

Il mordit l'oreille de Zak.

Ces mots rauques eurent raison de Zak. Il tremblait, et la chaleur pulsait dans sa verge, ses genoux s'assouplissant à chaque giclée de sperme.

— Putain, tu es si chaud, murmura Zak, caressant avec ferveur le mollet de Stitch avec son pied.

Il voulait emmener cet homme dans son lit et recommencer demain matin.

Stitch embrassa le côté de son cou, faisant courir ses mains le long du corps de Zak. Il ne dit pas un mot et finit par poser sa joue sur le dos de Zak, le grattant avec sa barbe. Cela ressemblait à des milliers de petites aiguilles qui semblaient exister dans le seul but de le séduire. Zak se cambra contre le corps dur, essayant de mouler son dos et son cul aussi parfaitement que possible. La hampe se ramollissait dans son corps, mais il la pressait encore un peu avec son cul.

Stitch grogna sa reconnaissance, mais se retira lentement, laissant Zak haletant sur la chaise du studio. Il lui donna une tape sur le cul comme pour le féliciter d'un travail bien fait.

Zak se retourna avec un sourire sauvage et attrapa le cou de Stitch, l'attirant vers lui pour un autre baiser. Son corps était à la fois agréablement fatigué et gonflé à bloc. Les bras épais entouraient sa taille avant qu'il ne puisse le demander, et la langue chaude de Stitch explorait une fois de plus la bouche de Zak de la manière la plus douce qui soit. Il n'y avait aucune gêne dans le baiser, pas de coups de dents ou de bave sur l'autre. Stitch était le meilleur embrasseur que Zak ait jamais eu, avec ses lèvres douces et sa langue agile qui lui donnait des fourmis dans les jambes.

Il aimerait bien s'allonger avec ce type sur la chaise de tatouage et s'endormir, se détendre, se réveiller avec le soleil, pas avec les jérémiades de Versailles.

— Intrus, marmonna Zak.

— L'intrusion ne semblait pas te déranger, murmura Stitch avec un sourire en coin.

Zak ricana, ravi de ce flirt.

— Tu as réussi à me convaincre de ses mérites.

Stitch avait l'air de vouloir mettre ses mains dans ses poches, mais il se rendit compte qu'il était nu et les posa sur les hanches de Zak.

— Ça valait le coup de se faire mordre par un chien.

Zak le dévisagea, ne sachant que répondre à cela, mais il finit par s'esclaffer.

— Romantique.

Stitch rit et s'éloigna pour enlever le préservatif et le jeter à la poubelle.

— Plutôt excité comme une bête.

Zak l'observa avec un petit sourire. Quel corps magnifique : volumineux, tonique comme il faut, bien bronzé, pas trop poilu... comme il aimait ses hommes.

— Tu as de l'herbe ?

Stitch pencha la tête sur le côté et fronça les sourcils.

— Peut-être.

Zak sourit et tendit la main pour toucher les poils blonds sous le nombril de Stitch.

— Tu veux te défoncer ?

Les joues de Stitch prirent une couleur saine.

— Bon sang, pourquoi pas.

Il sourit lentement et attrapa son pantalon.

Zak regarda longuement ce cul ferme, avec des fossettes sexy sur les côtés. Il serra son sphincter, appréciant la légère douleur. Stitch aurait pu durer un peu plus longtemps, mais c'était compréhensible vu qu'il n'avait jamais baisé avec un homme auparavant. Était-il un homosexuel refoulé ? Bi ? Ce n'était pas le moment de poser la question alors que le grand méchant motard était dans le déni même du porno gay.

— Au moins, je saurai où l'acheter maintenant. Tu es le revendeur ou tu connais quelqu'un ?

— Tu es direct.

Stitch gloussa et enfila son slip.

— Je connais quelqu'un, mais je peux t'en trouver.

Zak appuya ses fesses sur la chaise et lui sourit. Il voyait bien que c'était plus qu'une simple connexion. Il croisa les doigts.

— Ce serait bien. L'alcool me donne une terrible gueule de bois.

Le regard de Stitch ne cessait de lécher Zak de haut en bas tandis qu'il sortait une petite boîte de conserve.

— Cuisine ?

Zak fronça les sourcils.

— Chambre à coucher ?

Il y eut un moment de silence, puis Stitch s'avança et tapota le côté du cul de Zak avec un signe de tête.

Zak sourit et sortit du studio, conscient qu'une paire d'yeux était rivée sur ses fesses nues, il garda les épaules droites et se déhancha légèrement de temps en temps. Lorsqu'ils eurent recommencé à monter les escaliers, le regard commença à lui brûler la peau, du dos jusqu'au scrotum.

— Espérons que le chien pourra se retenir de t'attaquer à nouveau.

— Éloigne *Versay* de moi. Je n'ai pas vraiment le cœur à donner des coups de pied aux chiens.

Les doigts de Stitch se glissèrent le long des testicules de Zak par-derrière. C'était suffisamment inattendu pour que Zak s'arrête et se retourne en haussant les sourcils. Voulait-il encore baiser ? Il aurait fallu faire preuve d'une endurance impressionnante.

— Ce chien a besoin d'un autre nom.

Stitch lui sourit et, au lieu de se dérober, il massa paresseusement le scrotum de Zak.

— Ouais.

— Tu sens quelque chose que tu aimes ? murmura Zak en écartant un peu plus les pieds.

De petits frissons dansaient sur sa peau. Il ne pouvait pas prévoir ce que cet homme allait faire ensuite.

— J'aime tout ce qui se passe ici.

Stitch retira sa main et lui donna une claque plus forte sur le cul.

— Continue.

— Aïe, et si j'étais revenu sur ma decision ?

Zak rit et marcha jusqu'au premier étage.

Stitch ricana et le dépassa dans l'escalier.

— Il faudrait que je te coince.

— C'est vrai, tu l'as déjà fait, murmura Zak en pinçant la cuisse charnue.

Stitch se crispa une seconde, mais continua à avancer dans le couloir sombre.

— Je devrais penser à autre chose, parce que tu as l'air d'aimer te faire épingler.

Zak pensa que c'était le bon moment pour évoquer certains faits.

— Ça fait du bien, dit-il simplement.

— J'espère bien que c'est le cas. Je ne cherche pas à faire une baise caritative.

Stitch passa un bras par-dessus les épaules de Zak.

D'accord, il y a des choses qu'il semble savoir.

— Tu n'as pas à le faire, n'est-ce pas ? Un étalon si sexy ?

Zak passa son bras autour de la taille de Stitch.

— C'est... compliqué.

Stitch soupira, mais ne s'éloigna pas.

— Mais tu sors avec des filles, n'est-ce pas ? demanda Zak en le guidant vers la chambre au bout du couloir.

Stitch s'arrêta devant la porte de la chambre. Ils pouvaient déjà entendre le chien grogner.

— Oui, bien sûr... mais pas en ce moment. Je suis un peu fatigué avec toute cette histoire de divorce.

Zak fronça les sourcils en entrant et pointa du doigt le matelas pour chien.

— Au lit. Maintenant.

La bête gémit, mais obéit avec hésitation et se recroquevilla sur son petit lit. Zak se retourna alors vers Stitch et trouva sa main avec ses doigts. Le motard bluffait-il ou était-il vraiment bi ? Il n'aurait certainement pas pu simuler l'enthousiasme pour le sexe gay.

— J'imagine que ça doit être dur.

— Ce n'est pas la chose la plus agréable, non. Et toi ?

Stitch entra et alluma la lumière, donnant à Zak une vue imprenable sur le cul musclé sous une couche de coton. Il n'avait pas l'air à sa place dans la chambre de la vieille dame, avec son papier peint à fleurs et ses rideaux roses.

— Je suis gay, répondit Zak sans hésiter.

Stitch se lécha les lèvres, regarda Versailles, puis la fenêtre, et commença à rouler un joint.

Zak fit le tour du lit et s'assit sur le bord du matelas, le coton blanc et doux sous ses fesses. C'était un silence gênant.

— Tu prends d'autres drogues ? demanda soudain Stitch.

Il passa le joint à Zak avant de se reculer sur le lit, si près de Zak que leurs cuisses se touchaient.

Zak s'esclaffa et accepta sa récompense.

— Oh, allez, l'herbe *n'est pas* une drogue. C'est une herbe qui fait du bien.

Il appuya son coude sur le côté de Stitch et reposa sa tête sur l'épaule musclée. L'herbe sentait vraiment bon.

— Ouais, je voulais juste m'en assurer. Je ne peux pas faire confiance à un junkie, et j'ai besoin de te faire confiance.

Stitch alluma le joint de Zak.

— Je suis en bonne santé, ne t'inquiète pas, dit Zak, pour que ce soit bien clair.

Il s'assurait toujours de jouer la carte de la sécurité. Souriant devant le joint, il aspira un peu de fumée et la sentit se répandre dans ses poumons, répandant une douce lueur partout.

— Tu es vraiment... sexy.

Stitch aspira un peu de fumée et s'inclina pour embrasser Zak. C'était un bon début. Zak se laissa tomber sur le matelas, entraînant Stitch dans sa chute et sourit contre sa bouche. Aussi stupide que cela puisse paraître, il appréciait cette nouvelle proximité avec un étranger qui s'était introduit chez lui il y a une heure.

— Qu'est-ce que tu aimes le plus ?

Stitch tira une autre grande bouffée de fumée et s'enfonça dans la couette.

— Qu'est-ce que tu veux dire ?

Zak mit un bras sous sa tête pour se soutenir et sourit, prenant une nouvelle bouffée lente. Il se sentait déjà plus détendu.

— Tu sais, à propos du fait que je suis sexy.

— J'aime les tatouages. Je n'ai jamais été... J'aime tout ça.

Stitch parlait lentement, comme s'il avait du mal à choisir ses mots.

— Alors, je suis ton premier mec, hein ? murmura Zak, dans l'espoir que la drogue délierait la langue de Stitch.

Stitch tira encore une longue bouffée avant de répondre.

— Oui, dit-il en regardant le plafond.

— Pourquoi ? Zak passa le dos de sa main le long du flanc de Stitch tandis qu'ils savouraient la fumée.

— Oh, je ne suis pas comme toi. Ça ne fait pas vraiment partie de mon mode de vie.

Stitch ferma les yeux.

— Je suppose que tu as de la chance de m'avoir rencontré, dit Zak en posant sa tête contre le biceps de Stitch.

Si cela devait se répéter, il ferait sortir Stitch de sa coquille comme une huître juteuse.

— C'était vraiment inattendu. Je ne sais pas ce qui va se passer maintenant, mais si tu restes tranquille, on aura peut-être plus souvent de la chance tous les deux.

Stitch sourit, même s'il n'ouvrit pas les yeux. Il avait un profil si fort et si beau, avec un nez large et des lèvres succulentes.

— Je suis discret. Je comprends pourquoi tu préfères faire profil bas.

— Je ne veux pas que les gens se fassent des idées stupides, tu sais ?

— Comme quoi ? Que tu es faible, ou quelque chose comme ça ?

Zak roula des yeux, observant le beau gosse à ses côtés. C'était une petite ville, et il pouvait imaginer que beaucoup de gens, surtout s'ils venaient d'un milieu similaire à celui de Stitch, avaient des idées fausses sur les homosexuels.

Stitch tourna la tête vers Zak et ouvrit légèrement les yeux. Il avait l'air de l'homme le plus tentant avec la fumée qui tourbillonnait autour de son corps musclé.

— Les gars de mon club n'apprécieraient pas ça.

Zak acquiesça et franchit encore plus d'espace, respirant l'odeur des aisselles de Stitch, légèrement épicée, mais toujours fraîche, avec un soupçon de déodorant musqué.

Stitch rit au chatouillement et mit le petit bout de joint qui lui restait dans une tasse sur la table de nuit. Zak tira sur la couette pour se protéger du froid qui remontait lentement le long de sa peau. Il était détendu, au chaud, et songeait à réveiller Stitch la nuit avec une fellation surprise. Il était sûr qu'ils apprécieraient tous les deux une telle évolution.

CHAPITRE 5

STITCH

STITCH OUVRIT UN ŒIL. Les rideaux roses lui firent lentement réaliser où il se trouvait. La veille, il avait l'impression que c'était la vie de quelqu'un d'autre. Il regarda de l'autre côté du lit, mais Zak n'était pas là. Versay non plus d'ailleurs. Putain de caniche enragé.

Ce ne serait pas la première fois que Stitch se réveillerait dans le lit de quelqu'un d'autre, mais il s'attendait déjà à un niveau de gêne anormalement élevé, et tous ses sens lui criaient de ramasser ses affaires et de s'enfuir. D'un autre côté, il ne suffirait pas de courir. Aussi féminine que soit cette chambre, avec ses roses et ses bleus, avec les fleurs séchées dans un énorme vase, elle appartenait à un homme, et rien ne pouvait effacer ce que Stitch avait fait la nuit précédente. La partie logique de son cerveau continuait à suggérer que, puisqu'il était déjà passé à l'acte, qu'il avait baisé Zak comme un lapin en chaleur, il valait mieux continuer parce qu'il n'y aurait pas de retour en arrière possible. Si le gars savait se taire, Stitch pourrait enfin avoir un mec sexy à baiser. Sans parler de la fellation époustouflante que Zak lui avait offerte. Il adorerait avoir à nouveau ce corps encré sous lui.

Stitch se leva et ricana lorsque son mollet s'étira, lui rappelant la morsure de la veille. Il jeta un coup d'œil dans la pièce, jurant dans sa barbe. Tous ses vêtements étaient en bas, donc ses chances de sortir tranquillement par la porte arrière étaient minces. Tout ce qu'il pouvait faire était de s'habiller et de se faufiler dehors avant que Zak ne revienne de là où il était allé. Stitch repoussa les mèches de cheveux qui s'échappaient de sa queue de cheval et sortit de la chambre qui sentait l'herbe.

Dès qu'il entra dans le couloir, il entendit le son d'une musique rock and roll démodée provenant de l'étage inférieur. *Merde.* Cela signifiait que Zak était à la maison, ce qui équivalait à la nécessité d'une conversation gênante si Stitch voulait le baiser à nouveau. Pire encore, alors qu'il descendait l'escalier, son nez fut plongé dans une riche odeur de bacon et de café.

Ce type était-il en train de lui préparer son petit-déjeuner ? Un mec. Lui préparant son petit-déjeuner. Il ne s'agissait même pas de la zone de confort de Stitch. C'était tellement inhabituel pour lui d'avoir ce genre d'interactions avec un homme qu'il avait l'impression d'avoir à nouveau quinze ans et de ne pas savoir comment fonctionnaient les relations sexuelles. Stitch entra dans le studio sur la pointe des pieds et enfila son jean aussi silencieusement que possible. Mais dès que la boucle de sa ceinture cliqueta, il entendit les griffes de Versay taper sur le parquet du couloir.

— Debout ! cria Zak depuis la cuisine. Je nous ai préparé un petit quelque chose pour commencer la journée.

Stitch poussa un profond soupir. Il fallait qu'il parle à ce chien. Il enfila le reste de ses vêtements et se dirigea vers la cuisine, se sentant douloureusement sobre. Lorsqu'il ouvrit la porte de droite, il ne put s'empêcher de se mordre la lèvre devant le spectacle qui s'offrait à lui. Zak était plus chaud que le bacon qui grésillait dans la poêle. Un caleçon coloré reposait sur sa croupe, découvrant les os pointus de ses hanches et s'accrochant au sexe caché sous le coton. Il portait au cou quelques chaînes en argent, dont l'une s'accrochait à un anneau de téton alors que Zak retournait le bacon dans la poêle.

Il avait les plus beaux tatouages. D'une netteté éclatante, en noir et blanc, avec juste une touche de couleur, principalement rouge. Dans son dos, une femme nue montait un balai au-dessus d'un paysage urbain sombre et quelque peu grotesque. Ses cheveux roux s'emmêlaient dans le ciel, comme s'ils voulaient atteindre la lune lumineuse tatouée à l'arrière de l'épaule de Zak. Les bâtiments étaient encrés tout autour de la taille de Zak, sous la surveillance de trois figures expressionnistes qui étaient devant, dont l'une était un chat souriant. Des personnages plus petits, des démons et des monstres, étaient dessinés dans ce qui ressemblait à deux files interminables remontant le long de ses jambes, chacun des monstres rampant pour vénérer ce cul et cette bite incroyables. Les bras de Zak étaient comme la toile d'un asile fantastique, avec des hommes en camisole de force, des instruments médicaux effrayants et des médecins démoniaques. Stitch eut soudain envie de lire le livre dont ses tatouages étaient inspirés.

Il se retourna pour sourire à Stitch.

— Salut.

Un sourire idiot s'épanouit sur les lèvres de Stitch et il s'approcha. Zak était parfait. S'il était une fille, Stitch l'épouserait. Aujourd'hui.

— Salut.

Il se souvenait encore de la sensation de ce corps entre ses mains, ferme et masculin. Rien à voir avec les douces courbes de Crystal. Stitch fit un pas de plus et glissa ses doigts sous l'élastique du caleçon de Zak, à l'arrière. La sensation de ce corps chaud l'obligea à pousser un faible grognement.

Zak gloussa et répartit le bacon entre deux assiettes roses ornées de caniches, qui contenaient déjà deux œufs chacune. Côté jaune vers le haut. Il y avait aussi des toasts, que Zak sortit du grille-pain, et de la salade de chou.

— Comment aimes-tu ton café ?

Ne voyant aucune protestation, Stitch glissa sa main plus bas et serra les fesses de Zak.

— Après le sexe.

Il vit la chair de poule apparaître sur les avant-bras de Zak, et il voulut lécher chacun d'entre eux. C'était de la folie. Il ne devrait pas faire ça et pourtant, c'était si bien.

Zak éteignit la cuisinière et baissa le menton pour regarder Stitch dans les yeux, un sourcil se haussant alors même qu'un sourire se dessinait au coin de cette bouche douce, embrassable et suceuse de bites. Il repoussa la main de Stitch.

Il était tellement impatient que Stitch aurait pu jouir dans son pantalon rien qu'en doigtant ce cul serré. Il s'approcha pour l'embrasser, espérant que Zak ne se soucierait pas de sa barbe. Tout ce qu'il voulait, c'était que ces cuisses encrées s'écartent à nouveau pour lui.

Zak se tourna vers lui comme s'il n'attendait que ça et passa son pouce dans le cou de Stitch. À en juger par le large sourire qu'il arborait, les poils piquants ne le dérangeaient pas le moins du monde.

— Pas de rancune pour le bacon froid alors ? murmura-t-il, ses lèvres succulentes se refermant sur celles de Stitch.

— Non.

Stitch sentit la peau de Zak, fraîche et acidulée. Cela ne ressemblait pas du tout au parfum préféré de Crystal. Il glissa son autre main vers le cul de Zak et le souleva, surpris par le poids qu'il devait supporter. Il s'y attendait en quelque sorte après hier, mais c'était encore complètement nouveau. C'était comme rouler sur une moto d'une nouvelle marque. Presque pareil, mais légèrement différent. Il s'avança, juste assez pour poser Zak sur la table en bois.

Zak lui sourit et glissa ses mains jusqu'aux hanches de Stitch, l'attirant entre les cuisses qui s'écartaient. Il continua à sourire tout en se penchant pour un autre baiser, sa respiration étant haletante. Il était si invitant que la queue de Stitch en frémissait.

Stitch suça la lèvre inférieure de Zak, le sang palpitant dans sa tête comme s'il voulait exploser. Il déboucla sa ceinture, imaginant déjà sa bite de nouveau dans ce cul serré. Zak l'avait trait hier. C'était tellement chaud que les genoux de Stitch se ramollissaient de seconde en seconde lorsqu'il se souvenait de cette sensation. Il ne pouvait pas imaginer qu'un des gars qu'il connaissait se fonde en lui comme ça, veuille se faire enculer et lui sourire après

— Oh, bébé, tu es si chaud, râla-t-il.

Il tira sur le slip de Zak, impatient de découvrir le pénis et le piercing coquin qui s'y trouvait. Cette chanson d'Offspring ? *Want you bad* [1] ? Zak en était l'incarnation, et son charisme donnait à Stitch l'envie de lécher chaque clou métallique et chaque anneau du corps de Zak. Il était la version masculine d'une Suicide Girl.

Zak leva légèrement les hanches pour faciliter le retrait de son slip et approfondit le baiser, pressant son torse contre celui de Stitch. Son corps était si dur, comme si les muscles étaient comprimés sur ses os, rendant son corps plus dense que tous les autres que Stitch avait jamais touchés de cette façon.

— Je te fais déjà bander ? murmura Zak en mordant soudain le menton de Stitch.

La sensation était à la limite de la douleur et envoyait de petites explosions jusqu'à la verge de Stitch.

— J'ai bandé dès que je suis entré dans la cuisine.

Stitch jeta le slip de Zak sur le sol et ouvrit son jean. C'était difficile de se concentrer quand il voyait le sexe de Zak, prêt à jouir pour lui. Cela avait été glorieux de sentir cette magnifique bite chaude pulser dans sa main, presque sur commande.

— Ah oui ? J'aurais dû te faire exploser quand je me suis réveillé avec ton bois du matin, murmura Zak avec un sourire radieux. Je me serais débarrassé de toi plus tôt, Trouble.

---

1. Je te veux tant.

Stitch prit une grande inspiration à cette idée. Il aimait l'impudeur de Zak, qui parlait d'enculage comme s'il s'agissait d'une sucette.

— Tu aimerais bien. Tu voulais juste avoir tout le bacon pour toi, c'est ça ? Pas de chance, j'ai une autre sorte de viande pour toi.

Stitch gloussa et embrassa Zak avant de baisser son propre pantalon. Bon sang, ce n'était pas comme le sexe avec une chatte. Il avait besoin de lubrifiant. Stitch se retourna et mit du beurre sur ses doigts.

Zak lui saisit le poignet et secoua la tête.

— Les préservatifs et le beurre ne font pas bon ménage. Tiroir de gauche, ajouta-t-il avec un clin d'œil.

Il semblait sincèrement heureux à l'idée d'avoir une bite dans le cul, et il n'était pas du tout féminin. C'était incroyable. Stitch n'en revenait pas.

— Et si on les laissait tomber alors ? râla Stitch en remuant les doigts.

Il voulait hurler.

— Je veux jouir en toi. Ce n'est pas comme si j'allais mettre un bébé là-dedans. Zak renifla et caressa le nez de Stitch, sans se laisser déconcerter.

— Oui, c'est vrai. Une fois, je l'ai fait sans capote, et le type m'a refilé une chlamydia. Merci beaucoup.

Stitch soupira, se sentant étrangement rejeté. Ce n'était pas logique, et il le savait, et ce n'était pas non plus suffisant pour ramollir sa verge, mais ça piquait quand même. Un jour, il baiserait Zak sans ça. Pour l'instant, il était trop excité pour discuter.

— D'accord, d'accord, bon sang.

Il versa le beurre dans l'évier et commença à chercher le bon tiroir. Il le trouva sans trop de difficultés. Parmi les stylos et les cahiers, il y avait un petit flacon de lubrifiant et plusieurs préservatifs éparpillés sur la papeterie comme des paillettes colorées.

— Tu ne te soucies pas de ça ? demanda Zak.

Stitch regarda les cuisses écartées de Zak et conclut qu'il ne se préoccupait pas de grand-chose d'autre pour l'instant.

— Bien sûr que si, dit-il juste pour le plaisir, en mettant du lubrifiant sur ses doigts.

Zak sourit et se pencha en arrière, reposant une fraction de son poids sur ses coudes tandis qu'il levait ses jambes et reposait les talons sur le bord de la table, s'écartant pour l'inspection. Sa hampe était mûre et prête, et les longs testicules se rapprochaient du corps de Zak, rasé si proprement qu'ils semblaient briller, comme s'ils étaient poli. Puis il y avait le tourbillon sombre entre ses fesses, pas encore tout à fait exposé.

Stitch était mort et était allé au paradis. Zak était le petit déjeuner parfait au soleil, sur la table de la cuisine, si cette pensée ne paralysait pas Stitch, il lécherait ce repas sur toute sa surface. Au lieu de ça, il sourit et poussa ses doigts glissants contre l'anus de Zak. Le simple fait de l'effleurer fit frissonner le pénis de Stitch.

Les traits de Zak se relâchèrent, il émit un son guttural et écarta les cuisses, rapprochant son cul du bord de la table.

Stitch glissa deux doigts à l'intérieur, écartant les muscles tout en observant le visage de Zak. C'était la seule chose qui lui avait manqué hier. Il voulait voir Zak se tordre et gémir pour avoir plus de bite. Zak se laissa tomber sur le dos et fit descendre ses mains le long de son corps dans un mouvement de serpent. Après en avoir envoyé une plus bas, sur son ventre, il se pinça le mamelon avec l'autre et sourit à Stitch.

— Ils sont tellement épais et rugueux...

— Tu aimes ça ? Dis-moi.

Stitch était fasciné par la façon dont les anneaux des tétons de Zak brillaient au soleil. Il poussa ses doigts plus loin et les bougea paresseusement. Il avait besoin que Zak devienne accro à lui. Qu'il le supplie. Qu'il vienne attendre à l'extérieur du club juste pour se faire baiser. Ce ne serait pas une chose unique et Stitch le savait déjà. Ces parois intérieures étaient si incroyablement lisses. Il avait hâte de les sentir sans la gaine de caoutchouc, de sentir toute leur chaleur et d'éjaculer dans le cul serré et doux de Zak.

Zak cligna des yeux et se lécha les lèvres, qui semblaient s'être assombries et être devenues plus pulpeuses depuis leur premier baiser quelques minutes auparavant. Il commença à masser doucement sa queue, sépara ses couilles avec son pouce et sursauta lorsque son trou se contracta autour des doigts de Stitch.

— Oui, c'est très chaud, très masculin.

— Tu n'as jamais eu de gars comme moi, n'est-ce pas ?

Stitch s'inclina pour un baiser et laissa le bout de ses doigts remonter le long de la cuisse de Zak.

— Personne n'était aussi nuisible que toi, murmura Zak avec un sourire fou, comparable au sourire vicieux du chat tatoué sur sa poitrine.

Il enfouit une main dans le maillot de Stitch et s'y accrocha, le regardant dans les yeux, comme pour le défier.

— Ah, oui ? Alors tu veux que je parte ?

Stitch sourit et retira ses doigts d'un geste langoureux, sans jamais détourner les yeux de Zak.

— Pas vraiment. Tu es mon intrus préféré après tout, murmura Zak comme s'il partageait un secret.

— Je vais m'imposer quand je veux alors.

Stitch sourit et mit un préservatif sur son sexe. Il était déjà trop impatient de s'enfoncer dans cette étreinte brûlante. Avec ce corps masculin étalé sur la table, prêt à se soumettre à sa queue, Stitch pouvait difficilement se concentrer sur autre chose que le beau visage de Zak, et le corps incroyablement sexy recouvert de créatures démoniaques. Les pulsations dans la tête de Stitch lui firent oublier tout le reste lorsque Zak ouvrit la bouche.

— Baise-moi.

Zak n'eut pas besoin de demander deux fois. Stitch aligna sa verge sur le trou glissant et l'enfonça sans plus attendre. Il posa ses paumes sur la table à côté de Zak et l'embrassa à nouveau, prêt à explorer cette bouche chaude pendant qu'il enfonçait sa longueur à l'intérieur. Mon Dieu, il ne tiendrait pas longtemps avec un gars comme lui.

Zak s'agita contre lui, grogna dans le baiser, mais n'essaya pas de le repousser. Au contraire, les longues jambes encrées le rapprochèrent, s'installant sur ses fesses. Une autre paire de membres forts et dessinés s'enroula autour de son cou, le maintenant en place pour le baiser profond qui les fit tous deux trembler et haleter. Cela n'avait rien à voir avec les baisers de Crystal. Il y avait une légère barbe sur la peau de Zak, et tandis qu'il enfonçait profondément sa langue dans la bouche de Stitch, caressant la sienne, pillant chaque crevasse sensible, la verge de Stitch devint encore plus dure là où elle était logée dans le doux trou entre les fesses de Zak.

Stitch glissa une main vers le sexe de Zak avec plus de courage que la veille. Il devait se rappeler qu'il était le conquérant, qu'il prenait ce qu'il voulait, et non pas un déviant qui voulait toucher la queue des autres. Il poussa plus loin, enfonçant sa hampe dans la chaleur étouffante. C'était si incroyablement bon. C'était comme si tous ses problèmes fondaient comme de la graisse de bacon. Il n'y avait que lui, Zak, et un rythme rapide de poussées et de grognements tandis qu'il branlait Zak au même rythme.

En un rien de temps, ils se lancèrent à corps perdu, et il n'arrivait pas à détacher ses yeux du visage rougi et des yeux brillants de Zak. Le gars tirait même sur les hanches de Stitch pour le faire s'enfoncer plus fort, haletant et gémissant au rythme du claquement de la table en bois contre le mur. La sueur de Zak sentait si bon qu'elle pourrait être la base d'un parfum à base de phéromones, un aphrodisiaque pour attirer Stitch.

Quand Stitch jouit, c'était comme si sa queue était étreinte par ce canal serré. Il gémit sur les lèvres de Zak et lécha la sueur sur sa joue. Il ne cessa jamais de caresser le sexe de Zak alors qu'il effectuait ses dernières poussées, imaginant qu'il n'y avait pas de barrière de caoutchouc entre eux, qu'il allait le crémer, le marquer de sa propre jouissance.

Zak poussa un gémissement essoufflé et jouit juste après, son sperme se répandant sur la main de Stitch, chaud et collant. Son odeur chatouilla quelque chose au plus profond de Stitch, mais au lieu d'y réfléchir, il se pencha et embrassa la bouche tremblante.

— Ohh, putain, murmura Zak tandis que ses jambes se détendaient lentement autour des hanches de Stitch.

Les yeux mi-clos, il avait l'air de quelqu'un qui aimerait se blottir dans les couvertures et s'endormir après la baise la plus époustouflante de sa vie.

Stitch lui sourit, ignorant le fait qu'il ne savait pas trop quoi faire de sa main.

— Je ne suis pas un « trouble » après tout, n'est-ce pas ?

Il déposa un nouveau baiser sur les lèvres de Zak avant de se redresser.

Zak se passa les mains sur le visage, la poitrine toujours en ébullition.

— Pourquoi ai-je pris la peine de m'habiller ? Je savais que ça arriverait, espèce de parasite.

— Non, tu n'avais qu'un slip. Tu as peur que l'huile se répande sur ta camelote ?

Stitch gloussa et retira le préservatif, son regard se posant sur les fesses glissantes de Zak.

— Ma camelote n'a pas de prix pour moi, gémit Zak, sans même prendre la peine d'être décent.

Il avait ce sourire satisfait bien en place.

Stitch regarda l'horloge en forme de chiot accrochée au mur tout en refermant son pantalon.

— Je n'ai plus le temps de prendre mon petit-déjeuner, mais ça valait le coup.

Zak acquiesça et commença à étaler le filet de sperme qui se trouvait sur son ventre sur toute la peau.

— Tu vois, tu es un problème. Mais Versailles te remerciera pour le petit-déjeuner cuisiné.

— Versay a eu un morceau de mon mollet hier, donc il devrait aller bien.

Il n'arrivait pas à détacher son regard de Zak. Comment était-il censé revenir à la réalité maintenant ?

— Je parie qu'il t'aimera plus que n'importe qui d'autre maintenant qu'il connaît ton goût.

Zak se laissa glisser paresseusement de la table et attrapa la nourriture.

Stitch boucla sa ceinture et donna une tape sur les fesses de Zak.

— Tout comme toi.

— Je veux ton numéro, dit Zak en faisant un signe de tête vers le tiroir à papier.

Stitch sourit.

— C'est pas assez que j'aie le tien ?

— Non.

Zak haussa les épaules.

— Et si j'ai un besoin urgent de protéines ?

Stitch gloussa et prit un morceau de papier.

— Tu es vraiment effronté. Viens un jour dans notre bar. Je parie que les gars aimeraient rencontrer un tatoueur talentueux, dit-il en écrivant le numéro.

Ce serait bien de voir Zak dans les parages. Même s'il ne pouvait pas le toucher.

Il ne savait pas comment les choses allaient évoluer avec ce type, mais il savait que d'ici la fin de la semaine, il le baiserait à nouveau.

— Et Stitch, je te file un coup de main et tu m'en files un en retour, ouais ?

Zak haussa les sourcils et remplit sa bouche d'œufs.

Stitch cligna des yeux, ne sachant que dire.

— Hein ?

Est-ce que c'était la façon dont Zak voulait lui dire qu'il voulait aussi le baiser ? Il serra les fesses par réflexe et se sentit pâlir.

Zak fronça les sourcils.

— Tu sais, j'ignore comment fonctionne ce truc de club. Donne-moi des conseils, et pas de blagues sur les pédés, d'accord ?

— Oh. Ouais, ouais, je vais te présenter et tout ça. Mais tu n'es pas « ouvertement gay », n'est-ce pas ?

Stitch fronça les sourcils. Ça n'allait pas du tout se passer comme prévu.

Zak mordit un peu de bacon croustillant.

— Je ne m'en vante pas.

— Oui, alors... ne dis rien, et tout ira bien.

Stitch hésita, mais se pencha pour embrasser la joue de Zak et prit les côtés de son visage en souriant.

— Tellement beau, putain.

Zak ne quitta pas son regard, mais sourit en retour.

— J'ai hâte d'y être.

— À bientôt donc.

Stitch se dégagea enfin et sortit de la cuisine. Il ne s'était pas senti aussi léger depuis des années.

Même Versay, qui grognait sous la table du salon, ne réussit pas à gâcher l'humeur de Stitch. Il sortit dans la cour ensoleillée et se dirigea directement vers sa moto noire brillante. Il savait qu'il penserait au corps élancé de Zak lorsqu'il monterait sur sa machine.

Mais alors qu'il se tournait vers la fenêtre pour vérifier si sa Pollyanna était là, en train de regarder derrière lui, son téléphone portable sonna, et ce n'était pas Crystal.

— Quoi de neuf ? demanda-t-il à Gator[2], le président de leur club.

Tout ce qu'il obtint fut:

— Ramène tes fesses au club house tout de suite, on a un problème.

2. Alligator.

CHAPITRE 6

STITCH

LE CLUB HOUSE ÉTAIT plus animé qu'une colonie de fourmis. Tous les gars se précipitaient deux par deux, portant de gros appareils électroménagers qu'ils avaient obtenus dans l'entrepôt d'une grande entreprise il y a une semaine. Obtenus gratuitement. Stitch et Capitaine traînaient un grand réfrigérateur côte à côte dans le camion de déménagement appartenant au club, qui était normalement utilisé pour leurs affaires légales. Il avait été difficile de charger ces bébés tout frais, tout neufs, lorsque les Hounds of Valhalla les avaient pris sous leur aile, mais le fait de savoir que des policiers pouvaient frapper à leur porte à tout moment rendait l'opération encore plus frénétique.

— Comment la police a-t-elle pu renifler ça, putain ?

Stitch grogna tandis qu'ils portaient le réfrigérateur jusqu'au camion déglingué et le passaient à Joe, qui poussa l'équipement à l'arrière afin qu'ils aient de la place pour les autres articles transportés comme des voitures emportées par l'inondation. Télévisions, consoles de jeux, téléphones, tous emballés et neufs. Des objets qui devaient être déplacés au plus vite.

Gator passa devant eux avec une pile de cartons, la sueur brillant sur son crâne chauve et tatoué.

— Toby Flaren m'a appelé du commissariat. Rat a laissé des empreintes. Il faut qu'on déplace tout ça au cas où Cox se pointerait, pour que vous sachiez qui remercier pour tout ça.

— Quel putain d'idiot ! marmonna Capitaine alors qu'ils posaient le réfrigérateur sur le sol à l'intérieur du camion.

Il essuya la poussière de ses mains et sauta directement de la remorque pour ne pas bloquer le passage à deux autres paires d'hommes qui transportent le reste du stock.

— Hé, Stitch, tu conduis !

Gator claqua des doigts en l'air et se plaça au-dessus de quelques caisses, ce qui lui donnait l'air d'un marchand d'esclaves, les hommes se déplaçant sous son regard comme s'ils portaient des blocs pour construire une pyramide. Gator n'avait pourtant pas l'air d'un pharaon, tout en muscles et en rougeurs sur son visage gras. Dans ces moments-là, Stitch croyait vraiment que ce type avait lutté une fois contre un alligator et lui avait brisé le cou.

Stitch acquiesça, mais se passa les doigts dans les cheveux en regardant les cartons s'empiler dans le camion.

— Où est-ce qu'on emmène cette merde ? Où est-ce qu'on est censés décharger tout ça ?

— Je vais trouver une place à Bayou Cane, je connais des gens là-bas, mais il faut que tu sois sur la route.

— Aller !

Capitaine se tape la cuisse et courut autour du camion pour s'asseoir sur le siège passager.

— Tu es sûr qu'on a tout ?

Stitch referma l'arrière du camion dès que Gator en fut descendu. Des putains de problèmes sans fin. Il préférerait être dans l'atelier, en train de poncer une table.

— Si un truc a été oublié, on s'en occupera. Maintenant, allez-y ! grogna Gator.

Stitch n'était pas prêt à discuter avec le président du club.

Gator donna une claque à l'arrière du camion, comme s'il s'agissait du cul d'une fille.

Stitch ouvrit la portière du conducteur et sauta à l'intérieur, où Capitaine était déjà en train de consulter une carte. Dans le rétroviseur, il pouvait voir les autres gars se précipiter comme un essaim d'abeilles préparant leur nid pour une attaque de frelons géants. Il se mordit la lèvre et démarra le camion en serrant les mains sur le volant. Gator courut jusqu'à la grille et lorsqu'il appuya sur le bouton, la porte blanche commença à se soulever lentement. Petit à petit, elle s'éleva, trop lentement au goût de Stitch.

Capitaine dit :

— Va d'abord au nord-ouest, en enfilant une paire de lunettes de soleil sur son nez.

Dès que le soleil brûlant frappa les yeux de Stitch, il sut qu'il était temps de mettre aussi des lunettes de soleil. Il ne fallut que quelques minutes pour quitter la ville. Stitch s'assura de choisir un quartier où la moitié des maisons étaient vides afin que le moins de gens possible les voient. Il préférait de loin être sur sa moto, et non enfermé dans une boîte de conserve géante qui ne pouvait pas aller plus vite, ni même sortir de la route comme le ferait une moto.

— Je vais tuer Rat quand ils le laisseront sortir, grogna Stitch, complètement concentré sur la route asphaltée.

Capitaine secoua la tête.

— Avec les nouveaux plans de Gator, le gamin doit mettre de l'ordre dans ses affaires ou il sera exclu, dit-il en tapotant son cache-œil. Va à droite.

Stitch tourna sans poser de questions.

— Quels sont les nouveaux plans ? siffla-t-il, mais la question devint sans intérêt dès qu'il aperçut la voiture de police de Cox dans le rétroviseur. Putain ! Appelle Gator. Il faut qu'on se débarrasse de cet enculé.

Capitaine laissa tomber la carte et regarda dans l'autre rétroviseur, sa poitrine se gonflant.

— Fils de pute !

Il tapota ses doigts épais contre la vitre et jeta un coup d'œil à Stitch, qui sortit son téléphone portable.

— Oublie ce que j'ai dit, va à gauche, passe devant chez moi, d'accord ?

Stitch serra les dents, mais il devait croire que Capitaine avait un plan. Il détestait ne pas être au courant, et son front était déjà si chaud qu'il aurait pu y faire frire un œuf. Non pas qu'il soit doué pour faire frire des œufs, comme l'avait prouvé le dernier fiasco. Il acquiesça et prit le premier virage à gauche pour sortir de l'autoroute, au moment même où Capitaine plongeait sa main dans la poche avant de Stitch pour en extraire son téléphone. Il ne pensait pas que Stitch avait quelque chose à lui cacher.

— Melissa ? Prends la voiture maintenant, on sera là dans trois minutes, dit Capitaine à sa régulière, regardant Cox dans le rétroviseur, tout tendu. Ne pose pas de questions stupides, fais-le, tu dois faire quelque chose pour moi, bébé.

— Je peux voir son capot ! Je peux voir son capot, il est trop près, putain !

Stitch se hérissa comme un ours acculé. Il appuya sur l'accélérateur.

— Qu'est-ce que tu fais avec mon téléphone ?

Il jeta un coup d'œil aux doigts épais du Capitaine qui tripotaient son smartphone. C'était assez pathétique. Le téléphone de Capitaine était un de ces téléphones de vieux, avec de gros chiffres, mais il avait réussi à ouvrir un nouveau message et était en train de taper quelque chose adressé à Gator. Stitch devait se procurer un nouveau téléphone pour communiquer avec Zak, au cas où ce dernier déciderait de lui envoyer des messages salaces.

— Conduis et ne l'éloigne pas trop de nous quand tu tourneras dans ma rue, d'accord ? grogna Capitaine juste avant de revenir à la conversation qu'il avait avec sa femme.

Stitch cessa d'écouter et se contenta d'appuyer sur l'accélérateur, désireux d'élargir l'espace qui les séparait de Cox tout en s'assurant de ne pas enfreindre le Code de la route. Ils ne pouvaient pas donner d'excuses à cet enfoiré pour les arrêter avec une tonne de marchandises volées à l'arrière du camion.

Ce n'était pas ce qui était prévu. Ils étaient censés acquérir les appareils électroniques et s'en débarrasser rapidement. Et hop ! Profit. Au lieu de ça, Stitch transpirait comme un porc dans ce véhicule de fortune.

— C'est quoi ce putain de plan ? demanda-t-il à Capitaine alors qu'ils approchaient de sa maison.

— Garde-le à tes trousses et accélère dès que tu dépasses ma cour, grogna Capitaine.

Il ouvrit la bouche pour en dire plus, mais décrocha le téléphone dès qu'il sonna.

— Gator, on est chez moi, de combien de temps as-tu besoin à la station-service ?

Il tapait du poing sur le tableau de bord comme un métronome vivant.

Stitch pouvait sentir la tension dans l'air, mélangée à l'odeur d'un feu de camp dans un parc de caravanes qu'ils avaient passé. *Il* aurait préféré faire rôtir des putains de marshmallows au lieu de risquer sa liberté pour un tas de téléviseurs et de congélateurs. Les factures n'allaient pas se payer toutes seules. Il souhaitait seulement que Cox n'ait pas l'idée stupide d'essayer de les dépasser ou quelque chose comme ça. Dès qu'ils atteignirent la maison de Capitaine, il mit les gaz.

— Ne dépasse pas la limite, lui rappela Capitaine, pratiquement collé à la vitre.

Le ricanement soudain qu'il poussa fut le signe dont Stitch avait besoin pour jeter un coup d'œil dans le rétroviseur. Sa bouche s'arrondit en un sourire lorsqu'il vit la voiture de Melissa garée de l'autre côté de la rue, bloquant Cox, qui klaxonna avant de sortir de sa voiture, rejoint par Melissa, qui leva les mains en signe d'impuissance. C'est tout ce qu'il put voir avant qu'ils ne tournent à droite.

— C'est ma nana ! sourit Capitaine en frappant du poing l'épaule de Stitch. C'est dommage qu'elle n'ait que des frères.

Stitch respira profondément et frappa sa main sur la cuisse de Capitaine. En ce moment, Stitch se ferait n'importe lequel des frères de Melissa.

— Putain, c'était pas loin ! Il faut que j'offre un verre à cette femme ! Ou... une nouvelle télé ?

Il se mit à rire comme un fou.

— Ne la tente pas, je vais lui offrir quelque chose parce qu'elle le mérite. Qu'est-ce que tu en penses ? Dois-je lui faire un cuni ce soir ?

Capitaine sourit et posa ses bottes sur le tableau de bord.

Stitch gloussa, jetant toujours un coup d'œil dans le rétroviseur de temps à autre, mais le cœur beaucoup plus léger.

— Va pour ça.

Il voulut ajouter quelque chose, mais rien ne lui vint à l'esprit lorsque l'image de lui-même en train de sucer Zak envahit son cerveau. Il n'était pas prêt pour ce changement de dynamique, mais cela l'incita tout de même à respirer plus profondément. Il pouvait tracer le tatouage du serpent avec sa langue et faire glisser le piercing par-dessus.

— Elle serait d'accord avec toi.

Capitaine s'étira, visiblement détendu.

— Prends le chemin le plus court jusqu'à la station-service de Ted.

— Et après ? Qu'a dit Gator ?

Stitch posa ses deux mains sur le grand volant, essayant de chasser de son esprit toute pensée de sucer des bites. Ça ne lui ressemblait pas.

— J'ai besoin d'une chatte après ça, dit-il, même s'il n'était pas sûr que c'est ce qu'il voulait vraiment.

— On va faire la fête après ça, alors n'oublie pas de prendre un beau cul, dit Capitaine en tapant sur son vieux téléphone. Ils vont attendre là-bas avec un autre camion, et tu vas sauter dans l'autre. Cox va trouver des conneries qu'on déménage ce soir.

Stitch acquiesça. Capitaine n'aurait pas dû dire « cul ». Tout ce que Stitch voulait, c'était un cul tatoué très particulier. Peut-être qu'il pourrait encore baiser Zak ce soir. Et demain. Et le jour suivant. Deux fois par jour de préférence.

— Ouais, c'est bien. On va cacher celui-là à la station, d'accord ? Je pense qu'il y a une route dans la forêt où ce camion peut se transformer.

— Fais ce que tu as à faire tant que Cox ne nous rattrape pas avant d'arriver à la station, dit Capitaine alors qu'ils reprenaient l'autoroute.

Ils étaient proches de leur but et Stitch pouvait déjà goûter à l'argent sur son palais.

Ils entrèrent dans la station délabrée et s'arrêtèrent juste à côté d'un des camions identiques que possédait leur société de déménagement. L'un des gars était à l'arrière, il tenait déjà la plaque d'immatriculation et se précipita vers l'autre dès que Stitch se gara.

Capitaine se glissa hors du véhicule et courut vers l'autre camion.

— Mettez ce bébé dans le bain, les gars ! cria-t-il en atteignant le camion de remplacement et en embrassant sa porte blanche.

Stitch les salua d'un signe de tête et se dirigea directement vers la station-service, où un seul pompiste les observait, la mâchoire ouverte. Ce type aurait besoin qu'on lui parle. Dans son dos, le nouveau conducteur garait leur précieuse cargaison dans la station de lavage, mais Stitch se précipitait déjà pour fermer la bouche du préposé.

— Qu'est-ce que vous..., dit le garçon dégingandé, qui ne devait pas avoir vingt ans.

— Hé, mon gars, que dirais-tu d'une nouvelle PlayStation ? demanda Stitch, dès qu'il eut recouvert le gars de son ombre.

Ils parleraient différemment s'il n'obéissait pas rapidement.

— Une quoi ? Pourquoi ?

Le type croisa ses bras minces sur sa poitrine et fronça les sourcils.

Stitch s'approcha d'un pas et passa un bras sur ses épaules.

— Tu vois ce camion ?

Il désigna celui qui disparaissait dans la station de lavage.

— Eh bien, tu ne l'as pas vu. C'est clair ? Tu joues ton rôle et tu reçois une PlayStation toute neuve. Si tu ne le fais pas, tu auras beaucoup d'ennuis. C'est assez clair ?

L'homme expira brusquement. Ses yeux brillaient de l'avidité de quelqu'un qui n'aurait pas pu s'offrir une console flambant neuve.

— Pour de vrai ?

Stitch inspira profondément, heureux de ne pas avoir à sombrer dans la violence.

— Pour de vrai. La dernière, dans sa boîte d'origine, avec tout ce qui va avec.

Les gars finirent de fixer la nouvelle plaque d'immatriculation juste à temps quand l'officier Cox apparut à l'horizon.

— Marché conclu ?

Le préposé lui fit un signe de tête.

— Il n'y avait pas de camion. J'ai dû voir un reflet dans la fenêtre, monsieur.

Stitch sourit et se dirigea vers le camion rempli de meubles, les mains dans les poches. Capitaine lui sourit depuis le siège passager au moment où la voiture de police entra dans la station.

Cox arrêta sa voiture dans un léger grincement de pneus et sortit précipitamment, ses yeux cherchant Stitch. Son beau visage lisse se crispa lorsque leurs yeux se rencontrèrent.

— C'était vous qui conduisiez ce camion, ou c'était votre ami ?

— Bonjour, officier, cria Capitaine par la fenêtre du passager, mais Cox se contenta de lui faire un signe de la main.

— Je suis le chauffeur, officier Cox.

Stitch s'assura que ça sonne comme « cocks[1] », comme il le faisait quand ils étaient au lycée.

— Que puis-je faire pour vous aujourd'hui ? Nous sommes un peu pressés, vous voyez.

Il passa ses doigts dans ses cheveux et les repoussa en arrière. Ce fichu bandeau avait disparu quelque part, comme d'habitude. L'uniforme noir de Cox lui donnait l'air de sortir d'un porno policier, tout moulant et mettant en valeur sa silhouette. Pas de donuts pour l'officier Cox. De toute façon, Stitch ne regardait pas de porno policier.

— Et pourquoi êtes-vous si pressé à l'idée de parcourir la ville sans but précis ? demanda Cox, aveuglant Stitch avec le reflet de la lumière du soleil sur son badge.

---

1. Bite en anglais.

` Stitch se demandait si c'était fait exprès, ou si Cox était vraiment un monstre au point d'astiquer ce truc pendant la pause déjeuner.

— Juste quelques meubles pour cette famille à Houma. Il leur manque leur grille-pain et tout ça.

Stitch lui sourit, regardant la mâchoire ferme et carrée se crisper. *Vas-y, enfoiré, demande si tu peux le voir.*

— Puis-je vérifier que vous n'avez rien cassé ? Je l'aurais fait plus tôt, mais une jeune femme a eu des problèmes de voiture à quelques kilomètres d'ici, dit-il entre ses dents.

Stitch n'aurait pas voulu avoir sa bite entre ces lèvres, ce type avait des mâchoires comme un alligator.

— Bien sûr, monsieur l'agent. Est-ce que cela existe maintenant ? La police escorte les meubles des citoyens ? demanda-t-il alors qu'ils s'approchaient de l'arrière du camion.

Il n'oserait pas essayer de jeter un coup d'œil au cul de Cox, mais il l'avait fait quelques fois dans le passé, et il semblait bien ferme dans le pantalon noir de l'uniforme. Parfois, Stitch imaginait Cox gémir sous lui lorsqu'il se branlait. Ce fantasme était également très élaboré. Il incluait un Cox menotté et gémissant des choses comme : « Oh putain, je ne devrais pas faire ça ».

— C'est possible, nous avons l'intention de rendre leurs biens de manière encore plus sécurisée, dit Cox en s'arrêtant devant le camion.

Il lança à Stitch un regard plein d'attente.

— C'est parfaitement compréhensible.

Stitch acquiesça avec l'air le plus sérieux possible et ouvrit d'un coup sec la porte arrière, révélant un intérieur rempli de meubles et de cartons. Il y avait même un énorme ours en peluche rose enveloppé dans deux sacs en plastique pour le protéger.

Cox le regarda pendant dix secondes avant de monter dans le camion. Stitch avait du mal à retenir son sourire en regardant ce cul serré et ces mouvements qui ne cachaient en rien la confusion de Cox. 1:0 pour les Hounds of Valhalla.

— Bon, je pense que vous devriez y aller si vous voulez les livrer à temps, dit finalement Cox en sautant du camion sans regarder Stitch.

— Merci d'avoir vérifié, monsieur l'agent. Nous ne voudrions pas que nos clients aient des doutes sur nos services.

Stitch bâilla et s'étira.

Cox plissa les yeux et acquiesça avant de retourner à la voiture de police. Il s'en était fallu de peu.

— Stitch, tu viens ? Nous avons une livraison à faire ! cria Capitaine en frappant à la vitre avant du camion.

Stitch acquiesça et se dirigea en trottinant vers le siège du conducteur. Dès qu'il eut posé son cul en place, il mit le moteur en marche.

— Waouh. Ça mérite une cigarette, dit-il en sortant un paquet de sa main libre. Tu aurais du voir son visage suffisant se transformer en une flaque de chagrin.

— Avec cette tête, il ne devrait pas être flic. Comment peut-on respecter quelqu'un de lisse comme un cul de bébé ? ricana Capitaine.

Il tapota le volant devant Stitch.

— Un mannequin de sous-vêtements sous couverture ?

Stitch renifla, ne sachant pas s'il ne poussait pas la plaisanterie trop loin. Il s'approcha de Capitaine pour allumer sa cigarette et ouvrit la fenêtre, se sentant plus léger de quinze kilos sans les objets volés à l'arrière.

— Un pédé restera toujours un pédé, même s'il baise des femmes, dit Capitaine avec philosophie.

Il sourit à son téléphone et le cacha dans sa poche.

Un sentiment de nausée s'empara de l'estomac de Stitch. Le sujet le mettait mal à l'aise.

— Je suppose que oui, marmonna-t-il en inspirant profondément la fumée de sa cigarette.

— Gator dit qu'ils viendront chercher Rat au poste. Il nous a dit d'aller au bar après pour fêter ça.

Capitaine haussa les épaules.

— Je ne sais pas ce qui se passe avec cette petite merde. C'est comme s'il n'avait pas de cerveau.

— Tu disais que Gator avait de nouveaux projets ? J'espère que ce n'est pas encore cette merde ?

Stitch mâcha le filtre de sa cigarette.

Capitaine s'esclaffa.

— Pas question, il prévoit de s'aventurer dans quelque chose de plus petit et de bien plus rentable.

Stitch jeta un coup d'œil à Capitaine en fronçant les sourcils.

— Ah, oui ? Qu'est-ce que c'est? Ça ne va pas nous apporter encore plus de coups de chaud ?

Capitaine haussa les épaules.

— Je deviens peu à peu trop vieux pour continuer à porter ces lourds appareils, mais je serais heureux de faire en sorte que les gens se sentent bien en leur donnant ce qu'ils veulent. Ce n'est pas comme si Cox allait faire plus d'efforts que maintenant.

Cela ne fit que confirmer ce que Stitch soupçonnait. La drogue. Il l'avait vu venir depuis un moment déjà, mais avait espéré ne pas en arriver là.

— Trop vieux ? Qu'est-ce que tu racontes ? Tu as trente ans et tu es fort comme un bœuf.

— Peu importe, je préfère gâter ma régulière plutôt que de m'inquiéter de ce que nous pouvons nous permettre.

Capitaine s'adossa à son siège et sourit à Stitch.

— Ne me dis pas que tu as déjà la frousse ?

Stitch grogna.

— Idiot. On verra comment ça se passe. Je ne veux pas te voir finir en prison.

Il plaisantait, mais n'était pas d'humeur à rire. Dès qu'ils se lanceraient dans cette nouvelle « entreprise », la tension monterait, les enjeux seraient plus importants, plus de gens voudraient mettre la main sur leur argent. Des ennuis. Voilà ce qu'était cette idée.

— Moi non plus, ne t'inquiète pas.

Capitaine bâilla, se détendant complètement dans son siège.

— De toute façon, c'est la fête ce soir. Tu auras l'occasion de montrer ce que tu as fait pour couvrir toutes les traces de Crystal.

Stitch jeta le mégot de sa cigarette par la fenêtre.

— Ce Zak, il a fait du très bon boulot. C'est un type bien aussi.

— Ouais ? Peut-être que tu devrais lui faire savoir pour ce soir alors ? Je pourrais envisager de l'engager moi-même si j'aime le travail qu'il a fait sur toi.

Stitch ne put s'empêcher de sourire et ralentit le camion avant de sortir son téléphone portable. C'était stupide, mais il voulait l'approbation de Capitaine. Il savait qu'il ne l'obtiendrait jamais pour ce qu'il avait fait avec Zak, mais ce serait bien que Capitaine aime Zak.

Il choisit le bon numéro.

Il fallut trois tonalités pour que Zak décroche, et la ligne résonna de son baryton profond.

— Bonjour, Stitch.

Stitch dut retenir un gémissement. Mon Dieu, appeler Zak en public n'était peut-être pas une si bonne idée. Il se sentait comme un écolier après avoir goûté pour la première fois à une chatte.

— Bonjour...

— Qu'est-ce qu'il y a ? Il y a un problème avec le tatouage, ou je te manque ? murmura la voix douce et veloutée, s'insinuant dans les courbes sensibles de l'oreille de Stitch.

Zak lui manquait. Zak lui manquait dans chaque centimètre de sa bite.

— Euh, ouais, je veux dire, on fait une fête à Valhalla ce soir, j'ai pensé que tu pourrais venir ?

Sa paume sur le volant se mit à transpirer en quelques secondes.

— Oui, pourquoi pas. Quelle heure ?

À quelques centimètres à côté, Capitaine discutait avec sa régulière, sans se préoccuper de ce qui se passait avec Stitch.

— Ce soir. Il n'y a pas d'heure fixe. N'importe quand dans la soirée et ça durera toute la nuit.

Stitch aurait aimé pouvoir ajouter « prends des préservatifs et du lubrifiant ».

Zak rit, et la mélodie de sa voix suffit à faire se raidir un peu la bite de Stitch.

— Bien sûr, je serai là.

Il coupa l'appel avant qu'il ne devienne plus difficile. Même en parlant à Zak, Stitch imaginait toutes les choses dégoûtantes qu'ils pouvaient faire. C'était comme si les démons dans les tatouages de Zak se nichaient sous la peau de Stitch.

CHAPITRE 7

ZAK

IL ÉTAIT DÉJÀ TARD lorsque Zak arriva au Valhalla. À en juger par le nombre de voitures et de motos garées sur l'herbe clairsemée autour du bar, l'endroit devait être bondé. Son regard fut attiré par les petites lanternes de cigarettes qui brûlaient dans l'obscurité, où un groupe de femmes discutait à l'écart du bruit. Il vérifia qu'il avait bien un préservatif et un sachet de lubrifiant dans la poche avant de son jean, et regarda dans le rétroviseur pour s'assurer que les cheveux ébouriffés qu'il avait peignés sur un côté de sa tête étaient aussi beaux que lorsqu'il était parti de chez lui. Prêt à se montrer à son nouveau compagnon de baise, il verrouilla la voiture et se dirigea vers le bar bourdonnant. De la vieille musique rock faisait trembler le sol sous les pieds de Zak, ce qui le fit sourire. Il n'avait pas espéré qu'il y ait un endroit qui passait des trucs à moitié décents dans un endroit aussi petit que Lake Valley.

Il avait l'air de bien se débrouiller ici, après tout, et il avait besoin d'un peu de temps pour que la poussière retombe avant d'envisager de retourner dans sa ville natale. Il pouvait tout aussi bien s'amuser pendant qu'il était ici. C'est ainsi que ses yeux se mirent à chercher la forme volumineuse de Stitch dès qu'il pénétra dans le bar sombre et un peu étouffant.

Quelques regards s'accrochèrent instantanément à lui, mais il trouva rapidement l'homme qu'il cherchait, la queue de cheval blonde de Stitch le faisant ressortir tout autant que le cul parfait dans un jean délabré. Ce que Stitch était en train de faire était une autre affaire, et il n'y avait rien de plaisant à en être témoin. Stitch se tenait derrière une fille qui jouait au flipper. Il avait l'air énorme à côté de la petite taille de la jeune fille, alors qu'il s'écrasait sur son cul chaque fois qu'elle tirait sur les leviers de la machine.

Plissant les yeux, Zak se dirigea directement vers le bar, choisissant d'ignorer Stitch. S'il voulait baiser avec des filles, très bien, mais pourquoi inviterait-il Zak à assister à ça ? La conversation précédente n'était rien d'autre que le plaidoyer d'un homme affamé de sexe gay.

Il s'installa sur le tabouret vide près du bar et fit un signe de tête à Joe, qui le salua depuis la pompe à bière située à quelques mètres de là. Le comptoir collait sous les coudes de Zak, mais il n'en tint pas compte et jeta un coup d'œil sur les côtés.

— Salut !

Joe le salua et s'approcha.

— Qu'est-ce que je te sers ?

À un moment donné, il dut crier au-dessus d'un éclat de rire à la table de billard.

— Juste une bouteille de bière, merci.

Zak sourit et fit un geste vers la foule.

— Quelle est l'occasion ? Il y aura de la musique plus tard ?

— Non, juste le juke-box. Il m'arrive aussi d'être DJ.

Joe leva le menton et sortit une bouteille du frigo.

— Les flics étaient encore après le club et ont arrêté un de nos gars sans raison. Ils ont donc dû le laisser sortir. Tu vois le jeune gars là-bas ? Rat.

Joe désigna un jeune qui dormait dans un coin, la tête contre le mur, un verre vide à la main.

Zak sourit, se demandant ce que le pauvre gars avait fait pour mériter un tel surnom. Rat avait encore le visage couvert de boutons.

— C'est un début difficile. Pourquoi serait-il arrêté ? demanda-t-il en se penchant sur le comptoir.

Il prit la première gorgée de la bière froide et sourit au goût clair et légèrement amer.

— Il avait probablement de l'herbe sur lui.

Joe haussa les épaules.

— Stitch a dit que Rat payait un verre à tout le monde ce soir, alors ta première bière est pour lui.

— Il apprendra sa leçon, dit Zak en ricanant et en utilisant le rideau de ses cheveux pour jeter un nouveau coup d'œil vers le flipper.

Stitch n'était plus en train de bousculer la fille comme un lapin trop pressé, mais ils continuaient à parler, Stitch s'appuyant contre le mur comme le chien dominant qu'il était. Des mèches de cheveux tombaient sur son visage, lui donnant l'air d'un beau Viking rock'n'roll. Zak n'avait aucune idée si Stitch oscillait réellement des deux côtés ou ce qu'il faisait. De toute façon, ça n'avait pas vraiment d'importance.

— Exactement. Ce n'est pas grand-chose, mais c'est bien d'avoir l'occasion de faire un doigt d'honneur aux flics.

Zak lui sourit. Il n'avait jamais eu de mauvaises expériences avec la police, mais quand on est à Rome, il faut faire comme les Romains. Ou se taire tout simplement.

— Que font les gens d'ici pendant leurs jours de congé ? À part venir ici.

— Beaucoup d'entre eux sont propriétaires de l'entreprise voisine et y travaillent. Tu sais, les déménagements. Et puis certains d'entre eux utilisent l'atelier pour toutes sortes de travaux de menuiserie.

Joe affichait un large sourire en parlant, tout en servant les boissons des gens.

— C'est une entreprise locale, nous ne travaillons pour personne d'autre.

Zak soupira. Il n'y avait donc rien d'autre à faire que de traîner ici et de travailler. C'était peut-être mieux ainsi. Il allait pouvoir recharger ses batteries en toute tranquillité.

— Est-ce qu'ils vendent les... objets artisanaux en bois quelque part ? Y a-t-il un magasin ?

Il pourrait peut-être commander quelque chose pour son nouvel atelier.

— Il s'agit principalement de travaux sur commande, mais tu peux toujours venir voir ce qui n'a pas encore été récupéré. Par exemple, le mois dernier, ils fabriquaient des bancs BDSM sur mesure. On s'est beaucoup amusé avec ça. Et Stitch a fabriqué une table et des chaises miniatures pour l'anniversaire de sa fille.

Le visage de Zak, qui s'était détendu en un sourire à la mention des meubles du donjon, se releva soudain. Une fille ? C'était la dernière chose à laquelle il s'attendait. Il se retourna vers Stitch, serrant et ouvrant les poings. Le type avait l'air de se foutre de tout, de faire semblant de mettre un verre de bière sur la poitrine d'une fille.

— Je ne savais pas qu'il avait un enfant.

— Oh, oui. Quatre mois après le mariage, si tu vois ce que je veux dire.

Zak soupira.

— Et maintenant, c'est fini. Au moins, il a un enfant. Quel âge a-t-elle ?

— Cinq ans ou quelque chose comme ça. Une gosse mignonne, en fait. C'est dommage qu'il ait divorcé, Crystal et lui formaient un beau couple. C'est stupide, mais j'ai toujours imaginé, quand j'étais plus jeune, qu'ils formaient un couple parfait. Je voulais quelque chose comme ce qu'ils avaient.

Joe avait l'air d'un chiot égaré lorsque son regard se porta sur Stitch.

Zak cligna des yeux, surpris par ce sentiment.

— Ça arrive. Quelqu'un de spécial dans *ta* vie ? demanda-t-il, voulant changer de sujet.

— Pas encore, et toi ? Tu es venu pour avoir de la chance ce soir ?

Joe sourit et regarda par-dessus l'épaule de Zak. Avant même que Zak ne se retourne pour suivre le regard de Joe, il entendit deux voix féminines qui se détachaient du bruit.

— Salut, M. Tatoo.

Le sourire sur son visage se crispa, mais au moment où il se retourna, il sut qu'il devait avoir l'air parfaitement naturel.

— Salut, mesdames.

Il se demanda un instant s'il ne s'agissait pas de jumelles. Non, leurs traits étaient différents, mais elles avaient toutes deux de longs cheveux d'un rouge éclatant, étaient très maquillées et portaient des robes noires moulantes avec quelques traces de tatouages. Elles pourraient être les sœurs jumelles de la moitié de la scène alternative.

— Es-tu prêt à t'amuser, M. Tatoo ? demanda l'une d'entre elles en passant ses doigts sur le bras de Zak.

— Laissez-moi deviner, vous êtes tous les deux colocataires, dit-il en souriant au moment bizarre où il aurait dû leur dire qu'il n'était pas intéressé, mais où il ne réussit pas à le faire.

Son estomac se tordit à l'idée de ce que cela pouvait impliquer. Dans un endroit comme celui-ci, surtout en tant que nouveau venu, il ne pouvait pas ignorer ce que les gens pensaient. Cela le mettait encore plus mal à l'aise.

— Je m'appelle Vanessa.

L'une des filles tendit la main en souriant, tandis que l'autre plissait les yeux comme un chat.

— J'adore tes tatoos. J'ai entendu dire que tu étais tatoueur ? C'est ton affiche sur le mur, n'est-ce pas ?

— Oui, c'est vrai.

Il lui serra la main, pas trop longtemps, pour rester professionnel.

— Que veux-tu savoir ?

Les lèvres pleines de Vanessa s'ouvrirent sur un sourire.

— Je veux savoir où tu habites.

Elle but une gorgée de bière de la bouteille qu'elle tenait à la main. Son amie, visiblement plus timide, cacha sa bouche derrière la bouteille et fit un petit clin d'œil à Zak. Celui-ci lui répond par un sourire.

— Si tu souhaites une consultation, tu peux consulter mon portfolio en ligne et me contacter pour convenir d'un rendez-vous. Y a-t-il un modèle en particulier qui t'intéresse ?

— Ce n'est pas l'heure des portfolios maintenant, entendit-il la voix rauque bien connue sur le côté.

Elle tira sur la nuque de Zak, agrippant la peau et lui donnant un frisson dans le dos.

— J'ai besoin d'une consultation pour mon nouveau tatouage.

Vanessa gémit.

— Va-t'en, Stitch !

Zak fit un grand sourire à son sauveur.

— Je ne m'attendais pas à te voir ici, dit-il, désireux d'écarter les fausses jumelles.

Il tendit la main et attrapa Stitch par l'avant-bras, lui serrant la main. Il remarqua que la jumelle numéro deux s'était retournée à mi-chemin vers le bar, apparemment plus sensible au langage corporel que son amie.

— Ah oui ?

Stitch lui tient la main un peu trop longtemps, mais se retira.

— Mais tu as l'air de t'amuser.

— Ces filles sont intéressées par les tatoos, dit-il comme s'il n'avait pas remarqué le flirt. Vous vous connaissez tous les trois ? demanda-t-il en soutenant le regard de Stitch, intense dans la pénombre de la pièce.

— Bien sûr que oui. Va-t'en, Vanessa, tu harcèles encore mon nouvel ami.

Stitch sourit et lui tapota les fesses. Elle fit la moue, mais finit par saluer Zak du bout des doigts et par partir avec son amie.

Zak se pencha pour murmurer « Merci ».

Il respira l'odeur déjà familière de l'eau de Cologne de Stitch, complétée par une note d'alcool.

— Tu crois que je l'ai fait pour toi ?

Stitch lui fit un sourire en coin et tira sur son bras pour éloigner Zak du bar.

— J'ai juste besoin qu'on s'occupe de mon tatouage.

— Et toi ? Tu avais l'air de bien t'occuper près du flipper, dit Zak en glissant du tabouret et en suivant Stitch.

— C'était juste pour s'amuser.

Stitch haussa les épaules et l'entraîna par une porte dérobée, derrière laquelle la musique s'éteignit instantanément. Le couloir était sombre et poussiéreux, avec seulement quelques vieilles affiches de groupes sur les murs.

Zak se mordit la lèvre, sa peau brûlant à l'endroit où la grosse main de Stitch le touchait.

— C'est toujours le bar ?

— Non. C'est le club house. Nous avons quelques chambres d'amis et un endroit pour nous détendre.

Stitch retira sa main, mais pas avant d'avoir caressé Zak avec son pouce.

— Les gars du club peuvent rester ici de temps en temps s'ils en ont besoin.

Zak expira en plongeant son regard dans les yeux noisette de Stitch.

— Alors, on n'est pas seuls ici, devina-t-il en regardant les posters de motos et de femmes nues, qui avaient manifestement été arrachés à un magazine des années quatre-vingt-dix.

Stitch poussa une porte et saisit soudain le devant du haut de Zak. Avec une force qui fit trébucher Zak, Stitch l'entraîna dans la pièce sombre. La porte se referma et, au moment même où Zak entendit le clic de la serrure, il se retrouva contre le mur, les lèvres de Stitch sur les siennes et le corps ferme et large de Stitch qui l'écrasait.

— Maintenant nous le sommes.

La pièce dégageait une odeur de renfermé, mais Zak s'accrocha quand même aux bras de Stitch et s'ouvrit à lui, suçant sa langue sauvage et agitée qui lui baisait la bouche avec une urgence inégalée par les précédents partenaires de Zak. Il gémit et glissa ses mains dans le dos de Stitch, massant les muscles tendus.

— La seule chose à laquelle j'ai pensé toute la journée, c'est à quel point j'ai envie d'être en toi, râla Stitch dans les lèvres de Zak entre un baiser et un autre, son haleine aussi chaude que le rhum.

Zak eut à peine le temps de réfléchir que Stitch lui attrapa les cuisses et les tira vers le haut. Il perdit du terrain et dut s'agripper au cou de Stitch lorsque celui-ci le plaqua contre le mur en se jetant sur Zak avec ses hanches.

— Ohh, putain, murmura Zak, frissonnant contre Stitch alors que ce grand gaillard le soulevait comme une marionnette.

Les mots de Stitch frappèrent au cœur de la poitrine de Zak, chassant l'air et tirant des ficelles invisibles qui le poussèrent à ouvrir plus grand ses cuisses, à détendre son cul pour se préparer à recevoir cette bite épaisse et juteuse. Dans un monde idéal, Zak aurait demandé à Stitch de déchirer l'arrière de son jean et de l'enculer sur le sol, l'écrasant de son poids d'une manière tout à fait primitive. Le simple fait d'y penser fit frémir l'estomac de Zak.

— Qu'est-ce que tu veux ? Tu veux ma bite à l'intérieur de toi, n'est-ce pas ? chuchota Stitch dans l'obscurité, sa bite déjà dure dans son jean. Pomper mon sperme au plus profond de ton cul chaud.

Stitch gémit et poussa ses hanches. Il lécha le côté du visage de Zak d'un geste langoureux, de la mâchoire à l'oreille.

Stitch était cru et brutal comme un homme des cavernes en manque de sexe. Ses déclarations faisaient se recourber les orteils de Zak tandis qu'il serrait ses cuisses autour de ces hanches puissantes. Zak suça les lèvres aromatisées au rhum, s'enivrant déjà de leur goût. Sa tête tournait, légère comme une coquille d'œuf vide, et tout le sang du corps de Zak migrait vers le sud. Il adorerait être baisé à cru par un beau gosse comme lui, dans un monde idéal sans MST. Mais il pouvait toujours fantasmer sur ce sujet.

— Je veux que tu me relèves les jambes et que tu m'enfonces cette bite, murmura-t-il, mordant soudain la chair tendre de la lèvre de Stitch.

— Tu es le poison que j'ai choisi.

Stitch le serra contre lui en se détournant du mur, transportant Zak quelque part dans la pièce sombre. Un tout petit peu de lumière provenant d'une fenêtre poussiéreuse rendait les contours des meubles flous, mais ce ne fut pas une surprise lorsque le monde devint horizontal et que le dos de Zak rencontra un matelas. Il n'avait pas besoin de voir Stitch pour savoir qu'il détachait sa ceinture, le bruit métallique se répercutant directement sur la bite de Zak.

— Ça va me tuer, mais je ne peux pas m'arrêter, marmonna Stitch.

Zak frémit sur le matelas et fouilla dans sa poche pour en sortir les deux sachets. Il avait tellement chaud qu'il avait envie de se débarrasser de tout, y compris de sa propre peau, et de sentir Stitch encore plus près, d'accepter sa passion presque sanguinaire. C'était un homme d'une vingtaine d'années, probablement homosexuel, qui avait soudain l'occasion de faire l'amour avec un homme, pas étonnant qu'il ne puisse s'en empêcher. Mais il y avait quelque chose d'étrange dans l'intensité même de Stitch qui rendait Zak à la fois incertain et plus excité qu'un taureau en rut.

— Te tuer ? dit-il en enfonçant son jean pour se libérer. Je ne suis pas si dangereux.

La forme du corps de Stitch se mêlait à l'obscurité, comme s'il s'agissait d'un démon motard, prêt à posséder Zak avec ses grosses mains qui lui pétrissaient maintenant la poitrine, et une bite qui était probablement déjà prête à baiser comme un diable. Zak imaginait à moitié Stitch se faire pousser des cornes et sa queue se doter de nodules et de crêtes un peu partout.

— Tu l'es si tu continues à être aussi sexy, murmura Stitch.

Plus ils restaient dans la pièce, plus les yeux de Zak s'habituaient à l'obscurité.

Pourtant, il n'arrivait pas à suivre les mains de Stitch. Elles remontaient son haut, glissaient jusqu'à ses fesses et les pressaient fortement. Son genou écarta les jambes de Zak, et tout ce qu'ils eurent comme bande sonore, ce furent leurs respirations superficielles, échangées entre des lèvres tremblantes, assez douces pour faire tourner la tête de Zak.

Zak enfonça ses doigts dans les cheveux longs et rêches de Stitch et le rapprocha de lui, impatient de mordre dans sa bouche, d'arracher des morceaux de ses lèvres et de sa langue juteuses. Maintenant qu'il avait perdu son pantalon et ses sous-vêtements, il enfonça ses talons dans le cul de Stitch et l'attira à lui. Son cul palpitait de besoin, comme s'il y avait un vide en lui qui avait besoin d'être rempli de chaleur dure. Il poussa les deux paquets dans la main de Stitch, essoufflé.

— Je te veux à l'intérieur...

— Putain oui...

Le sifflement de Stitch fut accompagné par le craquement de l'emballage du préservatif lorsqu'il le déchira. Quelques secondes plus tard, une généreuse quantité de lubrifiant coulait sur la fente de Zak.

— Je vais te pilonner jusqu'à l'oubli, râla Stitch, en poussant la tête de son sexe contre l'anus de Zak et en le faisant glisser contre la peau glissante et sensible.

Il s'agrippa à la solide armature qui se trouvait au-dessus de lui, à deux doigts de siffler d'excitation. Il ne voyait pas grand-chose d'autre que les contours des cheveux et des épaules de Stitch, comme s'il était allongé sous une brute qui prendrait tout ce qu'elle voulait, que Zak le veuille ou non. Mais il aimait ça. Il le voulait, et il leva ses hanches pour les effleurer sur la chair dure.

— Ouais....

Stitch poussa plusieurs fois, étalant le lubrifiant partout, mais sa poussée suivante fut plus forte et fit passer le gland à travers le sphincter.

— Tellement serré que j'ai déjà envie de te crémer.

Stitch haleta au-dessus de lui, poussant Zak dans les ressorts durs du vieux matelas.

Zak sursauta et se mordit l'intérieur de la lèvre, tremblant sous l'effet de la douleur fulgurante qui se propageait dans son cul alors qu'il se resserrait autour de la queue envahissante dans une sorte d'étau. Mais il était trop excité pour se plaindre et décolla ses hanches du matelas, s'enfonçant davantage dans l'acier velouté qui se trouvait entre ses jambes. Sans l'aide de ses yeux, son monde se réduisit aux sensations tactiles. Le vieux matelas rugueux en dessous. Le corps de Stitch, tendu comme celui d'un jaguar, attaquant sa proie, humide de sueur. L'odeur de Stitch envahit Zak par vagues violentes, s'intensifiant lorsque Stitch commença à faire aller et venir son épaisse bite dans son anus serré. Les douces mèches de ses cheveux montaient et descendaient sur la joue de Zak au même rythme, étonnamment doux et apaisant.

Les bruyants reniflements autour du cou de Zak ne firent que renforcer l'impression d'animalité.

— Je pourrais jouir rien qu'en te sentant, râla Stitch juste avant de s'enfoncer jusqu'à la garde, ses couilles frappant les fesses de Zak.

Stitch s'abaissa sur Zak, chassant tout l'air de celui-ci et le faisant haleter. La chair chaude pulsait dans le cul de Zak, déclenchant des étincelles d'excitation dans sa verge, coincée entre leurs corps en sueur.

— Tu es vraiment un homme des cavernes, murmura Zak contre les lèvres palpitantes, sucrées et épicées par le goût du rhum.

La douleur se réduisait à une brûlure qui, il le savait, ne tarderait pas à s'atténuer, et il remonta ses jambes plus haut, posant ses pieds sur les hanches de Stitch, s'ouvrant complètement.

— Tu vas même sucer la moelle de mes os.

— Je suis un Chien de Valhalla après tout.

Stitch grogna et un éclat de dents apparut dans la faible lumière lorsqu'il sourit. Il se retira lentement, pour enfoncer à nouveau sa longueur, puis commença à répéter le rythme violent.

— Sucer ta moelle, ronger tes doigts, écraser ta chair, et en faire sortir le sperme.

Zak retint un gémissement, saisit le cul serré et charnu entre ses cuisses et força ses yeux à s'ouvrir, regardant directement dans l'obscurité noire où se trouvait le visage de Stitch. Son corps tremblait sous l'effet de la douleur qui se mêlait à la jouissance à chaque fois que cette virilité épaisse et impitoyable frôlait sa prostate, encore et encore, la poussant à l'entrée et la tirant doucement lorsque Stitch se retirait. Chaque poussée remplissait ce vide douloureux à l'intérieur et poussait Zak vers de nouveaux sommets.

Stitch grognait à chaque mouvement brusque, mais n'arrêtait pas de baiser Zak comme s'il n'y avait pas de lendemain. Son cul était chaud et tendu sous les doigts de Zak.

— Tu aimes ça ? Tu aimes une bonne et dure baise ?

Stitch râlait, ses hanches bougeaient si vite qu'elles faisaient gémir les ressorts rouillés du matelas.

Zak laissa échapper un faible grognement, ses orteils se recroquevillant quand, tout à coup, la chaleur dans son estomac commença à monter rapidement. Ses testicules se resserrèrent et se mirent à picoter tandis que son sexe se heurtait à son estomac à chaque poussée brutale de Stitch. Il allait jouir. Il allait jouir si fort.

— Baise-moi, oui, s'il te plaît, fais-le comme tu le veux, siffla Zak en tirant sur les fesses de Stitch et en sentant la chaleur entre elles.

Souriant comme un fou, il plongea ses doigts dans la fente et enfonça son majeur dans le trou chaud et sec. Il l'accrocha à la chair, attirant Stitch encore plus profondément dans son propre corps.

Non seulement Stitch gémit et couina, mais il perdit complètement l'équilibre et bascula sur Zak de tout son poids, sa hampe enfouie dans Zak comme si elle voulait y rester pour toujours. Il jouit en quelques poussées punitives, son corps entier frémissant. Tous les sens de Zak étaient en éveil. Les boutons-pression et les clous du blouson de Stitch s'enfonçaient dans son corps à travers les vêtements, alors même qu'il tremblait, poussé à bout. Il pouvait sentir la sueur de Stitch et ressentir physiquement son orgasme, l'anus de Stitch se resserrant rythmiquement sur le doigt de Zak. Il le retira dès que Stitch se détendit et lui massa doucement les fesses, embrassant le visage en sueur enfoui à côté du sien. La barbe caressait sa langue en retour, tandis qu'il s'enroulait autour de Stitch, l'étreignant dans la plus douce des lueurs. Zak ne se souvenait même pas s'ils avaient réussi à rester silencieux, mais cela ne semblait pas important.

Stitch n'arrivait pas à reprendre son souffle, allongé près de Zak comme un animal blessé, trop blessé pour se lever, mais trop vivant pour s'arrêter de respirer. Son corps tremblait encore légèrement, et il se retira avec les mouvements les plus lents, ce qui contrastait tellement avec la façon dont il baisait. L'odeur du sperme, des copeaux de bois et du cuir était une odeur que Zak était sûr d'associer au sexe. Il sursauta lorsque la verge glissa hors de lui, laissant son trou vide, mais la douceur de Stitch fut suffisante pour l'inciter à lui rendre la pareille. Il se pencha et embrassa les deux paupières de son partenaire, le serrant fort dans ses bras.

Stitch le serra contre lui en retour, tandis qu'ils restaient allongés dans l'obscurité et le silence, se rafraîchissant après la baise intense. Seul le son de la musique rock du bar s'infiltrait dans la pièce, comme pour rappeler que le monde réel existait en dehors de cette grotte de baise.

Zak prit la tête de Stitch dans son bras et l'embrassa doucement, goûtant ses lèvres en paix maintenant qu'ils étaient tous deux rassasiés. Il ferma les yeux. C'était l'une des expériences sexuelles les plus extraordinaires de sa vie, si primitive, passionnée et intense. Il regrettait presque de devoir se séparer bientôt.

— Tu m'as tellement fait mal, finit-il par glousser.

— Je... ouais, tu ne te plaignais pas, marmonna Stitch et roula sur le dos, son souffle s'essoufflant lentement.

— Je le sais. J'en avais envie, murmura Zak en se rapprochant de lui et en glissant sa main plus bas pour jouer avec les poils bouclés de la queue de Stitch.

La douce brûlure entre ses fesses le ferait marcher bizarrement ce soir, mais cela en valait la peine.

Stitch redevint silencieux, seul son souffle se faisant entendre dans l'obscurité tandis que sa poitrine se soulevait et s'abaissait.

— Ce... truc que tu as fait ? Ne recommence pas.

— Quel truc ? Ça ?

Zak s'étira et caressa la paupière de Stitch, se demandant si ce niveau de tendresse avec un homme mettait Stitch mal à l'aise.

— Non. Mon Dieu.

Stitch gémit et se passa la paume de la main sur le visage.

— Le truc du doigt. C'est juste que... je n'aime pas ce genre de choses, d'accord ? marmonna-t-il sous sa paume.

Zak fronça les sourcils. C'en était fini de ses chances d'en obtenir plus.

— Oh, je pensais que tu aimais ça. Ça t'a fait jouir, dit-il en caressant les abdominaux de Stitch.

Malheureusement, même lorsque Stitch retira sa main de son visage, Zak ne put pas bien voir son expression.

— J'ai joui parce que ton cul m'a trait comme s'il avait faim. Ça n'avait rien à voir avec *ça*. Je n'allais pas en faire toute une histoire comme une chatte, mais... ne le fais pas.

Zak soupira et serra Stitch contre lui, un peu déçu par cette évolution, mais ce n'était pas comme si Stitch était le seul gars dans le coin.

— Oui, bien sûr.

— Bien.

Stitch le prit dans ses bras et lui embrassa le menton.

— À part ça, waouh. Je veux dire, *waouh*.

Zak gloussa et passa ses doigts dans les cheveux de Stitch, luttant contre l'envie de fermer les yeux. Il *ne* voulait *pas* être surpris ici.

— Ouais, t'es un bon coup.

Stitch l'embrassa encore une fois avant de sortir du lit. À l'entendre, il était en train de remonter son pantalon.

— Alors, je peux venir demain ?

— Je suppose, mais fais-le-moi savoir parce que je pourrais avoir un client, dit-il en se dirigeant lentement vers l'endroit où il s'était débarrassé de son pantalon. Impatient d'être décent, il sortit un mouchoir et se nettoya.

— Je le ferai. Ce sera probablement le soir, après le travail. J'appellerai.

On entendit le cliquetis d'une boucle de ceinture et Stitch s'approcha.

— Tu es la chose la plus sexy qui soit sur cette Terre, dit-il en déposant un baiser sur les lèvres de Zak, qui en eut le souffle coupé.

Stitch le désarmait par le contraste entre son comportement habituel et des moments comme celui-ci.

Ne sachant que dire, Zak rit et frappa doucement la poitrine de Stitch avant de remonter son propre pantalon.

Stitch soupira, ses mains ne s'éloignaient jamais de Zak, elles passaient entre son épaule et son dos.

— Tu restes ou tu pars ?

Zak se mordit la lèvre et regarda Stitch dans les yeux, qui étaient maintenant tournés vers la lumière.

— Je pense qu'il vaut mieux que tes amis ne me voient pas marcher comme si je venais de descendre de cheval après une longue journée de balade.

Il effleura de ses doigts la boucle de métal à l'entrejambe de Stitch, assez fort pour que ce dernier s'en aperçoive.

Stitch gloussa, glissa ses mains vers les fesses de Zak et les serra.

— Au moins, la balade a été amusante.

Zak passa ses bras autour du cou de Stitch et l'embrassa, faisant rouler ses hanches dans les mains qui l'attendaient. L'électricité résiduelle sur sa peau était prête à exploser.

— Je vais voir si la voie est libre, dit Stitch en s'éloignant.

Lorsqu'il ouvrit la porte, la petite pièce fut éclairée par la faible lumière du couloir, qui descendait le long de son corps magnifique. Zak sourit et suivit des doigts le rayon qui remontait le long du dos de Stitch. S'il y avait un bar gay dans le coin, il proposerait bien d'aller boire un verre, mais ce n'était pas possible.

Stitch le regarda, les cheveux en bataille.

— Allons-y.

Il ouvrit la porte en grand et Zak s'engagea dans le couloir avec un sourire satisfait. Il s'apprêtait à retourner vers le bar lorsque Stitch lui tint l'épaule.

— Par l'arrière, dit Stitch en lui donnant un coup de coude pour qu'il s'engage dans le couloir, le suivant de près. Les murs étaient ornés d'affiches et de silhouettes, mais aussi de photos encadrées de motards.

— Pourquoi, tu veux me montrer quelque chose ? demanda Zak avec un grand sourire.

— Non, c'est peut-être plus sûr que personne ne te voie.

Stitch tapota à nouveau les fesses de Zak, ce qui ressemblait à un geste d'appréciation. Ils passèrent une porte ouverte sur une cuisine, qui était plus propre que ce que Zak aurait pu attendre d'une bande de brutes. Le petit espace sans fenêtre était bien rangé, même s'il était un peu abîmé.

— Pourquoi ?

— Tu l'as dit toi-même, tu marches bizarrement.

Stitch rit. Pour un type qui se plaignait même de se faire doigter, il était terriblement à l'aise pour se moquer du cul de quelqu'un d'autre. C'était typique.

— C'est vrai. Zak soupira et s'approcha de la porte au bout du couloir, qu'il supposa être la sortie. Tu n'as pas mal à la bite ?

— C'est une douleur agréable.

Stitch lui sourit comme un fou et lui ouvrit la porte avec la courtoisie d'un prince.

— Alors, où est ma voiture ? demanda Zak en sortant et en s'étirant.

Il était agréablement fatigué. Maintenant, tout ce qu'il voulait, c'était un long bain et son lit.

Stitch sortit derrière lui pour entrer dans une arrière-cour miteuse avec un réverbère jaune et quelques voitures déglinguées.

— Tu veux que je te ramène chez toi ?

Zak se retourna vers lui, surpris.

— Je... ne veux pas laisser ma voiture ici.

— Oui, c'est logique. Je t'emmènerai quand même faire un tour un de ces jours.

Stitch le conduisit le long de l'arrière-cour vide avec un sourire.

Zak gloussa et tira sur le passant de ceinture de son jean.

— Oui, quand tu n'es pas ivre.

— C'est logique. Mon garçon aime la sécurité.

Stitch ricana et lui fit un clin d'œil.

Zak fronça les sourcils.

— Je ne suis pas un garçon, dit-il, sans détour.

— Je dis ça comme ça.

Stitch haussa les épaules.

Zak glissa son pouce sous la chemise de Stitch et le passa sur la peau chaude.

— Je respecte le fait que tu ne veuilles pas certaines choses, mais il y a aussi des choses que je n'aime pas. Je te le dis pour que tu le saches.

Stitch gémit.

— D'accord, d'accord, le mot « garçon » est interdit. C'est une vraie plaie dans mon cul !

— Eh bien, ça me fait chier de ne pas en avoir, dit Zak en le regardant avec un léger froncement de sourcils.

Stitch se tut et s'éloigna comme si Zak l'avait brûlé, mais son regard était fixé sur quelque chose de plus éloigné dans le dos de Zak.

— Qu'est-ce qu'il fout ici, putain ? Il n'a pas de femme ou quelque chose comme ça ? grogna-t-il en regardant une voiture dans une partie sombre de la rue.

Zak se retourna et plissa les yeux lorsqu'il remarqua qu'un homme rasé de près et vêtu d'une chemise sombre qui les fixait. Il leva la main et les salua avec un léger sourire depuis l'intérieur de sa voiture.

— Et qui est-ce ?

— Un vrai emmerdeur, voilà qui c'est. L'agent Cox. Cet homme a besoin d'une vie.

Stitch leva la main et montra son majeur à l'homme.

— Vous vous ennuyez, Cox ? hurla-t-il à l'officier.

L'homme se pencha sur le volant de sa Chevrolet rouge et secoua la tête avec un petit sourire. Zak expira et baissa les yeux vers la poitrine de Stitch, pour y apercevoir...

— Stitch, tu as du sperme sur ton gilet.

— Putain. Ce n'est pas comme s'il allait le voir de là-bas, chuchota Stitch.

Son visage s'assombrit même si son expression resta comme gravée dans la pierre.

— Préviens-moi quand tu seras rentré.

Zak sourit et lui donna une tape dans le dos.

— C'est juste un court trajet. J'y arriverai en toute sécurité. À plus tard, dit-il en descendant du porche et en se dirigeant vers le parking sauvage.

Stitch acquiesça et fit demi-tour, retournant au club house sans un mot de plus.

Tandis que Zak se dirigeait vers sa voiture en suivant le rythme régulier du bar, l'officier Cox l'observait attentivement. Choisissant de l'ignorer pour l'instant, Zak essaya de marcher aussi droit que possible, malgré la brûlure de son cul. C'était un coup rapide et passionné, comme il n'en avait jamais eu.

— Bonjour.

L'agent Cox sortit de sa voiture.

Zak s'arrêta dans son élan et se retourna, jetant un rapide coup d'œil à l'endroit où il se tenait avec Stitch il y a quelques instants. Pourquoi la police s'intéressait-elle à Stitch ? Était-ce seulement à cause de son appartenance au club ?

— Bonsoir.

— Je ne vous ai jamais vu dans le coin, dit l'officier en s'appuyant sur sa voiture.

Il ne portait pas d'uniforme, mais ses vêtements élégants et sombres contrastaient fortement avec ceux des gens de Valhalla. Il était plutôt beau, dans le genre citoyen ordinaire, comme quelqu'un avec qui vos parents aimeraient que vous soyez. S'ils étaient d'accord avec le fait que vous soyez gay.

Zak enfonça ses mains dans ses poches et haussa les épaules.

— Je n'ai emménagé ici que récemment.

— Pas de couleurs de club ?

Cox pencha la tête sur le côté.

— Je n'ai même pas de moto.

Zak écarta les mains et les laissa tomber le long de son corps.

— Pourquoi ?

— J'aime garder un œil sur ce qui se passe dans ma ville. Vous êtes l'ami de Stitch ?

— J'ai fait sa connaissance il y a quelques jours seulement. Je suis tatoueur, alors j'espère apprendre à connaître les citoyens aussi bien que vous, monsieur l'agent, dit Zak avec un petit sourire.

De quoi s'agissait-il ? Il ne pouvait pas lui demander directement.

Cox rit.

— Ah, oui, c'est logique. C'est le seul aspect des Hounds que j'apprécie. Mais la plupart de ces voyous ont des tatouages affreux. Ils auraient bien besoin de quelqu'un comme vous. Vous allez avoir un bon marché ici, M. .... ?

— Richardson.

Zak fronça les sourcils, ne sachant pas trop comment réagir au fait que son nouveau compagnon de baise se fasse traiter de voyou.

— Ouais, j'espère que je trouverai un marché ici.

— Je peux voir vos bras ? demanda Cox avec le même sourire et continuait de regarder Zak dans les yeux.

Zak maintint le contact visuel, et c'est alors qu'il se rendit compte de la situation. Cox ne le gardait pas ici dans l'espoir d'obtenir des informations, ce type *flirtait* avec lui. Il ne put s'empêcher de renifler. Quelles étaient les chances ?

— Bien sûr.

Il fit un geste d'invitation de la tête et expira, observant la silhouette de l'homme qui traversait la route pour rejoindre Zak.

— C'est du beau travail. Je m'appelle Peter.

Cox tendit la main.

— J'ai toujours pensé à en avoir un, mais ce ne serait pas une bonne idée dans mon métier.

Zak secoua sa main et passa lentement son pouce sur l'endroit sensible du poignet de Cox. Il surveillait chaque torsion de ce visage carré et net.

— Je suppose que cela dépend de l'endroit où vous l'avez. Il y a des endroits de votre corps que vos collègues ne verront pas, n'est-ce pas ?

Lorsque le sourire de Peter s'élargit, Zak sut qu'il avait touché juste. Le grand officier américain Cox pourrait s'avérer être le revers de la médaille dont Zak avait besoin.

— C'est peut-être vrai. Peut-être devriez-vous me montrer le meilleur endroit pour en avoir un ?

Zak haussa les sourcils et sourit. Peut-être qu'il allait avoir un cul après tout ?

CHAPITRE 8

STITCH

UNE JOURNÉE FATIGANTE MÉRITAIT une bonne fin, et c'était exactement ce que Stitch avait l'intention de faire. Une fin heureuse. Lorsqu'il avait rencontré Zak il y a deux mois, il était un gay puceau de vingt-sept ans. Et maintenant ? Sous prétexte de se faire tatouer et d'aider Zak à bricoler, il s'envoyait en l'air deux, voire trois fois par semaine. Il le ferait tous les jours, matin et soir, s'il ne devait pas rester discret. Après cette baise folle dans le club house, il savait qu'il en avait trop fait. Le club house était interdit.

Il s'avérait que Zak n'était pas seulement un bon baiseur, mais qu'il était agréable de passer du temps avec lui, à se détendre dans le jardin ou à regarder des émissions de télé-réalité stupides. Zak était accro aux émissions de voyage et dessinait toujours avec l'une d'entre elles en arrière-plan. Apparemment, ces émissions lui permettaient d'avoir l'esprit tranquille pour créer de nouveaux dessins.

La maison de Zak était comme un havre de paix, un endroit où ils pouvaient être ensemble en toute tranquillité. Une fois, ils avaient baisé dans la peinture, sur le sol recouvert de papier journal. Une autre fois, Stitch avait baisé Zak dans la douche et ils étaient tombés. Stitch avait boité pendant toute une semaine. Cette autre fois, il avait baisé Zak en levrette si fort que Zak avait eu des brûlures de tapis sur les genoux et les mains. C'était une fête de la baise comme aucune autre. Zak avait le plus beau cul, les plus belles lèvres, la plus belle encre sur sa peau et la voix la plus sexy. Rester pour la nuit de temps en temps était devenu une habitude que Stitch n'était pas prêt d'abandonner. Même Versay l'avait accepté comme membre de la meute. Zak lui avait dit que le chien s'appelait en fait « Versailles », du nom d'un célèbre palais français, mais ils avaient tous deux décidé que « Versay » sonnait beaucoup mieux. Il avait tenu la bête lorsque Zak avait décidé de la relooker. Le caniche de race avait désormais un mohawk sur tout le dos, et le nom de Versay était resté.

Stitch s'était assuré que personne ne le suive chez Zak, et que leur relation reste propre et secrète. En conséquence, Stitch était devenu un individu plus satisfait en général. Il sortait les poubelles, faisait sa propre lessive et emmenait Holly à l'école une semaine sur deux. Un satané d'ex-mari parfait. D'accord, il s'était disputé à propos du fait que Crystal voyait Milton dans sa maison, mais ils avaient fini par trouver un accord, et Milton avait obtenu ses jours de visite. Stitch avait généreusement proposé d'être hors de la maison ces soirs-là, ce qui coïncidait parfaitement avec le fait qu'il avait besoin d'une couverture pour rester chez Zak. C'était aussi plus pratique que de rester chez Capitaine, puisqu'il avait une régulière et tout le reste.

Stitch n'avait aucune idée de la durée de cette lune de miel, mais elle pouvait durer toute sa vie. Une fois, Zak lui avait même fait des pancakes. Des putains de *pancakes*. Il sut qu'il était arrivé au moment où il les avait vus. Il y avait des myrtilles, de la crème et tout le reste. Stitch en avait mangé sept, puis avait brûlé toutes les calories en baisant Zak deux fois en une nuit.

À force de passer du temps avec Zak, il commençait à apprécier ses petites manies, comme cette habitude stupide de toujours vérifier toutes les serrures et les fenêtres avant d'aller se coucher, ou la façon dont il aimait son café avec du jus de citron frais au lieu de lait ou de sucre. Les jours où Stitch restait dormir, ils mangeaient en regardant la télévision, jouaient à des jeux vidéo, baisaient comme des lapins. Cela semblait étrangement normal, et Stitch en vint à aimer l'odeur des draps de Mme Abbot, la décoration ringarde et même le jardinage occasionnel que Zak lui faisait faire après qu'il eut décidé d'économiser de l'argent en cultivant un petit potager. Malheureusement, les affaires de Zak l'amenaient à passer de plus en plus de temps avec les clients, mais au moins, il le faisait toujours savoir à Stitch. Et même lorsque Zak travaillait pendant leurs soirées à la maison, il n'avait aucun problème à laisser Stitch l'attendre dans le salon.

Le fait d'être en post-divorce était l'excuse parfaite pour éviter de sortir avec des filles, donc Stitch était en sécurité de ce côté-là aussi. Tout ce dont il avait besoin, c'était de garder les affaires du club sous le radar, et il était prêt. Avec Gator qui poussait pour plus de livraisons, ce n'était pas facile, mais Stitch restait en ligne avec les commandes du club et avait en fait plus d'argent pour aider Crystal quand c'était nécessaire, acheter des trucs pour Zak, ou même pour ses projets personnels de menuiserie.

Il venait de terminer sa journée de travail et avait envoyé un texto à Zak pour lui dire qu'il serait chez lui dans une demi-heure. Stitch salua les gars qui se dirigeaient déjà vers le bar et enfourcha sa moto, impatient de voir son... c'était un autre problème. Comment devait-il appeler Zak ? Amant ? Petit ami ? Régulier ? Même en pensant à la dernière question, Stitch se sentait mal à l'aise. Il était à mi-chemin de la maison de Zak quand son téléphone portable se mit à bourdonner contre sa peau. Comme il n'était qu'à quelques minutes, il décida de ne pas décrocher et se rendit directement chez Zak. Il était encore très tôt, ce qui signifiait qu'ils pouvaient terminer une chaise qu'ils fabriquaient ensemble. C'était lui qui faisait le plus gros du travail, mais c'était tout de même amusant d'être professeur.

Il sourit, se souvenant de toutes les leçons qu'il avait reçues de Zak. Quels angles étaient bons pendant la baise, Zak aimait être maintenu au sol parce qu'il était excité par la force de Stitch. Une fois, ils avaient passé une heure à se toucher. Zak tenait les mains de Stitch et les déplaçait sur tout son corps, il lui faisait sucer ses tétons percés. C'était une douce torture, mais ils étaient tous les deux tellement excités qu'ils avaient joui deux minutes après être entrés dans le vif du sujet.

C'est sur cette pensée que Stitch se gara devant la maison de Zak et consulta son téléphone en montant sur le perron. Comme il s'agissait d'un appel manqué, il frappa à la porte, en bon citoyen.

Versay courut jusqu'à la porte et sauta dessus en aboyant de joie. Zak arriva peu après et sourit à Stitch à travers la petite fenêtre ronde.

— Hé, je ne t'attendais pas aujourd'hui, dit-il en le faisant entrer.

— Oui, j'étais censé avoir un travail à finir, mais il a été reporté, alors je suis tout à toi.

Stitch lui sourit et entra, caressant Versay au passage. Il portait spécialement le pantalon de cuir lacé sur le devant, car il avait remarqué le regard affamé de Zak lorsqu'il avait vu Stitch dans ce pantalon l'autre jour. Et le regard était de retour, descendant le long de l'entrejambe de Stitch comme s'il était déjà en train de délier le devant. Mais Zak leva les yeux et poussa un soupir.

— Je suis heureux de te voir, mais j'ai déjà des projets pour ce soir. Je pars maintenant.

Stitch ferma la porte et ne cessa jamais de sourire.

— Dommage. Tes plans sont sur le point de changer.

Il entoura la taille de Zak de ses bras, mais le sourire s'effaça lorsque Zak tira sur les doigts de Stitch, se dégageant de ses bras.

— Non, je suis sérieux. Allez, viens.

Zak gloussa et s'éloigna.

— Tu peux rester avec Versay si tu veux. Je rentrerai tard.

Stitch fronça les sourcils et écarta les bras.

— Je ne vais pas baiser Versay. Bordel. Je suis venu ici juste pour toi.

Zak lui tapota l'épaule en fronçant les sourcils.

— Je ne sais pas, il doit y avoir de la lingerie rouge dans les tiroirs de ma tante. Peut-être que ça pourrait améliorer l'ambiance pour que vous puissiez mieux vous connaître tous les deux.

Stitch lui tapa sur la main.

— Ce n'est pas drôle du tout. Pourquoi ne restes-tu pas ?

— Parce que j'ai rendez-vous avec un ami chez lui.

Zak se dirigea vers la porte, comme s'il se fichait complètement de l'opinion de Stitch.

— Alors, tu restes ? Parce que sinon, je dois fermer la maison à clé.

— Non, je ne reste pas ! Je viens avec toi. Qui est cet ami ?

Une lumière rouge commença à clignoter dans le cerveau de Stitch, criant « danger, danger ! ». Tout ce qui lui venait à l'esprit, c'était la façon dont il avait découvert que Crystal le trompait. Et avec un certain Milton en plus.

Zak fronça les sourcils et ouvrit la porte. D'un geste de la main, Versay s'assit, même s'il remuait la queue comme un chien fou.

— Whoa, c'est quoi cette attitude ? Et bien sûr, tu ne viens pas avec moi. Je ne l'ai pas vu depuis trois mois.

— Je veux juste savoir qui c'est. C'est quoi le problème ?

Stitch était de plus en plus agité. Pourquoi Zak pensait-il que c'était acceptable ?

Zak fronça les sourcils, se retournant dans l'encadrement de la porte. Ses sourcils se haussèrent sur son front.

— Attends, tu es jaloux ?

Stitch déglutit, déplaçant son poids d'un pied à l'autre.

— Ça peut être n'importe qui.

Stitch n'allait pas répondre à des questions stupides. Bien sûr qu'il était jaloux, c'était avec Zak qu'il passait du temps. Il y avait un truc entre eux. Si Zak était une femme, Stitch aurait un droit sur lui et aucun autre gars n'oserait l'approcher à moins qu'il ne veuille avoir un rendez-vous avec les articulations de Stitch. Mais dans l'état actuel des choses, Zak était un bon parti pour n'importe qui.

Zak secoua la tête avec un petit rire et se pinça la base du nez.

— C'est un ami. Si tu veux aller ailleurs, c'est le moment parce que j'ai besoin d'y aller, d'accord ?

Il s'avança sous le porche.

— Pourquoi ne me dis-tu pas qui est cet ami ? J'ai le droit de savoir où tu vas, râla Stitch, serrant ses mains en poings pour ne pas laisser ses doigts trembler de colère.

Pourquoi lui jetait-on la pierre maintenant ? Il avait espéré passer une bonne soirée.

Zak roula des yeux.

— Non, tu n'as pas le droit de savoir, mais si tu dois le savoir, il s'appelle Travis.

Il fit signe à Stitch de quitter la maison.

— Est-ce que ce *Travis* t'a baisé ? râla Stitch en l'entraînant à l'intérieur de la maison.

Zak *n'allait pas sortir* avec un putain de Travis.

— Hé !

Zak lui tapa sur la main et sortit précipitamment de la maison.

— Qu'est-ce qui ne va pas chez toi ?

Chez lui ? Stitch suivit Zak, tremblant d'une promesse de violence à peine contenue.

— Question simple. As-tu, oui ou non, couché avec Travis ?

Zak recula encore plus, ses yeux se rétrécirent.

— Je l'ai fait. Et alors ?

C'était tout le tissu rouge dont le taureau de Stitch avait besoin.

— Alors, tu n'iras pas ! Je ne le permets pas, grogna-t-il en attrapant le bras de Zak.

Pourquoi Zak préférait-il aller voir un ancien amant plutôt que de passer la soirée avec lui ?

Zak fixa l'endroit où Stitch s'accrochait à lui, le visage rougissant.

— Va te faire foutre, tu n'as pas le droit de me dire qui je peux voir.

Stitch le lâcha lorsqu'il vit le visage d'un voisin à la fenêtre de la maison d'à côté.

— C'est comme ça que ça va se passer ? dit-il en baissant la voix.

Zak secoua la tête et ferma la porte d'un coup de clef. Ses épaules étaient tendues.

— Rentre chez toi, Stitch. Je ne veux pas voir ta tête ce soir.

— Oh, alors tu peux *me* dire ce que je dois faire, hein ?

Stitch le regarda d'un air narquois. Il *n'allait pas* se laisser faire.

— Tu es complètement fou, tu le sais ? grogna Zak en se précipitant vers sa voiture.

Il s'y engouffra et démarra le moteur sans se retourner vers Stitch.

Stitch hurla vers le ciel et donna un coup de pied dans la balustrade en bois du porche, si fort qu'il brisa l'un des poteaux dans un craquement sonore. Comment Zak osait-il lui manquer de respect comme ça ? Stitch regarda la voiture s'éloigner, les flammes violettes sur les côtés brillaient presque comme si Zak les utilisait pour accélérer. Avec un grognement, il se dirigea vers sa moto. C'était de la folie ? Stitch allait lui montrer qu'il était fou.

CHAPITRE 9

ZAK

ZAK GÉMIT, APPRÉCIANT LA sensation de la machine qui lui piquait la peau tandis que Travis ajoutait des nuances au nouveau tatouage sur le cou de Zak. La douleur constante, quelque peu engourdie, était exactement ce dont il avait besoin après le combat avec Stitch. Il n'arrivait pas à croire ce type. Bien sûr, ils avaient eu de petites disputes, et il avait remarqué que Stitch venait de plus en plus souvent chez lui, ce qui ne le dérangeait pas et qu'il appréciait même, mais en fin de compte, ils restaient des copains de baise. Rien ne donnait à Stitch le droit de contrôler qui Zak voyait ou quels étaient ses projets. Qu'est-ce que Zak avait manqué ? Ils avaient passé de bons moments ces deux derniers mois, Stitch restant chez lui au moins deux fois par semaine. Ils avaient fait divers travaux dans la maison et promenaient Versay ensemble, il avait appris à Stitch à cuisiner des pâtes sèches (c'était pathétique qu'un homme adulte ne sache pas le faire), et ils s'étaient généralement beaucoup amusés.

Il gémit, se rappelant combien c'était bon la veille, lorsqu'ils avaient fait l'amour sur le canapé devant la télévision, lui sur le ventre et Stitch qui broyait doucement sa queue à l'intérieur tout en s'accrochant à Zak de tout son corps. ela les a rendus incroyablement chauds avant de jouir. Le garçon brutal faisait ses devoirs.

— Comment trouves-tu ton nouveau logement ? Je ne pensais pas que tu quitterais La Nouvelle-Orléans. Tu adorais cet endroit.

Travis lui souriait tout en travaillant sur l'encre. Zak l'avait à peine reconnu à travers la barbe qu'il avait décidé de se laisser pousser. Il n'aimait pas les barbes.

— C'est différent, tes voisins s'intéressent effectivement à ta vie, ce qui n'est pas une bonne chose, mais en même temps, c'est beaucoup plus paisible. Pour l'instant, je m'amuse bien, mais je ne pense pas que je pourrais y rester à long terme.

— Laisse-moi deviner. Tu n'as plus de gars avec qui sortir ?

Travis rit et secoua la tête.

Zak gloussa, au contact froid tandis que Travis déplaçait la machine sur la nuque de Zak.

— Je ne cherche pas vraiment. Le type dont je t'ai parlé tout à l'heure est super sexy. Je ne m'ennuie pas encore avec lui.

— Ah oui ? Comment ça se fait ?

Zak soupira, se souvenant des lèvres de Stitch sur les siennes, si douces contrastant avec la barbe.

— Je ne sais pas, il est juste... sexy, et très passionné. C'est une sorte de mec gay très masculin qui met soudain la main sur un homme pour la première fois. C'est comme s'il était insatiable, et je crois que j'aime lui apprendre de nouvelles choses, marmonna-t-il, en caressant le cuir de la chaise de tatouage.

Il était loin d'être aussi doux que la peau des flancs de Stitch.

— Et puis, c'est sympa d'être avec lui.

— Oh ! Tu t'es trouvé un puceau ? Il a tenu plus de trente secondes ?

Les mains de Travis étaient toujours aussi stables, mais il souriait derrière sa barbe noire.

— Il n'est pas puceau. Il est bisexuel, et oui, il peut durer bien plus que trente secondes.

Zak gloussa, se demandant combien de temps il faudrait à Stitch pour s'excuser. Son comportement de tout à l'heure n'était pas correct.

Il y avait de l'agitation dans la salle de réception du salon de tatouage, et les poils de Zak se hérissèrent lorsqu'il entendit la voix de Stitch.

— Ai-je l'air de m'en soucier ?

— Oh, putain... dit Zak en serrant les doigts sur le bord de la chaise. C'est lui. C'est sa voix.

Son cœur se mit à battre la chamade. Il était impossible que la présence de Stitch ici soit accidentelle.

— Il vient te chercher ou quelque chose comme ça ? demanda Travis. Lois, dis-lui qu'il va falloir attendre encore une demi-heure, cria-t-il à l'autre bout de la pièce, inconscient de la personne à qui il avait affaire.

— Non, il ne le fait pas. Je lui ai dit que j'avais des projets pour ce soir, grogna Zak, quelle merde.

— Monsieur, vous ne pouvez pas...

Ils entendirent Lois dire, mais au son des pas lourds contre le sol, Stitch l'ignora. Quelques secondes plus tard, le corps volumineux en cuir s'appuyait contre le cadre de la porte.

Travis leva les sourcils.

— Eh bien, bonjour...

De sa position, Zak regardait directement le laçage à l'avant du pantalon de Stitch. Il aurait reconnu cette zone de l'aine n'importe où à ce stade. La chaleur parcourait tout son corps, si intensément que Zak s'attendait à ce que ses tympans éclatent de colère.

— Qu'est-ce que tu fais là ?

— J'ai juste pensé que je devais vérifier ce qui était si important. C'est un bel endroit que tu as là, Travis, dit Stitch en contournant Zak à pas lents.

— Merci, dit Travis. Tu veux te faire tatouer aussi ?

— Non, ce n'est pas le cas. C'est une merde qui contrôle tout et qui ne connaît pas le sens du mot « vie privée », grogna Zak, de plus en plus agité.

Chacun de ses pas ressemblait à celui d'un lion en train d'attraper sa proie.

Travis était complètement silencieux et son regard suivait Stitch dans la pièce.

— Je voulais juste savoir où tu étais.

Stitch se plaça devant le visage de Zak. Il parlait avec désinvolture, mais son visage n'avait rien de ce sourire en coin qu'il offrait si souvent à Zak.

Zak grimaça en serrant les dents.

— Qu'est-ce que tu es ? La putain de NSA ?

— J'aime savoir où se trouve mes affaires. Je suis un type ordonné comme ça, dit Stitch en serrant les dents.

Travis inspira bruyamment par le nez, retirant ses mains.

Zak cligna des yeux et, une fois la machine à tatouer retirée de sa peau, il se redressa pour s'asseoir. Tout son corps se transforma en bois.

— *Tes affaires* ? Tu viens de m'appeler comme ça ?

Stitch se dressa devant lui, imposant comme un putain de baobab.

— Je crois qu'il faut qu'on discute. Travis ?

Il regarda par-dessus l'épaule de Zak.

— Tu as une demi-heure pour finir.

Zak secoua la tête en serrant les dents.

— Nous *n'allons pas* discuter. Va te faire foutre.

— Oh, c'est sûr qu'on va en avoir une, dit Stitch en se retournant sans un mot de plus.

Il disparut derrière la porte, laissant Zak bouche bée devant l'espace vide.

— C'est ça, grogna-t-il en frappant la chaise. Oublie ce que j'ai dit, je vais terminer cette histoire. Il n'est pas bien dans sa tête.

Travis déglutit.

— Zak, je ne veux pas de problèmes dans mon magasin. Il a l'air de vouloir casser quelque chose. Dans quoi t'es-tu fourré ?

Zak plissa les yeux.

— Il ne fera rien à ta boutique. Regarde-le, il se comporte comme un gros bébé qui ne peut pas avoir le jouet qu'il veut.

Il secoua la tête et se remit à plat ventre.

— Ces gars-là ne plaisantent pas. Tu le sais bien. Tu as dû en encrer au moins quelques-uns.

Travis se remit à tatouer, mais ne cessa de regarder la porte.

— Sans compter qu'il est probablement dans un placard si profond qu'il est comme dans Narnia.

— Tu as raison. Mais il ne fait que parler. Sérieusement, il m'a aidé à tailler la fourrure de mon chien et à planter des fraises dans le jardin. Et il aime les dessins animés.

Zak soupira, s'allongeant encore pour en finir.

— Je suppose que je ne peux pas rester ce soir après tout.

— J'avais hâte de sortir... mais pour être honnête, tu ferais mieux d'aller régler tes problèmes avec lui. Il ne m'a pas semblé être quelqu'un ne fait que parler.

Zak grogna et s'étira sur la chaise.

— Je te le ferai savoir.

Vingt minutes plus tard, Zak dit au revoir à Travis et sortit du magasin, se dirigeant directement vers sa voiture. Il savait qu'il trouverait Stitch quelque part sur le chemin, l'attendant comme un chien jaloux. Stitch n'était visible nulle part dans la rue, mais dès que Zak démarra le moteur, la moto noire familière rugit derrière lui, et il n'eut pas besoin de regarder dans le rétroviseur pour savoir qui le suivait.

Zak secoua la tête et se retourna pour lui faire un doigt d'honneur. Il n'arrivait pas à croire que cette… chose qu'ils avaient se terminerait dans de telles circonstances. Stitch était un con, comment Zak avait-il pu rater ça au milieu de tout le plaisir qu'ils avaient eu ? Il roula tout droit vers Lake Valley, impatient d'en finir avec cette merde. Comment Stitch osait-il intimider ses amis, lui parler comme s'il était son esclave ou une connerie de ce genre ? Qu'est-ce qui se passait dans cette tête de con ?

La menace sur la moto n'était jamais hors de vue, et Zak ne savait pas s'il devait être heureux ou contrarié lorsque, sur une route déserte au milieu de nulle part, Stitch se mit à le dépasser. C'est du moins ce que Zak pensait jusqu'à ce que Stitch donne un coup de pied dans sa portière.

Zak cligna des yeux, le regarda, puis se retourna vers la route. Qu'est-ce qui lui prenait, bordel ? Zak se mit à tourner furieusement la poignée pour baisser la vitre.

— Dégage !

— Gare-toi ! hurla Stitch en retour, en montrant les dents comme un chien enragé.

Zak roula des yeux.

— Je rentre à la maison.

— Gare-toi. Putain !

Les yeux de Stitch n'étaient pas visibles sous ses lunettes, mais Zak le connaissait suffisamment pour imaginer la quantité de feu qu'ils jetaient sur lui.

Zak serra les dents et frappa son front sur le volant si fort que le klaxon retentit. Ils pourraient tout aussi bien parler ici, si cela pouvait éloigner Stitch de sa queue. Il ralentit la voiture et se rangea sur le côté herbeux de la route, à l'ombre des arbres. Stitch s'arrêta juste devant lui, et même si Zak était agacé par lui, il était difficile de ne pas remarquer à quel point son cul était beau dans ce pantalon de cuir. Mais c'était un cul auquel Zak n'avait pas accès, ce qui ne faisait que l'énerver davantage.

Stitch enleva son casque et se dirigea vers Zak au moment où celui-ci fermait la portière de sa voiture et s'y appuyait avec un froncement de sourcils qui, il l'espérait, donnerait le message à Stitch. Il était tellement en colère que ses poings continuaient à se serrer d'eux-mêmes.

Stitch s'approcha de lui et lui poussa la poitrine.

— C'était quoi ce bordel, hein ? Pourquoi tu me donnes une telle attitude ? Je ne suis pas gentil avec toi ? siffla-t-il à Zak.

Zak grogna, mais croisa les bras sur sa poitrine, choisissant de ne pas répliquer.

— Enlève tes mains de moi.

— Ou quoi ?

Stitch le regarda dans les yeux avec un sourire narquois.

— Ou rien. J'en ai fini avec toi de toute façon.

Zak secoua la tête. Il n'arrivait pas à croire ce type. Qui lui avait donné le droit de se montrer autoritaire tout d'un coup ?

Les yeux de Stitch s'écarquillèrent et il recula d'un pas.

— Avec moi ? Tu en as fini avec moi ? Qu'est-ce que ça veut dire, bordel ? Tu veux retourner baiser Travis ou quelque chose comme ça ?

Zak roula des yeux.

— Je ne veux pas baiser Travis, et je ne voulais pas le faire en premier lieu. Ce n'est pas la question. Le problème, c'est que tu as menacé mes amis, tu m'as malmené, tu m'as *espionné*, et maintenant tu exiges quelque chose de *moi* ? Tu n'as pas toute ta tête ! hurla-t-il en pointant son doigt sur la poitrine de Stitch.

Sa mâchoire lui faisait mal tant elle était tendue.

— Qu'est-ce que tu es, une putain de fleur ? Je vais faire ce que j'ai à faire. Tu ne peux pas me manquer de respect !

Le visage de Stitch devint rouge de rage.

Zak laissa échapper un grognement.

— Si tu veux qu'on te respecte, il faut d'abord que tu sois respectueux. Je n'accepterai pas que tu essaies de contrôler ce que je fais. Qu'est-ce qui t'a donné cette idée ?

— Ce n'est pas un contrôle. C'est de la surveillance. Tu ne peux pas être avec moi et partir dans une autre ville sans me le dire !

Stitch marcha jusqu'à l'autre côté de la route vide, inspirant profondément.

— Dans quel monde vis-tu ?

Zak leva les mains, presque prêt à s'arracher les cheveux de frustration.

— Je vais où je veux, putain. Ce n'est pas comme si je partais pour une semaine.

— C'est ça, je n'en peux plus de ces conneries. Je ne suis pas un putain d'air. Tu dois penser à moi quand tu fais des projets !

— Si tu n'abandonnes pas cette attitude, ne reviens plus jamais chez moi. C'est vraiment flippant, grogna Zak en regardant Stitch droit dans les yeux.

Même s'il était en colère, il savait qu'il lui manquerait. Mais il n'y avait pas d'autre solution.

— Va te faire foutre, alors.

Stitch le souligna en faisant un doigt d'honneur à Zak.

— Soit tu montes sur le siège de ta caisse, soit tu te trouves un autre mec. Un putain d'instituteur de maternelle pour ce que j'en ai à foutre.

Il partit en trombe vers sa moto, rappelant à Zak le chien hargneux sur le patch de son club.

Les yeux de Zak s'écarquillèrent lorsqu'il vit Stitch sauter sur sa monture. Zak se gratta la tête, fixant le dos de Stitch. Ce type pensait-il vraiment que ce qu'ils avaient était plus qu'amusant ? Quelle évolution bizarre ! Mais cela n'avait pas d'importance, car un type agressif et contrôlant était la dernière personne avec laquelle Zak aurait voulu être.

Tout ce qu'il obtint de Stitch, ce fut un tourbillon de fumée laissé par sa moto qui partit comme une fusée.

Zak rentra chez lui et découvrit une balustrade de porche abîmée et une fenêtre brisée. Il poussa un juron et s'approcha de la porte, qu'il déverrouilla sans trop de hâte. Versay aboya de quelque part dans la maison. Le parasite ne le salua même pas à la porte, c'est dire à quel point tout le monde voulait le voir aujourd'hui. Il supposait que maintenant que Stitch ne viendrait plus, sa vie deviendrait beaucoup moins excitante.

Il déposa les clés sur l'armoire et entra, son regard cherchant le chien, mais il s'arrêta à mi-chemin lorsqu'il remarqua un motif étrange, plus sombre, sur le bois. Ce n'était pas immédiatement reconnaissable, mais lorsqu'il déplaça son regard jusqu'à la fenêtre brisée et les éclats de verre éparpillés autour d'un gros rocher, tout devint clair.

— Versay ? cria-t-il en suivant la piste jusqu'à la cuisine où toutes ses inquiétudes se confirmèrent.

Le chien était recroquevillé dans son panier et gémissait. La pauvre bête grelottait de partout et quand Zak s'agenouilla à côté de lui, il remarqua tous les petits éclats de verre dans ses pattes. Stitch allait payer pour le vétérinaire. Et pour la fenêtre. Et pour la putain de rambarde du porche.

CHAPITRE 10

STITCH

— VA TE FAIRE foutre, Milton, dit Stitch sans même se détourner du frigo pour regarder le pas-si-nouveau petit ami de Crystal.

Depuis qu'il avait rompu avec Zak, tout semblait aller de travers. Sans parler de la culpabilité qu'il ressentait que Versay se soit blessé sur le verre. Il n'avait pas voulu que cela arrive, il était juste en colère. Il avait été traité comme un chien, et pour quoi ? Pour avoir essayé de savoir ce que faisait Zak. La belle affaire. Il semblerait que les relations entre homos fonctionnaient différemment, et Stitch n'était pas doué pour ça. Pour ne rien arranger, il passait plus de temps à la maison, et Milton le rendait fou avec tout, de sa tendance à laisser le dentifrice sur le lavabo à son choix de thé. Putain d'herbes. Milton était comme un putain de clou rouillé qui se plantait dans le cul de Stitch et ne le laissait jamais se détendre.

La seule bonne chose qui ressortait de cette situation était que Stitch passait un peu plus de temps avec Holly, mais même cela se réduisait maintenant que les enjeux au club devenaient plus importants. Aujourd'hui encore, il s'était précipité pour un rendez-vous au club house parce que Gator voulait parler d'une nouvelle opportunité pour les Hounds. Ce qui, en réalité, signifiait très probablement le trafic de drogues.

— Je voudrais juste aller au réfrigérateur, dit Milton sur son ton ridiculement poli.

— Eh bien, je suis en train de choisir un en-cas, alors tu dois attendre, putain, grogna Stitch, en regardant le côté vide du réfrigérateur.

— Mais, je tiens à le préciser, ce n'est pas ton heure pour la cuisine.

Stitch se retourna et regarda le gars dans les yeux, la chaleur montant dans son corps.

— C'est ma putain de maison, Milton, alors je ferai ce que je veux !

Les yeux gris de Milton se rétrécirent, mais il recula, croisant les bras sur le symbole de Superman qui ornait son T-shirt. Stitch n'avait aucune idée de ce que Crystal trouvait à ce type. Il n'était pas complètement laid, et pas trop maigre, mais laisser tomber un exemple d'homme tel que lui pour... Milton ? Il n'arrivait pas à s'y faire.

— Qu'est-ce qui se passe encore ici ? siffla Crystal, se précipitant dans la cuisine avec ses cheveux roux en bataille et encore mouillés par la douche.

— Ce n'est pas son heure, dit Milton d'un ton détaché.

— Crys, c'est ridicule.

Stitch prit un sandwich dans le frigo, pour en finir.

— Ce n'est pas à toi, Stitch !

Crystal haussa le ton et s'approcha de lui. Il leva la main pour qu'elle doive sauter si elle voulait lui prendre le sandwich.

Elle serra les lèvres et recula, les joues rougies.

— Tu ne peux pas acheter ta propre nourriture ?

Stitch ouvrit grand les lèvres et enfourna d'un coup tout le sandwich dans sa bouche. Il poussa Milton en sortant et se dirigea directement vers la porte. Il était de toute façon en retard et ne pouvait pas parler la bouche pleine.

— T'es vraiment un con !

Crystal lui cria dessus, mais ne le suivit pas. Comme si elle avait le droit de le harceler après l'avoir réveillé avec des bruits de sexe hier.

Dès qu'il enfourcha sa moto, le monde devint plus clair. La moto n'avait pas de sexe.

Capitaine prit une grande gorgée de sa bière et se pencha sur la table avec un large sourire.

— Réfléchis-y. L'argent que nous recevons maintenant n'est rien. Bien sûr, c'est de l'argent décent pour toi, ça pourrait te permettre de garder une femme, mais pense à Holly. Quelle vie peux-tu lui offrir maintenant ?

Il écarta les mains, les sourcils broussailleux se rapprochant autour de son nez.

— Si nous suivons le plan de Gator, tu pourras l'envoyer dans une école privée, et peut-être même économiser de l'argent pour un fonds d'études.

Il poignarda Stitch de son index.

— Ta fille n'aura pas à travailler à la station-service. Elle pourrait devenir médecin et soigner tes blessures par balle, conclut-il avec un sourire.

Stitch gémit.

— Oui, ou me rendra visite en prison. Je le ferai, tu sais que je suis loyal envers mes frères. Mais je veux que ce soit bien fait. Si on fait ça mal, les Hounds sont morts. Il devrait y avoir un meilleur plan. Si j'apporte un colis à Baton Rouge, les gars là-bas vont remarquer que les Hounds se développent.

Capitaine se renfrogna.

— Tu sais que Gator est un cerveau. Il a un putain de diplôme de comptabilité, je fais entièrement confiance à son jugement.

Il tapota sa grosse main sur la table, un large sourire brillant au milieu de la touffe noire de sa barbe.

— Je pourrais peut-être gagner assez pour prendre ma retraite dans cette putain de Floride.

— Ouais, je te vois bien à Disneyland.

Stitch secoua la tête.

— On va devoir se soutenir mutuellement et voir comment ça se passe dans un mois. J'en ai marre de toute cette merde dans ma vie. Je n'en ai plus rien à faire.

— Qu'est-ce qui se passe entre toi et Crystal ? Pendant un certain temps, tout semblait aller pour le mieux. Qu'est-ce qu'il y a ?

Capitaine vida sa bière et fit un geste à Joe, qui ignora immédiatement le client civil à qui il s'adressait et lui donna un nouveau verre.

— C'est le fait de vivre ensemble. C'est la merde, tu sais. Mais si je déménage, je verrai moins mon enfant. Et puis je vois ce Milton. Si je m'occupe de lui, elle saura que c'est moi. Je ne peux pas faire encore plus de conneries avec elle. Pour le moment, elle est d'accord pour une garde partagée, mais tu sais que ces choses-là sont toujours contre nous si elles finissent au tribunal.

— Je sais, mec ! En tant que mec, et en tant que motard, tu n'as aucune chance.

Capitaine se mordit la lèvre et secoua la tête.

— Mais si le fait d'être là empire votre relation, ça pourrait la pousser à essayer de t'enlever l'enfant. C'est ce qui m'inquiète.

— Peut-être que plus d'argent serait utile. Nous verrons bien. Mais je vais essayer de garder les idées claires à la maison.

Stitch haussa les épaules. Il ne pouvait même pas boire, car il allait chercher Holly à la maternelle plus tard dans la journée.

— Bref, Zak est dans le coin ? J'ai vu quelqu'un avec un nouveau tatouage de lui.

— Oui, j'en ai un aussi. Il est bien meilleur que Troy, dit Capitaine avec un sourire narquois, acceptant sans mot dire la nouvelle bière. Je te le montrerais bien, mais celui-ci est réservé à Melissa.

Stitch secoua la tête, imaginant le visage de Zak lorsqu'il tatouait la bite ou le cul de Capitaine, ou quelque chose du genre.

— Je ne l'ai pas vu ici.

Deux semaines. Deux putains de semaines sans Zak, ça lui faisait mal. Ça lui manquait d'avoir les mains sur ce corps maigre et vicieux. Il aurait même fait des pâtes pour Zak. *Si Zak n'était pas aussi con, bien sûr.*

—Tu as dû le manquer parce qu'il vient par ici, au moins deux fois la semaine dernière. Je pensais que tu restais chez lui les soirs de visite de Milton.

Capitaine haussa les épaules.

— Il est trop occupé maintenant ou quelque chose comme ça ?

Stitch grogna. Ce fils de pute *allait* donc venir. Il l'évitait juste.

— Ouais, ouais. Je ne veux pas entendre le nom de Milton. Rien que de l'entendre, ça m'énerve.

Il donna un coup de pied au comptoir du bar dans une tentative inutile de se défouler. Il voulait casser des choses, mettre une chaise en pièces, mais ça ne l'aiderait pas vraiment de toute façon.

— Calme-toi, mon frère.

La main de Capitaine sur son avant-bras ne fit rien pour apaiser Stitch, mais il serra les dents plus fort.

— Au pire, tu pourras prendre la chambre d'amis chez moi.

— Merci. Je vais aller faire un tour, me changer les idées.

Stitch se leva du tabouret et le salua. Il avait vraiment pensé que Zak et lui pourraient être quelque chose de stable, quelque chose de durable. Pas de chance dans le monde des pédés, apparemment.

Il sortit du bar et salua un groupe de filles qu'il connaissait, en se rendant à la moto. Il devait sauver les apparences. Il monta sur sa moto et la serra entre ses cuisses tout en caressant doucement l'avant. Il était grand temps de polir à nouveau son bébé. Il démarra le moteur et s'engagea sur la route, expirant lorsque l'air repoussa ses cheveux.

Il aimait se promener en ville, voir ce qui se passait, observer et être observé. Cela l'aidait aussi à réfléchir. Mais lorsqu'il passa devant le commissariat de police, il dut y jeter un deuxième coup d'œil. Il fit demi-tour au bout de la rue et revint sur ses pas pour vérifier que ses yeux ne l'avaient pas trompé.

Sur les marches du poste se trouvait Zak. Grand, avec ses cheveux étranges, il était facile à repérer. Mais à côté de lui, le visage détendu dans un rire insouciant, il n'y avait personne d'autre que l'agent Cox. Et au moment où Stitch se retourna, Zak était en train de caresser le bras du policier.

— Mais qu'est-ce que c'est que ce bordel ? se murmura-t-il et se dirigea vers le parking devant le poste d'un seul mouvement.

Il voulait savoir ce qui se passait, et il le faisait *maintenant*.

Les yeux de Zak s'étrécirent, et même Cox se retourna avec un froncement de sourcils avant de reprendre l'attention de Zak. Qu'est-ce qui se passait, bordel ? En s'approchant, Stitch remarqua que Zak était en train de dessiner sur le bras de Cox avec un stylo.

— Hé, Zak. Bonjour, monsieur l'officier, dit Stitch, qui montait déjà les escaliers, hérissé comme un chien enragé.

— Salut, dit Zak sans lever les yeux, occupé qu'il était à créer de petits tourbillons sur sa peau pâle.

— Je peux vous aider, Larsen ? demanda Cox avec un sourire paresseux.

Sa stupide confiance en lui ne faisait que faire déborder la colère de Stitch.

— Oui, je m'inquiétais pour mon ami Zak, monsieur l'agent. Je me demandais ce qu'il pouvait bien faire ici.

Stitch s'arrêta deux pas en dessous d'eux. Son sang était en ébullition.

Zak soupira.

— Tout va bien, Stitch. L'agent Cox veut une manchette.

— C'est toujours en phase de planification, rit Cox.

— Ah, oui ? Peut-être que l'agent Cox devrait rejoindre les Hounds après avoir été encré ? Vous voulez prospecter, Cox ?

Stitch serra les doigts en poings, se souvenant de l'apparence de ce visage narquois couvert de boutons au lycée.

Zak recula et fit une moue, mais Cox se contenta de hausser les épaules.

— Qu'est-ce que cela implique ?

— Oh, vous savez, nettoyer les chiottes, surveiller ma moto. Ça a l'air bien, Cox ?

Il n'avait pas l'intention de reculer. Qu'est-ce que c'était que ce bordel ? Zak était-il ami avec cet enfoiré maintenant ?

— Et quoi d'autre ? Vous polir la bite ? demanda Cox avec un visage de pierre. Zak gémit.

— Les gars, c'est très drôle, mais arrêtons ça, d'accord ?

Stitch l'ignora et poussa la poitrine de Cox.

— Ah oui ? Vous voulez ça ? Vous êtes pédé, Cox ? lui siffla-t-il au visage, son corps brûlant d'adrénaline.

Rien que l'idée que ce type puisse baiser Zak faisait que Stitch ne se souciait absolument pas de savoir s'il s'agissait d'un poste de police ou du putain de siège du FBI. Il allait lui casser la gueule, sans se soucier des conséquences.

Cox lui saisit la main et, avant que Stitch ne s'en rende compte, un anneau de métal lui enserra le poignet. Il fronça les sourcils et retira sa main, mais il était comme un animal sauvage pris au piège. L'autre menotte se heurta à la rambarde en acier de l'escalier, et Stitch sentit le sang s'écouler de son visage. Zak le fixait, les yeux écarquillés, à côté de Cox, qui affichait un sourire carnassier.

— Vous avez attaqué un officier de police, Larsen.

Il désigna la caméra au-dessus de la porte du commissariat.

— Nous avons tout enregistré.

— Vraiment ? C'est ça ton putain de programme, chaton ?

Stitch tendit son autre main pour frapper Cox, mais l'enfoiré s'éloigna.

— Whoa ! Vous êtes très agressif, Larsen. Je pense que je dois appeler mes collègues pour m'assurer que vous ne blessiez personne. Êtes-vous ivre ? Êtes-vous sous l'emprise de la drogue ? Nous devrons vérifier cela.

Stitch poussa un grognement d'exaspération et tira si fort sur les menottes que la balustrade s'ébranla.

— Stitch, arrête, siffla Zak qui regardait Cox en écartant les bras. Allez, ce n'était qu'une querelle.

Cox soupira, son visage devient plus sérieux, mais la lueur de plaisir était indéniable dans ses yeux.

— Je ne peux pas laisser passer ça si ça a été filmé devant le poste. Je vais chercher quelqu'un pour l'emmener, dit-il en se précipitant dans l'escalier et à l'intérieur.

Au moment où il disparut derrière la porte, Zak se déplaça pour faire face à Stitch, son visage se déformant en un masque de rage.

— C'est quoi ce bordel, Stitch ? Attaquer un policier armé comme ça ?

— Il m'a fait chier, siffla Stitch. Putain, Zak, approche-toi, à ma droite.

Il respira plus vite, essayant de se calmer. La situation était déjà assez grave, et il ne pouvait pas la laisser empirer s'il voulait continuer à voir Holly.

Les sourcils de Zak s'abaissèrent, mais il finit par faire ce que lui demande Stitch.

— Ce n'est pas une excuse. Beaucoup de gens m'énervent, et je ne fais pas ce genre de conneries.

— J'ai une arme dans la poche intérieure de mon pantalon. Prends-la, s'il te plaît, Zak, fais-le pour moi, murmure-t-il, de plus en plus affolé. Loin de la caméra.

Il se retourna pour mettre la caméra dans son dos. Zak inspira brusquement, devenant d'un gris effroyable. Ses yeux s'écarquillèrent, mais sa main se retrouva sous le gilet de cuir de Stitch avant qu'il ne parvienne à le pousser à nouveau.

Il sortit l'arme et la rangea dans sa besace au moment où Stitch entendit la ruée des pas qui s'approchait. Il savait qu'il ne s'amuserait pas ce soir, mais au moins, il s'était débarrassé du problème.

— Zak... Désolé.

La pomme d'Adam de Zak s'agita et il s'éloigna, laissant la place à Cox et à Mahogahan, l'un des autres officiers.

— Zak t'a fait entendre raison ? demanda Cox, s'arrêtant juste à côté de la portée de Stitch. Si tu te comportes bien, tu seras sorti demain, Hound.

Stitch fit la moue, voyant déjà quelques autres officiers regarder par les fenêtres et rire à gorge déployée comme s'il était un clown triste dans une arène de cirque. Il voulut cracher sur Cox, mais se retint de mettre les pieds dans une merde encore plus profonde.

— Stitch, tu es un putain d'idiot, s'esclaffa Mahogahan en s'approchant de lui, les bras écartés.

Zak secoua la tête.

— N'est-ce pas suffisant ? Emmenez-le simplement si vous le devez, grogna-t-il, et Stitch remarqua qu'il gardait la main sur son sac.

Cox fit un signe de tête à Zak, enleva la menotte de la balustrade et entraîna Stitch dans le commissariat.

— À plus tard, Zak, dit-il. Je t'appellerai. Conduis prudemment.

Stitch se retint à peine de donner un coup de tête à Cox.

CHAPITRE 11

ZAK

IL ÉTAIT TARD DANS la soirée lorsque Stitch était sur le point de sortir. Grâce à l'intervention de Zak, il n'avait pas eu à passer la nuit en cellule. Zak avait également fait savoir à Cox ce qu'il pensait de la façon dont ce dernier provoquait Stitch sans raison, et après un peu de pseudo-flirt, Cox avait accepté de laisser sortir Stitch plus tôt que prévu. Cet enfoiré s'était en fait préparé à menotter Stitch avant la bousculade. Le pistolet faisait toujours un trou dans le sac de Zak (et dans son cerveau, d'ailleurs). Stitch portait une arme cachée, et d'après ce que Cox avait déjà dit à Zak, il n'était pas censé en posséder une non plus. Dans quoi Stitch était-il impliqué pour qu'il ressente le besoin de porter une arme à feu sur lui ? Et pourquoi cette crise de jalousie devant le poste ? Il avait besoin de mieux se contrôler, surtout lorsqu'il avait quelque chose à cacher.

Zak but une nouvelle gorgée de la canette de Coca qu'il tenait et regarda l'heure pour la cinquième fois en dix minutes. Lorsqu'il leva les yeux, la silhouette familière aux larges épaules se tenait en haut des escaliers. Stitch avait les mains dans les poches et ses yeux se fixaient sur ceux de Zak tandis qu'il se dirigeait lentement vers lui. Le regard qu'il lui lançait était si intense que Zak dut détourner les yeux, se sentant un peu mal à l'aise.

— Hé, dit Stitch en s'approchant de Zak qui secoua la tête et envoya la canette dans la benne à ordures la plus proche.

— J'ai entendu dire qu'ils avaient remorqué ta moto, dit-il en serrant les poings. J'ai pensé te ramener à la maison.

— Merci, marmonna Stitch. Crystal était tellement énervée qu'elle a dit qu'elle ne viendrait pas me chercher. Je ne lui ai dit que parce qu'elle a dû aller chercher Holly à ma place. Satané Cox.

Zak soupira et se pinça l'arrête du nez. Au cours des deux dernières semaines, il avait fait de son mieux pour ne pas croiser Stitch, il n'allait même au Valhalla que les soirs où il savait que Stitch passerait du temps avec sa fille. Et au cours de ces deux semaines, Stitch avait commencé à paraître encore plus délicieux qu'avant. Les mots d'adieu qu'il avait prononcés il y a quelques heures résonnaient encore aux oreilles de Zak.

— Allons-y. On parlera en chemin.

Stitch acquiesça et se dirigea vers la voiture de Zak. Il avait cette assurance dans ses mouvements, même maintenant, alors qu'il venait de sortir d'une arrestation et qu'il avait à peine réussi à se débarrasser d'une arme.

— Je ne voulais pas appeler les gars à ce sujet.

— C'est bien ce que je pensais.

Zak passa la main sur l'extérieur froid de sa voiture et la déverrouilla. Peut-être que maintenant que la poussière était retombée, Stitch avait plus de recul sur ce qui s'était passé ? Zak ne voulait pas continuer à l'éviter tout en vivant dans la même petite ville.

— Pourquoi t'es-tu arrêté ? demanda-t-il dès qu'il se fut installé sur le siège du conducteur.

Stitch laissa tomber son cul à côté de lui et gémit.

— Je ne sais pas. Je t'ai juste vu avec lui... Je sais que c'est stupide. C'est un pédé ?

Zak tapota le volant en faisant la moue. L'orientation sexuelle de Cox était la dernière chose dont il voulait discuter ici.

— En quoi est-ce pertinent ?

— Parce que si c'est le cas, c'est que tu flirtais. S'il ne l'est pas, il doit respecter l'espace personnel des gens.

Stitch s'assit plus bas sur son siège, jetant à Zak des regards affamés qui lui donnaient la chair de poule.

Il respira en tremblant.

— Et si on flirtait ? Je ne te comprends pas, ça fait deux semaines qu'on ne s'est pas vus, murmura-t-il avec résignation.

— Je veux juste savoir, les informations sont importantes. Si Cox aime les bites, je dois le savoir. Pourquoi est-ce une grosse affaire ? Je ne t'espionnais pas.

Stitch prit une grande inspiration et attrapa le sac de Zak comme si c'était le sien.

Zak compta jusqu'à trois et démarra la voiture, quittant lentement le petit parking. Il ne pouvait s'empêcher de penser à quel point Cox aimait les bites.

— Je ne parle pas des relations sexuelles que j'ai eues avec quelqu'un. Je ne parlerai de toi à personne, et je ne te parlerai de personne d'autre.

Stitch sortit son arme et la remit dans son gilet.

— Est-ce qu'au moins... je veux dire... est-ce que je te manque ?

Zak déglutit, serra le volant et tourna à droite. Son cœur battit la chamade et tout le côté droit de son corps commença à brûler sous l'effet de l'électricité qui les reliait.

— Je... C'est quoi cette arme ? demanda-t-il, décidant de changer de sujet au milieu de sa phrase.

Stitch soupira.

— C'est juste pour la sécurité. Désolé de t'avoir impliqué. J'ai vu sa putain de tête, et je n'ai pas pu me retenir.

— Mais tu ne devrais pas l'avoir, n'est-ce pas ? Tu possèdes un club et un atelier. Pourquoi aurais-tu besoin de ça ?

Zak expira, conduisant lentement pour ne pas arriver trop tôt chez Stitch.

— On ne sait jamais ce qui va se passer. Certains gars voient une moto et essaient de se battre.

— Stitch, pourquoi Cox en a après toi ? Qu'est-ce qui se passe, bordel ? Il faut que je le sache, dit Zak, de plus en plus nerveux.

Stitch était un bon gars, au fond, et Zak ne voulait pas qu'il ait de graves ennuis.

— Tu n'as pas besoin. Cox est une douleur dans mon *cul*. Et pas dans le bon sens.

Soudain, les doigts de Stitch se posèrent sur la cuisse de Zak, brûlant le denim et envoyant des milliers de fourmis dans son dos.

— Je croyais que tu n'aimais pas les douleurs au cul, chuchota Zak, en essayant de ne pas trop haleter.

— Ne t'aventure pas là, ce n'est pas mignon.

Stitch ne retira pas ses doigts.

117

— Cox n'a rien sur moi, c'est pour ça qu'il est si agacé. Je crois que je commets des crimes contre son sens de la mode.

Ce commentaire était si inattendu qu'il franchit les barrières de Zak, qui éclata de rire.

— Oui, j'en suis sûr. Abruti.

— Abruti ? Vous aviez l'air terriblement proches. Il veut vraiment une manchette ? C'est quoi ce bordel ?

Un petit sourire s'épanouit sur les lèvres de Stitch.

— Ce type devrait avoir un papillon sur la hanche.

Zak s'esclaffa.

— Oui, c'est vrai. Ignore-le. Tu sais qu'il a le pouvoir.

— J'emmerde son pouvoir si j'ai la jambe de Zak.

Stitch sourit, le caressant maintenant d'une paume ouverte.

Zak se mordit la lèvre, fixant la route, éclairée seulement par les phares de sa voiture. Il ne put s'empêcher de réagir au contact.

— Tu ne fais que la tenir maintenant, murmura-t-il.

— Je suppose que je dois me contenter de la tenir si je ne peux pas posséder, dit-il de cette voix calme et rauque qui donnait à Zak l'envie de sauter dans son lit.

Zak prit une inspiration tremblante et crut un instant que sa vision tremblait, du moins jusqu'à ce qu'il réalise que c'était ses mains qui tremblaient sur le volant. Il le serra immédiatement et se racla la gorge. Que pouvait-il bien répondre à cela ?

— Les gens ne peuvent pas être possédés, murmura-t-il finalement, beaucoup plus silencieusement qu'il ne l'aurait souhaité.

— Puis-je au moins te louer ?

Zak déglutit, s'enfonçant lentement dans la rue de Stitch. Il essayait de calmer sa respiration, mais c'était difficile avec la grosse main chaude de Stitch qui se rapprochait de plus en plus de son entrejambe, déclenchant de petites explosions sur son passage.

— À quel point as-tu envie de moi ?

Stitch sortit ses clés de sa poche et appuya pour l'ouverture du garage.

— Je n'ai pas les moyens de te payer, alors je suppose que je vais devoir te voler.

— Nan, je suis pas cher, t'as pas besoin de voler, marmonna Zak en entrant lentement dans le garage, encombré d'outils et de toutes sortes de détritus qui ne l'intéressaient pas du tout.

Il expira et arrêta la voiture en sortant la clé. Il avait l'impression de pénétrer dans l'antre d'un dragon. Encore plus lorsque Stitch appuya à nouveau sur le bouton et que la porte du garage commença à se fermer. L'antre avait un pont-levis et on était en train de le remonter.

— Tu n'as pas de prix pour moi, dit Stitch tranquillement, les yeux brillants et conscients.

Zak le dévisagea, ses poumons se vidant tellement qu'ils commençaient à brûler. La gorge serrée, il se tourna vers Stitch, submergé par l'intensité de ses yeux bruns profonds. Stitch ne mentait pas. C'était la vérité crue présentée sur un plateau avec un cœur qui battait encore. Zak ne s'attendait pas à entendre une telle chose, de la bouche de qui que ce soit, et même s'il aimait écouter la raison, cet aveu plongea son esprit dans le chaos.

— Je vais te tuer si tu essaies juste d'entrer dans mon pantalon en disant des choses comme ça.

Stitch sourit et se pencha pour embrasser les lèvres de Zak. Ce n'était qu'un léger frôlement de bouche, mais il envoya une puissante charge jusqu'aux pieds de Zak.

— Je mourrai en homme heureux, dit-il en quittant la voiture.

Zak le regarda bouger dans l'obscurité, s'émerveillant de ces larges épaules et de ce grand corps. La lumière vive le fait cligner des yeux, mais elle rendait Stitch encore plus tentant.

Zak expira et glissa sa main plus bas, saisissant sa verge à travers le denim fin. Il refusa de détourner le regard de Stitch, imaginant sa forme épaisse et volumineuse planant au-dessus de lui, ses grandes mains maintenant ses hanches en place, ses poils drus chatouillant sa peau.

Stitch saisit une couverture sur l'une des étagères et se débarrassa de la poussière. Il se dirigea vers l'avant de la voiture et, d'un seul geste, déroula la couverture sur le capot. C'était comme une invitation au lit de noces. Stitch regarda Zak à travers le pare-brise et caressa la couverture avec un sourire en coin.

Zak sourit, se pencha en avant et passa lentement ses doigts sur le verre. Se mordant la lèvre, il descendit la fermeture éclair sur le devant de son gilet, veillant à ne pas montrer trop de peau pour l'instant.

Stitch fit signe à Zak de s'approcher, le sourire sexy toujours en place. L'attraction était irrésistible, et Zak se retrouva à ouvrir la voiture. Il s'approcha de Stitch à pas lents et calculés, faisant glisser ses mains le long du toit de la voiture. Aussi vulgaire que cela puisse paraître, même dans son esprit, son corps était prêt. Il ne pouvait pas se priver de Stitch. Après deux semaines, la crise de jalousie n'était plus qu'un lointain souvenir, qui s'estompait à chaque pas que Zak faisait. Ce qui était réel, c'était l'homme en face de lui, un homme qui sentait le cuir, les copeaux de bois et la testostérone. Un homme vêtu d'un jean bien ajusté, avec un bourrelet juste sous sa boucle de ceinture en forme de crâne, et un T-shirt noir moulant sous le gilet de cuir.

Stitch l'enferma dans ses bras chauds et forts, ce qui le fit gémir. Zak enfouit ses mains dans le cuir souple de son dos, passa ses doigts sur les patchs et ouvrit la bouche, goûtant l'éclat salé du cou de Stitch. Le goût le fit frissonner et s'enfoncer plus profondément dans le torse dur de Stitch.

— Tu ne veux pas que je me gèle le cul sur cette couverture ?

— Ou ta queue.

Stitch lécha les lèvres de Zak avant de le retourner brusquement dans ses bras. Il poussa Zak sur le capot sans trop forcer et serra le dos de Zak, se frottant lentement à son cul. Ce bourrelet montait doucement sur les globes de Zak, massant la partie externe de ses fesses comme s'il le préparait à la chevauchée, l'entraînant lentement dans le rythme. Il roula ses hanches et cambra son dos, de sorte que non seulement l'érection de Stitch, mais aussi la boucle dure s'enfonçaient dans sa chair.

Un genou écarta les cuisses de Zak, envoyant une secousse d'excitation dans les couilles de Zak. Il pouvait sentir le froid du métal à travers la couverture, mais c'était agréable d'avoir un peu d'isolation.

— Ça m'a tellement manqué, murmura Stitch à son oreille, chatouillant sa peau.

Le bout des doigts de Stitch glissa jusqu'à l'avant du pantalon de Zak et ouvrit la fermeture éclair.

Le sexe de Zak tressaillit dans son pantalon contre la main de Stitch, et il commença à haleter pour respirer, mais ce qu'il obtint, ce fut l'odeur de l'huile et du cuir, doux et épicé à souhait. Il écarta les jambes, attendant que le bout de ces doigts rugueux et épais se glisse à l'intérieur et le prenne en main. Mais il y avait quelque chose qu'il désirait encore plus, même si Zak avait du mal à émettre un son cohérent.

— Je peux te sucer d'abord ?

— Bébé, tu le peux toujours.

Stitch se retira, et Zak glissa sur le sol en béton avec des genoux si mous qu'il n'aurait pas pu se tenir debout s'il l'avait voulu. Il se retrouva face à ces avant-bras épais et veineux parsemés de poils dorés, mais son regard glissa déjà plus bas, vers les grandes mains qui ouvraient la boucle de la ceinture en forme de crâne. Il se pencha en avant avec un faible souffle, s'accrochant aux passants du jean de Stitch et pressant son nez contre la fermeture éclair bombée. C'était l'odeur du cuir brut et du musc, tellement Stitch que sa propre bite faillit sortir de son pantalon. Il frissonna, mordit doucement la chair enveloppée de denim et leva les yeux, droit dans les yeux affamés qui brillaient sur un beau visage rougi.

— Oh, Zak… Montre-moi à quel point tu la veux.

Stitch râla et laissa le paquet à déballer. Il glissa ses mains dans les cheveux de Zak avec une poigne ferme qui fit hérisser tous les poils de la nuque de Zak.

Zak gémit et enfonça ses doigts dans les hanches de Stitch, glissant sa langue sous le pli du tissu à l'avant. Il lécha la fermeture éclair et la descendit avec ses dents, libérant encore plus le parfum de Stitch dans les narines de Zak.

— Tu n'as pas idée à quel point j'en ai envie, murmura-t-il, tâtonnant avec le bouton du haut et se força à se pencher en arrière. Donne-la-moi.

Stitch baissa son jean et son slip. Sa verge sortit, déjà à moitié dure, épaisse et bombée.

— Viens à moi.

Stitch rapprocha la tête de Zak et força ses lèvres à s'approcher du bout de sa queue. Ils avaient fait ça tant de fois, mais après deux semaines de séparation, c'était tout à fait nouveau.

Zak s'ouvrit, avalant la moitié de la longueur d'un seul coup et berçant les testicules lourds et poilus dans sa main comme la chose la plus précieuse qu'il ait jamais tenue. Il gémit et creusa ses joues, savourant la viande palpitante qui, à cet instant, était devenue le centre de son monde. Il ne se souciait pas le moins du monde de ce qui se passait à l'extérieur du garage, avide de chaque centimètre du pénis qui ouvrait sa gorge et s'enfonçait plus profondément, guidé par la langue de Zak, au-delà de son réflexe nauséeux. Il frémit, respirant l'odeur du pubis de Stitch avant de se retirer pour respirer. Ses yeux larmoyaient, mais il sourit autour de la queue, puis l'avala à nouveau, se cambrant contre les cuisses de Stitch.

— Tellement bon… Ouais ? Prépare-la, râla Stitch, ses mains enserrant la tête de Zak comme s'il s'agissait de la porcelaine la plus fine.

La façon dont Stitch l'avait qualifié d'inestimable résonnait encore dans sa tête. En ce moment, Zak ne se souciait même pas de savoir si c'était de la comédie ou non. Il avait l'impression que c'était vrai, et c'était ce qu'il choisissait de croire.

Lentement, il se retira et embrassa le large gland tout en masturbant lentement la longueur couverte de salive. Il sortit le préservatif et le paquet de lubrifiant, les levant dans sa main pour que Stitch les saisisse.

— Tu te sens si bien en moi, chuchota Zak en se levant très lentement. Je le veux encore.

Les yeux de Stitch s'assombrirent et il se lécha les lèvres, repoussant Zak sur le capot.

— Écarte-les, ordonna-t-il.

Il baissa le pantalon de Zak dans un élan semblable à celui d'un chevalier immoral prenant d'assaut un couvent. Sa verge se frottait déjà contre la peau nue de Zak, toute chaude et palpitante.

Zak frémit, écartant les pieds autant qu'il le pouvait avec son pantalon encore en place. Il se pencha sur la couverture et regarda par-dessus son bras, tirant sur l'un de ses anneaux de téton. Chaque tiraillement attisait sa convoitise, provoquant des étincelles de chaleur dans tout son corps et faisant brûler son trou du cul. Stitch avait l'air si grand avec son regard rivé sur le cul de Zak, sa poitrine se gonflant sous le tee-shirt. Il saisit les hanches de Zak d'une main, tenant le lubrifiant et le caoutchouc de l'autre.

— Mec, j'aimerais bien te crémer le cul, dit-il entre une grande inspiration et une autre.

La tête de sa bite montait et descendait lentement le long de la fente de Zak, léchant la chair sensible. L'estomac de Zak palpitait, il haletait et renversait la tête en arrière. C'était ce qu'il voulait. Il voulait la charge de Stitch dans son cul, il voulait cette virilité complètement nue, enveloppée dans la gaine de son propre corps, mais il ne pouvait pas laisser cela se produire avec Stitch qui couchait avec des filles au hasard. C'était la seule chose qui l'empêchait de hocher la tête.

— Non...

Stitch laissa échapper une grande respiration, mais mit le préservatif comme le bon garçon qu'il n'était pas. Il versa un peu de lubrifiant entre les fesses de Zak et y glissa ses doigts pour taquiner la peau sensible autour de l'anus. Stitch se pencha et embrassa le bras de Zak.

— Un jour, je le ferai. Je jouirai en toi si fort que tu tomberas amoureux. Ce sera comme la flèche de Cupidon.

Zak laissa échapper un gémissement aigu, serra ses doigts sur son mamelon et poussa son cul contre la main chaude et épaisse. La vision qui s'offrait à lui était à la fois obscène et magnifique, et cette fois, il acquiesça.

— Oui, et ensuite tu me briseras le cœur, salaud...

Stitch rit dans son épaule et enfonça deux doigts à la fois, mais avec la généreuse quantité de lubrifiant, ce n'était qu'un léger inconfort engourdi par son propre pénis qui palpitait d'excitation. Sans parler de son cœur qui battait plus vite que jamais.

— Je ne ferais jamais ça. Je prendrais soin de toi et garderais ton cœur en sécurité, murmura Stitch.

Zak gémit, redressant ses coudes. Il se pencha en arrière et passa ses mains sur les épaules de Stitch. Ce T-shirt chaud, les pans du bouson touchaient tout son dos.

— Tu peux me prendre maintenant, chuchota-t-il en tournant son visage vers les lèvres de Stitch et la barbe qui le rendait vraiment fou.

Les lèvres de Stitch étaient là, attendant ses baisers et les rendant avec tant d'ardeur. Il étira le trou de Zak pendant qu'ils se frottaient l'un contre l'autre et lorsqu'il retira ses doigts, la tête de sa queue était là pour les remplacer. Zak avait hâte de l'avoir à l'intérieur.

— Je prendrai ce que je peux avoir et j'en reprendrai davantage quand tu t'y attendras le moins.

Stitch lécha les lèvres de Zak, et sa queue glissante s'enfonça, se frayant un chemin à travers le sphincter.

— Oh, putain... oh, mon Dieu, dit Zak alors que la vague de chaleur dure comme de l'acier glissait en lui en un long mouvement langoureux. Il s'accrochait à Stitch pour la vie, avec ses mains, sa bouche, son cul. Sa faim était de plus en plus forte et il poussa ses hanches en arrière jusqu'à ce que les couilles de Stitch frappent son cul. Il ne voulait pas que ça s'arrête. Il voulait tellement que Stitch le prenne intensément.

Pendant un long moment, Stitch se contenta de le serrer dans ses bras, la bite profondément enfouie. Il laissa des baisers sur tout le bras de Zak, puis commença à faire de lents cercles avec ses hanches, repoussant Zak sur le capot de la voiture.

Zak refusa de le laisser partir et ils s'effondrèrent sur le capot avec un bruit sourd. Il attrapa les cheveux de Stitch, le rapprochant de lui. Leurs corps s'imbriquaient si bien l'un dans l'autre, l'un dur et mince contre l'autre un peu plus doux, plus volumineux. Zak ne se souvenait pas qu'un sexe se soit jamais senti aussi bien en lui. C'était comme si son corps avait attendu de l'accepter pendant les deux dernières semaines.

Ils commencèrent un mouvement lent, mais intense l'un contre l'autre. Stitch le tenait serré contre lui et savait exactement comment commencer à taquiner la prostate de Zak. Il apprenait vite et, au cours des deux mois qu'ils avaient passés ensemble, il avait tout fait pour apprendre à donner du plaisir à Zak. Il ne suçait peut-être pas des bites et n'abandonnait pas son propre cul, mais il voulait entendre Zak gémir et le voir se tordre d'excitation. Avec le temps, ses mouvements devinrent plus brusques et ses mains se glissèrent sous le gilet de Zak pour lui pincer les tétons. Les bourses de Zak se rapprochèrent de son corps.

Il se cambra contre Stitch, frôlant la couverture avec sa propre bite. Son esprit était surchargé, embrouillé et explosait d'étincelles colorées à chaque fois que Stitch le poussait, lourd, parfumé de sueur fraîche. Qu'ils soient revenus ou non à leur relation précédente, Stitch était le meilleur partenaire sexuel de Zak. Il était si passionné et si intense que même les choses les plus vulgaires semblaient sincères sur ses lèvres. Il était attentionné, à sa manière, toujours prêt à être là quand Zak avait besoin de lui. Qu'y avait-il à ne pas aimer ? Et cette queue ? Elle poussait Zak jusqu'à l'orgasme.

— Ne te touche pas, murmura Stitch avec une nouvelle poussée. Je vais te baiser si fort que tu jouiras juste grâce à ma bite. J'adore te faire jouir.

C'était la plus douce des confessions, mais combinée à la baise qui atteignait Zak si profondément et si fort, elle sonnait comme une promesse, et Stitch la tenait.

Zak gémit, étendu sur la couverture, avec ces hanches puissantes qui claquaient contre lui comme une machine. Une langue chaude et douce glissant sur l'oreille de Zak le fit jouir. Il jouit avec un grognement qu'il ne put qualifier que d'animal, s'agitant sous son partenaire tandis que des vagues de chaleur l'emmenaient d'abord au sommet, puis le firent s'effondrer dans un calme agréable. C'était comme plonger dans un océan profond et chaud, avec Stitch qui le pénétrait encore comme un piston.

— Le ...meilleur... putain... de... cul ! grogna Stitch et il jouit peu après, en plein dans le cul tendre de Zak.

Zak adorait la sensation que lui procurait le fait d'être serré contre cette tige brûlante en lui. Stitch lui saisit les hanches si fort que ça lui fit mal, mais Zak s'en fichait complètement. C'était glorieux.

— Enfonce-la, bébé, murmura Zak, en se penchant pour caresser la hanche de Stitch.

Ce dernier sourit, imaginant qu'ils étaient en train de le faire à cru. Il se souvenait à peine de ce qu'il ressentait.

— Oh, putain.

Stitch le poussa encore une fois.

— Je pourrais jouir à nouveau maintenant.

Zak haleta dans la couverture, gardant son corps immobile. Son trou était un peu engourdi et sensible, mais cela le faisait sourire de satisfaction.

— C'est si bon que ça ?

— Oui, je ne sais pas comment j'ai pu vivre sans ça, murmura Stitch en déposant des baisers dans le cou de Zak.

Zak déglutit difficilement, se détendant dans la capuche. Il ne voulait pas brusquer Stitch, c'était bien trop bon d'être sous lui.

— Tu es vraiment doué pour ça, finit-il par murmurer.

— Je veux que tu ne veuilles plus jamais te défaire de moi.

Stitch l'embrassa encore une fois avant de se lever. Stitch ne se doutait pas qu'il avait déjà atteint son but, mais Zak était un homme raisonnable, et il ne faisait pas de promesses ou de déclarations dignes d'un adolescent. La vie ne fonctionnait pas ainsi dans son monde.

Au lieu de ça, il tendit la main vers l'arrière, sans même lever les yeux. Il était lourd d'un épuisement doux et paresseux.

— Qu'est-ce que c'est ça ? gloussa Stitch en tirant sur ses doigts.

— Rien. Je voulais juste te toucher, marmonna Zak, tournant lentement la tête et posant sa joue sur la couverture pour regarder en arrière.

Il prit une profonde inspiration lorsque Stitch retira sa bite, le laissant désossé.

— Tu peux me toucher quand tu veux.

Stitch lui sourit, les paupières baissées. Il était l'image même de la satisfaction.

Zak renifla et tira sur la main de Stitch, se levant. Il n'avait pas envie de penser au mauvais sang laissé par l'espionnage. Ou à la fenêtre brisée.

— C'est pratique.

Stitch se débarrassa du préservatif et caressa le cul de Zak avec un sourire paresseux.

Zak soupira et regarda la grande main posée sur sa fesse.

— Tu sais comment faire pour qu'un homme se sente spécial.

— On est bons ?

Stitch glissa ses doigts entre les fesses glissantes de Zak. La chaleur monta à la tête de Zak et il s'appuya sur Stitch, respirant le parfum chaud de sa peau tandis que les doigts doux frottaient son entrée tendre. C'était exactement ce dont il avait besoin après cette fin brutale.

— Je n'ai toujours pas de balustrade et le remplacement de la fenêtre a coûté cher, murmura Zak en s'accrochant à lui.

Se tenant si près, il pouvait entendre Stitch déglutir.

— Désolé, murmura-t-il. Versay va bien ? Je ne voulais pas lui faire de mal.

Zak expira et glissa sa main sous le gilet.

— Je crois que tu lui manques un peu. Tu sais, tu as plus de patience pour te rouler par terre.

Stitch acquiesça et enlaça Zak de ses bras musclés.

— Je sais, parfois je perds les pédales. Désolé.

— Si tu veux qu'on soit bons, tu ne peux pas m'espionner ni saccager mes affaires.

Zak reposa sa tête sur l'épaule de Stitch et regarda la couverture, qui était encore mouillée par sa jouissance.

Stitch le serra si fort qu'il faillit le soulever.

— Je ne le ferai pas. Je serai un bon garçon.

Il embrassa l'oreille de Zak.

Zak ne put s'empêcher de sourire.

— Oui, c'est vrai. Trouble, voilà ce que tu es.

— C'est comme le nom d'un chien.

Stitch renifla et commença à remonter son pantalon.

Zak appuya son cul sur le capot derrière lui et siffla, réprimant le large sourire qui menaçait de l'arrêter. C'était vrai, Stitch était comme un chien possessif.

— Je suis un Hound, pas un chien.

Stitch le regarda fixement tout en bouclant son pantalon.

CHAPITRE 12

STITCH

— MAIS PAPA, M. Perroquet a aussi besoin d'une maison, dit Holly à Stitch, assise sur le tapis de sa chambre, en lui faisant les yeux les plus tristes.

Stitch avait déjà créé une maison de poupée murale pour sa fille lors de son dernier anniversaire, mais cela n'avait fait qu'attiser son appétit. Crystal n'aurait pas dû lui offrir cette peluche de perroquet.

— Il ne peut pas s'asseoir là, avec les ours ?

Il s'approcha de l'étagère et y tapota dessus du doigt.

Elle secoua ses boucles blondes avec une moue.

— Non, il a trop de couleurs. Les ours n'aiment pas ça.

Il semblait qu'il allait fabriquer une cage à oiseaux dans un avenir proche.

— Quelle couleur irait avec les plumes du perroquet ?

Les yeux bleus de Holly s'illuminèrent et elle sauta sur place, tordant le devant de son T-shirt imprimé vélo.

— De l'or et de l'argent ! Il a des goûts de luxe.

Stitch rit aux éclats et lui caressa les cheveux.

— Son souhait est mon ordre.

Holly rit et se précipita pour lui serrer la jambe avec un grand sourire.

— Papa ?

— Qu'est-ce qu'il y a, ma chérie ?

Il lui toucha le nez.

Elle tendit les bras et sauta sur place, signe bien connu qu'elle voulait qu'on la prenne dans les bras. Stitch s'exécuta sans se plaindre et la serra contre lui. Elle sentait le déodorant au chewing-gum qu'il lui avait offert la semaine dernière.

— Tu ne peux pas encore monter sur ma moto, tu le sais ?

— Je sais, mais je voulais te demander autre chose, dit-elle en lui tirant une mèche de cheveux.

— Vas-y.

Stitch la souleva plus haut, pour qu'elle puisse atteindre son oreille.

Ses petits doigts s'enroulèrent autour de son oreille et elle murmura :

— Quand est-ce que j'aurai une deuxième maman ?

Stitch se raidit et la serra fort dans ses bras.

— Pourquoi voudrais-tu une autre maman, Holly la Gourmande ? demanda-t-il en essayant de faire une blague, même si la question le poignait en pleine poitrine.

Holly gémit.

— Parce que le deuxième papa n'est pas très amusant, et avec une nouvelle maman, moi et les deux mamans pourrions avoir des journées de beauté, et regarder *Mon Petit Poney,* et faire des petits gâteaux...

— Tu ne veux pas regarder les poneys avec moi ?

Il la berça légèrement dans ses bras. Stitch en savait plus sur *Mon Petit Poney* qu'il n'accepterait jamais de l'admettre.

Holly fronça les sourcils.

— Oui, je peux te maquiller le visage ?

— Pas aujourd'hui, je sors bientôt. Mais on peut le faire samedi, d'accord ?

Stitch l'embrassa sur le front et la reposa.

— Sois sage.

Holly gémit, mais acquiesça et serra M. Perroquet dans ses bras.

— Tu vas travailler ?

— Oui, il faut avoir de l'argent pour acheter de l'or et de l'argent pour les goûts de luxe de ton perroquet.

Stitch tira sur une de ses boucles avant de se diriger vers la porte.

— Au revoir, papa ! cria Holly avant de retourner à ses jouets.

Stitch la salua et marcha dans le couloir, prêt à descendre, mais s'arrêta à la porte de Crystal lorsqu'il entendit des reniflements à l'intérieur. Avec Holly en arrière-plan qui parlait avec des voix de personnages depuis sa chambre, il ne se sentait pas à sa place.

Il frappa à la porte de Crystal, sachant que Milton n'était pas là aujourd'hui. Le réfrigérateur ayant récemment été retiré de la cuisine, il pourrait peut-être sortir quelque chose en cachette.

Tous les bruits se turent et ce ne fut qu'après plusieurs secondes qu'elle l'invita à entrer. Elle avait gardé la chambre principale, mais comme Stitch avait déménagé dans l'ancienne chambre d'amis, elle en avait fait une version plus grande et plus élaborée de celle qu'elle avait lorsqu'elle était adolescente. C'est-à-dire avant que Stitch ne la mette enceinte à dix-sept ans. Avec ses rideaux de velours, sa tapisserie léopard et sa grande coiffeuse dotée d'un miroir bien éclairé, la chambre était un boudoir à petit budget.

Crystal était assise les jambes croisées sur son grand lit, une boîte de mouchoirs à côté d'elle et un livre à la main, même s'il faisait trop sombre pour lire. Ses cheveux ondulés étaient attachés en un chignon désordonné sur le dessus de sa tête, mais elle avait l'air naturelle et jolie dans son pantalon capri noir et son T-shirt blanc à col large.

— Holly me réclame ? demanda-t-elle, la voix rauque.

— Non, elle va bien.

Stitch s'appuya contre le cadre de la porte, mal à l'aise à l'idée de pénétrer dans son espace.

— J'étais juste... Je sors bientôt, et j'ai un peu... Est-ce que ça va ?

Crystal expira et sa pomme d'Adam bougea très légèrement.

— Pourquoi tu demandes ça ?

— Allons, Crys, tes yeux sont aussi rouges que tes cheveux.

Il déplaça son poids, craignant d'avoir encore fait quelque chose de mal, et que ce soit sa faute si elle était contrariée.

Crystal regarda le livre et le fit soudainement tomber sur la couette.

— Ce n'est rien, vraiment. On est encore en train de régler certaines choses avec Milton. C'est plus difficile quand on est plus âgé, tu sais.

— Oui, je suppose. Est-ce qu'il fait le con ou quelque chose comme ça ?

— C'est juste... une question de limites dans une relation. J'ai l'habitude de faire les choses différemment de lui.

Crystal prit une longue et profonde inspiration et commença à tordre la chair de son avant-bras.

— Qu'entends-tu par là ? Quel genre de limites ? Tu sais que tu peux me dire s'il fait quelque chose d'anormal ? Je m'en occuperais.

Avec un beau poing américain sur les phalanges. Crystal savait parfaitement comment l'énerver, mais elle était la mère de son enfant, et Stitch ne voulait pas la voir blessée plus qu'elle ne l'était par leur mariage. Elle était de la famille. Aucun putain de Milton n'avait le droit de faire du mal à sa famille.

Elle le fixa sans ciller, mais finit par se pencher en avant et hausser les épaules.

— Il a un deuxième travail, il photographie des filles gothiques pour un site Internet. Certaines de ces photos sont nues, et je suis juste...

Elle se mordit la lèvre, regardant dans le vide.

— Je ne sais pas, jalouse. On s'est disputé à ce sujet plus tôt dans la journée.

Stitch regarda ses propres pieds, essayant de ne pas trop penser à la façon dont il avait découvert que Crystal le trompait.

— Oui, je suppose qu'on ne veut pas que la personne qu'on aime fasse des conneries comme ça, marmonna-t-il.

Crystal tressaillit, sortit un nouveau mouchoir et le mit contre son visage.

— Je suis désolée. Ça ne marchait pas entre nous, mais j'aurais dû rompre avec toi d'abord.

— J'aurais aimé que ça marche, tu sais, pour le bien de Holly.

Stitch soupira et se frotta le front. C'était étrange d'avoir une conversation avec Crystal qui ne consistait pas à se jeter des assiettes.

Crystal soupira.

— C'est trop tard maintenant, n'est-ce pas ? Je veux toujours que cette famille fonctionne. Je sais que tu aimes Holly plus que tout, dit-elle en levant les yeux vers lui.

— Oui. Je ne vous laisserai pas tomber, Holly et toi. Si Milton te fait encore chier, fais-le-moi savoir, d'accord ?

Il se passa les doigts dans les cheveux.

Crystal sourit et détourna à nouveau le regard.

— Tu es un bon gars, Stitch.

— Tu t'en souviendras la prochaine fois que je te volerai tes hamburgers.

Il ne put s'empêcher de sourire.

Crystal rit et se leva lentement du lit.

— Si tu paies ta part des courses, je peux en cuisiner plus et une partie sera à toi. Ça te va ?

— Bébé, ça a l'air génial.

Stitch expira avec un sourire plus large. Étaient-ils vraiment en train de se mettre d'accord après tant de mois de disputes incessantes ?

Crystal s'approcha et glissa ses bras autour de lui, posant sa tête rougie contre sa poitrine. C'était étrangement familier, et d'un autre côté, ça ne l'était pas. Elle était minuscule, rien à voir avec le corps grand et ferme de Zak, mais c'était bon de la tenir dans ses bras après tant de mois.

Elle s'écarta trop tôt.

— Va les retrouver, Tigre, dit-elle en souriant et en lui donnant un léger coup de pied sur le côté du mollet.

Le vrombissement des moteurs en bas était fort à travers la fenêtre ouverte.

— Je compte sur ces hamburgers.

Il lui donna une tape furtive sur les fesses et se précipita en bas. L'après-midi agréable avec Holly et la perspective d'être à nouveau ami avec Crystal étaient une touche agréable avant de mettre les pieds dans la merde plus profondément que jamais.

Lorsqu'il ouvrit la porte, Capitaine et Gator attendaient déjà à l'extérieur.

— Yo, t'es prêt ? demanda Gator, penché en avant sur sa moto, sans la moindre trace d'inquiétude sur son visage.

— Oui, allons-y.

Stitch acquiesça et se dirigea vers le garage où il avait caché le kilo de coke dont il était responsable. Ils avaient tous les trois un de ces paquets, mais ils se rendaient ensemble à leur contact pour plus de sécurité. Si tout se passait bien, chacun d'entre eux gagnerait cinq mille dollars, alors l'enjeu était de taille.

Gator avait orchestré tout cela, et il en semblait si fier qu'il fumerait un cigare s'il ne conduisait pas.

— Les gars, nous avons un long chemin à parcourir, nous ne pouvons pas laisser Smoke attendre, dit-il en faisant rugir son moteur.

Capitaine sourit à Stitch derrière ses lunettes.

— Apparemment, nous aurons besoin de masques à gaz pour ne pas attraper le cancer du poumon.

— Je me débrouillerai.

Stitch secoua la tête et referma sa veste, la drogue étant dissimulée sous son tee-shirt dans deux sacs en plastique scellés.

— Faisons vite.

Il sauta sur sa moto et ils quittèrent bientôt la ville, glissant de plus en plus loin, à la poursuite du soleil couchant. Gator évita les autoroutes et ils traversèrent de petites villes et des cantons, passant devant des bâtiments délabrés et d'autres qui avaient été abandonnés depuis longtemps. Le plastique était trempé contre la peau de Stitch et le brûlait à chaque respiration. Il avait presque l'impression de faire passer la drogue à l'intérieur de son propre corps.

Il aimait le rugissement du moteur, ne pas avoir à parler à qui que ce soit, avoir ses pensées enfermées dans son casque. Parfois, le simple fait de partir en balade aidait Stitch à se changer les idées, mais aujourd'hui, son cerveau s'embrouillait de plus en plus à chaque kilomètre parcouru. Ils avaient besoin de cet argent, sa famille en avait besoin, mais s'il finissait en prison ou mort, il ne verrait pas son enfant grandir. Il savait que Gator en voulait plus, pour donner à leur club une plus grande visibilité. Stitch se mentirait à lui-même s'il pensait qu'il ne savait pas comment cette entreprise allait se développer. Ils allaient être plus nombreux à faire la mule, à être plus audacieux avec les quantités qu'ils prenaient. Ils auraient besoin de plus d'armes et de plus de gars. L'expansion que Gator souhaitait. Stitch, quant à lui, se contentait d'arnaquer avec des télévisions et des iPads, comme ils l'avaient toujours fait. Ce n'était pas gagné d'avance.

Après environ une heure de route, Gator s'arrêta sur le petit parking d'un restaurant délabré. L'endroit était si discret qu'il y avait deux trous non réparés dans l'asphalte juste devant, ce qui permettait à Stitch de croire qu'il n'y avait pas de caméras à l'intérieur. Avec seulement trois voitures garées dans le parking, cela semblait être un bon point de transfert.

Gator s'étira dès qu'il descendit de la moto. Il respirait la confiance.

— Vous êtes prêt ?

Capitaine et Stitch descendirent eux aussi et laissèrent leurs motos à proximité, de façon à ce qu'ils puissent les voir.

— Oui. Il est déjà là ? demanda Stitch alors qu'ils montaient les escaliers en bois.

Le sol étant très humide dans cette région, le restaurant était monté sur de courts piliers de bois. Ils marchèrent donc jusqu'au porche et entrèrent, conduits par Gator, qui se déplaçait comme un roi entrant dans son écurie. Stitch ferma la marche et jeta un coup d'œil autour de lui dès qu'il eut franchi la porte. C'était un endroit triste, avec des tables aux bords ébréchés et des taches de saleté sur le sol. La musique pop entraînante ne cadrait pas avec l'horrible lumière d'hôpital qui émanait de l'arrière du comptoir.

L'endroit où ils devaient se rendre devint vite évident lorsqu'ils remarquèrent une table au milieu de la pièce, embrumée par la fumée, avec un homme âgé et poilu qui buvait du café et mangeait des frites au fromage. Stitch dut s'empêcher de ricaner devant ce repas, mais son attention se porta ailleurs lorsqu'il remarqua deux types qui semblaient sortis d'une publicité pour la mode, assis dans un coin et discutant autour d'une tarte. C'était ridicule de voir à quel point ils avaient l'air bizarres dans un endroit pareil, en face du Seigneur du Cancer du Poumon. Stitch faillit tomber sur Capitaine.

Dire qu'ils n'étaient pas « d'ici » serait un euphémisme. Stitch n'avait jamais vu un homme à la peau aussi lisse qu'à la télévision. Et comme si cela ne suffisait pas, l'un d'eux avait les cheveux aussi brillants que Kim Kardashian, tandis que l'autre portait les siens en une sorte de pompadour moderne. Il voulut les ignorer, mais Gator lui donna un coup de coude.

— Débarrasse-toi des étrangers, ordonna-t-il.

Capitaine, cet enfoiré sournois, se précipitait déjà à l'avant, laissant à Stitch le soin de s'occuper de ceux qui n'étaient pas du tout du coin.

Stitch expira et se dirigea lentement vers la table. Il ne pouvait pas entendre la conversation elle-même, mais les gloussements constants montraient clairement qu'ils s'amusaient. Le type qui faisait face à la pièce, musclé et vêtu d'un T-shirt qui montrait tous les atouts de son corps, cligna des yeux, mais sourit lorsque son regard rencontra celui de Stitch.

— Vous avez fini ? Le restaurant va être utilisé pour un usage... privé maintenant, dit Stitch en s'appuyant sur le côté de la cabine.

Le deuxième type leva les yeux, et ce ne fut que maintenant que Stitch vit un détail qu'il n'avait pas remarqué de loin. Le visage ciselé, d'une beauté effrayante, était entaché d'une cicatrice tordue qui traversait le nez et la joue de l'homme.

— Cette cabine est à usage privé, dit-il d'une voix de baryton profonde, en se penchant en arrière.

La chemise blanche qu'il portait s'étendait sur son torse, laissant apparaître la peau nue sous ses clavicules, là où le vêtement était déboutonné.

Stitch fronça les sourcils. Ce type était-il en train de le défier ? Avait-il envie de mourir ? Celui qui avait les cheveux courts renifla et prit calmement une autre part de tarte.

— Vous pouvez prendre cette tarte à emporter. Je pense que vous feriez mieux de partir.

Stitch sortit son portefeuille et déposa cinq dollars sur la table.

Celui qui avait une cicatrice et des cheveux longs montra à Stitch la place qui se trouvait en face de lui, son bras veineux à la peau olivâtre faisant un mouvement brusque.

— Asseyez-vous.

Stitch regarda par-dessus son épaule, se sentant comme dans un film surréaliste. Comme dans un de ces projets arty-farty européens. Gator le regarda en fronçant les sourcils, tandis que Capitaine s'adressait à Smoke, sans même remarquer ce qui se passait ici. Pourquoi Stitch était-il chargé de s'occuper des civils ?

— Pourquoi je ferais ça ?

Stitch grogna, regardant avec étonnement comment le type costaud frappa l'avant-bras de Cicatrice en riant.

— Allez, Dom, ne te moque pas de lui.

Cela semblait aussi insouciant qu'un papillon dans un champ du Montana.

— Je ne me moque pas des gens.

Dom sourit et leva les yeux vers Stitch.

— Je les mange.

Son ami se mit à glousser et Stitch eut l'impression que l'alerte aux monstres sonnait très fort dans sa tête. Qu'est-ce que c'était que ce bordel ?

— Il est votre prochain repas alors ? dit-il en pointant du doigt le rieur, ce qui ne fit qu'amplifier son rire.

Stitch ne voulait pas se lancer dans une discussion stupide, il ne le voulait vraiment pas, mais ces deux civils ne demandaient que ça.

Dom lui sourit et rapprocha son ami. Il déposa un baiser sur sa tempe sans jamais rompre le contact visuel avec Stitch. C'était comme si on avait enfoncé une pilule de glace dans la gorge de Stitch. Stitch n'en croyait pas ses yeux. Ces hommes n'étaient vraiment pas d'ici, ce qui se voyait d'ailleurs à leur accent italien. Qu'était-il censé faire ? L'agressivité ne ferait qu'attirer l'attention.

— Et comment ! Je n'ai jamais goûté de viande aussi tendre et sucrée, dit Dom en montrant à nouveau le siège à Stitch.

S'agissait-il d'une invitation à un plan à trois ou quelque chose du genre ? Le paquet de cocaïne était maintenant si moite qu'il semblait nager dans le T-shirt de Stitch. Il s'assit lentement et poussa la tarte vers Dom.

— Mieux vaut manger ce putain de gâteau et prendre son dessert à la maison, siffla-t-il.

Il se sentait de plus en plus intimidé par la façon dont le gars qui avait reçu le baiser regardait son partenaire. Un regard si ouvertement affectueux qu'il laissait Stitch impuissant. Pourrait-il un jour s'asseoir avec Zak dans un restaurant comme celui-ci ? Manger de la tarte dans la même assiette ? Si Gator et Capitaine en avait vent, cela pourrait se terminer de façon sanglante pour ces pauvres touristes désemparés.

— Détends-toi, mon bel ami américain, dit Dom, en poussant l'assiette contenant le dernier morceau de tarte vers son partenaire. Vos collègues sont encore dans la cuisine.

— Quels « collègues » ?

Stitch baissa la voix, regardant la porte de la cuisine et l'unique serveuse à l'autre bout du restaurant. Il choisit d'ignorer le commentaire sur le « bel ami ».

— Vous feriez mieux de partir si vous ne voulez pas vous faire défoncer la tête.

Il s'assura que cela ressemblait plus à un avertissement qu'à une menace.

Dom se pencha en avant et soupira, un petit geste de la main suffit à attirer Stitch plus bas, pour écouter les mots silencieux.

— Je vais te dire quelque chose, parce que si je n'étais pas pratiquement marié, je baiserais des gens comme toi n'importe quand. Vous, vos amis et moi ne sommes pas les seuls à être armés dans cet établissement.

La chaleur explosa sur tout le corps de Stitch pour toute une série de raisons. Aucun mec n'avait jamais osé lui parler comme ça. Ses fesses se serrèrent d'elles-mêmes, mais son cerveau tenta désespérément de s'extraire des eaux troubles de l'inadéquation homophobe. Les armes. Il devait se concentrer sur les armes. Le beau gosse aux cheveux courts se contenta de sourire en avalant le dernier morceau de tarte. Il ne semblait pas du tout gêné par le fait de parler d'hommes armés. Stitch n'aimait pas l'idée d'étrangers italiens armés dans un restaurant où ils faisaient des putains de trafic de drogue. Il n'aimait pas ça du tout. Mais encore plus d'hommes dans la cuisine ? Il pouvait sentir les ennuis à des kilomètres de distance, et ça ne sentait pas aussi bon que l'eau de Cologne du gars assis à côté de lui.

— Combien ? murmura-t-il en retour, en regardant la porte de la cuisine.

Il fallait qu'il les fasse tous sortir.

Dom soupira et fit signe à son ami de sortir de derrière la table.

— Vos amis ont déjà passé ce qu'ils avaient sur eux à M. Cloud. Je pense que les six personnes dans la cuisine attendent que vous soyez tous les trois au même endroit.

Il sourit, mais contrairement à ce qui s'était passé jusqu'à présent, ses yeux noisette restèrent froids.

— Vous voyez, je protège votre précieuse tête en vous parlant.

Stitch hocha lentement la tête, ignorant l'aspect gay de la situation pour rester en vie. Lorsque l'autre homme se leva, le grincement de la table contre le sol dans le restaurant silencieux fit l'effet d'un éléphant dans un magasin de verre. Stitch saisit son téléphone portable pour envoyer un message à Capitaine. Putain.

Stitch se figea lorsque Dom posa son doigt sur sa poitrine, avant de froncer les sourcils. Le facteur bizarre s'aggrava lorsque Dom prit la parole, et cette fois, il parla comme le plus local des locaux, né et élevé en Louisiane, comme s'il avait appuyé sur un interrupteur à l'intérieur de sa tête.

— Écoute, tu ne nous as jamais rencontré. En fait, tu n'as jamais rencontré un vrai Italien de ta vie. Si un seul mot sur nous sort de ta bouche, je te retrouverai, je t'étranglerai avec ta propre bite et j'égorgerai toutes les personnes que tu aimes. Compris ?

Stitch déglutit. Il pouvait se déchaîner, frapper le type, sortir son propre pistolet, mais toutes ces idées semblaient futiles. Ce n'était pas seulement la confiance brute que le type dégageait, Stitch avait aussi confiance en lui. Peut-être que s'ils n'étaient pas en train de trafiquer de la drogue au milieu de nulle part, Stitch aurait pris ça pour du bluff, mais là, il savait qu'ils étaient dépassés par les événements, et il ne prenait pas le risque de croire que ces types se moquaient de lui. Comme si la situation n'était pas assez surréaliste, l'autre gars, qui devait clairement avoir entendu chaque mot de son partenaire, détourna le regard et s'étira en bâillant, ressemblant à une putain de publicité pour la mode, grand et beau. C'était un petit ami trophée, si Stitch en avait déjà vu un.

Stitch acquiesça lentement.

Dom renifla et reprit l'accent italien comme si c'était la chose la plus facile au monde.

— Calmez votre cœur. Il faut des nerfs d'acier pour faire ce métier, dit-il en se dirigeant vers la porte.

Sans jamais se retourner, il laissa son partenaire passer en premier et sortit. La porte métallique se referma dans un grincement épouvantable.

Stitch était collé au siège, mais il savait qu'il devait agir vite. Gator avait agi avec toute la confiance du monde, mais il s'avérait qu'il ne savait rien, ils n'avaient aucune idée de qui ils avaient en face d'eux. Il se leva, même s'il voulait rester assis dans cette cabine pour toujours. Ses doigts n'avaient jamais pianoté aussi vite que maintenant.

Quand j'arrive, tu te réfugies sous la table. Fais-le.

Il marchait au ralenti, chaque pas pesant sur ses pieds comme s'ils étaient déjà attachés à des pierres pour qu'ils se noient plus vite dans le marais.

Capitaine leva les yeux vers Stitch. Pour un observateur extérieur, il n'aurait pas semblé nerveux, mais Stitch reconnut le léger froncement de sourcils, la partie supérieure de la joue de Capitaine appuyant sur le cache-œil et créant un pli. Il était tendu comme une corde à côté de Gator et de Smoke qui avaient une conversation si souriante qu'on aurait presque dit qu'ils flirtaient.

Stitch s'approcha de leur cabine, attentif à tous les bruits du restaurant. Les pas de la serveuse près du comptoir, les insectes qui faisaient du bruit à l'extérieur de la fenêtre, et enfin, le grincement de la porte de la cuisine. Dès que Stitch entendit ce dernier, il cria à Gator et à Capitaine.

— À terre !

Stitch se jeta sous la table de la cabine qui leur faisait face pour éviter l'assaut des balles qui pleuvaient dans l'air. La serveuse cria, le bruit sourd d'une douzaine de bottes résonna sur le sol, Smoke gargouilla, cinq impacts de balles ruisselant de sang sur sa poitrine. Stitch regarda la vie quitter son corps comme la dernière bouffée de fumée qu'il exhalerait jamais.

Les sièges explosèrent en éponge, marqués par le motif chaotique des impacts de balles. Le bruit mit les sens de Stitch en surcharge. Il se recroquevilla sur le sol de la cabine et tâtonna frénétiquement avec l'arme qu'il portait sous son gilet. De l'autre côté de l'allée, il vit Capitaine et Gator, qui avaient déjà sorti leurs armes, mais dès qu'ils osèrent tirer, les cuisiniers passèrent aux fusils d'assaut.

— Lâchez vos armes ! fut crié alors qu'une autre cascade de balles s'éteignait.

Stitch s'efforça de respirer aussi silencieusement que possible, mais son souffle ne fut qu'un râle lorsqu'il croisa le regard de Capitaine sous le comptoir. Ils étaient des cibles faciles.

Capitaine déglutit et regarda Gator, dont la bouche était ouverte, toutes dents dehors. Il ressemblait à un pitbull acculé, se demandant encore s'il allait réduire l'attaquant en bouillie sanglante ou mourir en essayant. Le sang de Stitch se glaça lorsque leur président se rapprocha de l'allée, bougeant son arme comme s'il voulait tirer, mais Capitaine réagit immédiatement. Il saisit le poignet de Gator et lui chuchota quelque chose à l'oreille, le dos arqué sous la table, qui était maintenant couverte de déchets biologiques frais, tout droit sortis de la tête de Smoke.

Stitch secoua la tête, posant lentement son arme sur le sol.

— Nous les mettons à terre, cria-t-il aux assaillants, considérant l'absence de balles en réponse comme une promesse de survie.

Si l'Italien n'avait pas menti, il y avait six hommes, tous armés, qui se trouvaient maintenant dans une position avantageuse. Avec des armes bien plus efficaces que leurs armes de poing. Il ne mourrait pas parce que Gator ne pouvait pas tenir son arme dans son pantalon.

— Envoyez toutes vos armes dans notre direction, ne pensez pas à faire quoi que ce soit de stupide, et vous sortirez peut-être d'ici vivants, cria une voix jeune et un peu rauque.

Stitch regarda Capitaine poser son arme comme une image de lui-même et finalement, Gator fit de même. Tous les trois envoyèrent les armes glisser le long de l'allée.

— Voilà, mec, on ne veut plus de morts ! cria Stitch, le sang battant dans ses oreilles.

L'odeur du sang lui donnait la nausée, mais il savait qu'il devait garder son sang-froid s'il voulait survivre.

Après un moment d'attente, la même voix leur dit de se lever lentement, les mains au-dessus de la tête.

Gator cracha sur le sol, mais se releva lentement en s'agrippant au siège et à la table. Il lâcha cette dernière très rapidement et secoua sa main tachée de sang, envoyant un morceau de bouillie rouge sur le sol. Son air renfrogné était si profond que l'estomac de Stitch se tordit. Le club tout entier risquait de se perdre dans ces replis profonds et ensanglantés. S'ils s'en sortaient vivants, le besoin de vengeance de Gator aurait la même force que les mâchoires d'un alligator sur une jambe humaine.

Ils se relevèrent lentement, et Stitch fut surpris par la solidité de ses genoux. Des nerfs d'acier. C'était ce dont il avait besoin. Le bel Italien serait fier.

Il expira, mais garda le visage froid en regardant l'allée, les six motards qui se tenaient là comme des statues souriantes.

Le plus âgé, un homme aux cheveux argentés et à la moustache épaisse, sourit et releva ses lunettes de soleil, montrant ses yeux souriants.

— Des petits poissons qui s'aventurent sur le territoire des requins. C'est assez amusant, n'est-ce pas, les gars ?

Ses hommes acquiescèrent tous, détendus comme s'ils n'avaient pas le moindre souci à se faire. Du coin de l'œil, Stitch aperçut le profil de Capitaine. Il ne faisait aucun bruit, se tenant debout, les bras en l'air, comme on le lui avait demandé.

Stitch regarda autour de lui pour évaluer la situation. Ils étaient encerclés. Quand l'un des hommes se retourna pour attraper le sac de Smoke rempli de coke, tout devint clair. Le patchs sur son blouson disait « Coffin Nails[1], Louisiane » avec une tête de mort sur une croix entre les deux patchs. Ils étaient tellement dans la merde que Stitch avait envie de hurler de frustration.

— Et ils sont... ? demanda le boss, qui ne pouvait être que le prez des Nails, Ripper[2]. Le type qui avait volé la coke répondit par leur nom de MC, et les Nails éclatèrent de rire.

— Qu'est-ce que c'est que cette merde ? La petite délinquance ne vous suffit plus ? ricana Ripper en secouant la tête. Qui est votre prez ?

Stitch et Capitaine se regardèrent l'un l'autre, l'air entre eux brûlant de tension, mais Gator s'avança. Des traces de sueur sur son crâne chauve donnaient l'impression qu'il venait de passer son crâne sous la douche.

Ripper lui tapa le front avec l'arme qu'il tenait et rit à nouveau, comme un gamin à qui on racontait une blague sur le caca.

— Et vous pensiez que c'était une bonne idée ? Entrer dans notre putain de territoire ?

Stitch avait les mains moites et son cœur battait la chamade malgré sa volonté de rester calme. C'était beaucoup plus facile de traiter avec des gens comme l'agent Cox. Ces types ne plaisantaient pas. Ils étaient *le* MC en Louisiane, même si Gator s'efforçait d'y remédier.

— Ripper ? Il n'y a que quatre paquets ici, dit le type qui avait pris le sac de Smoke.

Ripper frappa la tête de Gator avec le canon de son arme.

---

1. Clous de cercueil.

2. L'éventreur.

139

— Nous savons tous qu'il devrait y en avoir deux de plus.

Les narines de Gator se dilatèrent et il ouvrit la bouche, manquant de s'étouffer en prononçant les mots.

— Stitch, donne-leur ces putains de truc.

L'un des hommes devant eux, un rouquin musclé à la barbe sauvage, s'approcha et tendit les mains en souriant.

— Ou je dois me servir moi-même ?

Stitch ouvrit sa veste et sortit son T-shirt de son pantalon pour atteindre les paquets. Il les remit au type sans la moindre expression. C'était dix mille dollars qui lui échappaient. Il pensait en gagner cinq sur cette livraison, et voilà qu'il en perdait dix, voire sa vie. *Merde. Putain de merde.*

Il ne s'était même pas rendu compte de ce qui l'avait frappé lorsque Barbe Rouge lui enfonça son genou dans l'entrejambe. Il vit des étoiles et bascula en avant, s'agenouillant avec un souffle qu'il ne put arrêter. Sa vision s'estompa sur les bords lorsqu'il regarda les taches rouges sur le sol, et il s'arc-bouta, sachant que seul son sang-froid pourrait le faire sortir d'ici vivant. Il avait une petite fille qui l'attendait à la maison, à qui il avait promis une balade à moto lorsqu'elle serait en âge de le faire. Il ne pouvait pas laisser son cerveau rejoindre celui de Smoke éparpillé dans tous les sens. Le coup de poing suivant le frappa en plein visage et le renvoya au sol, en position allongé. D'après ce qu'on entendait, Capitaine et Gator se faisaient également tabasser.

— Vous voyez cet enfoiré sur le siège ? C'est ce qu'on fait avec les gens qui ne respectent pas les accords passés avec nous, grogna Ripper.

Pour Stitch, sa voix sonnait comme un écho, résonnant dans son crâne.

— Je pense qu'il est juste que vous remettiez l'argent et que vous disiez à vos amis de ne jamais mettre les pieds sur notre territoire.

Stitch reçut un coup de pied dans les côtes, mais ses couilles étaient toujours sa principale préoccupation alors qu'il se recroquevillait sur le sol.

Il leva la tête lorsque Ripper ordonna à ses hommes de maintenir Gator en place, et il pâlit au son de l'ouverture d'une fermeture éclair. Le bruit du liquide qui giclait et le grognement de Gator montrèrent clairement ce qui se passait, et Stitch reposa son front sur le sol, faisant comme s'il n'avait pas vu leur président se faire pisser dessus. Mais il était suffisamment proche pour que la puanteur de l'urine l'atteigne. Son corps n'était plus qu'un grand désordre douloureux, et chaque ecchymose avec laquelle il espérait se réveiller le lendemain matin était comme un putain de message de Dieu.

Il jeta un coup d'œil à Capitaine dont les lèvres étaient en sang, sans parler des dents qu'il montrait comme un chien enragé. Stitch serra ses poings moites, souhaitant pouvoir envoyer ses poings américains dans chaque visage grimaçant.

La fermeture éclair se releva et Stitch sentit la semelle épaisse et striée d'une botte appuyer sur l'arrière de son crâne.

— C'est la seule fois qu'on vous laisse partir, alors soyez gentils et foutez le camp de ce business qui est trop gros pour vos pattes, hein ?

Gator haleta, mais n'essaya pas de se battre avec les six armes pointées sur eux. Ils n'avaient aucune chance. Stitch grogna, mais ne fit qu'un bref signe de tête. Même s'ils envisageaient des représailles, ce n'était pas le moment. Heureusement, Capitaine fit de même.

— Pour que tes copains ne pensent pas que tu as cédé facilement, nous allons te faciliter la tâche.

Barbe Rouge rit, attrapa une bouteille de ketchup sur le comptoir et le fit couler sur la tête et le visage de Stitch.

— Tu vois, tu t'es tellement battu que tu es couvert de sang.

Deux types attrapèrent les bras de Stitch et le forcèrent à se retourner. Il ne le sentit pas à travers le cuir, mais au son, le ketchup coulait partout sur sa veste.

Une fois qu'ils en eurent fini avec lui, un coup de pied au cul le fit retomber sur le sol. Il n'osa pas se lever. Ils restèrent tous silencieux, écoutant les pas lourds qui s'éloignaient de plus en plus, et juste au moment où Stitch reprenait espoir, avec le grincement de la porte d'entrée, une autre série de balles provenant d'une mitrailleuse força son corps à presque se fondre dans le sol.

Il se couvrit la tête de ses mains, mais le bruit disparut et, quelques secondes plus tard, ils entendirent le rugissement des motos percer le silence qui les assommait. Stitch s'était toujours considéré comme un dur à cuire et une tête brûlée, mais là ? Les Nails leur avaient tendu une embuscade comme à des enfants.

Gator se leva à la vitesse d'un alligator attaquant sa proie et donna un coup de pied dans quelque chose en poussant un grand cri.

— Putain !

Ni Stitch ni Capitaine ne dirent quoi que ce soit. Ils se levèrent lentement tous deux, et tout ce que Stitch voulait, c'était enfourcher sa moto et rentrer chez lui. Le personnel avait dû appeler la police. Ils pouvaient entendre la serveuse pleurer derrière le comptoir. Stitch ne voulait même pas voir son visage, et il donna un coup de pied dans le comptoir en grognant.

— Je parie que tu connais la chanson, salope. Tu n'as vu aucun visage.

— O... oui, dit-elle avec un autre sanglot.

Stitch jeta un dernier coup d'œil au corps de Smoke avant de s'éloigner. Il fut à la fois soulagé et déçu de voir que les Coffin Nails n'avaient même pas pris la peine de renverser leurs motos. Apparemment, ils ne représentaient pas un défi suffisant pour les humilier davantage. Aucun d'entre eux ne dit quoi que ce soit, et deux minutes plus tard, ils étaient sur le chemin du retour, fonçant vers Lake Valley avec leurs phares pour seuls guides.

C'était l'équivalent pour les MC de la marche de la honte. Stitch ne mit même pas son casque, dégoûté par l'idée de nettoyer le ketchup ensuite. Ils avaient perdu dix mille dollars chacun, ainsi que leur dignité. Ils étaient des criminels de merde, comme dans un putain de film de Disney. Comme les méchants de *Maman, j'ai raté l'avion !*

Ils s'arrêtèrent sur un parking vide à la périphérie de Lake Valley, pour discuter de ce qu'ils allaient dire au reste des gars et de la marche à suivre, mais la discussion fut brève. Aucun d'entre eux ne voulait entrer dans les détails, trop humiliés par les événements de la nuit. Les côtes de Stitch lui faisaient mal, et il ne voulait même pas commencer à penser à la façon dont il allait devoir payer dix mille dollars au club. La dette l'enfoncerait encore plus dans la merde parce qu'il était responsable de ce putain de colis.

La fureur de Gator était aussi claire que la pisse qui avait frappé son crâne. Tout ce qu'il avait à dire, c'était de parler de vengeance, d'avoir plus d'hommes, plus d'armes et un plan pour abattre jusqu'à la dernière des merdes qui les feraient chier. Stitch se contenta d'acquiescer en silence. Il n'y avait qu'un seul endroit où il voulait noyer son chagrin ce soir, et ce n'était pas dans une bouteille. Il avait besoin de grimper dans le lit chaud de Zak et de le serrer contre lui pour pouvoir oublier tout ça, même si ce n'était que pour quelques heures.

CHAPITRE 13

STITCH

STITCH AVAIT L'IMPRESSION D'AVOIR à nouveau vingt ans, quand il entrait dans la chambre de Crystal au milieu de la nuit. Mais cette fois, tout ce qu'il voulait, c'était se glisser dans le lit sans trop d'histoires et s'endormir à côté de son amant. La semaine dernière, ils avaient mis de l'ordre dans leur relation et pris un nouveau départ prometteur, alors il espérait que Zak ne se sentirait pas espionné par Stitch qui débarquait au milieu de la nuit. Il avait laissé le téléphone portable qu'il utilisait pour lui à la maison, de sorte qu'il ne pourrait pas l'appeler de toute façon. Il avait juste besoin de se sentir proche de quelque chose de réel.

Zak ne dormait probablement pas encore. Il y avait une petite lumière allumée dans sa chambre, avec de la musique rock 'n' roll forte qui résonnait à travers la vitre. La montée du tuyau de gouttière était lente, toutes les douleurs du corps de Stitch hurlaient quand il poussait plus loin, mais il n'avait pas envie d'attendre à la porte. Tout ce qu'il voulait, c'était simplement d'être accueilli sur le petit balcon, mis au lit, et peut-être prendre un bain chaud ensemble.

Il gémit en se forçant à se hisser jusqu'au bout et expira en s'accrochant à la rambarde. Deux mouvements supplémentaires suffirent à le mettre sur le balcon lui-même, et il s'appuya contre le mur, regardant l'épais rideau. Il n'était pas tiré sur toute la longueur de la fenêtre, et Stitch boita lentement jusqu'au rayon de lumière qui sortait dans la nuit comme une invitation. Il savait qu'il avait promis de ne plus espionner Zak, mais tout ce qu'il voulait, c'était regarder Zak, plongé dans un livre, avec Versay à ses côtés. Il s'étonna qu'il n'y ait pas encore d'aboiements, mais Versay ne servait à rien en tant que chien de garde.

Avec prudence, Stitch se pencha doucement en avant, de sorte qu'une partie de son visage émergea de derrière le rideau. Son cœur s'arrêta, mais il reprit sa vitesse maximale lorsque Stitch comprit ce qui se passait à l'intérieur. Interloqué, il trébucha en voyant le long corps à motifs de Zak s'étirer sur un corps plus lisse et plus musclé. Sur le lit dans lequel Stitch et lui avaient baisé tant de fois, Zak tordait le bras de l'autre homme en arrière, écrasant ses hanches sur son cul nu.

Stitch perdit la tête. Cette promesse de ne plus casser de fenêtres ? Rien à foutre de cette promesse si Zak ne pouvait pas tenir la sienne. Stitch donna un coup de coude dans la vitre et brisa facilement la vieille fenêtre en morceaux. Il passa sa main au travers et ouvrit la porte du balcon. La colère et la douleur qui l'envahissaient n'étaient que renforcées par toute la rage qu'il n'avait pas pu libérer plus tôt dans la soirée. Comme la porte ne bougeait pas, il poussa sur le cadre et fit craquer le vieux bois avec un hurlement qui provenait de sa fierté blessée.

Il émergea des plis du rideau pour voir les yeux écarquillés de Zak qui le regardaient droit dans les yeux. L'officier Cox, nu comme au premier jour, se précipita hors du lit et se dirigea vers une pile de vêtements bien rangée.

— Tu dois te foutre de ma gueule !

La voix de Stitch lui semblait sortir de la gorge de quelqu'un d'autre, rauque et plus aiguë que la normale.

— Espèce d'enculé, de salope !

Il bondit sur Zak comme un doberman lâché en laisse devant la boucherie et le gifla avant de lui saisir le cou. Celui-ci tenait dans sa main comme s'il était fait pour y être écrasé. Zak eut le souffle coupé et saisit l'avant-bras de Stitch à deux mains. Il ouvrit la bouche, mais Cox était déjà à l'arrière-plan, brandissant une arme.

— Larsen, laisse-le partir, maintenant ! dit-il sur ce ton brutal et autoritaire que Stitch détestait.

Stitch resserra son emprise sur cette gorge tricheuse et suceuse de bites.

— Je regrette de ne pas t'avoir eu en premier, siffla-t-il à Cox, pas du tout content de le voir nu.

Il voulait passer tous les muscles de Cox au hachoir à viande pour en faire un hamburger.

Le déclic incomparable de la sécurité fut une douche froide, même avec les yeux rouges et écarquillés de Zak qui le regardaient droit dans les siens, comme s'il voulait lui arracher l'âme.

— Laisse-le partir, Larsen. Je t'arrête pour effraction et agression, grogna Cox.

Mais Zak retira une main du poignet de Stitch et la leva, comme pour signifier à Cox d'arrêter.

— Si tu restes ici une seconde de plus, tu devras m'arrêter pour meurtre, dit Stitch en baissant la voix et en regardant entre Zak et Cox, mais il retira sa main, haletant comme si l'air n'arrivait pas à ses poumons.

Quel genre de minable était-il pour avoir été trompé par Crystal et maintenant par Zak ? Et avec Cox en plus ? Zak savait très bien que Stitch détestait Cox. Ce salaud avait arrêté Stitch la semaine dernière pour l'amour du ciel, et Zak l'avait traité d'abruti à l'époque.

Zak déglutit difficilement, sa poitrine se mit à bouger à un rythme rapide et nerveux, mais il ne bougea pas d'un pouce.

— Peter, je crois que tu devrais y aller, finit-il par dire, sans détourner le regard de Stitch.

— Non, pas question !

Cox brandit à nouveau son arme.

— Je ne te laisserai pas seul avec ce criminel. Je l'arrête.

— Il n'a rien fait de mal, marmonna Zak lentement, très clairement. C'est un jeu auquel nous jouons. Il a dû trébucher et écraser la fenêtre.

Stitch s'agenouilla sur le lit, incapable de parler. Ce devait être le jour le plus humiliant de sa vie. Sans compter que sa réaction en disait probablement beaucoup plus à Cox que ce que Stitch souhaitait révéler.

— Pourquoi le protèges-tu ? siffla Cox en remettant la sécurité en marche.

Stitch trouva une certaine satisfaction dans le fait que ses mains n'étaient pas si stables que ça.

— C'est un ami, expira Zak et se pencha en avant, passant ses doigts sur les cheveux de Stitch. Seigneur, cette fenêtre aurait pu t'ouvrir les mains, murmura-t-il, mais sa voix était légèrement tremblante.

Cox s'approcha d'un pas.

— Ton ami est couvert de sang. Où étais-tu, putain, Larsen, hein ?

Stitch avait envie d'effacer ce froncement de sourcils de son visage avec une râpe. Il repoussa la main de Zak et passa ses doigts dans ses cheveux poisseux.

— C'est du ketchup, dit-il en serrant les dents et en tendant les doigts à Cox. Tu veux me sucer les doigts pour goûter ? Ou tu es là pour sucer autre chose ?

— Peter, vas-y. Je dois le rafistoler.

Zak s'accrocha à la main de Stitch.

— Je te demande de quitter ma maison.

Il renifla, massant lentement le poignet.

Cox recula, mais baissa son arme.

— Ne sois pas stupide. Regarde-le.

Stitch montra les dents à Cox. Le contact de Zak ne l'aidait pas du tout. Ce qu'il voulait, c'était mordre les doigts de Zak comme le chien enragé que Cox prétendait toujours qu'il était.

— Il te dit de partir, grogna-t-il à Cox.

Zak passa ses doigts sur son visage fatigué et secoua la tête.

— Vas-y. Mets tes putains de vêtements et pars.

Cox resta là, immobile, fixant Stitch un instant de trop avant d'attraper son slip.

— Si je n'ai pas de nouvelles de toi d'ici demain, je vais entrer par effraction dans cette maison, et nous pourrons avoir notre propre putain de *jeu*.

Stitch le dévisagea tandis qu'il s'habillait à la vitesse de l'éclair. Si ce n'était pas pour le fait que Cox était un officier de police, Stitch aurait écrasé son beau visage contre un mur. Y avait-il quelque chose que Zak préférait chez ce connard pompeux ? Un rasage de près ? Des cheveux plus courts ? Il retira sa main de l'emprise de Zak, et dès qu'il fut libre, Zak se précipita vers l'armoire et en sortit un T-shirt noir trop grand, qu'il enfila, couvrant son torse nu et le haut de ses cuisses. Il ne dit rien et resta sur place, observant les éclats de verre sur le sol jusqu'à ce que Cox referme la porte derrière lui sans un mot de plus. Ses pas étaient bruyants dans l'escalier, mais ni Stitch ni Zak ne parlèrent avant d'entendre la porte claquer en bas.

— On n'est pas de nouveau ensemble ? râla Stitch, incapable de lever les yeux vers Zak.

Il serra les poings sur ses cuisses.

— Cox ? Tu baisais *Cox* ?

Il y eut une très longue pause, mais lorsque la musique se calma et que Zak parla, sa voix était tout aussi rauque que celle de Stitch.

— Tu pensais... qu'on était ensemble ?

Stitch se traîna lentement hors du lit, incapable de comprendre ce qu'il entendait. Comment se faisait-il que ce soit une question ? Ils faisaient l'amour, mangeaient ensemble, se promenaient avec leur chien, et Stitch lui avait même fabriqué une putain d'armoire. Qu'est-ce que ce type pensait qu'ils étaient ? Il leva les yeux vers Zak, hanté par le souvenir de la première fois qu'il avait vu Crystal embrasser Milton au centre commercial. C'était pire. Crystal était une question de fierté, de possession. Zak ? Zak venait de lui mettre dans le cœur tous les éclats de cette putain de fenêtre.

— Tu l'as baisé pendant tout ce temps ?

Zak se renfrogna et croisa les bras sur sa poitrine, la posture tendue.

— Juste quelques fois. C'est un passif, dit-il.

— C'est tout ? C'est ce qu'il te faut ? chuchota Stitch, craignant que sa voix ne tremble s'il parlait.

Il avait fait tout ce qu'il pouvait pour apprendre ce que Zak aimait. Il avait même envisagé de le sucer, malgré l'angoisse qu'il ressentait à cette idée. Mais non, ce n'était pas suffisant. Une fois de plus, il n'arrivait pas à satisfaire son partenaire.

Zak sursauta et se cogna la tête contre l'armoire.

— Je ne comprends pas. Tu baises des filles, pourquoi est-ce que le fait que je baise un autre mec de temps en temps serait si différent ? C'est parce qu'il a une bite ?

Stitch réprima l'envie d'enrouler à nouveau ses mains autour de cette gorge mince.

— Qu'est-ce qui ne va pas chez toi ? Je ne baise pas les filles ! Je flirte avec elles, je ne peux pas l'éviter au club, mais je ne les baise pas ! Pourquoi je ferais ça, putain ?

Zak se retourna brusquement et le regarda en fronçant les sourcils.

— Quoi ? Mais tu... les bouscules, et tu vas à l'arrière avec elles.

Il leva la main et la laissa retomber.

Stitch ricana, luttant contre les démangeaisons sous ses paupières.

— Je ne baise pas les filles, répéta Stitch. Tu es aveugle ? Je suis un putain de pédé. Je l'ai toujours été. Je ne pouvais même pas baiser ma femme correctement. Pourquoi crois-tu qu'elle a divorcé ? C'est des conneries !

Il donna un coup de pied dans la fenêtre brisée et fit craquer le bois avec sa botte.

Zak expira longuement, sa bouche se comprimant en un mince filet d'air.

— Pourquoi n'as-tu rien dit ? Tu n'as jamais dit que tu étais gay. Comment aurais-je pu le savoir ? demanda-t-il d'une petite voix. Je pensais... que nous étions juste des potes.

Stitch s'approcha de lui et prit le visage de Zak dans ses mains, enfonçant ses pouces dans ses joues chaudes.

— Je n'aime pas parler de ce genre de choses. Il n'y a pas d'autre option pour moi. Soit tu en fais partie, soit tu n'en fais pas partie. On n'est pas des « potes » et on ne l'a jamais été. On n'est pas des amis, on n'est pas des camarades. Je te vois comme un... amant. Quelqu'un de proche, quelqu'un avec qui je peux être moi-même. Si tu as besoin de *t'arranger* pour être exclusif, alors il semblerait que ce chien ait aboyé sur le mauvais arbre.

Zak ouvrit et ferma la bouche, ses yeux bleus brillants regardant droit dans l'âme de Stitch.

— Je n'ai jamais été avec quelqu'un comme ça.

Stitch ne put s'en empêcher et caressa les joues de Zak avec ses pouces. Son cœur était ouvert, il saignait, et il ne savait pas quoi en faire. Jusqu'à présent, il n'avait jamais avoué son homosexualité à qui que ce soit. Au fond de lui, il l'avait toujours su, mais le dire à voix haute le rendait encore plus réel.

— Il est temps de décider si tu veux le faire. Je ne fais pas les choses à moitié.

Zak sursauta et se pencha en avant, ses paupières s'abaissant dans un regard sexy, à demi paupières.

— Être ton *amant* ?

— Ton *seul* amant. Je ne sortirai pas avec une salope. La prochaine fois que je te surprendrai en train de faire des conneries comme ça, ce ne sera pas beau à voir.

Stitch chuchota et glissa ses doigts jusqu'à la mâchoire de Zak. Il sentit la chair tendre bouger sous son contact, et Zak grimaça.

— Si je n'étais pas une salope, tu ne m'aurais pas, tu te souviens ?

Stitch respira profondément, incapable d'organiser ses pensées.

— J'aime que tu sois... enthousiaste. C'est juste que je ne peux pas te partager, hein ?

Zak sourit et caressa doucement les mains de Stitch du bout des doigts.

— Et tu crois que... le fait que tu me suces et que tu sois celui qui reçoit va finir par arriver sur la table ? J'adore ce que nous faisons, mais...

Il haussa les épaules et regarda leurs pieds.

— Je suis aussi un homme, tu sais.

L'estomac de Stitch se serra, et il recroquevilla ses orteils dans ses bottes.

— Je veux être tout pour toi, dit-il avant même d'avoir pu y réfléchir.

C'était pourtant la vérité. Il le savait. Peu importe la chaleur que son corps dégageait auparavant, il était maintenant couvert de sueur froide. Il se remémora le moment où Zak l'avait doigté. C'était son esprit qui s'y opposait, pas son corps. Probablement.

Zak sursauta, et sa poigne se resserra sur les poignets de Stitch. Le silence était total, seules leurs respirations résonnaient sous le haut plafond.

— J'aimerais bien. Je peux te promettre que ce sera bien.

Stitch ne savait pas quoi dire. C'était trop. Peut-être que si cela restait un secret entre eux, ce ne serait pas si grave ? Il avait vingt-sept ans, s'il ne le faisait pas maintenant, alors quand ? Au lieu d'essayer d'étouffer une réponse, Stitch fit ce pour quoi il était venu et attira Zak dans ses bras. Il n'était pas dans son assiette, mais les bras de Zak qui le rapprochaient de son épaule étaient exactement ce dont il avait besoin. Personne ne l'avait jamais pris dans ses bras comme ça.

— Stitch ? murmura Zak contre son oreille en fixant la porte en bois du placard. Qui t'a fait ça ?

Stitch avala une bouffée d'air et s'agrippa au T-shirt de Zak.

— J'ai passé une mauvaise nuit. Tout ce que je voulais, c'était rentrer à la maison avec toi.

Zak cligna rapidement des yeux et serra à nouveau Stitch contre lui.

— Ça va aller. Je vais te donner un bain, te rafistoler, ça te va ? murmura-t-il en caressant l'arrière de la tête de Stitch.

C'était un geste si doux, plein de familiarité. Si différent de la façon dont les amis de Stitch se comportaient avec lui.

Stitch acquiesça et embrassa doucement l'oreille de Zak, appréciant la tendresse que personne d'autre ne pouvait lui donner. Avec Zak, il pouvait se détendre, ne pas être si dur tout le temps.

— J'aimerais bien.

Les mains de Zak descendirent lentement le long de ses flancs, et il entrelaça ses doigts avec ceux de Stitch, le tirant vers la salle de bains. La maison était silencieuse, paisible. Zak le guida sans allumer la lumière, et rien n'était plus apaisant que le bruit familier du bois qui craquait sous leurs pieds. La main de Zak était douce et lisse, et il le tenait si doucement, comme s'il avait peur de blesser Stitch. Ce n'est que dans la salle de bains que les petites lumières en forme de fleur éclairèrent l'obscurité, révélant le carrelage rose familier, les fleurs artificielles dans un vase et une grande baignoire d'angle.

Stitch jeta son vêtement taché par terre, puis sa veste. Il avait trop honte de son échec pour se regarder dans le miroir et se faire face. Pourtant, il devait s'interroger sur ce qui pesait si lourd sur sa poitrine.

— Est-ce que tu aimes Cox ? Tu le fréquentes ?

Zak se pinça l'arête du nez, tirant sur le piercing.

— Je lui ai juste dit de partir.

— Et tu ne le reverras plus ?

Sitch savait que Zak semblait avoir déjà donné son accord, mais c'était comme une démangeaison qu'il ne pouvait pas gratter. Il retira son tee-shirt et ricana en voyant l'hématome qui couvrait la moitié de son flanc.

Les yeux de Zak s'écarquillèrent et il effleura de ses doigts la surface de la chair bleutée.

— Ce sont tes amis qui t'ont fait ça ?

— Non. Nous avons eu une bagarre avec quelqu'un d'autre. Réponds-moi.

Stitch passa ses doigts le long de l'avant-bras de Zak.

Zak soupira et se pencha, déposant un baiser sur l'épaule de Stitch.

— Je te promets de ne plus le voir, murmura-t-il.

Sa main descendit et dégrafa le pantalon de Stitch, mais c'était un geste pratique, qui n'avait pas pour but de l'exciter.

— Merci.

Stitch inspira profondément, essayant de se concentrer sur le moment présent, et non sur le passé humiliant ou le futur violent à venir.

— Je suis désolé d'avoir l'air d'une merde.

Zak haussa les épaules et retira son propre T-shirt.

— J'espère juste que tu n'auras pas besoin de points de suture.

— Non, je ne pense pas être coupé quelque part.

Sauf sa fierté qui saignait. Stitch baissa son pantalon et son slip avant de se pencher pour l'embrasser, encore barbouillé de sang et de ketchup, avec des morceaux du cerveau de Smoke probablement emmêlés dans ses cheveux, en sueur. Mais Zak lui ouvrit les bras et lui donna le plus doux des baisers, passant le dos de sa main sur le torse de Stitch.

— Et les mains ?

Stitch baissa les yeux sur sa main, ne se souvenant plus que des coupures. Avec tout ce qui se passait, les saignements avaient été engourdis par son cerveau. Il ricana en voyant les nombreuses coupures sur son poing et le sang qui s'écoulait sur les carreaux. Heureusement, aucune d'entre elles n'était très profonde.

Zak se pencha sur l'énorme baignoire, fit couler l'eau et y entra dès qu'il se fut débarrassé de son caleçon. Au lieu de s'installer dans la baignoire elle-même, il s'assit sur le siège intégré et regarda Stitch, qui monta dans la baignoire en gémissant lorsqu'il se tordit douloureusement, mais les doigts de Zak étaient là pour le réconforter.

— Détends-toi, murmura la voix profonde et familière directement à l'oreille de Stitch.

Des bras chauds et tatoués se glissèrent autour de son cou jusqu'à ce que le menton de Zak repose sur son épaule. L'eau chaude faisait sortir l'épuisement de son corps, le laissant se détendre au contact de son amant. Tout comme il l'avait prévu, mais dans d'autres circonstances. Il prit une profonde inspiration et ferma les yeux, pensant à la seule bonne chose qui était ressortie de cette nuit. Il avait mis les choses au clair avec Zak, et ce dernier avait accepté d'être son seul et unique partenaire.

Zak tendit la main, attrapa la pomme de douche et, très vite, des gouttes chaudes tombèrent en cascade sur le visage et le dos de Stitch. Il posa ses bras sur les cuisses écartées de Zak et s'installa entre elles, les yeux fermés. Il ne pensait qu'à l'instant présent, à la peau chaude sous le bout de ses doigts et aux soins que lui prodiguait son amant.

— Tu veux me dire ce qui s'est passé ? demanda Zak, en démêlant lentement les cheveux de Stitch dans le courant d'eau.

— Je veux juste que tu sois là pour moi.

La dernière chose que Stitch voulait, c'était impliquer Zak dans les affaires du club.

— J'ai perdu beaucoup d'argent aujourd'hui.

Zak soupira, et le jet d'eau fut remplacé par une dose froide de shampoing aux herbes pressée directement sur le sommet de la tête de Stitch.

— Tu ne t'adonnes pas aux jeux d'argent ?

— Non.

Stitch gratta doucement les poils sous le genou de Zak.

— Bien.

Zak commença à masser lentement le shampooing dans les cheveux de Stitch, le bout de ses doigts glissant sur le cuir chevelu, le réchauffant, frottant la nuque de Stitch, la peau sensible derrière les oreilles.

— Tu as besoin d'argent ?

Stitch secoua la tête.

— Non, je vais m'occuper de mes affaires. C'est tellement ennuyeux. Merci.

Il laissa sa tête retomber en arrière pour pouvoir regarder cet ange dans un corps de démon.

Zak sourit, son visage se détendit dans une expression de béatitude et il se pencha pour embrasser la bouche de Stitch.

— Tu peux me dire si tu as besoin de quelque chose, puisque maintenant tu es à moi et tout ça.

Un sourire idiot éclata sur les lèvres de Stitch tandis qu'ils s'embrassaient.

— Je croyais qu'on ne pouvait pas posséder les gens.

— Tu ne peux pas les posséder, ce n'est pas de la propriété. Tu veux être à moi, tu me l'as dit toi-même, murmura Zak entre ses lèvres.

Stitch leva les bras et prit la tête de Zak.

— Mais veux-tu être à moi ?

La bouche de Zak s'étira contre la sienne.

— Tu sais que c'est le cas, espèce de chiot gourmand.

Stitch sourit et lécha le visage de Zak.

— Ouaf ouaf.

CHAPITRE 14

STITCH

STITCH N'AVAIT AUCUNE IDÉE du temps qu'ils avaient passé dans la salle de bains, mais c'était comme si tous ses soucis s'étaient envolés avec l'eau sale. Zak lui massa tout le corps avec du savon, et bien qu'il l'ait déjà fait auparavant, c'était différent cette fois, beaucoup plus intime, plus doux. Comme si toute la douleur et l'humiliation de la journée avaient été lavées avec le sang et la saleté. Même après que Zak eut fini de se laver, ils restèrent allongés ensemble dans l'eau fraîche, échangeant de chastes baisers, dont Stitch savait qu'ils n'étaient que le silence avant la tempête.

Stitch n'était pas encore sûr de la façon dont cela se passerait, mais il était indéniable que son imagination lui suggérait toutes sortes d'images de ce que ce serait que de coucher avec Zak. « Passif », le joli mot gay pour dire « se faire baiser ». Aucun de ses amis n'appellerait ça « être celui qui reçoit », mais pour Zak, ça semblait aller de soi. Avec la fenêtre brisée et les draps tachés de la puanteur du Cox, Zak se dirigea vers la chambre pour prendre le matériel nécessaire. Il conduisit Stitch dans une pièce située de l'autre côté de la maison, beaucoup plus petite et moins rose que la chambre principale. Elle avait des murs couleur crème et abritait un grand lit, recouvert d'une literie jaune avec un imprimé de fleurs roses. C'était tellement différent de Zak que cela faisait mal, mais ayant fréquenté des femmes pendant si longtemps, Stitch n'en était pas gêné.

Zak laissa le lubrifiant et les préservatifs à côté de la lampe de chevet et se dirigea vers la fenêtre pour fermer les rideaux. Même en jetant un coup d'œil au lubrifiant, Stitch eut le souffle coupé. C'était comme une promesse qu'il serait la salope ce soir. Il déglutit et se passa les mains derrière la tête, incapable de relâcher la tension.

Le stress que Zak avait démêlé dans le bain revenait maintenant dans l'estomac de Stitch sous une forme complètement nouvelle. Il espérait que ce changement de lit ne brouillerait pas les choses entre eux. Il était sûr d'une chose : il n'allait pas se dégonfler.

Zak se retourna pour faire face à Stitch, inhabituellement silencieux. Son corps nu était sombre et mystérieux dans la faible lumière de la lampe de chevet. Il tournait autour du lit en faisant des mouvements lents et langoureux, rappelant à Stitch le chat démoniaque que Zak s'était fait tatouer sur la poitrine. Avec ses cheveux mouillés qui lui tombaient sur le visage, il ressemblait à un cauchemar. Un cauchemar sexy, comme un cauchemar et un rêve humide à la fois. Stitch se lécha les lèvres, essayant de comprendre qu'il était sur le point de donner librement quelque chose que les gars du club considéraient comme la pire humiliation que l'on puisse subir en prison. Cela faisait-il de Stitch un « puceau » ? Cette idée le mettait mal à l'aise.

Les mains de Zak sur lui étaient différentes cette fois-ci. Toujours chaudes, toujours douces, mais d'une manière ou d'une autre, elles semblaient être une menace pour ce qu'était Stitch. Zak tira la couette et grimpa le premier sur le matelas, souriant à Stitch en guise d'invitation.

— Ça va ?

— Oui.

La voix était plus rauque qu'il ne l'aurait souhaité. Stitch se glissa à côté de Zak, se sentant vraiment comme une jeune mariée vierge, toute propre et dans une literie fraîche. Était-il censé être passif maintenant ? Attendre que Zak agisse ? Ce n'était pas ce que Zak faisait quand il se faisait prendre, mais Stitch ne pouvait pas simplement écarter les jambes pour un mec. Il ne pouvait pas.

Au moment où Stitch s'installa sur le lit, Zak glissa son bras sous sa nuque et le rapprocha de lui, le berçant dans l'étreinte chaleureuse de ses bras encrés.

— À quoi penses-tu ? murmura-t-il en déplaçant sa main le long du flanc de Stitch.

Il tira sur ses côtes, glissant de plus en plus bas, jusqu'à la hanche de Stitch. En retour, Stitch caressa le bras de Zak, à bout de souffle.

— Je crois...

Il regarda Zak dans les yeux, clairs et bleus même dans la faible lumière.

— Je crois que je veux le faire à cru.

S'il devait le faire, il n'allait pas le faire à moitié. Il voulait aller jusqu'au bout, laisser Zak entrer. Le corps de Stitch était à la fois chaud et froid, comme s'il y avait en lui une lutte de pouvoir constante entre la fuite en avant et l'abandon.

Zak cligna des yeux et tira doucement sur ses cheveux, fixant Stitch dans les yeux alors qu'ils étaient allongés dans les draps propres, mais un peu rêches. Sa respiration s'accéléra et Stitch aurait juré que les pupilles de Zak se dilataient, consumant le bleu de ses iris.

— D'accord, finit-il par dire en passant ses doigts dans les cheveux mouillés de Stitch.

Il se pencha plus près, et sa main glissa de la hanche de Stitch, caressant la ligne où ses cuisses se rencontraient.

Stitch devait vraiment se ressaisir et arrêter de se crisper, sinon cela finirait par être plus douloureux que nécessaire. Il déglutit et força ses muscles à bouger, écartant les cuisses. C'était comme ouvrir les mâchoires d'un alligator mort. Stitch se rapprocha et embrassa le cou de Zak. Peut-être que le fait de se concentrer sur le corps de Zak l'aiderait à se détendre ? Ses mains explorèrent les flancs et le dos de Zak, apprenant chaque muscle par cœur. Depuis toujours, il était attiré par les formes masculines, et Zak était exactement comme il l'aimait : tonique mais pas trop, grand, plus grand même que Stitch, avec de larges paumes et de longs doigts.

Les doigts chauds taquinaient maintenant l'intérieur de ses cuisses, massant la chair tandis que les jointures s'enfonçaient dans l'autre cuisse de Stitch. Des lèvres douces parcouraient les épaules et le cou de Stitch, déposant de petits baisers sensuels sur sa peau tendue. C'était agréable, et il pouvait imaginer qu'il serait fou de désir s'il n'avait pas su comment cette nuit se terminerait pour lui. Cette connaissance était toujours en arrière-plan, prête à lui donner un coup de pied dans les couilles.

Zak mordit l'oreille de Stitch.

— Je n'ai jamais rencontré un gars aussi sexy que toi.

Stitch gloussa et entoura la poitrine de Zak de ses bras.

— Dis-m'en plus.

Il frotta sa joue contre celle de Zak, ayant l'impression que le matelas moelleux l'engloutissait dans un tout nouveau monde où il n'avait pas perdu dix mille dollars et où Zak et lui pouvaient baiser sans crainte.

Zak inspira brusquement contre sa joue, déclenchant des explosions de sensations tout le long du dos de Stitch.

— Tu es si incroyablement intense. Quand tu me regardes, je sais que je peux te faire confiance. Cela ne s'est jamais produit auparavant, murmura-t-il.

Sa main monta rapidement entre les cuisses de Stitch, pressant les couilles de ce dernier.

Stitch gémit de plaisir. Il le savait, alors il se pencha sur le contact. Ses propres doigts glissèrent le long du dos de Zak, explorant chaque arête de la colonne vertébrale de son amant. Il ne s'était jamais senti aussi obsédé par quelqu'un. Le sexe avec les filles était incomparable. C'était bien d'être touché, mais la douceur de leur peau, les seins, les chattes... ne faisaient pas l'affaire de Stitch comme le corps de Zak, son cul, et même la bite qu'il laisserait volontiers entrer ce soir.

Zak le rapprocha, ouvrant les lèvres de Stitch avec sa langue et l'embrassant si profondément que Stitch trembla sous l'effet de la sensation. Ces longs doigts serrèrent son scrotum pour remonter plus haut, caressant la longueur de la queue de Stitch de la même manière paresseuse mais confiante qu'il connaissait déjà si bien. Laisser ses mains se diriger vers les fesses de Zak était comme une routine bien connue, mais excitante. Stitch aimait tellement ces fesses encrées qu'il paierait pour qu'une photo de celles-ci soit encadrée et placée au plafond afin qu'elles soient la première chose qu'il voit en se réveillant.

Son sexe, à peine raidi, s'éveilla à la vie tandis que Zak le caressait.

Les petites boules du piercing de Zak taquinaient la lèvre de Stitch alors même qu'il se retirait pour le regarder dans les yeux.

— Tu sais ce que je veux faire aujourd'hui ? Me glisser dans le cul le plus chaud que j'aie jamais vu.

Il se pencha vers l'oreille de Stitch.

— Je vais te crémer avec tout ce que j'ai. Tu n'as pas idée du temps que j'ai passé à y penser, dit-il d'une voix chaude et rauque, en serrant fort la queue de Stitch.

Stitch avait du mal à respirer, mais il s'accrochait encore plus au cul de Zak. Peut-être que l'absence de préservatif ne se déroulait pas comme il l'avait imaginé, avec lui au-dessus, mais l'idée d'avoir leurs corps en sueur ensemble, et le sperme qui jaillissait librement, lui crispait les couilles. Sentir le sexe de Zak, chaud et palpitant contre sa cuisse, mettait Stitch encore plus dans l'ambiance. Un sentiment de fierté et de vanité remonta à la surface lorsqu'il entendit de si bonnes choses à son sujet. C'était lui qui était récompensé. Il était sûr que ses nerfs se relâcheraient après qu'ils l'aient fait pour la première fois. C'était un putain de Hound, il n'y avait aucune chance qu'il soit effrayé comme une écolière catholique le soir où elle se fait éclater la cerise.

Et comme s'il répondait à ses pensées, Zak fit basculer Stitch sur le dos et se glissa entre ses cuisses, faisant grincer leurs hanches l'une contre l'autre alors qu'il se précipitait vers l'avant, mordillant les lèvres grandes ouvertes de Stitch.

— Et tu sais ce que ça veut dire, bébé ? murmura Zak, grognant à chaque poussée de sa hampe contre les couilles de Stitch.

Sa main se posa sur la nuque de Stitch, tirant doucement dessus.

— Je vais te laisser me le faire aussi, sans capote et en sueur. Ça te plairait, hein ? Vider tes couilles dans mon petit trou du cul ?

Les lèvres de Stitch s'écartèrent et il ouvrit les yeux. L'idée passa directement de son cerveau à la pointe de sa virilité. Il se cambra contre Zak et gémit, écartant les jambes pour mieux s'y glisser.

— Oh, putain, oui, siffla-t-il en mordant la lèvre inférieure de Zak. Tu vas dégouliner de mon sperme.

Zak lui sourit et décrivit un cercle avec ses hanches, rapprochant leurs verges. Le métal de ses piercings aux tétons effleurait la peau de Stitch comme un feu froid.

— On emmerde les règles, ouais ? murmura-t-il en descendant le long de la poitrine de Stitch.

Il déposait des baisers humides, la bouche ouverte, sur la peau hypersensible, de plus en plus près de la longueur de Stitch.

N'était-ce pas la façon de faire des hors-la-loi après tout ? Pourquoi Stitch devrait-il s'astreindre à des règles ? L'absence de règles n'était-ce pas ce qu'il aimait le plus dans le style de vie des motards ? Certains arrangements étaient logiques : ne pas balancer, assurer les arrières de ses frères, ne pas s'en prendre à la moto d'un autre, mais sucer des bites, se faire défoncer le cul ? Pourquoi quelqu'un dans le MC se soucierait-il de qui il baise ? Parce que quelqu'un pense que c'est dégoûtant ? Bon sang, il pensait à Freddy vomissant sur le billard, et personne ne *l*'a mis dehors.

— Au diable les règles.

Stitch se mordit la lèvre, regardant vers le bas et attendant déjà ces lèvres habiles.

Zak, effronté comme il l'était, lui sourit d'entre les jambes de Stitch et descendit sur son pénis dur comme une panthère affamée. Le besoin brut qui se lisait sur ce beau visage fit osciller la queue de Stitch sur son ventre, ce qui amena Zak à ouvrir plus grand les yeux.

— Il a besoin d'amour, chuchota-t-il en suçant la base du sexe.

— Oh, oui... il en a besoin, gémit Stitch en soulevant ses hanches.

Il était fier qu'après trois mois de baise intense, il ne jouisse plus au bout de deux minutes de succion. Ils pourraient prolonger leurs séances et explorer. Mais cette fois-ci, il voulait juste s'allonger et sentir cette bouche douce et chaude s'ouvrir à lui, la surface spongieuse de la langue se cambrer sous sa tige alors qu'elle s'enfonçait plus loin dans la gorge de Zak. Ce moment de pur bonheur s'améliora encore lorsque Zak se retira, tenant la hampe de Stitch vers le haut et suçant le gland, passant sa langue sur la chair sensible juste sous la tête de la verge. Même les longs doigts qui glissaient sur la peau du cul de Stitch ne parvenaient pas à le distraire.

— C'est si bon, Zak.

Stitch se détendit au contact de la bouche de Zak et le sang afflua dans son corps, rendant sa queue dure comme de la pierre dans cette bouche délicieuse. Il aimait la façon dont le piercing de la lèvre courait le long de la peau sensible de son pénis, donnant ainsi un avantage aux pipes de Zak.

Zak bourdonnait autour de son sexe, vibrant comme la moto, mais son doigt se déplaçait lentement entre les fesses de Stitch, écartant la chair au fur et à mesure qu'il atteignait son but.

— Attends, dit Stitch en attrapant les cheveux de Zak, faute de mieux.

Zak gémit mais se dégagea, laissant le pénis s'échapper de sa bouche avec un grand bruit.

— Hein ? marmonna-t-il en se mordant la lèvre rougie.

— Je vais me retourner, d'accord ?

Stitch ne supportait pas d'être observé, il avait trop peur que tout ce qu'il ressentait lui remonte à la figure comme un poisson mort après une explosion de dynamite dans le bayou.

Zak soupira et tourna son visage pour embrasser la cuisse de Stitch.

— Si c'est ce que tu veux.

Il se redressa lentement et attrapa l'un des oreillers, ses mains ne quittant jamais la peau de Stitch.

— Je ferai en sorte que ce soit bien pour toi, je te le promets.

— C'est juste que... je ne sais pas ce que je *devrais* ressentir, alors je vais suivre le courant.

Tout ce que Stitch savait, c'était que lorsqu'il baisait Zak, ce dernier gémissait, se tordait, et parfois jouissait. Cela devait être une bonne chose. Il se retourna, n'ayant jamais été aussi gêné de montrer son cul à un mec.

Zak était juste à côté de lui, poussant l'épais oreiller sous les hanches de Stitch. Il respirait fort, mais il se comportait en vrai gentleman, sans brusquer Stitch d'aucune façon. Il se pencha vers lui et l'embrassa doucement.

— Ça va probablement faire mal au début, mais je pense que tu le sais déjà, murmura-t-il en passant un bras dans le dos de Stitch.

Stitch prit une profonde inspiration et acquiesça, prenant un autre oreiller et le serrant contre sa poitrine, son dos étant scruté. Là encore, il était fier d'être un Hound of Valhalla et imaginait que le tatouage sur son dos offrirait une belle vue à Zak. La queue de Stitch pulsait à un rythme régulier, coincée entre son ventre et l'oreiller moelleux.

Il sentit le matelas se déplacer derrière lui, et lorsque les mains de Zak poussèrent doucement sur l'intérieur de ses cuisses, il les écarta sans un mot. Les doigts de Zak remontèrent et descendirent le long de son dos, jusqu'à l'arrière des cuisses de Stitch, mais se posèrent finalement sur ses fesses tendues. Le silence dans la pièce était total jusqu'à ce que Zak émette un râle bas et frémissant.

— Je suis tellement excité en ce moment.

Stitch fléchit les muscles de son dos pour tenter de paraître plus impressionnant. Ses cuisses commençaient à transpirer, mais il dit quand même :

— Je suis prêt. Vas-y.

Il avait hâte de sentir le corps ferme de Zak sur son dos, les anneaux des mamelons taquinant sa peau, mais ce qui vint ensuite, ce fut la douceur humide de la langue de Zak glissant tout le long de sa fente, puis revenant en arrière. Son corps se trouvait dans un endroit étrange, entre relaxation et tension soudaine, alors que son estomac brûlait d'un besoin qui l'engourdissait.

Stitch écarquilla les yeux et regarda par-dessus son épaule, même si le visage de Zak était enfoui entre ses fesses. Il dit « T... Tu es sûr ? », mais ce n'était qu'une question de courtoisie. Tous les nerfs qui se trouvaient entre ses fesses aspiraient à une plus grande attention de la part de ce muscle chaud et glissant. Il écarta davantage les cuisses. Il ne s'attendait pas à ce que ce soit si... bon, mais son trou s'ouvrait à la douce invasion.

Zak gémit, enfonçant ses doigts dans la chair de Stitch tout en léchant la fente, avec une attention particulière pour son anus. C'était une sensation si forte que les cuisses de Stitch se mirent à trembler.

— Tu as le goût d'un vrai homme. C'est tellement bon, putain, murmura Zak.

Stitch n'y pensa même pas lorsqu'il souleva légèrement son cul, aimant le contact, si ferme et si doux à la fois. Et le compliment ? Il se sentait encore plus à l'aise. Il laissa l'oreiller engloutir son visage et gémit lorsque sa hampe se remit à pulser régulièrement.

Le souffle de Zak le baignait de chaleur, et le pouls de Stitch s'accéléra encore lorsque Zak descendit sa langue et mordit délicatement le périnée. Ses mains parcouraient ses fesses et ses cuisses, massant doucement la chair et tenant les fesses de Stitch écartées pour lécher, embrasser et même sucer la peau sensible juste à côté de son anus.

C'était incroyablement bon, et c'était encore mieux quand le muscle chaud sondait son trou. Mieux encore, Stitch n'avait pas l'impression d'être une salope, ni même une fille. Il se cambra, toujours aussi viril, gémissant de plaisir. D'une certaine façon, cela lui rappelait la fellation, mais avec moins de contrôle que ce qu'il avait en étant sur le dessus. Cette constatation l'incita à réfléchir à la possibilité de sucer Zak. À prendre le contrôle de sa bite comme ça et le taquiner jusqu'à l'orgasme.

— Oh, mon Dieu, marmonna-t-il lorsque la langue de Zak lui baisa le cul comme si c'était la meilleure chose depuis l'invention des barres de Mars frites.

— Ouais, tu aimes quand je te mange ? marmonna Zak dans le trou de Stitch, le léchant et le suçant avant de le pénétrer sérieusement.

Sa langue s'enfonça à l'intérieur, jusqu'au bout, comme Stitch imaginait que la bite de Zak le ferait plus tard. L'idée ne semblait plus si menaçante. Zak gémissait de plaisir et s'agrippait aux fesses de Stitch.

— C'est bien, oui, marmonna Stitch dans l'oreiller, appréciant d'être au centre de l'attention de Zak et d'être pris en charge.

Zak rit, un son rauque et agréable, et commença à enfoncer lentement et méthodiquement sa langue dans le cul de Stitch. C'était une sensation tellement étrange, d'être baisé de cette façon, à la fois dominé et dominant, avec le visage d'un homme entre ses fesses. Il ne fallut pas longtemps pour que le bout d'un doigt frotte la chair juste à côté de la langue envahissante, essayant de s'y faufiler. C'était la torture la plus douce que Stitch ait jamais pu imaginer. Il remua les hanches, incapable de rester immobile. Sa queue, emprisonnée dans la chaleur de son ventre, aspirait à se frotter à quelque chose. Sans compter que son anus commençait à pulser de la manière la plus étrange qui soit. Stitch n'était pas prêt à s'éloigner, mais d'un autre côté, il hésitait à en demander plus. Quel genre de type serait-il s'il le demandait ?

Heureusement, il n'eut pas à le faire, car le bout du doigt se glissa dans le trou laissé vacant. Stitch frémit lorsque la jointure de la main de Zak toucha son cul et que le doigt se faufila doucement à l'intérieur.

— Waouh, dit Zak. Tu es incroyable.

Un gémissement s'échappa des lèvres de Stitch qui s'agrippa à l'oreiller, essayant de se maîtriser. C'était si... bizarre, mais ça ne faisait pas mal, grâce au travail de la langue. Il n'aurait pas fait ça il y a trois mois, mais maintenant ? Stitch était perdu et il donnerait n'importe quoi pour son homme.

La main chaude de Zak remontait le long du dos de Stitch, le stabilisant pour les poussées lentes mais profondes qu'il effectuait avec un seul doigt. Les mouvements devenaient de plus en plus audacieux à mesure que le trou de Stitch se détendait.

Stitch commençait à ressentir une étrange pression au fond de lui, qu'il n'arrivait pas à cerner. Son corps cédait tandis que Zak accélérait les poussées, frappant sa main contre le cul de Stitch encore et encore.

Il y avait de la honte à se sentir aussi bien à se faire doigter, mais avec eux seuls dans la pièce, il était de plus en plus facile de l'oublier avec chaque secousse de pure luxure fraîchement pressée dans ses couilles. Stitch grogna dans son nouveau bien-aimé, l'oreiller fleuri. Il le serra contre lui et ne remarqua même pas qu'il commençait à bouger ses hanches contre l'autre. Une chaleur profonde s'installa dans la poitrine de Stitch, et une petite voix dans sa tête le poussait à en demander plus, lui disant qu'il serait bon de sentir Zak glisser sa bite à l'intérieur, sans latex et prête à gicler en lui.

Mais il n'eut pas besoin de demander. Il y avait une pression sur son trou détendu, et lentement, très lentement, Zak y enfonça deux doigts. Il embrassa la colonne vertébrale de Stitch, le caressant de l'autre main. Il y allait doucement pour le bien de Stitch, l'écartant avec ces deux doigts, les faisant entrer et sortir de plus en plus vite et de plus en plus fort au fur et à mesure que la tolérance de Stitch augmentait. Puis, avec un changement d'angle soudain, Stitch vit des feux d'artifice exploser sous ses paupières alors qu'un plaisir intense se répandait dans tout son ventre et tirait sur ses couilles.

— Oh putain !

Il se mit à genoux, submergé par le contact. Ce devait être la prostate dont Zak parlait avec tant d'impatience. Tout cela avait un sens maintenant. La respiration de Stitch tremblait et il voulait vraiment en finir avec les doigts. Il n'était pas une fleur qu'il fallait dorloter pendant des années. Les doigts le baisaient sérieusement maintenant, le poing de Zak claquait contre ses fesses comme il imaginait que ses couilles le feraient une fois qu'ils seraient passés aux choses sérieuses.

Il laissa échapper un faible gémissement lorsque la main de Zak se glissa jusqu'à sa nuque et lui tira la tête par les cheveux. Tout le corps de Stitch était un champ de mines, où le moindre contact pouvait se solder par une explosion de sensations si intenses qu'elle faisait dégouliner sa verge. La douleur dans ses côtes ne faisait qu'embrouiller son esprit et rendre le plaisir plus intense en comparaison.

Stitch laissa Zak lui tirer les cheveux sans se plaindre, et se releva même sur ses coudes, il s'ouvrait à son amant comme à personne auparavant. C'était comme si on lui arrachait son âme pour l'inspecter. Il ne pouvait s'empêcher de crisper son cul sur les doigts de temps en temps lorsque la pression était trop forte.

Le troisième doigt piqua un peu, mais ce n'était rien qu'il ne puisse supporter, surtout avec Zak qui lui murmurait à l'oreille qu'il aimait le corps musclé de Stitch. Il déplaçait les doigts dans l'anus de Stitch dans un doux mouvement circulaire, l'écartant davantage en préparation du plat principal.

Tout le corps de Stitch tremblait, incapable de comprendre toutes les sensations qu'il devait assimiler. Le plus étrange, c'est qu'il n'avait pas du tout l'impression que cela le féminisait. Avec un type comme Zak à ses côtés, Stitch se sentait plus masculin que jamais, même lorsqu'il était sur le point de se prendre une bite dans le cul. Il ne prit même pas la peine d'étouffer ses gémissements et ses grognements, trop perdu dans l'instant.

— Tu es prêt pour moi maintenant ? chuchota Zak, enfonçant profondément ses doigts dans l'omoplate de Stitch.

Ce n'est que maintenant qu'il s'était rapproché que Stitch remarqua qu'il tremblait légèrement.

— Oui, fut tout ce que Stitch réussit à articuler à bout de souffle.

Il obtenait exactement ce qu'il était venu chercher ce soir. Il se perdait dans Zak et se détachait du monde extérieur, connecté uniquement à son amant. Avec Zak, il n'avait pas à faire semblant. Il retomba, les fesses en l'air et la joue sur l'oreiller frais. Il y eut le bruit sec du plastique et, peu après, les doigts disparurent, mais il ne resta pas vide longtemps, la tête d'une queue émoussée appuyant son entrée lentement, doucement. Zak haleta derrière lui et enfonça une de ses mains dans le creux du dos de Stitch. Il dégageait une chaleur si intense qu'elle en était presque brûlante.

— Oh, putain... appuie-toi sur moi, bébé.

Stitch déglutit, soudain incertain de pouvoir supporter toute cette bite. Mais il y avait beaucoup de lubrifiant, ça devrait aller. Sa respiration devint complètement erratique à cause d'une panique soudaine qui l'envahit au moment où il s'y attendait le moins. La main de Zak sur lui lui faisait du bien, mais tout le reste était flou, et Stitch était sûr qu'il en serait ainsi jusqu'à ce qu'il découvre ce que c'était que d'être baisé.

— Stitch ? Tu vas bien ?

Les cheveux de Zak effleurèrent sa colonne vertébrale tandis que son amant se penchait pour embrasser sa peau. Et cette bite était toujours là, attendant le feu vert.

— Oui, c'est juste que... C'est un peu trop, dit-il entre deux respirations profondes.

Le gland brûlant au niveau de son anus sensible l'excitait, ne serait-ce que parce que c'était la bite de Zak qui se trouvait entre les fesses de Stitch.

— Bien sûr, dit Zak.

Et sa queue dure comme le roc glissa tout le long du périnée, juste pour remonter le long de la fente de Stitch. Cela ne fait que rappeler à Stitch à quel point l'anulingus avait été agréable.

— Je n'ai pas dit que tu devais arrêter.

Zak inspira brusquement.

— Tu sais que je suis prêt pour toi, murmura-t-il en l'embrassant encore une fois, mais sa verge était de nouveau sur la ligne de départ, prête à bondir.

Un peu plus de lubrifiant coula entre les fesses de Stitch, puis Zak l'enfonça d'un coup sec, en s'accrochant aux hanches de Stitch. Le monde se réduisit à la douleur aiguë mais de courte durée dans son cul. Stitch ne savait même pas quand, mais il s'agrippa si fort au drap que ses jointures devinrent blanches. Il avait beau remuer les hanches, le sexe de Zak était là, la tige palpitante étirant le sphincter de

Stitch. Sa respiration se bloqua dans sa gorge. C'était trop, même si ce n'était pas assez en même temps, car il n'y aurait jamais trop de Zak pour Stitch.

Zak frémit sur lui et, d'un geste rapide, sa main chaude se posa sur le cul de Stitch.

— Oh, mon Dieu, tu es si serré, bébé. Tellement serré, râla-t-il, enfouissant son visage et ses cheveux encore humides contre la colonne vertébrale de Stitch.

Son souffle caressait Stitch, l'apaisait même si la douleur pulsante continuait à le faire se raidir contre l'intrusion.

Le corps de Stitch était déchiré là où son esprit était déjà installé. Il pouvait à peine respirer, même avec les baisers interminables et fervents qui l'inondaient constamment. Il s'imaginait être gêné d'entendre de telles paroles de la part d'un homme, mais il se sentait seulement apprécié, excité et prêt à se libérer des contraintes de la société. Son amant était clairement excité comme une chienne en chaleur, sa propre virilité palpitait et dégoulinait de présperme, et leurs deux corps étaient en feu. Stitch se libéra de ses inhibitions et fit lentement tourner ses hanches contre celles de Zak. Même si son cul lui faisait légèrement mal, ce n'était pas du tout comme ce qu'il avait vécu plus tôt dans la soirée.

Zak gémit, faisant rouler sa tête sur le dos de Stitch. Sa bouche était là, suçant, mordant, tirant sur la peau tandis qu'il enfonçait sa longueur plus loin, frissonnant. Sa main était posée sur la nuque de Stitch, mais ce n'était pas un geste de domination, c'était comme si Zak le protégeait, le calmait par ce simple geste. Ses hanches faisaient de petits mouvements superficiels, mais même cela était éprouvant, la viande épaisse faisant brûler la chair serrée de Stitch. Mais plus ils s'enfonçaient l'un dans l'autre, plus la douleur semblait se dissiper, remplacée par une merveilleuse friction, générant une chaleur qui enveloppait toute l'aine, le ventre, les jambes et la poitrine de Stitch.

— Ça va ? chuchota Zak en glissant son bras libre autour de Stitch.

— Tu es tellement sexy et incroyable, dit Stitch, surpris par les tremblements de sa voix.

Le fait d'avoir le sexe de Zak à l'intérieur, poussant et palpitant, était si intense qu'il parvenait à peine à parler. Il n'avait jamais pensé que ce serait si libérateur de faire ça. Ses genoux étant trop tendus, il se laissa lentement glisser sur les couvertures, Zak sur son dos. Ses cuisses tremblaient sous l'effort, mais sa fierté ne lui permettait pas de s'effondrer. Lorsqu'il s'allongea sur le ventre, son cul s'agrippa encore plus fort à la verge de Zak. Toutes les émotions qui traversaient le corps de Stitch étaient tout simplement trop fortes. Il dut fermer les yeux pour faire cesser le picotement sous ses paupières. Mais cela ne marchait pas.

La pièce était silencieuse, ne s'animant que des sons qu'ils produisaient. De petits grognements, des halètements, des gémissements occasionnels, le claquement de la peau sur la peau, le grattement des doigts de Zak sur le dos de Stitch, le bruissement des draps, le doux grincement du lit quelque part en arrière-plan. C'était si pur et si merveilleux, exactement ce dont il avait besoin pour se sentir en sécurité et chéri, sans que rien ne détourne Zak de lui. Ce corps fort et merveilleux tremblait chaque fois que Zak enfonçait son érection, chaque fois qu'il la retirait. Il était lent et doux, mais s'arrêtait quand même de temps en temps, se donnant clairement un moment pour se calmer. Personne n'avait jamais désiré Stitch à ce point. Et avec cette hampe qui faisait que Stitch se sentait si incroyablement bien, chaude et douce à l'intérieur, il devenait de plus en plus difficile de se contrôler.

Stitch était ouvert à chacun des mouvements de Zak, sa propre queue raide comme de l'acier et tressaillant chaque fois que la bite de Zak frôlait la prostate de Stitch. C'était le bonheur. Stitch ramena un de ses bras en arrière pour caresser le cul de Zak, dont la peau était si chaude et si tendue sous le bout de ses doigts. Il était bouleversé par la façon dont il se sentait à l'aise avec cet homme. Un sanglot profond montait dans la poitrine de Stitch, et il ne pouvait pas le repousser. Il remonta à la surface avec tous les autres souvenirs. Le divorce, les disputes avec Crystal, la cuisine ratée, la tromperie de Zak, le corps de Smoke criblé de balles, la perte de tout l'argent de la drogue, l'impuissance de ne pas pouvoir se défendre. Il pouvait abandonner tout ça avec l'homme qu'il aimait.

Il enfonça ses doigts dans la peau de Zak et lâcha prise pour la première fois depuis des années, sans même essayer d'étouffer son sanglot.

Zak s'immobilisa au-dessus de lui avant de le serrer dans ses bras. Sa bouche était juste à côté de l'oreille de Stitch tandis qu'il étendait son corps sur le dos de Stitch, avec sa queue logée profondément à l'intérieur.

— Qu'est-ce qu'il y a ? Tu veux que j'arrête ? demanda-t-il, essoufflé.

— Non, s'il te plaît, reste près de moi, murmura Stitch, sentant l'humidité sous ses paupières.

Il vivait dans une culture où être dur était la seule devise. Il ne pleurait même pas lorsqu'il était seul. Le fait de pouvoir s'épancher le soulageait tout autant que le fait d'avoir ce corps incroyablement chaud sur lui. Il se souvenait qu'il était encore humain, et non un homme dont les muscles étaient faits de violence et les os de fureur.

La main de Zak se glissa sous la mâchoire de Stitch et tourna sa tête sur le côté, juste à temps pour rencontrer les lèvres affamées et ferventes de son amant. Comparé au rythme primitif d'un sexe enfoncé dans le cul de Stitch, le baiser était étonnamment doux, et il ne pouvait se résoudre à le rompre malgré la douleur dans son dos et sa nuque.

Zak grogna dans sa bouche comme l'animal qu'il était, et ses hanches se heurtèrent à Stitch plus rapidement. Plus fort. Stitch savait que Zak allait bientôt jouir, alors il bougea avec lui, frottant sa propre hampe contre l'oreiller et ne faisant que stimuler les poussées. La pensée que Zak était sans capote et qu'il allait jouir en lui rendait sa bite impatiente de rejoindre le train de l'orgasme. Stitch était proche, si proche. Il gémissait, embrassait, mordait, sans se soucier de savoir si Zak le voyait pleurer ou non.

En quelques secondes, la bouche de Zak se détacha de la sienne avec un souffle brusque, sa hampe s'enfonça dans Stitch en deux coups puissants et resta là, enfouie jusqu'à la garde, tandis que le corps de Zak devenait une statue brûlante. Sa verge pulsait à un rythme bien connu, se déversant directement dans le trou de Stitch, le remplissant, le crémant, et pourtant Stitch se sentait aussi viril que jamais. Il n'était pas au service d'un autre homme, ils faisaient cela ensemble. L'oreiller n'étant finalement pas un assez bon amant, Stitch s'efforça de soulever légèrement Zak et d'atteindre sa propre bite pour la branler rapidement. Ses côtes lui faisaient mal, mais rien ne pouvait le distraire de l'idée de la sueur, de la jouissance et des muscles chauds et fermes. Stitch était plus conscient de son corps que jamais, mais son corps n'était plus le sien, il était relié à celui de Zak. Il jouit avec le plus petit des grognements, son cul se serrant sur la viande chaude qui palpitait encore en lui. Ses couilles se soulevèrent lorsqu'il tacha l'oreiller avec plus de sperme qu'il ne l'imaginait.

Stitch haletait, son corps entier tremblant sous l'effet de l'orgasme viscéral. Il avait l'impression que ce n'était même pas le sien. Comme s'il revivait l'orgasme qu'il avait ressenti en lui il y a quelques instants.

Zak gémit, effleurant de ses doigts les flancs de Stitch. Il respirait par à-coups, encore plus lorsqu'il bougea lentement, sa longueur glissant hors du trou avec un bruit humide.

— Oh, putain, murmura-t-il, passant le dos de sa main sur le cul de Stitch comme s'il s'agissait d'une chose délicate et immaculée.

Stitch gisait dans les draps tachés, essoufflé et vidé.

— C'était... waouh. Tu es tellement bon, putain.

L'expiration de Zak se transforma en un rire haletant. Il poussa le bras de Stitch et le fit rouler sur le dos. Avec son visage rougi et un grand sourire, il avait l'air de l'homme le plus heureux du monde.

— Tu n'as pas idée de la difficulté que j'ai eue à ne pas jouir tout de suite. Tu es tellement sexy que tu me fais redevenir un adolescent, chuchota Zak en se posant dans les couvertures à côté de Stitch.

Il se rapprocha immédiatement de lui et l'attira contre sa poitrine. Le mouvement fit couler du sperme de Stitch.

Stitch serra Zak contre lui et lui sourit.

— Est-ce que Zac l'adolescent s'est mouillé en baisant un gros et méchant motard ?

Il embrassa le front moite de Zak. Il y a quelques heures à peine, Stitch n'aurait même pas envisagé de se faire baiser, et maintenant, c'était la meilleure idée de la planète. Il se sentait si léger qu'il pouvait voler.

Zak sourit, attirant Stitch dans la sécurité de son torse tatoué. Il posa une main sur la hanche de Stitch et lui caressa la joue.

— Tu ne peux pas le dire ? Je pense que tu es bien hydraté, M. le Motard.

— Tu as aimé sans capote ?

Stitch prit une grande inspiration et plaça son visage dans le cou de Zak. Il regarda la poitrine encrée se dilater et écouta les battements rapides et sains du cœur.

— C'était... incroyable, murmura Zak, en cherchant les doigts de Stitch avec sa main. Je n'avais jamais fait ça comme ça avant, et toi... tu as accepté, tu m'as laissé jouir en toi. C'est juste que... je ne sais pas quoi dire sans donner l'impression que ça a moins de valeur que ça n'en a, tu sais.

Stitch serra la main de Zak et l'embrassa lentement.

— Mes inhibitions étaient des conneries. Maintenant, je sais. J'ai eu une journée de merde et tu l'as améliorée. Merci.

Zak enfonça ses doigts dans les cheveux de Stitch et le regarda dans les yeux. Les siens étaient d'un bleu magnifique et profond que Stitch pouvait regarder tout le temps. C'était différent de s'allonger dans les bras de Zak pour une fois, lui étant un peu endolori d'une manière que Zak mentionnait parfois mais que Stitch ne pouvait jamais comprendre. C'était vraiment agréable, chaud, tendre. Un reste d'intimité avec un autre homme, plus proche qu'il ne l'avait jamais imaginé.

— Je suis là pour servir, dit Zak en riant, mais son visage devient plus sérieux lorsqu'il se penche vers lui pour l'embrasser à nouveau. Tu es un homme extra-ordinaire. Personne ne te ressemble.

— Je t'aime, murmura Stitch en embrassant le piercing de la lèvre de Zak.

Tout chez son homme était parfait.

Zak le fixa, ses yeux s'écarquillèrent, encore brillants d'avoir fait l'amour.

Stitch secoua la tête en souriant.

— Tu n'as pas besoin de me répondre. Je veux juste que tu le saches.

Zak prit une inspiration frémissante et cligna des yeux, se penchant pour un baiser profond et sensuel qui rendit Stitch fou de joie par son besoin brut. Mais les bonnes choses avaient une fin, et Zak s'éloigna, gardant leurs fronts l'un contre l'autre.

— Tu me fais ressentir toutes ces choses, espèce d'homme stupide, grogna-t-il en frappant doucement la poitrine de Stitch.

Stitch enroula ses bras autour de la taille de Zak et continua à embrasser ces lèvres glorieuses. Il savait que ce soir, il dormirait comme un bébé.

CHAPITRE 15

STITCH

STITCH REGARDA DANS LA salle de bain à la recherche de sa veste. Il était sûr de l'avoir laissée ici la veille avec le reste de ses vêtements, mais elle était introuvable.

— Hé, Zak ? hurla-t-il sous la douche en s'essuyant. Tu as vu ma veste ?

La porte s'ouvrit, et lorsqu'il regarda à travers le plexiglas mouillé, il fixa directement le visage souriant de Zak.

— Oui, tout est prêt pour toi en bas, dit Zak en se glissant dans la salle de bain embuée, vêtu seulement de son jean étroit.

Stitch tressaillit à la vue des bleus sur le cou de Zak, mais essaya d'effacer de son esprit le souvenir de la bagarre, même si les vilaines marques le fixaient avec insistance en signe d'accusation.

Stitch s'arrêta un instant, se souvenant des taches de ketchup. Zak était la personne la plus gentille qui soit. Stitch avait déjà pensé qu'il ne pourrait pas porter sa veste alors qu'elle était si abîmée. Il sortit de la cabine et commença à enfiler le reste de ses vêtements. Il craignait de se sentir mal à l'aise avec Zak après la journée d'hier, mais il n'y avait aucune timidité. Stitch combla la distance qui les séparait et embrassa Zak.

La bouche douce s'étira en un sourire et Zak l'entoura de ses bras, sans se soucier d'être mouillé. Il était sorti du lit quand Stitch s'était réveillé, mais l'odeur du bacon frit fut comme une couverture apaisante sur ses épaules. Stitch s'était rendormit et avait laissé son amant le réveiller avec le petit déjeuner des dieux, qu'ils mangèrent en se câlinant, sans la moindre gêne ou tension.

— Tu vas bientôt partir ? demanda Zak, en caressant doucement le bas du dos de Stitch.

— Ouais, je dois y aller. On a une réunion de club plus tard.

Stitch lui donna un dernier baiser et s'éloigna pour enfiler le reste de ses vêtements. Sa peau tressaillit lorsque Zak passa sa main sur les fesses de Stitch et sortit. La dynamique de leur relation semblait différente maintenant, mais pas mauvaise du tout, et comme il n'arrivait pas à la cerner, il arrêta d'essayer. De toute façon, ils ne feraient pas la même chose ce soir. Ou peut-être même pendant quelques jours, car son cul était aussi tendre qu'une belle pièce de bœuf.

Il passa ses doigts dans ses cheveux et sortit, prêt à affronter le monde. Il se fichait que personne ne le sache, mais il était plus fort aujourd'hui qu'il ne l'était la veille.

Lorsqu'il descendit les escaliers, Zak était assis par terre, Versay entre ses jambes, avec une tasse de son ridicule café - noir avec des morceaux de citron. Le chien se précipita immédiatement dans l'escalier pour rencontrer Stitch, sa queue remuant comme un essuie-glace sous une pluie battante. Le pauvre ne savait pas qui lui avait fait mal à la patte.

— Hé, mon garçon.

Stitch s'inclina pour lui caresser la tête, mais grogna lorsque la douleur lui rappela ses côtes douloureuses.

— Passe une bonne journée, d'accord ?

Il sourit à Zak, qui s'était déjà relevé et se dirigeait vers une chaise où il avait laissé la veste de Stitch. À la lumière du jour, Stitch pouvait voir sans aucun doute que les taches avaient été soigneusement nettoyées.

— Tu seras là ce soir ? demanda Zak en attrapant la veste.

Il la tendit à Stitch pour qu'il s'y glisse. C'était le geste le plus gentil dont Stitch ne voulait jamais se séparer. Il laissa Zak la lui enfiler, et c'était comme son armure pour la journée.

— Je le ferai.

— D'accord, je vais chercher du chinois pour nous, d'accord ?

Zak passa ses bras autour du cou de Stitch et l'embrassa à nouveau, souple et doux comme un bonbon.

— Ça me paraît bien.

Stitch prolongea les adieux autant qu'il le pouvait, ne voulant pas partir tout de suite, mais il était temps, alors il finit par dire un dernier « au-revoir » à Versay et quitta la maison.

Ce n'est qu'en s'approchant de sa moto qu'il s'aperçut que le pneu avant était à plat. Et le pneu arrière.

— Mais qu'est-ce que c'est que ça ?

Il se plaça à côté de la moto et passa ses doigts sur le caoutchouc crevé. Il savait exactement qui avait fait ça à sa monture.

— Enculé ! cria-t-il.

— Stitch ? cria Zak depuis la porte. Qu'est-ce qu'il y a ?

— Cox a crevé mes putains de pneus !

Stitch leva les bras en signe de frustration. Il voulait étrangler cet enfoiré, mais il n'y avait personne sur qui déverser sa colère.

La porte se referma.

— Tu veux que je te dépose ? Je vais en ville de toute façon, dit Zak après un moment de silence poignant, alors qu'il se précipitait dans les escaliers.

— Cet enfoiré ne sait pas à qui il a affaire, grogna Stitch en faisant le tour de la moto pour vérifier s'il y avait d'autres dégâts, mais il n'y en avait pas, heureusement. C'était la *guerre*.

— Ne fais rien d'imprudent, marmonna Zak en rejoignant Stitch près de la moto.

Dans la lumière du soleil, elle semblait prête à prendre la route, même si, malheureusement, ce ne serait pas le cas.

— On ne joue pas avec la moto d'un autre homme, Zak. Il devrait le savoir. Et c'est lui le flic ici !

Stitch prit une grande inspiration. Il ne pouvait pas s'occuper de ça maintenant.

— Tu me déposes, ouais ?

— D'accord, tu pourras t'occuper de ses pneus le moment venu, dit Zak en s'approchant de la belle voiture, qui en disait bien plus long sur Zak que la maison dans laquelle il vivait.

Stitch prit une grande inspiration qui lui fit encore plus mal aux côtes, mais il continua. Le fait que Cox soit maintenant au courant de sa sexualité était dans l'esprit de Stitch depuis hier, mais ce ne fut que maintenant qu'il s'en rendit compte avec force. Il rejoignit Zak dans la voiture et, immédiatement, les doigts fins s'enroulèrent autour de sa main.

— Veux-tu que j'aille chercher des pneus neufs pour toi ?

Stitch serra plus fort qu'il n'en avait l'intention. C'était tellement étrange d'avoir un cul si bien baisé qu'il le ressentait encore aujourd'hui. Comment Zak faisait-il pour se faire baiser comme ça tous les jours ?

— Non, j'appellerai Capitaine de chez moi. On l'emmènera au garage.

— Bien sûr.

Zak soupira et lâcha Stitch pour reculer la voiture.

— Elle sera prête ce soir ? Tu peux m'appeler si tu as besoin que je te dépose, d'accord ? dit-il avec un petit sourire.

Ses mains étaient si belles sur le volant. Stitch pariait qu'elles seraient encore plus belles si elles étaient tatouées comme le reste de Zak.

Stitch acquiesça.

— Je vais voir comment ça se passe.

Il prit une grande inspiration pour se calmer.

— J'ai mon téléphone à la maison.

Zak fronça les sourcils.

— Non, il était dans ta poche. Tu l'as laissé dans la salle de bain ?

Stitch pinça les lèvres alors qu'ils commençaient à rouler dans la rue.

— J'ai un téléphone *spécial* pour toi, marmonna-t-il.

— Vraiment ?

Zak grimaça et prit un virage sur la route déserte.

— Zak, le sale secret, hein ?

Stitch détourna le regard et se frotta le front.

— Désolé, il faut que ce soit comme ça.

Zak expira et posa à nouveau sa main sur celle de Stitch.

— Je sais que tu ne voudrais pas qu'un de ces sales messages se retrouve accidentellement sur le téléphone de ton ami, hein ?

— Mon Dieu, non. Je ne peux pas m'en empêcher quand je pense à toi. Tout ce que je veux, c'est baiser toute la journée.

Zak enfonça ses lunettes de soleil sur son nez et éclata de rire.

— Toujours aussi romantique. Tu peux écrire un poème sur mon cul. Fais-le, je te mets au défi.

— Tu peux être un tel trou du cul, grogna Stitch et baissa la vitre, car il avait trop chaud.

Zak sourit et lui tapota le dos.

— Je plaisante. Je sais que tu es sérieux.

— Oui, oui. Conduis, c'est tout.

Stitch secoua la tête, mais laissa ses doigts suivre les articulations de Zak.

— Au moins, tu as beaucoup de choses à penser maintenant, dit Zak, et ils accélérèrent, tournant dans une rue plus large.

Stitch ne put s'empêcher de sourire. C'était vrai.

Il ne fallut que dix minutes pour atteindre la maison de Stitch.

Zak se gara devant, et ils ne perdirent pas plus de temps. Il était temps de se séparer et de commencer à penser aux affaires. Dix mille dollars que Stitch devait trouver. Il suivit la voiture du regard tant qu'elle était en vue, ouvrit la porte et pénétra dans le couloir silencieux. Mais lorsqu'il arriva dans sa chambre, quelque chose ne tournait pas rond. Le plancher semblait craquer plus fort et la maison était silencieuse, même si la voiture de Crystal était dans le garage.

En entrant dans sa chambre, il trébucha sur une pile de sacs et de valises.

— Putain de merde, dit-il en regardant l'espace dépouillé. Même sa literie avait été arrachée du matelas et mise dans un sac poubelle noir.

— Crystal ? cria-t-il.

Sa voix résonnait avec tant de dédain qu'il ne savait même pas ce qu'il avait fait pour le mériter.

— Viens dans la salle des *familles*, espèce de merde !

Il ricana et serra les mains en poings. Que faire maintenant ? Qu'est-ce que la vie allait encore lui réserver ? Stitch descendit les escaliers et se dirigea vers le salon. Était-ce l'idée de Milton ? Lui remplir encore la tête de conneries ?

— Qu'est-ce qui ne va pas *encore* ? demanda-t-il.

Mais il s'arrêta à mi-chemin lorsqu'il la vit assise près de la table, son autre téléphone portable placé dans l'espace vide comme une insulte. Son esprit devint vide et son visage se vida de tout son sang.

Crystal le regarda, ses cheveux sauvages comme crépus à cause de toute la colère dans ses yeux.

— Le téléphone de ma mère ne fonctionne pas et elle part pour le week-end, alors j'ai pensé que tu ne verrais pas d'inconvénient à ce qu'elle emprunte ce vieux tas de ferraille, dit-elle en repoussant le téléphone.

Il glissa sur la table et s'arrêta à un centimètre du bord

— Tu l'as donné à ta mère ? voulut-il dire, mais il ne parvint qu'à murmurer.

Tous ses muscles se figèrent, rendant sa respiration difficile.

Crystal ricana, et le dragon tatoué sur sa main sembla bouger tandis qu'elle fléchissait ses muscles.

— Dieu merci, non. J'ai eu assez de bon sens pour vérifier que tu n'avais pas de putain de porno là-dedans.

Elle prit une longue et profonde inspiration, ce qui fit monter et descendre ses seins dans le décolleté.

— Tu es un putain de déviant.

Ce n'était pas possible. Il n'avait pas besoin de cette merde dans son assiette en ce moment.

— Qui t'a dit que tu pouvais toucher à mes affaires ? siffla-t-il en s'approchant de la table sur des jambes flageolantes qui ressemblaient à des marshmallows.

La douleur de son cul lui rappelait brutalement à quel point il était « déviant ». Son cœur battait plus vite qu'une mitrailleuse et il ne pensait qu'à la façon dont il était baisé. Et pas dans le bon sens du terme.

Crystal se leva de la chaise et le poussa en arrière, faisant suivre la poussée par une forte gifle au visage.

— Espèce de sale con ! Depuis combien de temps tu te tapes des mecs dans mon dos, hein ? Tu m'as mise enceinte pour que je sois ton excuse ?

Stitch déglutit et recula d'un pas.

— Je... Ce n'était pas comme ça !

Son estomac se réduisit à la taille d'une balle.

— Arrête de me raconter des conneries !

La voix de Crystal se transforma en un cri. Elle jeta la chaise sur le sol en respirant fort et rapidement.

— Tu m'as fait me sentir si mal dans ma peau quand tu ne voulais pas coucher avec moi, ou quand tu n'arrivais pas à bander, et maintenant il s'avère que c'est parce que tu veux un « bon petit cul » ? C'était les meilleures années de ma vie, et maintenant je suis divorcée et coincée avec un enfant !

La honte se répandit sur le visage de Stitch avec une chaleur brûlante. Il ne se souvenait que trop bien de ces moments. Il était un tel échec.

— Je n'ai jamais voulu que tu te sentes mal.

Il éleva la voix à son tour.

— Je me suis toujours soucié de toi, Crys. Je voulais que ça marche. Tu étais une fille cool, alors je me suis lancé. Tu n'étais pas qu'une excuse.

Il essaya de lui toucher l'épaule, mais ne reçut qu'une autre gifle.

— Ne t'avise pas ! siffla Crystal, ses grands yeux se détournant avec un éclat profond. Je pensais que tu étais différent de tous les autres membres du club, mais il s'avère que tu n'es qu'un pédé ! Tu ne me tromperas plus. Holly ne mérite pas un père comme toi.

— Ne m'appelle pas comme ça !

Stitch lui grogna dessus et écarta les bras.

— J'ai toujours fait de mon mieux. Je gagne ma vie pour cette famille, je m'occupe de vous deux.

Combien était-il censé en supporter de plus ?

Le visage de Crystal était un masque de colère.

— Je ne veux plus jamais voir ton visage. Et va te faire foutre loin d'Holly, ou je ferai savoir à tout le monde qui tu es vraiment.

Stitch lui saisit le poignet et secoua son petit corps, se sentant coupable avant même de s'arrêter.

— Ne t'avise pas de le dire à qui que ce soit. Tu n'as pas le droit de m'éloigner de Holly.

Crystal regarda fixement sa main autour de son poignet, puis s'élança vers lui comme un pitbull protégeant son petit.

— Je suis sa *mère,* et il est de mon devoir de la protéger des suceurs de bites comme toi !

La douleur inattendue se répandit dans l'aine de Stitch, rendant ses genoux plus mous que du fromage à la crème alors qu'elle lui donnait un coup de pied dans les couilles.

— Pars, ou tout le monde va le savoir !

Stitch s'effondra de douleur, mais parvint à retenir un glapissement à force de volonté. Il ne méritait pas cela.

— Espèce de folle ! siffla-t-il et recula lentement.

Il était complètement dans la merde. La dernière chose qu'il voulait, c'était qu'un soupçon de ce genre circule dans le club. Mais le pire, c'est que si elle le savait, tout devenait aussi réel que l'argent perdu de la drogue. Il *était* un pédé. Avec Zak, tout devenait flou, et Stitch aimait ce cocon de sécurité qu'ils partageaient. Personne à l'extérieur n'avait besoin de savoir que Stitch aimait la bite, mais il était trop tard maintenant. Cox hier, et maintenant Crystal. C'était la merde. Il ne voulait pas être défini par qui l'excitait. Il était un Hound of Valhalla, un père, un amant, un hors-la-loi. Pas un *pédé.*

— Prends tes affaires et va te faire foutre, grogna Crystal, et avec une dernière poussée sur la poitrine de Stitch, elle partit en claquant la porte, le laissant dans la salle familiale vide, en proie à un tourbillon de pensées.

CHAPITRE 16

ZAK

ZAK GARA SA VOITURE près d'un magasin de jouets dans le centre-ville et regarda son téléphone, le faisant lentement tourner dans sa main tandis qu'il s'adossait au siège. C'était une journée tranquille, avec des gens qui marchaient et vaquaient à leurs occupations quotidiennes, mais cela lui paraissait tellement surréaliste. Il avait un petit ami. La monogamie s'était infiltrée dans sa vie de façon si inattendue qu'il ne l'avait même pas remarquée, et quand le moment était venu, il s'était lancé sans se poser de questions. C'était différent avec Stitch. Contrairement à tous les autres hommes que Zak avait fréquentés, Stitch lui était vraiment dévoué. Stitch lui accordait 100 % de son attention et était toujours prêt à l'aider en cas de besoin. Depuis le début, ses yeux étaient si intenses. Et les choses qu'il disait de temps en temps, elles auraient semblé ringardes sur les lèvres de n'importe qui d'autre, mais venant de lui, elles étaient sincères et émouvantes.

Zak se mordit la lèvre et envoya un message à Cox pour qu'il le rejoigne dans un café voisin, un café où, selon Zak, ni Stitch ni aucun de ses amis ne se rendraient un jour de club. Il devait mettre fin au conflit entre Stitch et Cox avant qu'il ne soit trop tard. La réponse arriva aussi vite qu'à l'accoutumée, et Zak sortit lentement de la voiture pour descendre la rue jusqu'au café lui-même. Il s'agissait d'une boutique agréable et rustique appelée Granny's, tenue par trois vieilles femmes qui étaient amies depuis toujours. En entrant, il fit un brin de causette avec Marge, l'une des mamies, mais il ne se souvenait même plus de quoi il lui avait parlé au moment où il s'était assis dans le coin le plus reculé du café, avec une part de cheesecake et une grande tasse de thé.

Il méritait les glucides supplémentaires après la séance d'entraînement d'hier. Il ne s'attendait pas à ce que Stitch soit prêt à s'engager, il ne s'attendait pas à ce qu'ils deviennent aussi proches qu'ils l'avaient été, mais la nuit dernière lui avait donné l'impression d'être un homme à part entière. Il l'avait déjà fait de nombreuses fois, mais c'était la première fois que cela signifiait quelque chose de plus que simplement faire l'amour et se sentir bien. Il se sentait responsable de Stitch, et il lui semblait parfois qu'un seul faux pas pouvait briser la confiance fragile de Stitch. Et il ne pouvait pas laisser cela se produire. Avec ce corps grand et fort qui s'ouvrait à lui, pas seulement pour faire l'amour avec un mec sexy mais pour *lui* seul, il avait été plus difficile que jamais de contrôler son corps, mais il y était parvenu. Pour Stitch. Il ne se serait pas pardonné s'il n'avait pas pu donner à Stitch du sexe extraordinaire en échange de sa confiance.

Il était tellement perdu dans ses pensées qu'il ne remarqua même pas que Cox s'approchait de sa table.

— Hé, Zak.

Cox s'assit en face de lui dans la cabine et se pencha sur la table, ses bras étant toujours aussi beaux.

Zak se figea, la fourchette à la bouche.

— Bonjour, marmonna-t-il la bouche pleine.

Il avait réfléchi toute la matinée à la façon de parler à Cox de la nuit dernière, et de ce qui s'était passé entre eux, mais maintenant sa tête était vide comme un ballon.

— Tu voulais discuter ?

Cox sourit à l'une des serveuses qui lui apporta un café.

— Parce que c'est le cas.

— Oui, je crois qu'il faut qu'on parle, dit Zak avec résignation, en repoussant le reste du gâteau.

Il décida de commencer par les choses désagréables.

— Pourquoi as-tu crevé les pneus de Stitch ?

— Quoi ? Quelqu'un a crevé ses pneus ? demanda Cox avec une telle innocence que Zak le croirait s'il ne savait pas mieux. Un mode de vie dangereux conduit à des choses comme ça, je suppose.

Zak força un sourire sur ses lèvres et regarda Cox droit dans les yeux, choqué par ce mensonge flagrant.

— N'essaie pas de me raconter des bobards. Ça ne tiendra pas.

— Tu devrais t'inquiéter des bleus sur ton cou, pas des pneus crevés.

Cox désigna le cou de Zak, et sa voix contenait une réelle inquiétude.

Zak garda un visage impassible, mais les points sensibles de son cou devinrent soudain brûlants. Il ne s'en était pas rendu compte sur le moment, l'adrénaline s'engouffrant dans ses veines alors qu'il regardait Stitch dans les yeux, mais son nouveau petit ami l'avait en fait étranglé la nuit précédente. Aussi désagréable que soit cette pensée, il ne croirait jamais que Stitch puisse lui faire du mal. Au moment où il avait vu la douleur intense dans ces yeux sombres, cela avait été un coup de poignard dans l'estomac, et il avait su qu'il méritait tous les bleus.

— Je vais bien. Ne change pas de sujet.

— Zak, je ne pense pas que tu saches à qui tu as affaire. Je pensais que vous étiez juste amis. Larsen est un criminel. Il s'est introduit chez toi hier, et nous savons tous les deux que ce n'était pas un jeu.

Cox secoua la tête et sirota son café.

— Je sais très bien à qui j'ai affaire, merci de ta sollicitude, dit Zak en tapotant sa tasse.

L'image du sang séché et des ecchymoses sombres sur tout le corps de Stitch lui traversa l'esprit. Qu'avait fait Stitch avant de venir chez lui la nuit précédente ? Cette question revenait sans cesse dans l'esprit de Zak.

— C'*est* mon ami, et je n'aime pas l'idée que ses pneus soient crevés devant chez moi.

— Reconnaissons que nous avons tous été surchauffés hier. Je suis désolé, mais tu dois admettre que notre rencontre s'est terminée de manière abrupte, c'est le moins qu'on puisse dire, hein ?

Cox haussa les sourcils.

— Oui, c'est pourquoi je te rencontre maintenant.

Zak serra ses pouces l'un contre l'autre, observant le bel officier.

— Pourquoi en as-tu après Stitch ?

— Les Hounds of Valhalla sont un groupe de criminels organisés. Ils volent toutes sortes de marchandises et les revendent, possèdent des armes illégales et Dieu sait quoi encore. Ils s'enhardissent, mais nous n'avons pas assez de preuves. La moitié de ce club a déjà été emprisonnée. Larsen n'est pas différent. Même si maintenant je sais qu'il est très différent, conclut-il sur une note pensive en regardant par la fenêtre.

Zak serra le poing et haussa les épaules, même si ses nerfs étaient en alerte à cette information.

— Comment le sais-tu s'il n'y a pas de preuves ? Pourquoi Stitch était-il en prison ?

— Agression. Il a cassé les côtes et la mâchoire d'un gars. Zak, ce n'est pas un motard en peluche. Tu as vu toi-même à quel point il peut être agressif. Et il n'y a pas de preuve pour une autre accusation, mais les gars qui ont été en prison, ils ne travaillaient pas seuls. Ils prétendent le faire, mais ce n'est jamais le cas. Les Hounds sont comme une meute de chiens enragés.

Zak voulait dire à Cox que Stitch travaillait à l'atelier, mais il savait que ça aurait l'air stupide, alors il haussa simplement les épaules.

— On est toujours potes.

Cox soupira.

— Il est dangereux, Zak. Je ne veux pas que tu sois blessé ou mêlé à leurs affaires louches. Je sais que tu es un bon gars sous ces tatouages, mais beaucoup de gens ne le savent pas et cela pourrait faire de toi une cible si tu traînes trop avec les Hounds. Mais quand même, que Larsen soit gay, c'est une sacrée révélation.

Il frotta son menton anguleux.

— Il l'est ? demanda Zak avec un visage de pierre, même s'il est brûlant de tension.

Cox leva les yeux vers lui en fronçant les sourcils.

— Allez, Zak. Il ne t'a pas attaqué parce que tu étais avec moi. Il avait l'air d'un pitbull jaloux.

— Les gens avec qui il ne couche pas ne devraient pas parler ou savoir avec qui il couche, dit Zak en regardant Cox droit dans les yeux.

— C'est lui qui est entré par effraction dans ta chambre. Quoi qu'il en soit, c'est un cercle vicieux. Je ne peux pas l'utiliser comme moyen de pression, parce qu'il me dénoncerait.

Zak renifla. Ouais, c'était ça, comme si Cox allait risquer les mêmes conséquences que Stitch.

— Je dis juste qu'il est de bon ton de ne dénoncer personne.

— C'est une bonne politique de ne pas coucher avec des hommes violents.

— Il n'est pas violent avec moi, je te l'ai déjà dit.

Zak avala une grande gorgée de thé. Il commençait à se sentir mal à l'aise dans cette conversation.

— Tu sais quoi ? Je vois que tu aimes les motards. Je veux juste que tu saches que si quelque chose arrive, tu peux venir me voir et je t'aiderai. Je suis de ton côté, d'accord ?

Le pire, c'était que Cox avait l'air aussi sérieux que possible.

Zak lui adressa un petit sourire.

— Merci, je le ferai, fut tout ce qu'il put donner à ce moment-là avant de se cacher derrière la tasse.

Stitch lui avait dit qu'il avait tué un homme et brûlé sa maison, mais à l'époque, Zak était convaincu que c'était juste pour le menacer. Même s'il croyait que Stitch était un bon gars au fond, les mots de Cox avaient fait naître le doute en lui.

— Tu veux qu'on se retrouve la semaine prochaine ? De préférence quand nous pourrons être seuls ? J'ai été un peu laissé en plan hier.

Cox rit et ses yeux brillaient de mille feux.

Zak poussa un soupir mental. C'était la partie qui le mettait vraiment mal à l'aise.

— Ne le prend pas mal parce que je pense que tu es un type génial, mais je ne pense pas que nous devrions continuer à faire ça.

Le sourire de Cox se raidit et il secoua la tête.

— Je le savais. Il te menace, n'est-ce pas ? C'est parce qu'il me déteste.

Zak avait envie de hurler.

— Mon Dieu, non. Bien sûr que non. C'est ma décision, dit-il, aussi sérieuse-ment qu'il le pouvait. Je ne suis pas une fille battue et soumise par son petit ami violent.

— Restons-en là. Je ne vais pas mentir, ça craint pour moi parce que je pense que tu es vraiment sexy. Je serai là si tu changes d'avis, dit Cox en se levant sans autre forme de procès.

Zak ne put s'empêcher de lever les yeux vers cette poitrine large et cette taille serrée, même si Stitch était plus sexy.

— À bientôt.

Cox lui fit un clin d'œil.

— Le prochain café est pour moi, dit-il et il s'en alla, donnant à Zak une vue de ce cul serré dans l'uniforme.

Zak s'appuya sur sa chaise et serra le thé contre sa poitrine. Il espérait que c'était la dernière rencontre désagréable de la journée.

Zak fit ses courses, acheta le dîner, rencontra deux clients pour des consultations en dehors du studio et finit par rentrer chez lui après cette série d'activités qui avait pris toute la journée. Il devrait encore avoir beaucoup de temps avant que Stitch ne revienne de sa réunion avec le crime organisé. Il serra les dents, espérant que si on lui posait directement la question, son nouveau petit ami ne mentirait pas. Mais lorsqu'il gara sa voiture, il ne vit personne d'autre que Stitch assis sous son porche. Sa moto était garée à quelques mètres de là, et seule la lumière d'une cigarette éclairait le visage de Stitch dans l'obscurité.

Zak soupira et sortit de la voiture en souriant. Voyou ou pas, Stich suffisait à égayer son humeur.

— Qu'est-ce qu'il y a, Trouble ? Peut-être que je devrais déjà te donner la clé ?

Il rit, ressentant une légère chaleur à cette idée.

— Vous avez fini votre réunion plus tôt que prévu ? demanda-t-il en ouvrant le coffre pour récupérer ses courses.

— Crystal l'a découvert. Elle a trouvé mon autre téléphone.

Stitch ne leva même pas les yeux vers lui, recroquevillé dans son blouson de cuir et ressemblant à un chien errant sous ce porche.

Zak posa le sac en plastique qu'il venait de ramasser et se précipita aux côtés de Stitch.

— Oh, non.

Il s'installa devant lui, ne sachant que faire, ni comment le réconforter.

— Qu'est-ce que je peux faire, bébé ? Tu veux venir à l'intérieur ?

Stitch cacha son visage derrière sa grosse paume.

— Elle m'a mis à la porte. Je ne voulais pas entrer par effraction dans la tienne, dit-il à voix basse. Je veux que tu m'accueilles, mais seulement si tu le veux.

La première réaction de Zak fut de se pencher vers lui et de le serrer dans ses bras, mais avec les voisins autour de lui, il ne pouvait pas le faire, alors il posa sa main sur la cuisse de Stitch et la serra doucement. Il ne pouvait pas supporter de le voir dans cet état.

— Tu sais que je vais t'accueillir. Ne t'ai-je pas proposé de te donner les clés ?

— C'est différent. Je serais ici tout le temps. Tu pourrais te lasser de moi.

Stitch jeta son mégot et regarda Zak avec des yeux fatigués.

Zak s'assit lentement à côté de lui et glissa discrètement sa main sous l'échancrure pour toucher le dos de Stitch. Il pouvait au moins le serrer dans ses bras de cette façon.

— Pourquoi le ferais-je ? Nous sommes ensemble, n'est-ce pas ? murmura-t-il, soudain tenté de se pencher vers lui et de l'embrasser.

— Oui. Je veux que ça marche. Crystal m'a tellement fait chier aujourd'hui, tu sais ?

Stitch prit une grande inspiration et se frotta les yeux.

— Tu sais quoi ? Mettons les produits congelés dans le congélateur et parlons-en, parce que dans cinq minutes, je t'embrasse en public, d'accord ? murmura Zak, déglutissant en regardant Stitch dans les yeux.

Son cœur tremblait dans sa poitrine comme un petit oiseau en cage.

Stitch se mordit les lèvres et acquiesça avant de se lever. Sans un mot, il se dirigea vers le coffre de la voiture de Zak et prit les sacs. Zak se dépêcha de rassembler tous les objets restants et de les faire entrer à l'intérieur.

Il se dirigea directement vers le garde-manger où sa tante avait installé un congélateur industriel et jeta tous les sacs qui contenaient quelque chose de congelé avant de se tourner vers Stitch. Ce dernier avait l'air tellement à court d'énergie que Versay se mit à gémir autour de lui lorsqu'il n'obtint pas l'attention habituelle de Stitch. Il avait l'air perdu dans le salon, même s'il passait beaucoup de temps ici.

Zak ferma le congélateur et commença à s'approcher lentement de son petit ami. Stitch était un homme si grand, avec des mains qui pouvaient briser des nuques, mais il semblait maintenant assez vulnérable pour se briser à un contact négligent.

— Stitch ? chuchota-t-il en effleurant son bras du bout des doigts.

Stitch se retourna et le serra contre lui.

— Elle m'a dit que je ne pouvais pas voir Holly. Que je suis un mauvais père.

Il compressa Zak et posa sa tête sur son bras. Le cœur de Zak était aussi lourd qu'il l'était lorsqu'il étreignit Stitch plus fort contre lui en poussant un faible soupir.

Comment en était-on arrivé là ? Stitch devait être dévasté. Il n'était pas de ceux qui laissent leur femme s'occuper de tout ce qui concerne les enfants, il aimait jouer avec sa fille.

— Je suis vraiment désolé. Si seulement je pouvais t'aider, tu sais que je le ferais, murmura-t-il en pressant sa bouche contre les cheveux de Stitch.

— Veux-tu m'accompagner et m'aider à récupérer toutes mes affaires ? Je ne voulais pas supposer que tu voudrais vivre avec moi.

Stitch embrassa doucement le cou de Zak.

— Elle dit que je suis dégoûtant, mais j'ai essayé d'être autre chose que ce que je suis, et je n'y arrive pas.

Zak se rapprocha de lui et glissa ses mains sur les côtés du visage de Stitch, faisant se rencontrer leurs yeux.

— Tu *n'es pas* dégoûtant. Tu es un vrai homme. Tu es beau. Ne l'oublie jamais, murmure-t-il en s'accrochant à la mâchoire de Stitch.

Stitch gloussa, essayant de détourner le regard.

— Moi ? Beau ? Comme dans la chanson de Christina Aguilera ?

Zak gémit, frappant son front contre celui de Stitch.

— Non, pas comme ça. C'est juste que tu es beau. Je te regarde, et la première chose à laquelle je pense, c'est à quel point tu es beau.

Ces mots firent sourire Stitch.

— Ma bite est « belle » aussi ? taquina-t-il en faisant glisser ses doigts sur le dos de Zak.

Stitch avait toujours su comment le transformer en beurre.

Zak renifla et caressa le nez de Stitch, soudain plus calme depuis qu'il avait réussi à arracher un sourire à son amant.

— Bien sûr, je l'ai dévoré dès que nous avons été seuls, tu ne t'en souviens plus ?

— Oui, tu étais vraiment affamé de l'avoir.

Stitch s'inclina pour l'embrasser, mais même si ses mots semblaient sales, ses lèvres n'étaient rien d'autre que douces et tendres.

Zak prit une grande inspiration et s'avança jusqu'à ce qu'ils soient côte à côte. Il respira le souffle chaud de Stitch et lui suça doucement la lèvre.

— J'ai toujours faim de toi.

— Prenons mes affaires et finissons-en, hein ?

Stitch glissa ses mains jusqu'aux fesses de Zak et les serra fermement.

Zak recroquevilla ses orteils et acquiesça, se retirant lentement. S'ils devaient partir, ils devaient le faire maintenant.

— À ton service.

Ils partirent en voiture dès qu'ils eurent mis toute la nourriture en place et hors de portée de Versay. Zak était tendu pendant tout le trajet jusqu'à l'ancienne maison de Stitch, mais il faisait bonne figure pour lui. Ils allaient y arriver. Zak gara la voiture, le coffre face à la porte, et adressa à Stitch un sourire encourageant en entrant. Les lumières étaient allumées dans le salon et Zak se demanda à quoi ressemblait l'ancienne maison de Stitch. De l'extérieur, elle était jolie. Vieille, mais visiblement bien entretenue.

Stitch sortit avec sa première série de sacs, mais Zak pouvait déjà entendre une voix féminine aiguë qui le suivit jusqu'à la porte.

— N'oublie rien, parce que je ne veux pas de ta merde ici !

Zak se rapprocha du porche.

— Peut-être que je devrais entrer avec toi ? On ira plus vite comme ça, dit-il en souhaitant pouvoir se boucher les oreilles.

Stitch mit les sacs dans le coffre et hocha la tête.

— Oui, faisons ça et partons.

Il retourna rapidement à l'intérieur.

— J'avais compris la première fois, putain ! Ferme ta gueule et laisse-moi faire mes valises ! hurla-t-il.

Zak roula des yeux et s'engouffra derrière lui, jetant de brefs coups d'œil aux pièces situées de part et d'autre du couloir. C'était une maison simple, mais tout aussi bien entretenue que les murs extérieurs. Vu le penchant de Stitch pour le travail manuel, il s'en doutait.

Mais alors qu'il entrait dans l'une des pièces sur les talons de Stitch, la voix féminine se fit plus forte et il faillit tomber sur une petite rousse dont les bras et le décolleté étaient couverts de tatouages. Ses yeux s'écarquillèrent et elle recula.

— C'est lui ? s'écria-t-elle en agitant la main devant la poitrine de Zak. Je n'arrive pas à croire que tu aies amené ton homme aux mœurs légères ici !

Stitch redescendit les escaliers en courant, faisant trembler la moitié de la maison.

— Laisse tomber, Crystal. Zak est juste venu ici pour m'aider à prendre mes affaires !

Zak cligna des yeux, la regardant fixement.

— Je suis Zak, tu as dû me confondre avec quelqu'un d'autre, dit-il en haussant les sourcils.

— Ah oui ?

Elle se moqua de lui et pencha la tête sur le côté, les mains fermement posées sur ses hanches.

— Tu penses que je suis stupide, Zak ? Ou devrais-je t'appeler comme Stitch l'a fait dans son téléphone portable ? « Zak tatouages sexy »

— Tais-toi, Crystal !

Stitch lui cria dessus et s'interposa entre eux, avant de recevoir un coup de poing sur le bras.

— Je ne suis pas la raison de votre divorce, alors je ne vois pas pourquoi tu essayes de m'insulter, dit Zak, en essayant de garder son calme.

S'il voulait aider Stitch à revoir sa fille, il devait faire en sorte que Crystal le voie d'un œil positif.

Mais les choses se dégradèrent brusquement lorsque Holly se mit à pleurer à l'étage.

— Tu vois ce que tu as fait ? siffla Stitch à Crystal, qui serra les poings.

— Moi ? Ce n'est pas moi qui brise la famille parce que je suis un déviant !

Zak serra les dents.

— Ce n'est pas toi qui l'as trompé ? Lui et moi ne nous sommes rencontrés que le jour de votre divorce, dit-il en frappant du poing contre le mur.

Ses yeux s'écarquillèrent.

— Qui es-tu pour me faire la leçon sur mon mariage ?

Elle se tourna vers Stitch.

— Alors maintenant, tu racontes tout à ton nouveau petit jouet ? Tu regardes trop *Gossip Girl* depuis que tu es devenu gay ?

Elle siffla tant de venin que Zak avait du mal à croire qu'il entrait dans son petit corps.

— Ne l'appelle pas comme ça ! Et il a raison de dire que c'est toi qui m'as trompé... commença Stitch, mais Crystal l'interrompit.

— Et je suis contente de l'avoir fait parce que sinon je serais coincée avec un mari moine pour toujours !

— Tu as un enfant qui pleure à l'étage. On va prendre ses affaires et partir, d'accord ?

Zak décida d'ignorer le commentaire sur le petit jouet. C'était elle qui parlait, et elle ne faisait que les deux tiers de sa taille. Il se tourna vers Stitch pour lui demander son chemin.

— Exactement ! dit Stitch en serrant les dents et en indiquant à Zak les escaliers. Je m'occupe d'Holly si tu as besoin de souffler un peu, dit-il à Crystal alors qu'ils commençaient à marcher vers les escaliers.

Crystal lui tira la manche.

— Ne t'avise pas d'aller la voir. J'y vais.

Zak ignora l'agitation et s'approcha des sanglots aigus. C'était un vrai désastre. Au moins, il savait où aller, car la chambre de Stitch était la seule à avoir une porte ouverte. Il rassembla deux grands cartons et commença à descendre les escaliers avec précaution.

Il entendit d'autres cris, des portes qui claquaient, des objets qui se brisaient, des cris de fillette. On aurait dit la pire des bagarres, mais au moins, il n'y était plus mêlé. Il était heureux de voir que malgré la méchanceté de Crystal et l'horreur de la bagarre verbale, Stitch ne l'avait jamais frappée en retour. Cox ne savait rien.

Zak montait et descendait calmement les escaliers, remplissant d'abord le coffre, puis la banquette arrière, tandis que la bagarre se poursuivait. Même s'il compatissait avec Crystal, il ne pouvait s'empêcher de détester son comportement. Stitch lui avait été fidèle pendant tout ce temps, il ne cherchait pas à se faire des amis. Il ne méritait pas la moitié des choses qu'elle lui lançait.

Voyant qu'il avait fini de sortir les affaires de Stitch, il décida de séparer les deux bouledogues et suivit les aboiements jusqu'à une cuisine bien rangée.

Il fronça les sourcils à la vue des tasses brisées et du sac de farine écrasé sur le sol. Au moins, la petite fille ne pleurait plus à l'étage, mais qui savait, peut-être avait-elle trop mal à la gorge ?

— Pourquoi tu ferais ça, putain ? siffla Stitch, mais regarda Zak lorsqu'il entra.

Zak soupira et enfonça ses mains dans ses poches.

— C'est fait, dit-il en les regardant tous les deux en fronçant les sourcils.

Il ne voulait pas poser de questions sur le désordre.

Crystal haletait comme un ours affamé.

— Vas-y, Stitch. Baise son « bon petit cul » pour ce que j'en ai à faire. Voilà, tu es libre comme l'air !

Zak se passa la main sur le visage, souhaitant que ce soit déjà fini.

— Va te faire foutre ! Ne viens pas pleurer quand Milton se comportera encore comme un connard !

Stitch gesticulait sauvagement, le visage tout rouge, mais au moins il se précipita instantanément vers Zak. Ils se dirigeaient vers la sortie quand Zak entendit un bruit sourd. Il se retourna pour voir que Stitch avait reçu le sac de farine sur la tête et qu'il était couvert de poudre blanche. Il ne s'emporta cependant pas, il fit juste un doigt d'honneur à Crystal et se mis en route.

Zak était heureux que la sellerie de sa voiture soit en cuir. Il serait plus facile de nettoyer la farine, mais il était encore plus heureux lorsqu'il sortit de la cour de Crystal et rentrait chez lui. Le silence dans la voiture était presque palpable.

— Quel gâchis, finit par dire Zak en jetant un coup d'œil à Stitch.

— Je suis désolé de t'avoir entraîné là-dedans. Je ne savais pas qu'elle redeviendrait folle, gémit Stitch en se cognant la tête contre la vitre. Merci pour ton aide. Sans toi, je serais resté coincé là pour toujours.

Zak ricana.

— Oui, je sais.

Il fixa la route, se demandant s'il devait parler maintenant que Stitch ne pouvait pas partir, ou attendre. Il opta pour la première solution.

— J'ai parlé à Cox aujourd'hui.

La voiture devint silencieuse comme un cercueil sur roues. Stitch se renfrogna.

— Qu'est-ce qu'il voulait, putain ? finit-il par marmonner.

Zak haussa les épaules.

— Je lui ai dit que couper tes pneus était un geste de connard et que je ne le reverrai plus, dit-il en regardant droit devant lui tandis que son cœur s'accélérait tellement qu'il le sentait battre dans sa gorge.

Stitch prit une grande inspiration et entoura sa poitrine de ses bras.

— C'est bien.

Zak se mordit la lèvre et tapa des doigts sur le volant.

— Ton club est-il impliqué dans des activités criminelles ?

— Hein ? Qu'est-ce que ce connard t'a dit ?

Zak grogna.

— Que tu as fait de la prison pour agression, et que toi et tes amis revendiez des biens volés et des armes illégales.

Il se mordit la lèvre et secoua la tête.

— Tu as été tellement battu la nuit dernière. Dis-moi ce qui se passe.

Stitch se passa les doigts dans les cheveux.

— Pourquoi veux-tu savoir ?

Zak tape sur le volant, ses bras se rigidifièrent.

— Oh, putain. Tu *es* un criminel...

— Ce n'est pas exact. C'est juste que nous ne faisons pas toujours les choses dans les règles.

L'expression du visage de Stitch indiqua à Zak que son nouveau cohabitant mourrait d'envie d'être à la maison.

— Nous sommes un couple, tu emménages avec moi. Tu ne crois pas que je devrais savoir ce qui se passe dans ta vie ?

Il secoua la tête, impuissant. Il aurait dû le savoir dès le départ, avant de se prendre d'affection pour Stitch.

— Je m'occupe de mes affaires. Tu ne seras pas impliqué, alors ne t'inquiète pas.

Les doigts de Stitch grimpèrent jusqu'à la cuisse de Zak.

— Stitch, arrête d'essayer de me distraire et dis-moi la vérité, grogna Zak. C'est vrai ? demanda-t-il, bouillonnant à l'intérieur comme une marmite scellée à feu vif.

— Alors, j'ai été en prison, oui. Bon sang. Tu ne me dis pas tout sur ton passé. Qu'est-ce qui t'a poussé à venir à Lake Valley, par exemple ? Tu ne connais personne ici. Pourquoi tu n'as pas vendu la maison ?

Il n'avait pourtant jamais cessé de tapoter ses doigts sur la jambe de Zak.

Zak déglutit, sentant son estomac se serrer.

— Je te le dirai si tu me dis si tu es toujours impliqué dans une merde.

Stitch resta silencieux pendant un moment, son froncement de sourcils s'accentuant.

— Je suis impliqué dans de la merde, d'accord ?

— Je le sais déjà.

Zak secoua la tête, de plus en plus nerveux.

— De quoi s'agit-il exactement ? De la drogue ? Des armes ? Le trafic d'êtres humains ? dit-il avec dégoût.

— Tu donnes l'impression que je suis un chef de la mafia. C'est un truc discret. Nous prenons des choses dans des endroits et nous les revendons. Et non, ce *n'est pas* du trafic d'êtres humains.

Stitch retira ses doigts.

Zak soupira et se raidit sur ses coudes.

— C'est juste que... je ne veux pas que tu sois blessé ou que tu finisses en prison. À ce stade, tout ce qui t'arrivera me touchera aussi.

— J'essaie de le contenir.

Stitch réfléchit à quelque chose pendant un moment, mais lorsqu'il reprit la parole, c'était d'une voix plus calme et régulière.

— Je t'ai dit que j'avais perdu beaucoup d'argent hier. Ce qui s'est passé a été un véritable choc pour l'organisation. Je ne pense pas qu'une telle merde soit faite pour moi. Mais j'ai besoin de récupérer l'argent avant d'essayer de trouver une nouvelle solution.

Zak expira et, avant même de s'en rendre compte, sa main se posa sur celle de Stitch, la serrant fortement. C'était bon signe, Stitch voulait du changement.

— Combien ? C'est un million ? Cent mille ? dit-il, espérant que Stitch ne se mettrait pas dans une situation encore plus risquée.

— Dix mille, marmonna Stitch, qui ne regardait pas Zak mais lui serrait la main.

Zak se détendit et prit la direction de sa maison. Tout allait bien. C'était une grosse somme d'argent, mais elle était gérable.

— D'accord, merci de me l'avoir dit.

— Mais ce n'est pas ta responsabilité, hein ?

Stitch avait l'air de faire une prière silencieuse en voyant la maison de Zak.

— Ce n'est pas le cas, tant que tu ne fais rien d'imprudent pour récupérer cet argent, murmura Zak en garant la voiture.

— Alors, c'est quoi ton histoire ?

Stitch donna un coup de coude sur le côté de Zak avant de sortir.

Zak soupira et appuya son front contre le volant avant de sortir de la voiture. Il fit signe à Stitch de le suivre. Il n'y avait rien dans ces cartons qui ne pouvait pas attendre dans le véhicule.

— Je n'essaie pas de vendre la maison, car l'économie n'est pas propice à cela en ce moment.

— Mais tu as quitté ton ancienne maison.

Stitch passa un bras sur les épaules de Zak dès qu'ils entrèrent dans la maison.

Versay se précipita de son lit dans la cuisine et les encercla avec un large sourire, acceptant les caresses.

Zak haussa les épaules, ne sachant pas s'il était prêt à en parler. Même pour lui, la situation était stupide.

— J'ai été trahi par quelqu'un en qui j'avais confiance, et je crois que j'en ai profité pour partir.

— Qu'est-ce que tu entends par « trahi » ?

Stitch entraîna Zak dans le salon et ils se blottirent sur le canapé.

Zak soupira et s'assit, les jambes croisées, en s'appuyant sur Stitch. Il se mordilla la lèvre inférieure et s'accrocha à la main de Stitch, qui lui donnait un sentiment de chaleur et de sécurité.

— J'étais copropriétaire d'un studio de tatouage. L'autre gars, mon partenaire, l'avait créé, mais il ne s'en sortait pas bien. Je suppose qu'il n'est pas un très bon artiste non plus, mais je lui ai parlé et il m'a promis cinquante pour cent si je pouvais l'aider à faire fonctionner le studio, même si sur le papier je n'en avais que trente. Il voulait garder le contrôle de l'entreprise, et je l'ai obtenu parce qu'il ne me connaissait pas encore.

Zak inspira un peu d'air, jouant avec les nombreuses chevalières sur les doigts épais et forts de Stitch.

— Il a tenu parole et nous avons partagé l'argent moitié-moitié. À ce stade, il était ce qui se rapprochait le plus d'un petit ami, alors je lui faisais confiance, dit-il en secouant la tête.

Maintenant qu'il y pensait, cela lui semblait être une très mauvaise idée. Toutes, en fait, depuis le fait de sortir avec son collègue de travail jusqu'à ne pas insister sur les modifications du contrat.

— Je peux voir comment cette histoire s'est déroulée, dit Stitch.

Il n'y avait pas de moquerie dans son ton, seulement de la compassion, et il embrassa la tempe de Zak.

Le geste était si tendre que Zak dut attendre que sa voix revienne à la normale pour pouvoir continuer à parler.

— Oui, à un moment donné, il est devenu gourmand et m'a dit qu'il n'y avait pas de raison que je reçoive autant d'argent, que c'était lui qui avait créé le studio. Et tu sais, je l'ai aidé à embaucher tous les artistes qu'il a maintenant, pour faire connaître le studio. J'ai travaillé dur pour ça.

Il haussa les épaules, son visage se renfrogna.

— Je ne pouvais pas rester là. Ni dans le studio ni dans son lit, tu sais.

Lentement, il tourna la tête pour regarder Stitch.

— Alors tu as pensé à te débrouiller tout seul ici à Lake Valley ?

Stitch caressa les cheveux de Zak, l'enlaçant de ses larges bras. Zak se retourna immédiatement pour lui faire face, enroulant ses jambes contre le flanc de Stitch.

— Je pensais pouvoir me reposer de toutes ces conneries et travailler à la maison en même temps, mais maintenant... Je ne sais pas, murmura-t-il en posant lentement sa tête sur la large poitrine.

Même maintenant, Stitch sentait les copeaux de bois.

— Non ? Tu as l'air de bien t'installer.

Stitch l'embrassa.

Zak soupira et s'attaqua à la veste de Stitch avec un petit sourire.

— Oui, je ne pensais pas rester aussi longtemps. C'est grâce à toi.

— Ah oui ? Je t'ancre ici ?

Stitch lui caressa le cou.

— J'espère que tu resteras pour que j'aie un endroit où vivre.

Il mordit la peau meurtrie de Zak.

Zak renifla.

— Les hommes se servent toujours de moi.

Il ne le pensait pas vraiment, mais son humour noir avait pris le dessus.

— Tu aimes être utilisé par moi, murmura Stitch sur la clavicule de Zak.

Zak referma ses cuisses et enfonça ses doigts dans la crinière de Stitch, se mettant de la farine partout sur les mains.

— Je sais, tu me rends si impuissant quand tu m'embrasses.

— Je m'en souviendrai à l'avenir, merci.

Stitch gloussa. Sa barbe grattait la peau de Zak tandis qu'il laissait ses lèvres l'explorer.

Sans jamais rompre le contact, Zak grimpa sur les genoux de Stitch, le chevaucha et laissa sa tête tomber en arrière, acceptant les doux baisers sur toute la peau.

— Tu resteras avec moi ici, n'est-ce pas ?

Stitch murmura et glissa ses mains vers les fesses de Zak. C'était si bon que les couilles de Zak se resserrèrent au contact, et il poussa son corps plus près de Stitch.

— Oui.

Stitch porta la main de Zak à ses lèvres et en embrassa les jointures. Sans un mot, il retira l'une de ses chevalières et fit glisser le lourd objet sur le pouce de Zak.

Zak la fixait, respirant à peine, l'esprit encore figé sur le moment où les lèvres de Stitch avaient effleuré le dos de sa main dans un geste qui parlait de dévotion. Le métal sur son doigt était encore chaud de son ancien hôte. Zak expira en regardant le marteau qui ornait la bague, son cœur s'emballait déjà, l'attirant plus profondément dans le corps de Stitch, mais il résista et regarda son amant à la place.

Stitch montra les petites runes autour de la lourde chevalière.

— C'est Mjölnir. Et les runes qui l'entourent sont destinées à la protection. C'est mon grand-père qui me l'a donné.

Zak se mordit la lèvre, son esprit s'égarant au moment même où son pouls s'accélérait encore.

— Je... mais c'est important pour toi.

— Tu es important pour moi, dit Stitch avec un sourire, en glissant ses doigts sous le T-shirt de Zak.

Leur peau rugueuse était le contact le plus doux que Zak pouvait imaginer, et il serra Stitch plus fort, effleurant l'anneau sur la mâchoire de son amant, encore et encore. Il n'était pas sûr de ce que tout cela signifiait et embrassa brusquement la bouche de Stitch, les privant tous deux de souffle.

— Je... pourquoi la bague ? murmura-t-il en fermant les yeux.

Stitch grimaça sur les lèvres de Zak.

— Je m'appelle Thor. Et je t'ai donné mon marteau. Est-ce que ça a l'air obscène ?

Zak rit à gorge déployée.

— Super obscène. C'est un signe que tu es le seul autorisé à me marteler, ou quelque chose comme ça ?

Il passa sa main sur le visage de Stitch et l'embrassa à nouveau, se calmant lentement même si le métal chaud semblait brûler son doigt.

— Et tu ne m'as même pas dit comment tu t'appelais, espèce d'abruti.

— Je viens de te le dire. Thor. C'est la faute de mes parents norvégiens. Et oui, je suis le seul autorisé à te marteler.

Stitch commença un mouvement langoureux des hanches sous Zak tout en le regardant dans les yeux.

Zak laissa échapper un rire. Même le grincement sensuel entre ses jambes ne pouvait le distraire de ce qu'il venait d'entendre.

— Tu es sérieux ? Oh, mon Dieu, tu t'appelles vraiment Thor ?

Il se sentait si léger qu'il aurait pu voler jusqu'au plafond, toujours accroché à Stitch avec ses cuisses.

— Ne t'avise pas de m'appeler comme ça. C'est embarrassant, surtout après le film. Le fait d'être un grand blond n'aide pas non plus.

— Non ? Tu ne veux pas me marteler dans un costume de Viking ? gloussa Zak en faisant un mouvement langoureux avec ses hanches.

Ses yeux étaient complètement captivés par le beau visage qui se trouvait en face de lui.

Stitch fronça les sourcils, mais Zak sentit sa verge se raidir sous le cul de Zak.

— Je savais que je n'aurais pas dû te le dire.

— Non, tu aurais tout à fait dû, murmura Zak en se balançant sur ses genoux.

— Tu ne viens pas de me passer la bague au doigt ? demanda-t-il en plongeant son regard dans celui de Stitch.

Il n'avait aucune idée de ce qui se passait dans la tête de ce nordique. Il ne voulait surtout pas faire de fausses suppositions.

— Je l'ai fait. Je l'aime bien, alors je lui ai mis la bague au doigt. Prem's.

Stitch sourit bêtement en paraphrasant la chanson de Beyoncé.

Zak éclata d'un rire sec en entourant Stitch de ses bras et en le serrant contre lui. C'était de la folie. Les choses devenaient bien trop compliquées, bien trop tôt, et avec un homme qui était un criminel connu et un ex-détenu de surcroît. Mais cela ne changeait rien à la sensation naturelle d'être dans ses bras, et à la facilité avec laquelle Zak s'engageait dans la monogamie après toutes ces années de sexe insouciant. Il devenait vieux. Vieux et ringard.

— Et maintenant que c'est légitime, je vais te marteler.

Le sourire de Stitch s'élargit et d'un geste brusque, il arque ses hanches et jeta Zak sur le dos tout en continuant à se tenir à ses jambes.

— Toute la nuit. Et la nuit suivante... et celle d'après...

Il lécha le cou de Zak.

Chaque nerf du corps de Zak était en alerte, comme s'il attendait l'ordre de Stitch. Zak gémit, sentant une bouffée de chaleur sur son visage, et tira rapidement sur les côtés de l'échancrure de Stitch. Au moment où le poids de son amant s'effondra sur lui, il sut qu'il n'y avait rien qu'il désirait plus.

CHAPITRE 17

ZAK

CELA FAISAIT PLUS DE cinq mois que Zak avait déménagé à Lake Valley, deux depuis que Stitch avait emménagé avec lui, et c'était passé comme des vacances de printemps. Ils étaient étrangement bien ensemble, et Zak n'avait même pas pensé à embrasser un autre homme depuis. Son nouveau petit ami l'occupait et le satisfaisait, même s'il avait encore des doutes quant à l'idée de sucer. Zak l'avait suggéré une fois, mais Stitch s'était approché de son sexe comme s'il s'agissait d'un porc-épic. Mais Zak ne voulait surtout pas le forcer à le faire, alors il avait préféré baiser le cul serré de Stitch. Cet homme avait un cul magnifique et musclé. Zak aurait pu jouer avec pendant des heures.

Ils passaient aussi beaucoup de temps ensemble. Zak traînait avec les amis de Stitch à Valhalla, et il aimait déjà la plupart d'entre eux, même s'ils étaient parfois des abrutis homophobes. Depuis la situation avec Crystal, ils avaient effacé tous les messages et s'étaient assurés que personne ne mettait la main sur leurs téléphones portables. Au moins, elle n'avait pas essayé de les blesser physiquement, ce qui n'était pas garanti si l'un des Hounds mettait la main sur la correspondance entre Stitch et Zak. Le moins que l'on puisse dire, c'est que c'était du « interdit aux moins de 17 ans ».

Stitch, quant à lui, avait beaucoup aidé Zak à la maison. Ils avaient repeint une nouvelle pièce et Stitch avait fabriqué une superbe table pour l'atelier de Zak. Il avait même fait une sculpture pour le comptoir, représentant l'un des démons que Zak avait tatoués sur son corps.

Dans un élan de bonne volonté, Stitch avait même laissé Zak lui apprendre quelques rudiments de cuisine, ce qui s'était terminé par un petit déjeuner au lit un dimanche, un peu brûlé mais réconfortant. Malheureusement, Stitch n'était pas doué pour la cuisine, et Zak avait fini par planifier le contenu de leur réfrigérateur et préparer la nourriture beaucoup plus souvent.

Malgré sa gentillesse, Zak ne pouvait s'empêcher de s'inquiéter chaque fois qu'il sortait avec ses copains de club. Stitch n'avait jamais explicitement dit à Zak ce à quoi ils avaient affaire, et Zak ne voulait pas lui mettre la pression puisque Stitch avait déjà déclaré qu'il voulait se retirer des affaires illégales, mais il était difficile de ne pas savoir où se trouvait Stitch tard dans la nuit, surtout quand Zak avait du travail à faire et devait rester professionnel et concentré.

Le pire moment avait été celui où Stitch avait dit à Zak qu'il serait absent pour le week-end afin de travailler dans un autre État, mais lorsque Zak avait remarqué que l'arme de Stitch avait disparu et qu'il avait essayé de l'appeler, tout ce qu'il avait obtenu, c'est une ligne morte. Il n'avait pas pu dormir la nuit, malade d'inquiétude, pour trouver Stitch dormant sur le canapé le lundi suivant. Bien sûr, Stitch n'avait pas voulu lui dire où il était allé et pourquoi il avait rendu Zak malade d'inquiétude. Une autre fois, il était rentré à la maison avec une incision que Zak avait fini par recoudre, et encore plus de bleus que d'habitude. Cela lui faisait mal de voir son amoureux blessé, et le fait de ne pas en connaître la cause le tuait. Cela provoqua quelques disputes, qui finirent par se disperser sans résoudre le problème. Généralement grâce aux techniques de séduction sournoises de Stitch.

Et il y avait les soirs où Stitch sortait simplement avec ses copains et où Zak passait devant le bar sans qu'aucune des motos ne soit là. Il voulait confronter Stitch à ce sujet, mais en le voyant revenir à la maison, ressemblant à une marionnette aux yeux vides, Zak avait ignoré ses propres insécurités et s'était attelé à faire en sorte que Stitch se sente mieux. Et pour couronner le tout, il y avait la question de Holly. Malgré leurs suppositions initiales, après deux mois, Crystal ne voulait toujours pas bouger et restait ferme sur sa décision de ne pas laisser Stitch voir sa fille. Il était seulement autorisé à lui apporter de temps en temps des friandises et des petits jouets, mais jamais à jouer avec elle. Il n'avait droit qu'à une demi-heure, et ces jours-là, c'était pire que de *ne pas* la voir. Stitch ne voulait même pas qu'on lui remonte le moral. Il était simplement parti faire un tour pendant quelques heures. Il était si manifestement contrarié que Zak repoussait tous les problèmes qu'il voulait aborder avec lui.

Et puis il y avait Cox et quelques-uns de ses copains flics, qui reniflaient autour des Hounds of Valhalla. Le pire, c'est que Zak se rendait de plus en plus compte que les flics avaient de bonnes raisons d'enquêter, mais chaque fois qu'il tentait de faire parler Stitch, ça se terminait par un silence qui durait des heures.

En plus de cela, Zak se retrouvait à nouveau dans le placard, et même s'il comprenait que Stitch ne puisse pas parler ouvertement de sa sexualité dans son milieu, le secret et la nécessité de mentir chaque fois que quelqu'un essayait de flirter avec lui ou lui demandait s'il n'avait pas de petite amie étouffaient peu à peu Zak. C'était comme un nœud coulant autour de son cou, toujours prêt à se resserrer, et plus cela durait, plus il recevait de regards suspicieux et plus il se sentait mal à l'aise.

Il pensait qu'un week-end à La Nouvelle-Orléans où lui et Stitch pourraient se tenir la main en public, danser dans un club ou même boire une bière en couple, pourrait soulager la tension, mais l'idée fut instantanément rejetée. Zak pensait qu'il s'agissait en partie du fait que Stitch n'était pas vraiment à l'aise avec sa sexualité, et pas seulement du danger d'être repéré. Au crédit de Stitch, il avait réduit son flirt avec les filles quand Zak lui avait dit à quel point il détestait le voir donne une tape ou embrasser quelqu'un d'autre, mais cela ne changeait pas grand-chose à la situation de Zak. Il n'avait même pas remarqué qu'il s'était glissé derrière le manteau le plus épais de l'armoire, et il en avait honte.

La journée de Zak avait été calme. Il avait fait un petit tatouage sur le poignet d'une fille en début d'après-midi, avait fait une longue promenade avec Versay et passé le reste de la journée à réaliser des projets et à dessiner devant la télévision. Stitch devait rentrer tard dans la nuit et Zak ne se pressait pas pour faire grand-chose, mais il sourit lorsqu'il entendit la sonnette de la porte d'entrée. Parfois, Stitch avait cette manie de sonner juste pour que Zak l'accueille à la porte, même s'il avait déjà sa propre clé.

Zak jeta son carnet de croquis et se précipita vers la porte avec un large sourire. Il était heureux d'être habillé correctement, les cheveux lâchés. Mais ce ne fut pas Stitch qui lui sourit lorsqu'il ouvrit la porte.

Cox lui fait un signe de tête sec.

— Bonjour Zak, Larsen est là ? demande-t-il, mais ce fut la vue de l'autre flic à côté de lui qui fit écarquiller les yeux de Zak.

Le type était accompagné d'un énorme chien policier. Versay essayait déjà de passer entre les jambes de Zak pour courir saluer le berger allemand, mais Zak referma la porte derrière lui, laissant la bête à poils à l'intérieur malgré ses gémissements.

— Non, pourquoi ? Quelque chose ne va pas, monsieur l'agent ? demanda-t-il avec autant d'insouciance qu'il le pouvait, même si son estomac se transformait en un réseau d'épines.

Que se passait-il ? Soupçonnaient-ils Stitch de vendre de la drogue ?

— Nous devons lui parler. Il a accepté de parler, puis il a disparu. Savez-vous où il se trouve ? dit l'autre policier d'une voix de baryton.

Zak haussa les épaules, espérant qu'il était assez bon acteur pour être crédible. Sans compter qu'il espérait que le chien n'était pas sur le point de sentir ses doigts parfumés à l'herbe.

— Désolé, aucune idée. Vous pourrez passer plus tard.

— Merci, nous le ferons. Pourrais-tu nous appeler quand il sera là ? demanda Cox d'une voix impassible.

Il savait probablement quelle serait la réponse.

— Pourquoi le cherchez-vous ? demanda Zak, espérant qu'ils oublieraient de répéter la question.

— J'ai bien peur que nous ne puissions pas le révéler, déclara l'autre officier.

Zak aurait souhaité que ce type ne soit pas là, car il était sûr que Cox lui donnerait des informations sur les méfaits de Stitch.

Il se redressa et s'appuya contre la porte.

— Si vous ne pouvez rien me dire, je ne vois pas de raison de l'espionner, dit-il en gardant la tête froide. Le gouvernement a déjà trop de pouvoir de surveillance sur ses citoyens, dit-il pour que sa position paraisse plus légitime.

Cox, qui le connaissait suffisamment pour reconnaître le bluff, haussa les sourcils.

— Euh... Nous allons y aller, Zak.

— Bien sûr, j'ai été ravi de te voir, dit Zak avec un large sourire et ouvrit la porte, se faufilant par la fente pour éviter que Versay ne fréquente les mauvaises personnes.

Au moins, la bête était heureuse de *le* voir. Il tapota le flanc du chien, serra son mohawk allongé et duveteux, et marcha jusqu'à la cuisine. Il se servit un verre de lait et retourna sur le canapé, où il avait laissé son téléphone. Il devait voir Stitch au plus vite.

Mais avant de pouvoir passer l'appel, il entendit la porte de derrière claquer et Versay courut vers les bruits de la cuisine. Il laissa tomber le téléphone et se précipita vers le bruit.

— Stitch, c'est toi ? siffla Zak en entrant, le cœur serré dans la gorge.

Dans la cuisine, Stitch avait presque fini de mettre un sac dans la boîte à pain et ouvrit le placard sous l'évier pour y placer une machine qui fit penser à Zak à un jeu de tir post-apocalyptique auquel il avait déjà joué.

— Hé, souffla Stitch, reprenant à peine son souffle.

Zak leva les mains, l'air passant dans sa trachée à une vitesse atroce.

— Qu'est-ce que c'est que ce bordel ?

Stitch lui rendit finalement son regard, essayant de pousser le mélange de fusils et de bonbonnes de gaz sous l'évier.

— C'est... c'est un lance-flammes, finit-il platement après un moment d'hésitation.

Zak ne connaissait que trop bien cette voix. C'était Stitch essayant de trouver un mensonge et n'y parvenant pas sur le champ.

— Non, dit-il en serrant les dents, je n'accepterai pas ce genre de choses dans ma maison. Qu'y a-t-il dans la boîte à pain ?

— C'est juste pour la nuit, lui assura Stitch qui refermait le placard, ignorant l'autre question.

Zak passa devant lui et ouvrit le couvercle de la boîte à pain, et il lui sembla que tout le sang s'écoulait vers le sud de sa tête. Il y avait un gros pistolet à l'allure méchante à côté du pain frais.

— Fais attention !

Stitch se précipita vers lui et referma la boîte à pain. Il se plaça entre la boîte et Zak, comme s'il voulait protéger l'arme à feu.

— Tout va bien.

Zak secoua la tête, agitant ses doigts en l'air.

— Non, ça ne va pas bien ! Des flics viennent juste de me demander des nouvelles de toi. Ils étaient accompagnés d'un satané chien géant !

— Putain. Ils sont partis ? demanda Stitch comme si tout était normal.

Zak se rendait compte qu'il était bel et bien complice.

— Ils n'ont rien à voir avec cette merde, les lance-flammes sont légaux.

Zak se pinça l'arête du nez, faisant de son mieux pour contenir sa colère.

— Sors cette merde de chez moi. Je ne plaisante pas. Tu m'as promis de ne pas m'impliquer, tu te souviens ?

Stitch fait un double mouvement.

— J'ai besoin d'en finir, je ne peux pas ignorer ce qui se passe. Et... c'est *notre* maison.

Zak grogna.

— Sur le papier, c'est la mienne, ce qui veut dire que s'ils trouvent des trucs illégaux ici, ce sera de ma faute, tu comprends ça ?

Il se rapprocha de Stitch et lui donna un coup de poing dans la poitrine.

— J'ai été assez patient avec tes disparitions et tes retours blessés, tu ne crois pas ?

— Cox a obtenu un permis pour fouiller le club. Cela doit rester ici jusqu'à demain. Après-demain au maximum.

Stitch inspira profondément, les yeux sombres.

— Non.

Zak croisa les bras sur sa poitrine.

— Je me fiche de savoir où ça va, mais tu ne le garderas pas ici.

— Bébé, tu dois m'aider à sortir de là. Ces affaires doivent être gardées en lieu sûr. Personne n'obtiendra de mandat pour fouiller ta maison.

Stitch prit le visage de Zak dans ses mains et le regarda dans les yeux.

Zak trembla de colère et le repoussa.

— Ne me fais pas le coup du bébé. Je ne veux pas de cette merde chez moi, point final. Tu *ne* m'impliqueras *pas* là-dedans !

Stitch serra les dents, ses cheveux blonds s'emmêlant.

— Alors, oublie que tu l'as vu.

— Je le ferai, une fois que tu l'auras sorti de la maison. Ne m'oblige pas à me répéter, grogna Zak en donnant un coup de pied dans le placard. Et pourquoi aurais-tu besoin d'un lance-flammes, hein ? Tu veux brûler une autre maison ?

Le froncement de sourcils de Stitch s'accentua.

— Qu'est-ce qui ne va pas chez toi aujourd'hui ? J'ai juste besoin d'un peu de marge de manœuvre pour qu'on en finisse avec les Nails. Ça ne t'affectera pas. Je ne peux pas laisser tomber mes frères, Zak.

C'était ça. Zak le contourna et attrapa la boîte à pain, mais Stitch lui saisit la main d'une poigne de fer.

— Mais qu'est-ce que tu fais ? N'y touche pas !

Zak vit rouge et le repoussa de tout son poids. Il saisit la boîte à pain et la jeta par la fenêtre ouverte. Un claquement sourd à l'extérieur le fit se figer, s'attendant inconsciemment à une douleur, mais rien ne lui fit mal. Il allait bien.

— Putain...

— Tu es fou ?

Stitch lui cria dessus et le gifla violemment au front. Il sortit en courant par la porte de derrière, probablement pour aller récupérer l'arme.

Zak recula, clignant des yeux à cause du bruit sourd dans son crâne, et leva les yeux, choqué que Stitch ait pu le frapper. Il l'avait fait une fois, lorsqu'il l'avait découvert au lit avec Cox, mais c'était différent.

— Espèce de merde... marmonna-t-il en fixant la porte ouverte.

— Quoi ? lui siffla Stitch comme un chien hargneux et ramassa la boîte à pain avec précaution.

— Tu m'as frappé, putain ! Bordel de merde !

Zak s'approcha du lance-flammes, mais s'arrêta avec la main dessus lorsque la vision de sa cuisine en flammes lui traversa l'esprit comme un train à grande vitesse.

Stitch se précipita dans la cuisine, claqua la porte derrière lui et posa délicatement l'arme sur le comptoir.

— Tu as jeté mon putain de flingue dehors !

— Parce que tu n'as pas voulu écouter. Enlève ça. Je le pense vraiment, Stitch.

Zak déglutit et secoua la tête.

— Je n'arrive pas à croire que tu m'aies frappé.

— Je n'arrive pas à croire que tu fasses le con avec cette merde alors que j'ai besoin d'aide.

Stitch observait tous les mouvements de Zak, tendu et prêt à mordre.

Zak rétrécit les yeux alors même que ses poings se recroquevillaient le long de son corps.

— *Je* suis un con ?

— En ce moment ? Oui.

Stitch regarda par la fenêtre, puis revient à Zak.

— Va te faire foutre.

Zak se mordit l'intérieur de la joue, faisant de son mieux pour ne pas s'emporter.

— Tu as fini ? demanda Stitch d'une voix qui se voulait professionnelle.

Zak avait du mal à croire que ce salaud ne bougeait pas.

— Je te le dis, tu ne peux pas garder ça ici. C'est la dernière fois que je te le dis, dit-il après avoir compté jusqu'à dix dans son esprit. Cela devenait ridicule.

— Ah oui ? Qu'est-ce que tu vas faire ? Stitch écarta les bras. Le jeter pendant que je dors ?

Un sourire si mesquin retroussa ses lèvres que Zak recula d'un pas. C'était bizarre. Zak déglutit difficilement, ne sachant que faire.

— Je pourrais demander à Cox de vérifier mon putain d'évier de cuisine parce que je m'y connais pas en plomberie, finit-il par dire, défiant Stitch avec un profond froncement de sourcils.

Cela ne sonnait pas aussi fort et menaçant qu'il l'aurait voulu. Et il ne le ferait jamais, mais il voulait faire goûter à cet enfoiré le traitement qu'il lui infligeait.

Le message dut passer, car Stitch prit l'arme sur le comptoir avec un visage sévère, mit le cran de sûreté et la glissa à l'intérieur de son sweat à capuche.

— Pourquoi tu ne le baises pas pendant que tu y es, hein ?

Zak soupira, serra et ouvrit les poings.

— Tu sais que je ne coucherai plus avec lui. Tout ce que je veux, c'est que tu respectes notre accord sur le fait de ne pas ramener ce genre de merde à la maison. C'est toujours la même chose qu'il y a deux mois.

— Et je ne le fais pas d'habitude ! Je t'ai dit qu'on a très chaud aux fesses aujourd'hui. Mais tu dois faire une crise de nerfs comme une petite salope. Appelle Cox si tu veux, je me casse.

Stitch se dirigea vers l'évier et sortit le lance-flammes à l'aspect effrayant.

— Espèce de fils de pute ingrat, marmonna Zak en respirant profondément.

Il était tellement déconfit qu'il n'avait qu'une envie : faire une sieste avec Versay.

— Tu n'as aucune idée de ce à quoi je dois faire face, et tu ne me soutiens même pas pour une petite chose comme ça !

Stitch recouvrit le lance-flammes d'un grand sac noir.

Zak secoua la tête.

— Tu ne dois rien *faire*. Tu ne t'arrêteras pas, c'est tout.

— Cette merde ne s'arrêtera pas du jour au lendemain. Je me suis engagé.

Stitch mit le sac sur son dos et tapota la tempe de Zak comme s'il voulait perforer la peau et lui faire subir une lobotomie impromptue.

— Réfléchis un peu. Engagement. Tu aides ton homme quand il en a besoin.

Zak repoussa la main de Stitch avec plus de force qu'il n'en avait l'intention. Il n'avait plus envie de s'occuper de ça. Il se sentait... utilisé et blessé par le comportement exigeant de Stitch, par la pression qu'il essayait d'exercer sur lui, par la manipulation qu'il lui faisait subir. Il voulait juste que Stitch le laisse tranquille.

— Reviens quand tu voudras t'excuser.

Stitch lui jeta un regard noir et sortit par la porte de derrière sans dire au revoir. Il ne se retourna même pas.

Zak fixa le sol devant lui, incapable de mettre des mots sur ce qu'il ressentait. Lentement, il retourna à la porte et la ferma à la fois avec la clé et le verrou coulissant.

— Versay, tu veux une friandise ? demanda-t-il à la cuisine vide en posant ses mains sur le comptoir, mais le chien l'ignora et se laissa glisser sur la chaise comme un poids mort.

Il n'arrivait pas à croire ce qui venait de se passer.

Un lance-flammes ? Dans sa maison ? Il n'arrivait pas à croire à quel point Stitch était vicieux lorsqu'il n'obtenait pas ce qu'il voulait. Le simple fait de se souvenir de ces yeux furieux donnait des frissons à l'estomac de Zak. Dans quoi s'était-il fourré ?

La maison vide et silencieuse ne donna aucune réponse.

CHAPITRE 18

STITCH

LA CHALEUR TORRIDE ET les flammes dévorantes étaient exactement ce dont Stitch avait besoin pour brûler la colère qui le carbonisait de l'intérieur. Alors qu'il marchait avec le lance-flammes, laissant le champ de marijuana se transformer en cendres et en charbon, la paix revint en lui, même si c'était lentement. Il n'arrivait pas à comprendre que Zak ne veuille pas l'aider, mais c'était la menace de la police, en particulier de Cox, qui avait fait passer Stitch du stade de l'agacement à celui de la folie furieuse. La trahison était si profonde que Stitch ne voulait plus voir le visage de Zak pendant un certain temps.

Il entendit Gator crier derrière lui :

— Brûle tout, putain !

Les mots furent suivis d'un ricanement fou. Stitch n'avait pas besoin d'être conseillé sur ce point. Brûler quelque chose était exactement ce qu'il avait envie de faire ce soir.

— Brûle, enfoiré, marmonna Stitch à travers son masque blanc en jetant une autre portion de feu liquide sur les plantes.

Les lumières dansaient sur les murs du grand entrepôt au milieu de nulle part. C'était un beau carnage, qui sentait bon l'herbe et l'essence, et Stitch ne pouvait détacher son regard des flammes qui lui brûlaient déjà la peau comme après une journée entière de bronzage sans protection. Le sang montait en flèche dans ses veines, s'écoulant sous la peau pour revenir dans ses entrailles, nettoyé par le feu. C'était un moment tellement exaltant qu'il s'arrêta pour sentir et ressentir la destruction qu'il avait apportée à cet endroit. Ce n'est que lorsque Capitaine tira sur son bras qu'il se rendit compte que la fumée devenait trop épaisse. L'entrepôt n'existerait bientôt plus, et ils devaient être loin d'ici dès que quelqu'un remarquerait la lueur vive et alerterait les services d'urgence.

Stitch recula, presque désolé de laisser les flammes seules. Ce n'étaient plus seulement eux trois qui transmettaient leurs salutations aux Coffin Nails. Joe et deux autres prospects avaient été corrigés le mois dernier car Gator voulait s'agrandir et disposer de plus de personnel en cas de représailles de la part des Nails. Stitch ne put s'empêcher d'esquisser un sourire en voyant le plus jeune des prospects, Rat (appelé ainsi à cause de ses vilaines dents de devant et de sa silhouette maigrichonne), le regarder avec admiration et hypnotisé par le feu.

— Allons-y.

Stitch saisit le gars par le col et l'entraîna dans la pièce adjacente. Il n'y avait qu'un seul homme ici ce soir, car le club organisait une fête dans la ville voisine. Stitch sortit de la serre juste à temps pour voir le sang gicler sur un frigo déglingué lorsque Gator trancha la gorge du Nail avec le couteau de chasse de Capitaine. Le type gargouilla, tremblant sous l'emprise de Capitaine pendant que Gator lui tenait la tête par les cheveux, le laissant s'écouler tandis que l'air commençait à brûler de chaleur. Ce n'était pas le sang qui glaçait Stitch, mais le sourire tordu et satisfait sur le visage de Capitaine, qui regardait son rival sans nom.

Avec le lance-flammes toujours sur lui, Stitch avait des raisons d'être proche de la sortie, mais pour être honnête, il aurait préféré être dehors. Ce n'était pas ce pour quoi il s'était engagé. Ils étaient censés brûler l'endroit et envoyer un avertissement aux Coffin Nails. Avec les Hounds assoiffés de sang qui avaient tué la seule personne qui aurait pu délivrer ce message, toute l'idée derrière le plan de ce soir tombait à l'eau. Bien sûr, ils étaient censés tabasser le gars, mais ça ? Le corps de Stitch devint glacial, malgré la sueur qui dégoulinait de sa peau, lorsqu'il vit Capitaine et Gator ouvrir leurs fermetures éclair et pisser sur le corps ensanglanté. Il ne put s'empêcher de ricaner et de détourner le regard, pour constater que Rat était tout aussi enchanté par la vue qu'il ne l'avait été en regardant le champ brûler. Stitch eut un déclic et poussa Rat par la porte.

— J'ai dit « allons-y », grogna-t-il et s'en servit comme excuse pour partir lui-même.

Il n'avait jamais considéré sa sensibilité comme fragile, mais ce qu'il avait vu là-dedans était malsain. Putain, c'était dégueulasse.

L'air frais de l'extérieur ne fit pas grand-chose pour soulager ses nerfs tendus, mais il se dirigea vers la moto, en espérant que les autres suivraient le mouvement.

Il en avait assez de ces conneries, et n'attendait déjà plus qu'une occasion d'oublier tout ça avec l'aide d'une généreuse quantité d'alcool. Ses yeux se portèrent sur le paquet placé à l'arrière de sa moto, qui contenait une bonne quantité de produits prêts à la vente. Au moins, il pourrait récupérer une bonne partie de l'argent qu'il avait perdu. Plus vite il le ferait, plus vite il serait sorti de la clandestinité. Il n'était pas un meurtrier. Il n'était donc pas du bon côté de la loi, mais lorsqu'il avait commencé à voler de la merde avec Capitaine à l'adolescence, ils n'avaient jamais envisagé de tuer quelqu'un pour ça. C'était vraiment n'importe quoi.

Les cinq autres membres étaient déjà près de leurs motos, discutant et observant les flammes.

Gator leva les mains en signe de triomphe et quitta l'entrepôt aux côtés de Capitaine. De puissants rugissements déchirèrent le silence, et ils montèrent tous sur leurs machines alors que l'entrepôt commençait à s'embraser sérieusement, comme une marmite fermée avec de la nourriture en ébullition à l'intérieur.

— Prêts pour une action bien méritée au club, les gars ?

Capitaine rit en mettant son casque.

— Je ne pense pas qu'il y ait assez de chattes à Lake Valley pour me satisfaire ce soir !

Stitch fut le premier à démarrer son moteur, désireux de se tirer de cette propriété. Il n'y avait qu'une seule personne avec qui il voulait faire la fête en ce moment, mais il doutait que cette personne vienne à leur fête. Cela valait la peine d'essayer de l'inviter quand même. Peut-être qu'un verre ensemble permettrait de détendre l'atmosphère.

Il se mit en route dès que Gator et Capitaine passèrent devant lui.

On savait qu'il s'agissait d'une fête privée, réservée aux amis de MC, lorsque Capitaine mangeait une fille sur la table de billard. La musique était si forte que les tympans de Stitch étaient sur le point d'éclater, et il était suffisamment ivre pour ne plus se soucier de ce qui lui passait par la bouche. Passé ce stade, tous les alcools étaient un peu... épicés sur sa langue.

En détournant la tête de son meilleur ami, de la fille et d'un type qui s'était joint à la fête et avait pressé le sein de la fille en passant, Stitch regarda Rat droit dans les yeux. Les grands yeux bruns du garçon étaient rivés sur la table de billard, comme s'il s'agissait d'une vision de l'avenir qu'il espérait. Stitch se renfrogna, comme attiré par l'idée de sucer une bite. Il n'arrivait pas à comprendre pourquoi cela lui posait un tel problème. La bite de Zak était cette chose glorieuse sur laquelle il fantasmait, mais l'idée d'être réellement *ce* type, le type qui suce un homme, le faisait paniquer. Toutes les idées préconçues sur ce qu'il deviendrait le rendaient si nauséeux qu'il n'avait pas pu le faire. Mais ne serait-ce pas un peu comme si Capitaine avait mangé cette blonde plantureuse ? *Il* n'avait pas honte de lui faire un cuni. Pourquoi Stitch était-il si mal à l'aise à l'idée d'avoir une bite dans la bouche ? Avec suffisamment d'alcool dans les veines, il pourrait bien faire une nouvelle tentative ce soir. Enfin, si Zak se présentait, ce qui n'était pas gagné d'avance vu la façon dont les choses s'étaient déroulées la veille.

— Bon travail là-bas !

Gator rapprocha tellement Stitch de sa poitrine qu'il faillit renverser son verre. La tête du prez était aussi rouge qu'un œuf trempé dans une sauce aux cerises, et ses yeux brillaient sous l'effet de l'alcool. Sur son épaule, il y avait une main aux ongles rouge qui, selon Stitch, n'était qu'une partie d'une belle fille au visage peint sans trop se soucier de la forme réelle de ses lèvres. Exactement comme Gator les aimait.

— J'ai fait de mon mieux, marmonna Stitch en tapotant le dos de Gator. On a tellement d'herbe qu'on peut en faire quelque chose de bien.

Il essayait de ne pas bafouiller, mais ça n'allait pas si bien que ça. Sa langue semblait s'épaissir encore plus dans sa bouche lorsque ses yeux furent attirés par une silhouette familière à la porte. Zak était vêtu d'un pantalon de cuir moulant et d'un long débardeur qui mettait en valeur les larges épaules que Stitch aimait tant. Ce fut comme s'il recevait soudainement un coup dans le dos qu'il glissa du tabouret de bar, attiré par Zak, qui était occupé à parler à Joe.

Stitch sourit à Gator, mais s'approcha de Zak et appuya ses coudes sur le comptoir collant.

— Vodka pour mon ami, Joe ! dit-il en essayant de ne pas fixer ce cul vêtu de cuir. S'ils étaient seuls, il le presserait comme s'il faisait du jus.

Les yeux bleus de Zak se dirigèrent vers lui d'un mouvement lent et langoureux. Il mordit le piercing de sa lèvre inférieure, envoyant toutes sortes de sensations jusqu'à l'aine de Stitch rien qu'avec la vue.

— Hé, quoi de neuf ?

— Bonne fête, non ? dit Stitch comme s'ils ne vivaient pas ensemble comme un couple de jeunes mariés depuis deux mois.

Le fait d'avoir passé une nuit dans le pavillon hier avait permis à Stitch de se rendre compte à quel point il aimait dormir avec Zak à ses côtés, prêt à lui faire des câlins le matin, et toujours prêt à discuter au petit déjeuner. Le mieux que Stitch pouvait faire ce soir était de demander à l'une des femmes de lui faire un sandwich en échange d'un flirt qu'il n'avait pas initié.

— Plutôt sauvage, acquiesça Zak, en jetant un coup d'œil à la table de billard. Il va la baiser ici ?

— Il pourrait le faire. Tu ne veux probablement pas regarder, n'est-ce pas ? demanda Stitch en se rapprochant, mais la forte musique heavy métal couvrait leurs paroles de toute façon et il n'était pas si effrayé que ça par le manque d'intimité.

Zak pencha la tête, mais avec des yeux aussi brillants que les siens, la dilatation de ses pupilles était visible même dans la pénombre du bar. Il ne bougea pas d'un pouce, laissant Stitch s'approcher.

— J'ai vu des hétéros le faire. J'avais des amis très ouverts d'esprit, tu sais.

— Je ne sais pas. Dis-moi.

Stitch bougea la tête au rythme de la musique.

— À propos de quoi ?

Zak accepta le verre de vodka que Joe lui tendit. Il l'avala d'un trait. Il ne cligna même pas des yeux.

Stitch avait tellement envie de l'embrasser que ses lèvres le démangeaient.

— À propos de tes amis qui baisent devant toi.

Zak se tourna lentement vers lui, posant ses fesses sur le tabouret du bar.

— Ils l'ont fait dans le lit où j'essayais de dormir. Tu imagines ? demanda-t-il avec un large sourire, mais ses yeux cherchaient quelque chose sur le visage de Stitch.

Stitch rit aux éclats et reprit de la bière.

— Oh, mon Dieu, Capitaine m'a fait ça.

— Il aurait pu au moins t'inviter à te joindre à la fête.

Zak se passa les doigts dans les cheveux, sans cesser de regarder Stitch.

Stitch secoua la tête.

— La fille essayait de me tripoter tout le temps. Merci, mais non merci.

Zak sourit, baissant le regard et jouant avec le verre, faisant tournoyer le bout de son doigt sur le bord intérieur.

— Pourquoi m'as-tu appelé pour que je vienne ici tout d'un coup ?

Stitch se lécha les lèvres.

— J'étais un peu… Je pensais que ce serait plus amusant avec toi dans les parages.

Les sourcils de Zak se froncèrent et il se pencha en arrière, augmentant la distance entre eux.

— Et ?

— Et je pensais pouvoir te sucer, dit-il en se penchant vers Zak.

La phrase roula d'elle-même sur sa langue.

La bouche pulpeuse de Zak s'ouvrit et il regarda Stitch sans rien dire. Il lui fallut au total une quinzaine de secondes pour s'étouffer :

— Est-ce que c'est des excuses ?

Stitch pencha la tête sur le côté. Ce n'était pas le cas, mais ça pourrait l'être si Zak le voulait.

— Je suppose.

Zak expira, se mordant à nouveau la lèvre inférieure. Savait-il au moins à quel point c'était sexy avec ces boules de métal glissant contre sa chair ?

— D'accord, murmura-t-il, mais Stitch put le lire sur sa bouche, même avec l'agitation qui régnait autour de lui.

Le sourire de Stitch s'élargit et il fit un signe de tête vers l'arrière du bar. Il voulait glisser son bras sur la taille de Zak, mais il savait qu'il ne pouvait pas, alors il fit signe à Zak de passer en premier. Il n'allait pas se priver de la vue de ce cul glorieux, même s'il était à moitié couvert par le débardeur. Le cuir noir mettait en valeur les mollets bien formés et les cuisses toniques, reflétant légèrement la lumière verte allumée par Joe derrière le bar. Stitch aimait la façon dont la démarche de Zak avait tendance à se balancer doucement. Pas d'une manière efféminée, c'était juste très détendu et sensuel. Et elle le conduisait, hypnotisé, jusqu'à la porte du club house.

Stitch jeta un dernier coup d'œil à la fête débridée qu'ils avaient laissée derrière eux et se demanda s'il en ferait encore partie s'il se retirait des affaires illégales. Il fallait qu'il en discute avec Capitaine, mais ses pensées se dissipèrent lorsque Zak atteignit le panneau « Privé » et le regarda avec un petit sourire taquin.

— Continue. Troisième porte à droite.

Stitch sourit, prêt pour une bonne baise. Quelle journée ! Brûler la merde, boire beaucoup, et maintenant une nuit avec son amant.

Zak poussa la porte et s'engagea dans le couloir, passa devant une porte ouverte et une pièce remplie de rires de filles. Stitch ne regarda pas à l'intérieur, ses yeux étant attirés par les fesses de Zak comme un papillon de nuit par la flamme. Il s'arrêta de respirer au moment où Zak entra dans son logement temporaire sans même prendre la peine d'allumer la lumière. Stitch, lui, le fit. Il voulait voir chaque centimètre de peau. Il verrouilla la porte et saisit le cul de Zak sans la moindre hésitation.

— Ce pantalon est tellement sexy.

— Ouais, tu l'aimes ? murmura Zak contre les lèvres de Stitch, le taquinant avec son souffle chaud et sa peau douce.

C'était une torture qui poussait Zak à s'accrocher à la verge de Stitch sans la toucher.

— C'est comme s'il étreignait ton cul, murmura Stitch.

Il glissa un doigt entre les cuisses de Zak et caressa ses couilles à travers le cuir. C'était incroyable.

— Il étreint aussi ma queue.

Zak sursauta et écarta doucement les jambes, poussant ses mains sous la veste de Stitch.

— Tu sais quoi d'autre va étreindre ta queue ? murmura Stitch en enlaçant Zak et en le conduisant jusqu'au lit.

La bouche de Zak s'élargit en un rictus vicieux.

— Thor ?

— Non, ne m'appelle pas comme ça, gémit Stitch en poussant Zak vers le lit. Ma langue te serrera très fort.

Rien qu'en disant ça, le sang de Stitch battait plus vite.

Zak poussa un faible gémissement et enleva une de ses bottes tout en tâtonnant le bouton supérieur de son pantalon. Il était si serré que sa hampe raide se dessinait clairement sous le cuir.

— C'est tellement chaud.

Stitch n'était pas du genre à hésiter une fois qu'il avait pris sa décision, alors il se mit à genoux, déjà chaud et haletant. Cela faisait bizarre de se retrouver à genoux devant un homme, mais il n'allait pas se dégonfler. Ses mains se dirigèrent directement vers les boutons du pantalon de Zak, mais ce dernier le tira par les cheveux et ouvrit la bouche de Stitch avec sa langue. Il pressa la main de Stitch contre son érection et souffla l'air chaud de ses poumons directement dans ceux de Stitch, le faisant planer à bout de souffle.

Stitch posa ses mains sur le lit à côté des hanches de Zak et réalisa seulement maintenant à quel point l'embrasser lui manquait. Un jour avait suffi à lui donner l'impression qu'il s'agissait d'un mois de séparation.

Zak haleta dans la bouche de Stitch et commença à déboutonner complètement son pantalon, se tortillant déjà. Ses tétons étaient probablement tous durs à présent. Pour être tout à fait honnête avec lui-même, Stitch ne pensait pas que se remettre ensemble serait si facile. Il s'attendait à ce que Zak lui donne du fil à retordre, à ce qu'il soit un emmerdeur pendant quelques jours.

Les doigts de Stitch tracèrent les côtés du cul de Zak en attendant que la récompense soit révélée. Elle jaillit devant son visage au moment où Zak poussa son pantalon au-delà de ses fesses, dure et sombre avec le sang qui avait dû quitter la tête de Zak au moment où Stitch avait déclaré qu'il était prêt à la sucer.

— Oh, putain, tu es tellement chaud, bébé, murmura Zak en se laissant tomber sur le matelas, soigneusement recouvert d'une vieille couverture à carreaux.

— Souviens-toi de ça si j'échoue, dit Stitch en riant nerveusement.

Mais il n'allait pas être timide à propos de la pipe et s'inclina pour donner un long coup de langue au gland. La peau était salée et lisse. Son cœur tremblait dans sa poitrine, mais putain, s'il pouvait brûler un champ d'herbe illégale, il pouvait sucer une bite.

Zak se mordit la lèvre et caressa le dos de Stitch, le massant doucement à travers le tissu. Ses yeux sombres, embrumés par la luxure, observaient Stitch avec un demi-sourire.

— Allez, tu ne peux pas échouer en matière de fellation. Tant que tu ne la mords pas, je serai aux anges.

C'était l'encouragement dont Stitch avait besoin. Il inspira par le nez, essayant de chasser l'idée d'être soumis à un homme. Au moins, avec l'anal, il y avait l'excuse de prendre son pied, mais cela ressemblait à un service, ou du moins c'était la logique que ses amis suggéraient. Il suça le bout, espérant que l'alcool lui éclaircirait les idées. C'était doux, et le léger goût salé pénétra dans la bouche de Stitch alors qu'il s'ouvrait à ces nouvelles sensations. Un doux soupir en provenance d'en haut lui indiqua qu'il se débrouillait bien, et bientôt, des doigts s'emmêlèrent dans ses cheveux, caressant doucement son cuir chevelu.

Stitch baissa la tête sur le sexe, qui était définitivement plus épais qu'une banane. Pendant un moment, il se demanda s'il devait faire une gorge profonde, mais il décida qu'il ne valait pas la peine d'essayer, car il risquait d'avoir des haut-le-cœur et d'échouer. Il était tellement concentré sur le sexe de Zak qu'il ne se rendit compte que maintenant que le sien se raidissait rapidement. Le simple fait de regarder le visage sombre de Zak l'excitait. Leurs yeux se rencontrèrent et Zak remonta lentement son débardeur, dévoilant plus de peau pour le plaisir de Stitch. Son sourire éclatant était comme un baume sur les nerfs tendus de Stitch tandis qu'il explorait le bout, déplaçant sa langue autour du gland.

— Prends-la dans ta main, chuchota Zak en enroulant ses doigts autour de l'oreille de Stitch.

Stitch glissa ses doigts sur la base du mât de Zak. Ça, il savait faire. Il palpitait si familièrement qu'il gémit dans la chair dure. Ses yeux étaient rivés sur ce torse joliment tonique, tout encré et étonnant. Il fit glisser son autre paume le long de ce corps ferme jusqu'au piercing dans l'un des tétons de Zak.

Les paupières de Zak papillonnèrent et il sursauta lorsque Stitch tira doucement sur le cerceau de métal.

— Ouais... fais ça.

Il poussa lentement vers le haut, s'enfonçant un peu plus profondément dans la bouche de Stitch, au-dessus de son palais, mais pas assez profondément pour qu'il s'étouffe.

Sucer la chair chaude vint naturellement, Stitch imaginait juste ce qu'il aurait aimé. Il tira sur le piercing pubien de Zak pour le taquiner et inspira profondément lorsqu'il sentit la bite dans sa bouche pulsa plus vite. Il regarda le serpent tatoué sur le pénis, et sa gorge palpita de luxure lorsqu'il imagina Zak en train de se faire tatouer, étalé sur la chaise de tatouage, les jambes grandes ouvertes.

Il se détendit lentement, respirant l'odeur de son amant, qui ne semblait jamais aussi intense qu'entre ses cuisses en dégustant sa longueur. Les muscles bougeaient sous la peau encrée, faisant de petits mouvements à chaque fois que Stitch passait ses lèvres sur le gland, tout en le branlant et en pressant la partie inférieure du pénis avec ses doigts.

Il donna à la couronne un coup de langue taquin et commença à balancer sa tête sur la tige avec vigueur, juste pour voir plus de désir sur le visage de Zak. Il voulait que Zak gémisse et halète par tous les moyens.

— Doucement, murmura Zak en passant ses pouces sur la joue de Stitch, l'estomac parcouru de frissons.

Il fit un léger mouvement, comme pour vérifier si Stitch était prêt à recevoir des instructions physiques. Tant que cela ne signifiait pas une queue dans sa gorge, Stitch laissait les mains le guider vers ce qui excitait Zak. Il supposait que, de la même manière qu'ils avaient des préférences différentes d'actif et de passif, Zak pouvait vouloir être sucé d'une manière particulière, et il s'avéra que c'était le cas. Il voulait que Stitch se concentre sur le gland, qu'il le suce et le lèche doucement comme s'il s'agissait de la plus douce des sucettes. Il aimait qu'on lui tire les couilles et qu'on les presse, et grâce à cette instruction, Stitch se mit rapidement dans le rythme.

Maintenant qu'il n'était plus aussi inquiet de son incompétence, il pouvait savourer librement les sensations que lui procuraient les cuisses chaudes et masculines qui se pressaient autour de sa tête et de ses épaules. Le pré-sperme avait une saveur sucrée et salée caractéristique, qu'il goûtât alors que Zak devenait encore plus excité, se cambrant et s'agitant sur le lit. Il ne cessa pas de caresser Stitch, et même lorsque ses mains devinrent plus raides et plus tendues vers la fin, Stitch n'avait jamais senti de tentative de domination. Ce qui était un soulagement, car c'était la dernière chose qui l'intéressait.

Lorsque Zak murmura qu'il était sur le point de jouir, d'une voix si imprégnée de désir que Stitch aurait pu s'y baigner, Stitch se retira et commença à branler Zak, ses lèvres se posant sur la veine palpitante de la partie inférieure de la bite. Elle tambourinait contre ses lèvres comme si elle accueillait ce qui allait venir, et très vite Zak commença à haleter, sa poitrine s'agitant plus rapidement. Avec une puissante pulsation, la hampe fit jaillir plusieurs traînées blanches sur la poitrine et l'estomac de Zak. Il ferma les yeux et se tordit les tétons.

Voilà. Stitch était officiellement un suceur de bites. Il avait le souffle coupé en regardant la personnification de ses désirs les plus profonds devant lui. C'était comme si Zak était fait pour lui et que, lorsqu'il était prêt à entrer dans la vie de Stitch, il était venu à Lake Valley pour être cueilli comme une pomme mûre.

Ses muscles se détendirent, une jambe tombant de l'épaule de Stitch, tandis qu'il ouvrait un œil et jetait un coup d'œil à ce dernier avec un petit sourire.

— Tu as besoin d'un coup de main ?

— Putain, oui, gémit Stitch, qui n'aurait pas pu baisser son pantalon plus vite s'il avait essayé.

Il descendit du sol et se glissa instantanément vers la meilleure literie qu'il connaissait, Zak.

Zak gloussa et l'attira dans un baiser, laissant ses cuisses tomber sur les côtés pour accueillir Stitch avec plus d'aisance.

— C'est si bon, murmura-t-il.

Son souffle s'éteignit sur ses lèvres au même moment qu'un assaut de bruits épais et aigus traversa le cerveau de Stitch, le faisant se figer. Les yeux de Zak s'écarquillèrent, tout son corps se tendit sous Stitch, et les mains de Zak se serrèrent autour des biceps de Stitch comme des étaux.

L'esprit de Stitch traita les sons avec une telle réticence qu'il eut l'impression que son processus de pensée était au ralenti. Des coups de feu. Beaucoup de coups de feu. Peut-être des fusils d'assaut. Sachant que leur club n'en possédait pas, ce n'était pas bon du tout. Il roula sur Zak, mais la panique figea ses muscles dans la pierre lorsqu'il entendit quelqu'un frapper à sa porte.

Il entendit Capitaine crier :

— Stitch, sors ton putain de cul d'ici !

Mais au lieu d'un autre coup qui leur aurait donné quelques secondes de plus pour au moins essayer de devenir décents, Capitaine défonça la porte, faisant irruption à l'intérieur comme un boulet de démolition.

Il ouvrit la bouche, reculant lorsque son regard passa de Stitch à un Zak très nu, toujours allongé sur le lit, le pantalon baissé aux chevilles. Dans le silence de mort, rompu seulement par les cris féminins provenant du bar et les battements de cœur frénétiques de Stitch, il fallut plusieurs secondes à Capitaine pour reprendre la parole.

— Les Nails viennent dire bonjour pendant que tu trempais la bite dans la merde, grogna-t-il avant de quitter la pièce en leur lançant un regard si assoiffé de sang que Stitch eut envie de ramper sous le lit.

— Putain, putain, putain, putain, dit-il en remontant son pantalon avec des doigts tremblants.

Ce n'était pas bon. Tellement mauvais. Tellement mauvais. Un millier de cafards rampaient sur sa peau et il n'arrivait pas à s'en débarrasser. Sans compter qu'il n'avait même pas le temps pour ça. Il fallait qu'il aille voir les dégâts.

— Reste ici, s'étouffa-t-il.

Zak était déjà en train de remonter frénétiquement le pantalon de cuir moulant, la poitrine encore tachée de sperme.

— Mais si quelqu'un a besoin d'aide. Ils ont arrêté de tirer, dit-il, mais il était difficile de ne pas remarquer qu'il était devenu pâle comme un linge.

Stitch prit une profonde inspiration qui ne fit rien pour calmer ses nerfs. Il fallait qu'il parle à Capitaine, qu'il lui explique.

— D'accord, mais si quelque chose arrive, tu ne remets pas en question ce que je te dis de faire, compris ?

Zak acquiesça et enfila rapidement le débardeur. Il tendit la main et s'accrocha à la boucle de ceinture de Stitch, le regardant comme un cerf dans les phares. Tout ce que Stitch voulait, c'était prendre Zak à l'arrière de sa moto et partir dans un autre état. Ou dans un autre pays. En Europe de préférence. La dernière chose dont il avait besoin, c'était que les Hounds découvrent qu'il était pédé.

— Je m'en occupe, dit-il à Zak en lui tapotant rapidement le bras.

Il garda son sang-froid uniquement pour le bien de Zak.

Zak se mordit la lèvre et acquiesça, croisant les bras sur sa poitrine.

— On y va ? demanda-t-il d'une voix calme, mais posée.

Les cris et les pleurs n'aidaient pas à maîtriser la situation, mais Stitch acquiesça et se précipita hors de la pièce. Il traversa le couloir et entra dans le bar, frappé par la puanteur du sang et de la poudre dès qu'il ouvrit la porte.

C'était un véritable carnage. Avec la poussière encore dans l'air, il ne voyait que des silhouettes raides qui erraient comme si elles n'arrivaient pas à croire ce qui venait de se passer. D'autres étaient encore accroupis le long des murs, sous les tables renversées. Gator se trouvait au milieu du bar, se tenant à un bras mou tout en crachant des obscénités et des ordres à tout le monde autour de lui.

Stitch arriva sur les lieux du massacre et eut l'impression d'être en retard à une fête en enfer. Il regarda Zak, mais il était trop tard pour lui mettre les mains sur les yeux.

— Stitch ! C'était une fusillade, ils sont partis, occupons-nous d'abord de ça, lui cria Gator par-dessus les autres cris.

Quelqu'un était au téléphone, quelqu'un d'autre n'arrêtait pas de pleurer, une fille était assise sur une table, tremblante, avec un énorme éclat de verre dans le bras. Stitch ne savait même pas par où commencer pour aider.

Un cri aigu déchira la pièce et les yeux de Stitch se dirigèrent vers le bar, où une fille tituba et tomba à la renverse, les yeux écarquillés par l'horreur en regardant le sol. Zak se précipita à ses côtés, toussant en pénétrant dans le nuage de poussière. Stitch le suivit, même s'il sentait le regard de Capitaine dans son dos, comme s'il peignait déjà « PÉDÉ » sur le front de Stitch avec un marqueur. Mais cela devint beaucoup moins important lorsque Stitch regarda derrière le bar deux cadavres. Mais ce n'étaient pas seulement des « corps », c'étaient des personnes, deux hommes morts. Rat et Joe, leurs corps encore chauds dans une flaque de sang sombre, la bouche ouverte dans un appel à l'aide silencieux.

Stitch recula dès qu'il vit l'un des doigts de Rat trembler, tout rouge des blessures qu'il avait reçues à l'estomac. Lorsque le mouvement s'arrêta, Stitch sut que ce n'était qu'un faux espoir auquel il avait essayé de s'accrocher, tout comme Rat l'avait fait pour sa vie.

— Est-il mort ? cria une fille.

Stitch entendait Zak essayer de la calmer, mais tous les bruits s'entre-choquaient et se mélangeaient dans la tête de Stitch. Ses amis étaient morts. Leur bar était en ruine. Les sirènes approchaient rapidement, et au fond de son esprit, il y avait l'espoir qu'il n'y avait rien d'illégal dans l'établissement.

— Vous ne pouvez pas la faire taire ? Nous avons déjà assez de problèmes sans ces pleurnicheries ! grogna Capitaine quelque part à l'autre bout de la pièce.

— Zak, emmène les filles dehors.

Stitch vit Capitaine ricaner, et ça lui fit mal comme s'il avait reçu un éclat de verre dans la poitrine.

Zak leva les yeux vers lui et, pendant un moment horrible, Stitch réalisa que son amant regardait les cadavres sur le sol. Mais Zak se débarrassa de sa raideur et aida la femme en pleurs à se lever.

— Tout le monde dehors, cria-t-il, la voix un peu plate. Les secours arrivent !

Stitch se passa les doigts dans les cheveux et marcha entre les meubles cassés. Dans le coin le plus éloigné, caché sous une table, il vit un homme assis, le dos tourné à la pièce. Ses épaules tremblaient et Stitch aurait juré avoir entendu un sanglot. Il laissa donc l'homme, ne sachant pas trop ce qu'il pouvait faire pour lui. Il aida plutôt la fille avec l'éclat dans le bras, la prenant dans ses bras avec précaution.

— Ça va aller, une ambulance va arriver.

Stitch ne savait même pas si c'était une bonne ou une mauvaise chose de ne pas ressentir grand-chose. La puanteur lui donnait la nausée, la mort d'un garçon de dix-sept ans et de tous ses rêves le prenait aux tripes, mais surtout, il se sentait engourdi. Comme s'il s'enfonçait dans un marécage, les alligators s'approchant de lui avec leurs dents acérées et leurs grandes mâchoires. Mais comme il ne pouvait rien faire pour s'échapper, il ne les craignait même plus.

CHAPITRE 19

ZAK

ZAK SE LAISSA TOMBER sur une chaise qui se trouvait au hasard sur le parking à l'entrée du club house. Il se sentait désossé et épuisé. Il n'avait jamais vu de mort auparavant, et la vue des yeux vides, des mains couvertes de sang qui avaient posé un putain de verre de vodka devant lui, c'était trop. Il appuya ses coudes sur ses genoux et cacha son visage dans ses paumes, qui portaient encore l'odeur du bois écrasé et de la poudre à canon. Sa voiture était à proximité, mais il ne la conduirait pas ce soir. Les vitres avaient été brisées et il y avait deux impacts de balles dans l'une des portières. Il frémit à l'idée qu'ils aient pu être faits dans l'intention de blesser. Trois personnes étaient mortes. Une fille au hasard et deux amis de Stitch, mais beaucoup d'autres avaient été blessés à la suite d'un raid surprise de ce qu'il croyait être un gang rival.

Dans quoi Stitch s'était-il fourré ? Cela ne pouvait plus durer. *Il* ne pouvait pas continuer à s'inquiéter constamment que Stitch soit blessé. Une ambulance était toujours là, prodiguant des soins aux blessés légers, mais Stitch était toujours à l'intérieur avec son copain homophobe qui les avait surpris comme si leur vie était un mauvais feuilleton télévisé. Comment cela allait-il évoluer ? Peut-être que si le gars décidait de parler, Stitch finirait par quitter le club et toutes ses sales affaires ? Cela blesserait probablement Stitch, et il broierait du noir, mais Zak pensait que ce serait bon pour eux deux à long terme.

— Je t'avais dit que cet homme posait problème, lui dit une voix calme et silencieuse, et l'agent Cox se plaça à côté de la chaise de Zak.

Zak renifla et se redressa pour s'asseoir correctement. Comme si cette conversation était quelque chose qu'il voulait ou dont il avait besoin maintenant.

219

— Bien sûr qu'il l'est, dit-il en haussant les épaules. Mais ce n'est pas lui qui a fait tout ça.

— Je sais, mais tu ne serais pas en danger si ce n'était pas à cause de ce que tu as avec lui. Allez, Zak, je ne suis pas l'ennemi ici.

Le pire, c'est que l'expression soucieuse de Cox était aussi sincère qu'un putain de golden retriever mendiant de la nourriture à table.

Zak se pinça le piercing sur l'arête de son nez.

— Écoute, j'apprécie ton inquiétude, vraiment, mais je n'étais pas en danger. J'étais à l'arrière, et il ne m'associe jamais à ce qu'ils font dans le club. Celui qui a fait ça est complètement fou. Qui fait ça ?

— Des criminels, Zak. Je parierais ma main droite que cette attaque n'était pas sans provocation. Cette fois-ci, tu n'as peut-être pas été en danger, mais qu'en sera-t-il la prochaine fois ? La situation ne fera qu'empirer. Tu mérites mieux.

Zak recroquevilla ses orteils dans ses bottes et regarda Cox droit dans les yeux. C'était vrai, tellement vrai. Il était encore ébranlé de savoir que s'ils étaient restés près du bar, ils auraient été assis entre les armes à feu et le mort. Et si ces hommes étaient entrés, ils ne l'auraient pas traité comme une femme affiliée au club, pour eux il serait autant un ennemi que Stitch et ses amis. Mais il ne put s'empêcher de s'énerver lorsque Cox déclara que Stitch était mauvais pour lui.

— Et qu'est-ce que c'est ?

— Un petit ami qui ne finira pas en prison ou mort. Quelqu'un avec qui on peut construire une vie honnête.

Cox n'osait pas toucher Zak en public, mais il était clair que les étincelles entre leurs corps étaient là.

Zak renifla et secoua difficilement la tête. Cox jouait-il vraiment la carte du petit ami ? Ils n'avaient baisé que quelques fois et n'avaient pas grand-chose à se dire.

— Cela fait dix ans que j'ai des petits amis honnêtes, dit-il en passant ses doigts sur la lourde chevalière qu'il portait sur son pouce. Il avait parfois l'impression qu'elle brûlait de la puissance de la passion de Stitch pour lui.

Une main lourde se posa sur l'épaule de Zak.

— Nous avons terminé, dit Stitch sur ce ton qui donnait toujours à Zak l'envie d'écarter les cuisses.

Il se retourna et lui adressa le meilleur sourire possible, qui n'était pas si grand que ça. Le seul regret qu'il avait, c'était de ne pas pouvoir le serrer dans ses bras.

Cox se redressa comme une dinde fière et croisa les bras sur sa poitrine.

— Vraiment, Larsen ? N'as-tu pas causé assez de dégâts ?

Les lèvres de Stitch ne formaient qu'une fine ligne et il ne prit même pas la peine de répondre. Il portait un sweat à capuche noir sous sa veste et des gants de cuir.

— Je te ramène à la maison, dit-il à Zak en lui tendant un casque, mais Zak était sûr que ces mots étaient partiellement destinés aux oreilles de Cox.

Il se leva, un peu étourdi, et lutta pour s'empêcher d'attraper la main de Stitch.

— À plus tard. J'espère que tu trouveras ces types, dit-il à Cox avant de s'éloigner.

Rentrer à la maison, c'était bien. Ils seraient en sécurité chez eux.

Capitaine surveillait chacun de leurs pas vers la moto de Stitch, qui se tenait près de la porte, fumant et discutant avec un autre policier. Son regard était si menaçant qu'il donnait des frissons à Zak. Il y avait une promesse de quelque chose de sinistre dans ces yeux, mais il ne se laissait pas trop aller à y penser. Le sol sous ses pieds lui semblait un bien meilleur endroit à regarder. Ou les patchs sur le large dos de son homme, même s'ils leur apportaient tant d'ennuis et de disputes. Stitch monta sur la moto sans un mot, regardant Zak avec une expression indéchiffrable.

Zak mit son casque et grimpa sur le siège de la régulière, s'agrippant à son dossier comme un bon garçon hétérosexuel. Ce n'était pas comme ça qu'ils avaient roulé quelques fois sur des routes désertes, avec lui accroché au dos de Stitch, faisant une pause baise rapide quelque part dans les bois. Tout ce qu'il voulait, c'était partir, et il semblait que Stitch avait la même idée.

Dans un vrombissement de moteur, ils avancèrent comme s'ils avaient été tirés par une baliste. Bien au-delà de la limite de vitesse, mais avec trois cadavres et une fusillade, personne n'aurait pris la peine de les arrêter pour excès de vitesse. Le vent frappait les bras nus de Zak, mais ils furent bientôt hors de vue, sur une route déserte, laissant derrière eux toute cette effusion de sang, et Zak put glisser ses mains autour de la taille de Stitch.

Un flot de soulagement l'envahit dès qu'il put serrer ses bras autour de ce torse épais et enfouir son visage dans le cuir de la veste. Son cœur s'emballait contre ses côtes alors que la moto dépassait largement la vitesse autorisée, et il ferma les yeux, enfonçant ses doigts dans la poitrine de Stitch. Il n'y avait que l'obscurité autour d'eux, les seules lumières provenant des fenêtres des maisons qui bordaient la route.

La main posée sur la poitrine de Stitch, Zak sentait les battements de son cœur s'accélérer. Cela l'incita à serrer Stitch plus fort dans ses bras. Être assis à l'arrière de la moto n'était pas si mal quand il pouvait faire confiance à Stitch pour le ramener à la maison en toute sécurité. La vitesse donnait à Zak une poussée d'adrénaline, mais il se sentait toujours en sécurité. À 160 km/h, personne ne pouvait les déranger, il n'y avait que Stitch et lui. Le sentiment que cela évoquait donnait à Zak l'envie de ne jamais quitter la moto et de continuer à rouler pour toujours.

Lorsqu'ils arrivèrent chez Zak, tout le quartier était silencieux. Personne ne semblait savoir ce qui s'était passé à quelques kilomètres de là, et Zak serra fort Stitch dans ses bras dès qu'il fut de nouveau sur ses deux pieds. Sa bouche déversa ce qu'il pensait depuis deux heures, le broyant continuellement dans son cerveau en même temps que les images horribles de Stitch gisant mort à la place de Joe.

— Nous aurions pu être là.

— Je sais, mon chéri.

Stitch l'attira près de lui et lui prit la tête avec sa grosse main recouverte de cuir. Zak respira l'odeur de Stitch et la suivit, sa bouche retrouvant par cœur ces lèvres familières, et il attrapa les côtés de la veste de Stitch, les serrant encore plus fort l'un contre l'autre. Il avait besoin d'être proche de lui *maintenant*, pas dans quelques minutes, ou une fois qu'ils auraient atteint la porte. C'était un désir si fondamental et si profond qu'il se fichait éperdument que quelqu'un les reconnaisse à ce stade.

Le sifflement qu'il reçut en retour exprimait le même besoin de connexion, mieux que des mots. Les bras de Stitch autour de la taille de Zak étaient si solides et si fermes qu'il avait l'impression que rien ne pouvait le blesser. La langue chaude de son amant explorait les lèvres de Zak avec une impatience comparable à celle de leurs premiers baisers.

Zak le tira vers la maison sans rompre l'étreinte. Ils trébuchaient sur un sol inégal, mais aucun des deux ne voulait se séparer de la chaleur de l'autre. Zak poussa le portail avec sa botte, et seule une chance aveugle les empêcha de tomber dans les escaliers menant au porche. Sa peau était en feu, et le besoin dans sa poitrine ne pouvait être comblé que par plus de proximité, plus de Stitch.

Ils entrèrent dans la maison et furent accueillis par Versay, mais Zak laissa rapidement sortir le chien pour ne pas être interrompu. Stitch l'attrapa par-derrière et le tira vers le salon, marchant à reculons et embrassant le cou de Zak. Son emprise était si forte que Zak en eut le souffle coupé. Ils pouvaient trébucher sur un des jouets de Versay ou sur la table basse, et il pouvait alors se retrouver avec la nuque brisée, mais à ce stade, il s'en fichait, confiant tout à Stitch. Il s'accrocha à lui, embrassant sa bouche avec abandon, comme si c'était la dernière fois qu'il le touchait, et cette seule pensée le fit trembler d'effroi.

Stitch attira Zak sur le canapé, dans l'obscurité à peine éclairée par la lumière qui s'infiltrait de l'extérieur.

— Quoi qu'il arrive, je ne te laisserai pas être blessé, murmure-t-il en retirant le haut de Zak.

Ses yeux étaient d'une intensité telle que Zak aurait cru à tout ce que Stitch lui aurait dit. Zak acquiesça et poussa la veste de Stitch, écartant les jambes pour l'attirer contre lui. Sa gorge s'étranglait lentement.

— Je ne veux pas non plus que tu sois blessé.

Stitch sépara les lèvres de Zak avec un autre baiser gourmand, tout en essayant de baisser le pantalon de Zak. Le tumulte des mains et des baisers se termina par une chute sur le sol à côté de l'étroit canapé. Au moins, ce n'était pas loin.

— Mes chaussures, dit Zak en essayant de les enlever rapidement sans se séparer de Stitch, mais son amant grogna en signe de protestation.

— Je me fiche de tes chaussures.

Stitch était déjà en train de frotter son aine contre Zak. Avant que Zak ne puisse protester, essaye de se déshabiller, de faire les choses correctement, même si c'était par terre, Stitch le fit basculer sur le ventre et tira le pantalon de Zak jusqu'à ses cuisses.

Le visage de Zak rencontra la moquette poussiéreuse, mais avec la forme entièrement vêtue de Stitch le recouvrant comme la plus douce et la plus épaisse des couvertures, il s'en moquait éperdument. Tout ce qu'il entendait, c'était les halètements de Stitch et le bruit de la fermeture éclair qu'on tirait vers le bas. C'était comme si la fermeture éclair descendait le long de sa colonne vertébrale jusqu'à sa fente, l'ouvrant à Stitch.

Avec un profond frisson, Zak courba l'échine et leva son cul pour frôler un jean rugueux et une queue très chaude et très dure.

— Oh, mon Dieu, dit-il en enfonçant ses doigts dans la moquette.

Son estomac était comme un foyer, et il avait besoin de quelque chose pour attiser la flamme.

Stitch lui mordit la nuque au lieu de répondre et tâtonna pendant une seconde. Du lubrifiant coulait entre les fesses de Zak, et la verge de Stitch était là pour suivre ce filet, déjà alignée avec l'anus de Zak. La chaleur, le poids de Stitch, l'odeur de poussière combinée à l'eau de Cologne de Stitch et à l'odeur du cuir mirent les sens de Zak en ébullition. Il essaya d'écarter les genoux, mais cela ne servit à rien, le pantalon serré les retenant l'un contre l'autre.

Il gémit, inclinant ses hanches et pressant son cul contre cette grosse et merveilleuse virilité. Il en avait besoin maintenant. Tout de suite.

— Stitch...

— Qu'est-ce qu'il y a ? râla Stitch, grimpant sur Zak comme une bête sauvage et enfonçant déjà le gland de son sexe.

Même si Zak voulait croire qu'il était prêt, la poussée lui causa une brûlure cuisante, qui fut immédiatement refroidie par un long coup de langue dans le cou de Zak.

Zak ouvrit la bouche, mais aucun son ne sortit alors qu'il se raidissait, sentant la tige dure se frayer un chemin en lui comme une machine impitoyable. C'était pourtant ce qu'il attendait, et il gémit à nouveau le nom de Stitch, frissonnant sous le choc de la douleur et du plaisir qui s'entremêlaient. Il était brûlant du bout des orteils jusqu'à la tête, et avec le corps lourd et fort de Stitch sur lui, il était plus que jamais impuissant face à l'émotion brute.

— J'ai besoin de me fondre en toi, murmura Stitch sur la peau de Zak.

Sa virilité était si chaude à l'intérieur, comme si elle était un morceau du corps de Zak.

Elle s'adaptait parfaitement à lui, même avec la brûlure. Stitch ne resta pas immobile pour autant. Il posa ses mains sur le sol pour retenir son poids et se retira à moitié pour mieux revenir.

Zak glapit et s'agrippa aux poignets de Stitch, enfonçant le bout de ses doigts dans la chair brûlante. Il était déjà à bout de souffle, mais tout ce qu'il voulait, c'était plus de chaleur, alors il tira sur les mains de son amant.

— Non, je veux que tu sois sur moi, dit-il alors que la douleur se transformait en une friction agréable.

Stitch murmura quelque chose et mordit le cou de Zak, le distrayant de l'intensité de la baise. Les hanches de Stitch allaient et venaient au rythme de ses grognements, tandis qu'il enfonçait Zak dans la moquette.

— Tu m'as.

Zak s'étira davantage, cambrant le dos pour être encore plus près. Le corps de Stitch était une cage chaude qui le protégeait du monde, des hommes armés de tout à l'heure, et même de ses propres peurs, tandis que Stitch plaquait Zak au sol avec sa verge. Des vagues de sensations traversèrent Zak aussi rapidement que la tempête qui se répandait dans sa poitrine, alimentées par chaque poussée, chaque grognement au-dessus de lui.

— *Tu m'as,* dit-il en fermant les yeux.

Il ne pouvait même pas comprendre la profondeur de ce qu'il ressentait en ce moment. Toutes les choses horribles qu'il avait vues ce soir, toutes les choses blessantes du passé, tout cela n'était rien en comparaison.

Quelques poussées plus tard, Stitch jouit, mordant le cou de Zak encore plus fort qu'avant, comme s'il voulait le manger vivant. Son sperme chaud remplit Zak tandis que Stitch fait les cercles les plus aguicheurs avec ses hanches. C'était comme si Stitch plantait sa semence au plus profond de lui, c'était à la fois sale, érotique et émouvant. Ses bras épais se glissèrent sous le corps de Zak et Stitch l'étreignit étroitement, toujours haletant et le brûlant de son désir.

— Ne te retire pas, dit Zak en rapprochant ses cuisses pour emprisonner la longueur en lui, qui pulsait encore, qui était encore bien vivante même si elle se ramollissait.

Il saisit la main de Stitch, tourna la tête sur le côté et posa sa joue sur la moquette, regardant son amant. Malgré le besoin brûlant qui tiraillait encore son sexe, il voulait rester ainsi un peu plus longtemps, en sécurité dans les bras de Stitch.

— Je ne peux pas dire non à ça.

Stitch embrassa le cou douloureux de Zak.

— Tu es ma drogue naturelle. J'en avais besoin après ce soir.

— Moi aussi.

Zak tendit la main vers l'arrière et sourit en touchant la longue chevelure. Sa respiration revenait lentement à la normale, mais il leva les hanches pour atteindre sa bite, même si ce n'était qu'à peine. Il palpitait de partout et avait besoin de la libération qui s'accumulait dans ses couilles.

— J'avais besoin de mon homme des cavernes...

Stitch se souleva sur ses coudes pour que Zak ait moins à porter, mais la sensation glissante sur ses fesses ne pouvait que le rapprocher de l'orgasme.

— Ton Thor.

Stitch s'inclina et embrassa le dos de Zak.

Zak gémit, se cambrant pour en avoir plus alors qu'il commençait à se branler à une vitesse folle. Cela devint encore plus urgent lorsqu'il remarqua que le sexe de Stitch rétrécissait lentement, se retirant de son trou brûlant et glissant. Ses pensées s'emplirent de formes rouges et vertes tandis qu'il grognait, enivré par la proximité. Une partie de la semence de Stitch dégoulinait de Zak et tombait sur ses couilles, mais ce fut lorsque le gland commença à se déloger lentement de son anus qu'il jouit avec un cri aigu, se recroquevillant sous le corps puissant alors que toute tension l'abandonnait à la sensation de félicité.

— Tu es à moi...

— Je le suis.

Stitch ne cessa jamais de couvrir le dos de Zak de baisers et se laissa lentement tomber sur le côté, entraînant Zak avec lui.

Zak se retourna dans ses bras et enfonça son visage dans le doux sweat à capuche, qui était maintenant aussi chaud qu'un radiateur. Il aurait voulu dire quelque chose, mais sa tête étant complètement vide, il resta silencieux, savourant l'odeur de son amant et l'énergie qui lui restait. Il avait les fesses en feu, mais il n'allait pas se plaindre et il dégrafa lentement le sweat à capuche de Stitch, juste assez pour se blottir le visage contre la poitrine chaude de Stitch. L'odeur de terre de son amant suffisait à apaiser son esprit.

Ce fut Stitch qui prit la parole en premier, en serrant Zak contre lui.

— Je vais régler les derniers détails et m'éloigner du club.

Zak leva les yeux vers lui, sa trachée s'étranglant un peu lorsque leurs regards se croisèrent. Et dire qu'il était persuadé de devoir convaincre Stitch que c'était la meilleure solution. Le fait qu'il ait proposé cette solution lui-même n'était pas du tout ce à quoi Zak s'attendait. Stitch semblait si proche des membres du club. Pouvait-il vraiment aller jusqu'au bout ? Cette situation avait dû choquer Stitch, et Zak n'était pas surpris, car s'il était la victime visée, il aurait eu une peur bleue.

— Je... voulais le suggérer.

— Cela ne va pas se faire du jour au lendemain. Je veux rester dans l'atelier et être dans le club, mais cette merde, c'était trop.

Il caresse la tête de Zak.

— Le club a changé. Ce n'est plus ce que c'était.

Zak expira, se redressa et glissa ses bras autour du cou de Stitch, l'attirant dans un lent et doux baiser. Le simple fait de toucher Stitch le faisait se sentir si vivant, et le feu était revenu dans sa poitrine.

— Est-ce qu'ils le permettront ?

— Je vais devoir essayer. Aujourd'hui, ce n'était pas un hasard, Zak. Nous sommes dans une merde plus profonde maintenant, et je ne peux pas te mettre en danger.

Le cœur de Zak s'arrêta avant de s'élancer dans un galop furieux. Stitch s'engageait envers Zak plus qu'il ne l'avait imaginé s'il était prêt à rompre la relation la plus stable qu'il ait jamais eue.

— Ça va aller...

— Non, ça n'ira pas. Surtout maintenant que je ne sais même pas encore ce que Capitaine va faire.

Stitch resserra son étreinte autour de Zak. Pour ce qui était de Zak, il pourrait passer la nuit dans cette étreinte sur le sol.

— Je ne suis pas un bon gars, Zak.

Un rire aigu s'échappa de la gorge de Zak, qui secoua la tête.

— Oui, je sais, tu es un criminel avec un lance-flammes. Qu'est-ce que tu as brûlé cette fois-ci ? chuchota-t-il.

Stitch ferma les yeux.

— J'ai brûlé leur champ de drogue. En représailles du fait qu'ils nous avaient volé notre argent... et nos drogues, et qu'ils nous avaient tabassés. Gator a tué un de leurs hommes. C'est un vrai gâchis. C'est pour ça qu'ils ont attaqué ce soir.

Zak soupira, mais caressa le visage de Stitch pour ne pas le décourager de partager. C'était bien pire que ce qu'il avait imaginé. Gator, le stupide président chauve du club ? Un meurtrier ? Zak avait du mal à se faire à cette idée.

— Peut-être que c'est mieux si on bouge ? Ou ils ont vu ton visage ?

— Lake Valley est ma maison, Zak. Je vais régler ça. Ils ne savent pas qui a brûlé leur champ, mais ils savent que c'est probablement nous trois qui leur en voulions le plus. J'ai récupéré beaucoup d'herbe dans leur entrepôt, ça couvrira la plupart de mes dettes envers le club. Les gars qui sont morts ce soir ? Rat est devenu un prospect il y a deux semaines, et Joe n'a été intégré que le mois dernier. Sans parler de la fille, qui n'était qu'une fille de passage. Je ne supporte pas que ça aurait pu être toi ni que tu aies eu à le voir.

Stitch ouvrit les yeux et prit le visage de Zak dans ses mains.

— Je n'ai jamais vraiment tué le type dont j'ai incendié la maison, celui qui m'a poignardé. Je l'ai battu, mais je n'ai pas pu le finir. En fait... je ne voulais pas, tu sais. Ce n'est pas ce que je veux que ma vie soit.

Zak sentit tout son corps se fondre dans celui de Stitch, et il lui caressa la joue en souriant.

— Je sais que tu n'aurais pas fait ça. Je savais que tu avais dit ça pour me faire peur.

Stitch gémit.

— Est-ce que j'ai vraiment l'air d'un ours en peluche ?

Zak secoua la tête, jouant avec ses longs cheveux secs.

— Non, mais tu n'es pas un meurtrier non plus.

Il sourit et passa ses doigts sur le milieu de la poitrine de Stitch.

— Tu as un cœur tendre.

— Peut-être parce que je suis un pédé.

Stitch fronça les sourcils, mais caressa le visage de Zak. C'était encore une fois le langage qui donnait envie à Zak de lever les yeux au ciel.

— Non, tu es un dur à cuire gay et masculin. Tuer des gens n'est pas la norme, tu sais. Je ne t'aurais pas baisé si j'avais cru que tu avais tué cet homme.

Zak déglutit et saisit le côté du visage de Stitch, passant son pouce sur la barbe omniprésente.

Ces mots firent enfin naître un sourire sur le visage de Stitch, qui se tourna légèrement pour embrasser le doigt de Zak.

— Un dur à cuire gay, j'aime bien. Mais je ne peux pas rester ici tant que je n'ai pas réglé les choses. Je ne veux pas que quelqu'un vienne ici un jour et t'attaque. Je tuerais ce fils de pute et j'irais en prison pour toujours. Et ça, tu ne le veux pas, n'est-ce pas ?

Zak gloussa et le serra fort dans ses bras, déposant un baiser sur le côté du cou de Stitch.

— Tu crois que ça va durer longtemps ? Une semaine ? murmura-t-il, se sentant déjà étrange à l'idée de ne pas dormir avec Stitch pendant plusieurs jours d'affilée.

— Je ne sais pas, bébé. Ça va devenir moche avant de devenir joli.

Stitch glissa sa paume sur celle de Zak et entrelaça leurs doigts.

Zak se mordit la lèvre, levant la tête pour le regarder.

— Alors... où est-ce qu'on se retrouve ?

— Nous ne le ferons probablement pas avant un certain temps.

Stitch tira sur le piercing de Zak avec ses dents.

— Mais j'essaierai de t'appeler pour te tenir au courant de l'évolution de la situation.

Zak se raidit et tira sur les plis du sweat à capuche de Stitch.

— Allez, on est dans la même ville. Je ne vais pas te manquer ? demanda-t-il, ne sachant pas trop quoi penser de tout cela.

Devait-il attendre de voir si Stitch s'en sortait vivant ?

— Tu te moques de moi ? Bien sûr que tu vas me manquer. Si ce n'était pas risqué, nous nous retrouverions. Je dois d'abord apaiser Capitaine. Je n'ai pas hâte d'y être.

— Ce n'est pas ton ami ?

Zak soupira et se rapprocha, passant son bras sous la tête de Stitch.

— Il reviendra à la charge. Qu'est-ce que tu crois qu'il dira après la « performance » de ce soir ?

Stitch caressa l'arrière de la tête de Zak.

— Probablement beaucoup. C'est un ami de Stitch l'hétéro. Je ne pense pas qu'il apprécie beaucoup le gay. Mais je ne pense pas qu'il me dénoncera. Je l'espère vraiment.

Zak acquiesça et embrassa l'arête du nez de Stitch. Le fait qu'il ne puisse rien faire pour l'aider le tuait.

— Tu me tiendras au courant ? Si quelque chose ne va pas, tu m'appelles ou tu viens me voir.

— Je le ferai si c'est sûr. Il faut nourrir Versay, d'accord ?

Stitch lui adressa un petit sourire.

Zak secoua la tête, luttant contre la sensation de serrement au niveau de l'estomac.

— Ouais, ouais, ton préféré.

Stitch embrassa Zak une nouvelle fois.

— Nous ferions mieux d'aller au lit.

Zak acquiesça et se retira lentement de ses bras. Il dégrafa ses bottes et les poussa vers le bas afin de pouvoir retirer le pantalon de cuir. Il était de plus en plus agité.

— Combien de temps vas-tu rester ?

— Quelques heures. J'irai demain matin.

Stitch s'assit et prit des mouchoirs sur la table.

Zak les accepta et se nettoya brièvement avant de saisir la main chaude de Stitch et de l'entraîner loin du salon. Ils firent entrer Versay et montèrent tous les trois les escaliers. C'était surréaliste de voir à quel point ils pouvaient se déplacer dans la maison sombre, comme si c'était leur maison depuis des années. L'obscurité les protégeait, les cachait du monde, même si ce n'était que pour quelques heures. Zak regarda Stitch monter au lit le premier, nu, et il le rejoignit, se glissant sous le drap fin pour sentir à nouveau la chaleur du corps de son amant. Il ne voulait pas s'endormir avant que Stitch n'ait besoin de partir, observant la ligne de poils fins sur son corps dans la faible lumière de la lune, jouant avec sa crinière grossière alors que les inquiétudes déferlaient sur lui comme des vagues froides. Mais après qu'ils eurent baisé à nouveau, il abandonna et laissa l'odeur de Stitch le bercer jusqu'à ce qu'il s'endorme.

Stitch n'était plus là quand Zak se réveilla le lendemain matin.

CHAPITRE 20

ZAK

QUITTER LA MAISON DE Zak le matin était la chose la plus difficile que Stitch ait faite depuis longtemps, alors pour s'épargner les adieux, il s'était éclipsé sans réveiller Zak. Il prit une douche et prépara un sac contenant l'essentiel. Il ne s'occupa pas du reste de ses affaires, car il avait l'intention de revenir bientôt. Bientôt. C'était un terme vague pour l'instant, mais Stitch le gardait au fond de son cœur.

Du petit matin, il osa également consulter son téléphone, où le message de Capitaine lui piqua les yeux.

« Rendez-vous chez Granny's à 9 heures ».

Capitaine ne voulait même pas lui parler au club house. La police pouvait toujours être là, mais cela signifiait aussi que Capitaine voulait parler en tête à tête. Stitch ne savait pas si c'était bon signe ou non, mais à neuf heures moins dix, il se gara devant chez Granny's.

La moto de Capitaine était déjà là, Stitch n'hésita donc pas et entra, souriant à l'un des propriétaires qui l'accueillit avec un large sourire et lui présenta le gâteau du jour. Il n'avait pas encore pris de petit déjeuner, il fallait donc se rassasier tant qu'il le pouvait. Il n'avait même pas envie de chercher Capitaine, qui était probablement caché dans le coin le plus profond du café. Il commanda son repas au comptoir et le prit lui-même, passant un peu de temps à discuter avec Maggie. S'il était honnête avec lui-même, il admettrait qu'il évitait de devoir parler à Capitaine, mais il ne pouvait pas rester éternellement au comptoir. Il prit son repas et se retourna pour faire face à son ami. Cette matinée ne serait pas des plus agréables.

Capitaine était assis, comme prévu, dans un coin sombre de la deuxième salle du café, un grand café noir devant lui. Son œil unique se leva et croisa le regard de Stitch comme un pic à glace prêt à frapper.

— Ohé, tenta Stitch pour plaisanter, mais il n'obtint qu'une grimace en retour alors qu'il s'asseyait avec deux parts de gâteau au fromage.

Le visage de Capitaine devint encore plus sévère.

— Qu'est-ce que c'est ? Un petit déjeuner de pédés ?

Stitch fut tellement surpris par cette idée qu'il dut réévaluer son gâteau. Il n'avait pas l'air très gay.

— Je ne sais pas, gémit-il. J'ai juste une putain de faim, bon sang.

— Tu aurais dû prendre un vrai petit-déjeuner, pas un qui convienne à une femme divorcée qui pleure sur la paperasse, grogna Capitaine, en serrant ses mains sur la tasse.

Ce n'était pas un bon début de conversation.

— D'accord, d'accord, j'ai compris, tu es en colère. Je vais prendre du pain grillé si ça peut te rassurer.

Stitch tapa des doigts sur la table pendant que Maggie lui apportait son café.

Ils attendirent qu'elle s'en aille avec la cruche, et ce n'est qu'à ce moment-là que Capitaine se pencha en avant, plantant son regard dans celui de Stitch, comme s'il s'attendait à lui soutirer l'élixir de vérité rien qu'avec ce regard.

— Depuis quand ?

Des sueurs froides perlaient déjà sur le dos de Stitch, et les gâteaux semblaient plus appétissants que jamais.

— Un moment, murmura-t-il.

Capitaine aspira un peu d'air et secoua la tête.

— Putain. J'aurais dû remarquer à quel point il était bizarre. Faible, sans aucun intérêt pour les femmes. Ça aurait dû être évident.

Cela toucha un point sensible que Stitch eut du mal à maîtriser.

— Mais ce n'était pas le cas, parce que ce n'est pas évident de le faire.

Et Zak n'était pas « faible », il n'avait juste pas l'habitude de se battre. Comme toute personne normale.

— Et quoi, tu t'es lancé ? Qu'est-ce qu'il peut faire de mieux que ce que tu peux faire avec une fille ?

Avant même que Stitch ne puisse répondre, Capitaine agita la main en l'air avec un sourire narquois.

— Ne me dis rien. Je vais vomir.

Stitch grommela tandis qu'une serveuse lui apportait un petit déjeuner complet avec des œufs, du bacon et de pain grillé. Il attendit qu'elle parte pour parler.

— C'est juste des pipes, mentit-il, espérant que cela passerait mieux que n'importe quoi d'autre.

Il s'était habitué à se sentir si libéré avec Zak que le fait de devoir en parler à quelqu'un le mettait étonnamment mal à l'aise. Il semblerait qu'il n'ait pas été si libéré que ça après tout, et plaisanter sur le fait d'être un « pédé » devenait trop réel. Il ne s'inquiétait pas tellement de ce que Zak pensait du fait qu'il se fasse sodomiser, parce que Zak le faisait lui-même. Zak était gay, il l'avait compris. Mais Capitaine ? Crystal ? Que penserait sa fille si elle l'apprenait ? Toutes ces questions lui tombaient dessus brique par brique. Il découvrait que lui-même ne se sentait plus très bien dans son homosexualité, maintenant que « être gay » ne se résumait pas à avoir des relations sexuelles époustouflantes avec Zak.

— Il y a plein de filles qui aimeraient avaler ta bite, alors qu'est-ce qui ne va pas chez toi ? Comment a-t-il pu t'entraîner là-dedans ?

Capitaine se pencha, ses sourcils s'abaissèrent sur ses yeux.

— Ce connard te fait-il chanter ?

— Non.

Stitch leva le regard vers Capitaine, les yeux écarquillés.

— C'est un ami. Ce n'est pas comme si on le faisait tout le temps ou quoi que ce soit d'autre. Il a ces tatouages et ce piercing sur les lèvres...

Il se dit qu'il était temps de se taire, alors il se bourra la bouche de bacon.

— Alors prends une putain de nana avec des tatouages et des piercings. C'est quoi ton problème ? Tu es assez beau, grogna Capitaine.

Il reprit du café, observant l'assiette de Stitch plutôt que son visage.

— Qui d'autre baise-t-il en ville ?

— Je ne sais pas. On ne parle pas de ce genre de choses, marmonna Stitch la bouche pleine.

Même s'il détestait Cox, le dénoncer pouvait inciter Cox à dénoncer Stitch à son tour. Un putain de cercle vicieux.

Capitaine secoua la tête.

— Il doit partir.

— Qu'est-ce que tu veux dire ?

Stitch se pencha sur sa nourriture. Même avec une demi-vérité comme « juste des pipes », ou que Zak était le seul gars qui attirait Stitch, Capitaine était déjà sur le point de faire quelque chose de stupide. Il ne s'agissait pas d'une sortie Kumbaya, mais d'une question de survie.

— Il quitte la ville. C'est tout, murmura Capitaine en tapant des doigts sur la table.

La sueur froide revint sur la peau de Stitch.

— Allez, laisse-le tranquille. Je vais juste lui dire de ne pas venir. Ce n'est pas comme si c'était un Hound.

Capitaine ricana.

— Il n'est peut-être pas un Hound, mais il a mordu les couilles d'un d'entre eux, apparemment.

Stitch se remplit à nouveau la bouche, mais il lui restait à peine assez d'appétit pour mâcher. Était-il vraiment si gai que cela ? Il ne remarqua aucun changement particulier en lui, si ce n'est qu'il était satisfait comme jamais auparavant dans sa vie.

— Mes couilles sont fermement attachées, dit-il à Capitaine.

Capitaine ricana.

— Nous verrons bien. Gator a déjà prévu de se venger des Nails. J'espère que tes genoux ne se ramolliront pas comme ceux d'une petite fille.

Stitch avait envie de hurler de frustration. C'est exactement pour ce genre de conneries qu'il était si difficile de s'en sortir.

— Mes genoux sont fermes, mais Rat et Joe ne sont pas assez morts ? Il en faut vraiment plus ?

— Tu te dégonfles ? lança Capitaine avec un défi dans les yeux, et au même moment, le téléphone de Stitch vibra contre sa hanche.

Il le sortit et quand il vit que c'était Crystal, il n'était pas content du tout. Se disputer avec elle était la dernière chose dont il avait besoin aujourd'hui.

— Quoi ? demanda-t-il durement en décrochant l'appel.

Elle soupira dans la ligne, et lorsqu'elle parla, sa voix était inquiète.

— Tu vas bien ? Je viens d'apprendre ce qui s'est passé.

— Ah, oui, oui, je vais bien. C'est juste que c'est tendu ici.

C'était touchant d'entendre qu'elle se souciait suffisamment de la situation après tout ce qui avait pourri entre eux.

Capitaine soupira et se détendit dans son fauteuil. Il avait probablement entendu la voix féminine. Crystal parlait toujours fort au téléphone.

— Tu penses que tu pourrais venir ? Je me disais qu'il serait bon que nous parlions et que tu passes un peu de temps avec Holly ?

— Oui, dit-il avant même d'y avoir réfléchi une seconde. Oui, j'aimerais bien la voir.

Stitch espérait que la « discussion » ne se transformerait pas en dispute, mais il pouvait l'accepter si c'était le prix à payer pour voir Holly.

— C'est cool. Nous serons à la maison toute la journée, alors viens dès que tu as le temps, d'accord ?

— Oui, merci d'avoir appelé, j'apprécie vraiment. À bientôt.

Il raccrocha pour revenir à une autre conversation inconfortable.

— On ne peut pas laisser tomber la drogue ? On n'est clairement pas assez gros, dit-il en reprenant le fil de la conversation. Je ne me dégonfle pas, je suis juste logique.

— Tu es un pédé.

Capitaine secoua la tête et vida sa tasse sans regarder Stitch.

Stitch se figea, utilisant toute la volonté qu'il avait pour ne pas frapper le visage de Capitaine contre la table. Trop c'était trop.

— Tu m'énerves. Je vais aller voir Crystal maintenant, mais je passerai au club plus tard pour m'occuper de tout ce qu'il y a à faire.

Il but un peu de café et se leva, frappant le dossier de sa chaise contre la table vide derrière lui.

— Tu peux manger ce putain de gâteau gay si tu veux.

Capitaine s'adossa à la chaise et le scruta sans la moindre trace de peur ou de honte.

— Je ne garde ce secret que parce que nous sommes amis depuis si longtemps, mais c'est ta seule chance avec moi.

Stitch s'inclina au-dessus de la table, la poitrine lourde. Il n'avait même pas remarqué que Capitaine était devenu si différent de lui, qu'ils avaient commencé à vouloir des choses différentes.

— Bien, je garde ma bite dans la chatte, et tu laisses Zak tranquille, parce qu'il n'a rien à voir avec ça.

Le silence complet de Capitaine était difficile à interpréter.

— Bien.

Stitch lui grogna dessus, même si ce n'était pas bon du tout. Il se retourna et s'en alla, tendu comme après une nuit passée à dormir sur le sol. Il avait su hier qu'il devrait quitter Zak pendant un certain temps pour des raisons de sécurité, mais parler à Capitaine le rendait pessimiste quant à l'avenir.

Il enfourcha sa moto et se rendit en trombe à son ancien domicile. Au moins, rendre visite à Holly lui permettrait de se sentir mieux, et il lui acheta une barre de chocolat en chemin. Si elle le voyait si rarement, les souvenirs devraient être bons.

Il fut soulagé de ne pas voir la voiture de Milton dans l'allée. Les points positifs ne s'arrêtèrent pas là. Crystal sortit pour le saluer. Et ce ne fut pas tout. Quand il descendit de la moto, elle le serra contre elle, enroulant ses bras autour de sa taille comme lorsqu'ils étaient encore en couple.

— J'ai eu tellement peur quand j'ai appris la nouvelle de la fusillade, murmura-t-elle dans sa poitrine.

Sa crinière de lion roux lui chatouillait la nuque et lorsqu'elle releva la tête, les yeux écarquillés et sincères, il eut une forte impression de déjà-vu.

— Tu n'es pas blessé ?

— Non, je vais bien. Rentrons à l'intérieur, hein ?

Il lui donna un baiser sur le front, si automatique qu'il ne put s'empêcher de le faire.

Crystal se raidit contre lui et se retira avec une expression indéchiffrable.

— Je ne sauterai plus sur ce bateau, marmonna-t-elle et tourna les talons pour entrer dans la maison.

— Je... Ce n'est pas ce que je voulais dire, marmonna Stitch en se recoiffant avec ses doigts.

Pourquoi la vie était-elle si dure aujourd'hui ?

— Je sais, c'est juste... bizarre.

Crystal lui adressa un sourire crispé et se dirigea vers la cuisine. La maison semblait si paisible et familière que Stitch s'y sentit immédiatement à l'aise.

— J'ai entendu dire que trois personnes étaient mortes.

— Ouais, Joe, ce nouveau gars, Rat, et une fille. Elle s'appelait Penny, je crois.

Il s'assit sur l'une des chaises de la petite table de la cuisine.

— Oh, mon Dieu...

Crystal s'assit lentement sur l'autre chaise, trop choquée pour lui offrir un verre de thé sucré tiré du pichet posé sur la table.

— C'est horrible. Dans quoi tu t'es fourré cette fois-ci ?

— Écoute, Crystal, si tu veux me faire la morale, ce n'est pas le moment. J'ai assez à faire de toute façon.

Stitch ne pouvait même pas la regarder dans les yeux, trop abattu par la conversation de tout à l'heure avec Capitaine.

Ses paroles semblèrent la tirer de sa stupeur, et Stitch entendit le bruit familier des glaçons qui tombaient dans le verre en même temps que le thé.

— Qu'est-ce qui se passe ?

— Capitaine m'a vu avec Zak, murmura-t-il, acceptant le thé comme s'il s'agissait d'une offrande de paix.

Il ne savait pas à qui d'autre en parler.

Crystal s'adossa à son siège en poussant un profond soupir.

— Tu dois vraiment te concentrer sur ce qui est important en ce moment. Est-ce que cette histoire d'homosexualité vaut vraiment la peine que tu perdes tes amis ? Ta fille ? Il est clair que cette situation dans laquelle tu t'es mis ne t'apporte rien de bon.

Stitch aurait aimé manger ce gâteau au fromage. Il avait besoin de quelque chose de sucré dans sa vie. Le thé fera l'affaire.

— Je sais, je sais...

Il se souvint de la beauté de Zak le matin, lorsque Stitch l'avait laissé dormir, recroquevillé sous le drap, les mains près du visage.

— Je ne suis pas un gay typique ou quelque chose comme ça...

Crystal secoua la tête.

— As-tu besoin d'aide ? Je sais qu'il existe des thérapies pour les gens comme toi.

Stitch se lécha les lèvres. S'était-il enfermé trop longtemps dans un cocon de sécurité avec Zak ? Il prenait les choses au jour le jour et ne savait pas vraiment à quoi ressemblerait sa vie à l'avenir. Comment avait-il pu être aussi stupide et croire que personne ne découvrirait qu'il avait baisé un mec ?

— Je ne sais pas...

Il serra les doigts sur le verre froid.

La main de Crystal traversa la table pour saisir les doigts de Stitch.

— Écoute, je veux que tu sois heureux. Si tu acceptes de rompre avec ce type, je te laisserai revoir Holly. Ne serait-ce pas motivant ?

Motivant ? Tout serait tellement plus facile s'il rompait avec Zak. Mais ça ne le rendrait pas plus heureux. Pourquoi devait-il choisir ? Il ne s'agissait pas seulement de savoir où il mettait sa bite. Stitch n'avait jamais ressenti un amour aussi désespéré pour quelqu'un d'autre que Zak. Mais il y avait Holly, et il voulait tellement faire partie de sa vie que ça lui faisait mal. Il avait grandi avec seulement ses grands-parents après que ses parents l'aient abandonné et soient partis, alors avoir une famille avait toujours été une priorité pour lui. À tel point qu'il ne s'était même pas senti mal à l'idée que Crystal soit tombée enceinte il y a quelques années. Il était sûr de pouvoir y arriver. Était-il un salaud de vouloir Zak plus que de voir sa fille ?

— Je pourrais essayer, dit Stitch comme s'il était en pilotage automatique.

Les six derniers mois semblaient être la vie de quelqu'un d'autre, et cette personne la vivait bien mieux que Stitch maintenant. Il n'allait pas voir Zak avant un moment, alors peut-être qu'il pourrait au moins voir Holly quelques fois, pour voir comment ça se passait. Peut-être que c'était un peu comme les drogues, et qu'après la période initiale de sevrage, il serait débarrassé de la sale convoitise qu'il avait pour Zak ?

— Tu es un bon gars, je le sais. Peut-être que je n'étais pas la fille qu'il te fallait ? Il n'y a pas de raison que tu suives le courant comme ça. Les filles ont besoin de plus de travail que les garçons, je suppose, mais cela ne vaut-il pas la peine d'avoir une famille ?

Stitch prit un peu de thé, mais parvient à peine à l'avaler.

— Si j'avais une autre fille, ça ne te dérangerait pas que je voie Holly ?

Peut-être devrait-il essayer ?

— Non, bien sûr que non.

Crystal se redressa et lui sourit.

— Il faut que tu fasses ta vie.

— Et si je voulais une vie avec Zak, je ne pourrais pas avoir Holly dans cette vie ?

Il continuait à éviter ses yeux, se sentant comme un chien maltraité, toujours prêt à recevoir un autre coup de pied.

Crystal retira sa main et regarda ses genoux.

— Stitch, ce n'est pas comme ça que ça marche. Tu ne peux pas fonder une famille avec un mec, voyons... Tu peux penser que tu es amoureux, mais ça passera. Tu sais que ça passera.

Il acquiesça, sachant que c'était la fin. Le trou noir dans sa poitrine s'agrandissait de plus en plus.

— Je peux aller la voir ? marmonna-t-il.

Crystal lui caressa à nouveau la main, déplaçant doucement ses doigts sur les jointures.

— Oui, elle fait une sieste dans sa chambre. Mais elle a assez dormi, je crois.

Elle se leva de sa chaise et le regarda en fronçant les sourcils.

— Tu as perdu ta chevalière.

Stitch en avait tout un tas, mais il savait exactement de laquelle elle parlait. Celle qui avait une signification pour lui, pas comme l'assortiment aléatoire de métal sur ses autres doigts.

— Oui, je crois que je l'ai perdu.

En même temps que mon cœur.

Crystal se mordit la lèvre.

— Je suis désolée. C'était de la part de ton grand-père, n'est-ce pas ?

— C'était le cas. La merde, ça arrive.

Il se tourna vers la poubelle, mourant d'envie de changer de sujet.

— Qu'est-ce qui s'est passé ?? dit-il en désignant la pile de vaisselle cassée qui se trouvait au-dessus.

La bouche de Crystal se referma comme si elle était scellée, et elle détourna le regard, ramenant une mèche de cheveux derrière son oreille.

— Juste un malentendu.

— Putain de Milton. Je t'avais dit que c'était un con, grogna Stitch, mais il sortit de la cuisine, impatient de revoir sa fille.

Crystal n'essaya pas de discuter avec lui et il se précipita dans les escaliers, ne s'arrêtant que lorsqu'il atteignit la porte de Holly. Il prit quelques grandes respirations et appuya lentement sur la poignée de la porte. La porte s'ouvrit avec un grincement silencieux et il jeta un coup d'œil à l'intérieur. Holly était recroquevillée dans ses draps roses, avec l'appui-tête en forme de cygne que Stitch avait fabriqué lui-même et qui étendait ses ailes au-dessus d'elle comme un ange gardien.

C'était tellement touchant qu'il avait envie de pleurer. Il entra doucement et repoussa les ballerines du tapis pour s'asseoir près de son lit.

— Hé, ma chérie.

Il caressa ses cheveux blonds et elle ouvrit sa petite bouche en bâillant bruyamment, s'étirant sur le lit.

— P... papa ? dit-elle en plaquant ses poings contre ses yeux.

— Oui, viens me faire un câlin. Tu m'as manqué. Qu'est-ce que tu as fait ?

Il ne put s'empêcher d'avoir la gorge serrée en voyant son petit corps sortir de sous les draps et se glisser dans ses bras.

— Tu es parti depuis si longtemps. Comment s'est passé ton voyage ? demanda-t-elle en passant ses petites mains autour de son cou.

Stitch la serra fort dans ses bras et ferma les yeux.

— C'était incroyable, mais je devais revenir auprès de ma Holly, n'est-ce pas ?

Elle lui adressa un large sourire et se redressa, embrassant sa joue.

— Qu'est-ce que tu m'as acheté ?

Stitch rit.

— Toujours aussi gourmande. Je ne suis pas assez ?

— Eh bien, tu dois t'excuser de ne pas m'avoir dit que tu partais, dit-elle avec une moue mignonne et enfantine.

— Je vais te faire quelque chose de sympa, qu'en dis-tu ?

— Je veux un Mon Petit Poney à bascule.

Elle grimpa sur ses genoux et tira sur sa veste.

— Sur une moto, et avec un chien de chasse dessiné sur ses fesses.

Stitch se gratta le menton.

— C'est... un défi.

CHAPITRE 21

ZAK

C'ÉTAIT LE SEPTIÈME JOUR consécutif que Zak essayait d'appeler Stitch, sans succès. Les messages restaient également sans réponse, et même si Zak avait plusieurs boulots pendant la semaine, cela ne suffisait pas à le distraire de la peur croissante qu'il éprouvait pour Stitch. Sa moto était devant le club, mais dès que Zak avait récupéré sa voiture, il avait commencé à faire des rondes, dans l'espoir d'apercevoir son amant.

Il se retrouvait incapable de dormir, la tête remplie d'images de Stitch battu, avec des dents cassées, ou dont le tatouage de club était brûlé avec la peau, comme dans l'émission de télévision qu'ils avaient regardée il y a quelque temps. Sinon, pourquoi Stitch n'aurait-il pas laissé Zak savoir ce qui se passait ? Faute de mieux, il invita Versay dans son lit. La bête préférait s'allonger sur le sol et descendait toujours dès que Zak s'endormait, mais au moins, cela l'aidait un peu.

La ville revint lentement à la normale après l'incident de la fusillade. Zak était triste de ne pas pouvoir assister aux funérailles, mais il ne voulait pas interférer avec les projets de Stitch.

Mais au bout d'une semaine, le silence de mort commençait à ressembler à un puits creux, un endroit qui avait avalé son homme et refusait de l'abandonner. Ce fut un crayon cassé qui poussa Zak à bout. Il jeta son carnet de croquis à travers la pièce, suivi du crayon et donna un coup de pied dans le canapé avec un faible gémissement. Les aboiements furieux de Versay ressemblaient à une accusation, et Zak leva la main, faisant tourner la chevalière sur son pouce. Si Stitch ne venait pas à lui, il irait à Stitch.

La journée était ridiculement ensoleillée pour un mois d'octobre, et Zak bouillait dans la voiture, mais ce genre de choses ne le découragerait pas. Il fallait qu'il sache ce qui se passait, même s'il était mal à l'aise à l'idée de rencontrer Capitaine et le regard accusateur de son œil unique. Lorsqu'il arriva au club house, il n'en crut pas ses yeux.

Stitch était là, vêtu d'un simple jean, en train de planter des clous dans les planches de bois qui recouvraient les espaces où se trouvaient les fenêtres. Il se tenait sur une échelle, ses larges épaules et son dos glorieux offrant un spectacle gratuit à un groupe de filles assises à une table à l'extérieur et sirotant des boissons. L'une d'entre elles, une grande brune lourdement tatouée avec des piercings parsemés sur son visage comme des raisins dans un gâteau aux fruits, se leva et apporta un verre à Stitch.

Le sang bouillait dans les veines de Zak et il se gara sur le parking sans ralentir. La fille poussa un cri de surprise et renversa un peu de boisson sur sa chemise. Zak sortit de la voiture avant même qu'elle ait pu décoller le tissu mouillé de ses petits seins. Tout son corps était à la fois glacé et brûlant comme le capot de sa voiture. Il avait du mal à reprendre son souffle en s'approchant de l'échelle, les yeux rivés sur Stitch comme s'il s'agissait de sa bouée de sauvetage. Quand était-il devenu si dépendant de ce type ? N'était-ce pas toujours Stitch qui réclamait l'attention de Zak comme un golden retriever pas assez apprécié ?

Stitch se retourna et esquissa un léger sourire en arrêtant le martelage. Il avait l'air si glorieux que Zak avait envie de crier. Les souvenirs de ce tatouage de club sous lui alors qu'il baisait Stitch étaient si intenses dans l'esprit de Zak que tout son corps palpitait à cette vue et que ses jambes l'entraînaient d'elles-mêmes vers lui. Le jean que Stitch portait aujourd'hui était assez ample, usé et déchiré, laissant apparaître un genou et un peu de peau sur la cuisse. Stitch le portait pour les travaux de bricolage dans la maison de Zak, et même si Zak adorait voir Stitch dans son pantalon de cuir moulant, celui-ci était parfait pour jeter un petit coup d'œil sur le haut du cul de Stitch lorsqu'il se penchait. Les femmes devaient être là pour ça.

Zak fourra ses mains dans ses poches et se força à donner à sa respiration un air calme, même si cela lui faisait mal aux poumons.

— Tu as manqué ton rendez-vous pour le tatouage, mentit-il en fixant le visage bronzé.

Stitch se lécha les lèvres comme il le faisait lorsqu'il était sur le point de mentir.

— Oui, j'ai un peu...

— Je ne pense pas qu'il ait encore besoin de ce rendez-vous, termina Capitaine en sortant des sombres entrailles du club comme s'il était un émissaire de l'enfer.

Zak le regarda, le feu brûlant au plus profond de sa poitrine. Si seulement il pouvait étouffer ce bâtard sans conséquences... Il pariait que c'était Capitaine qui était à l'origine du silence de Stitch.

— Nan, je suis presque sûr qu'il en a besoin.

Capitaine s'approcha lentement de Zak, les mains dans les poches.

— Je lui ai parlé, et il ne veut plus de ton encre. C'est compris ?

Stitch ne voulut même pas regarder Zak dans les yeux lorsqu'il descendit l'échelle. Cela faisait beaucoup moins mal de regarder le visage haineux du Capitaine, tout tendu et prêt à ricaner. Zak fut surpris de voir à quel point il se sentait calme.

— Je ne pense pas qu'il ait besoin d'un messager.

Stitch passa devant Capitaine et poussa légèrement Zak sur le côté, en direction du club.

— Je vais lui parler, Cap. Va discuter avec Raven ou quelque chose comme ça, grogna-t-il.

L'homme ne répondit pas, mais Zak ne se souciait guère de lui, trop concentré sur le contact chaud des doigts rugueux de Stitch. Il le regarda même pendant qu'ils marchaient.

— Tu es là depuis tout ce temps ? chuchota-t-il.

— Oui.

C'était un murmure à peine audible, et quand ils entrèrent dans le club, une douzaine d'yeux les regarda passer. Zak en eut la chair de poule. Il déglutit et se précipita, ouvrant la voie dans le couloir où Stitch l'avait emmené plusieurs fois. Ses pieds se déplaçaient rapidement, comme s'ils voulaient suivre le rythme du cœur de Zak. Il ne savait pas quoi penser de tout ça. Comment Stitch pouvait-il l'inquiéter à ce point ?

Dès que la porte de la chambre de Stitch se referma, le silence devint insupportable. Et pour ne rien arranger, Stitch recula de quelques pas au lieu de suivre son habituel appétit vorace de proximité.

Les dents de Zak se mirent à claquer légèrement, et il serra fortement la mâchoire, son dos heurtant le mur.

— Qu'est-ce que c'est que ça ? Qu'est-ce qui se passe, putain ? dit-il en s'étranglant au fond de la gorge.

Son esprit le savait déjà, mais il refusait d'y croire. Il savait que s'engager dans une relation se terminerait mal, il le savait !

— Je dois prendre un peu de temps, Zak.

Stitch prit une grande inspiration, ce qui ne fit que souligner à quel point ses abdominaux étaient ridiculement bien ciselés.

— Il y a toute cette merde avec Capitaine, avec le club, avec Crystal. Ça va prendre du temps à régler.

Zak lui rit au nez, bien qu'à ses propres oreilles, il ait l'air triste et désespéré.

— De temps? Tu te fous de ma gueule ? C'est pour ça que tu m'as fait attendre un putain de message pour me dire que tu allais bien ?

En l'espace d'une seconde, Zak franchit l'espace qui le séparait de Stitch et le poussa contre le mur, la respiration difficile. Tout son corps brûlait du besoin de frapper quelqu'un.

— J'ai pensé qu'il valait mieux que je reste à l'écart. Et si quelqu'un vole mon téléphone et trouve les textos, ou voit que tu es quelqu'un à qui je parle tout le temps, et qu'ils te retrouvent, hein ?

Stitch ne répliqua pas.

— Oh, va te faire foutre, grogna Zak.

Il enroula ses mains sur sa nuque et fit les cent pas vers l'autre bout de la petite pièce, à deux doigts de trembler de colère.

— S'il te plaît, ne sois pas comme ça...

Il était là. Ce regard de chiot qui n'avait pas le droit d'être là. Pourtant, Stitch ne s'approcha pas, comme si Zak était soudain lépreux.

— Comme quoi ? Être comme toi et prétendre que je ne t'aime pas ?

Zak recula et jeta la chaise sur le sol. Toutes les parties de son corps étaient tendues.

— Qu'est-ce que c'est que cette merde ? Ces filles ? C'est quoi ce bordel, Stitch ?

Stitch fronça les sourcils et se frappa le front contre le mur.

— C'est stupide. Capitaine a trouvé cette fille, Raven, et il n'arrête pas de me pousser vers elle comme si elle pouvait te remplacer juste parce qu'elle a des tatouages et des piercings. Je joue le jeu pour qu'il s'énerve. Il a tellement changé que j'ai l'impression de ne plus le connaître. J'ai juste besoin d'arranger les choses au club et de trouver un moyen pour que nous soyons ensemble, mais ce n'est pas facile.

Zak écarta les bras en signe d'impuissance.

— Et combien de temps cette merde va-t-elle prendre ? Tu ne me parles pas, tu ne peux même pas m'envoyer un putain de texto ? Fais-toi pousser des couilles !

Stitch lui rendit son regard, le visage tendu.

— J'en ai marre que tout le monde essaie de me pousser à sa façon ! Tu veux des couilles, voilà des couilles : Je te dirai quand je serai prêt. Pour l'instant, c'est fini. On ne peut pas me couper en deux ! Si tu ne peux pas attendre, alors c'est fini, s'emporta-t-il en frappant le mur si fort que son poing fit une brèche.

Zak le regarda, complètement abasourdi. Et voilà, c'était fait. La vérité sur Stitch. Ses priorités, les gens qu'il considérait comme plus importants que Zak. Il valait peut-être mieux se faire rappeler à l'ordre le plus tôt possible. Il se sentait déjà trop à l'aise à Lake Valley.

— Pourquoi m'as-tu fait ça ? J'étais parfaitement à l'aise avec ma vie sexuelle amusante et détendue avant de te rencontrer.

Zak secoua la tête en tirant sur la chemise qui recouvrait le trou noir dans sa poitrine.

Stitch le regarda à nouveau dans les yeux.

— Moi, je n'avais aucun de ces problèmes avant de te rencontrer. Je n'ai pas demandé à ce que ça arrive. J'étais un gars parfaitement misérable et fermé, et puis tu es entré et... et...

Zak leva la main pour le faire taire. Il venait de se prendre une balle dans la poitrine, au sens figuré du terme, et il avait besoin de se changer les idées. Il s'approcha de Stitch et fit tourner la chevalière sur son pouce. C'était un poids mort, serrant son doigt palpitant comme la mâchoire d'un insecte carnivore. À chaque pas, il se rapprochait. D'abord, assez près pour sentir l'odeur de Stitch. Puis, assez près pour sentir sa chaleur, et alors qu'ils étaient presque nez à nez, il sourit, même si ses entrailles avaient l'impression de s'effondrer.

— Alors tu as résolu ce problème. Tu ne me verras plus. Profite de Raven, ou quel que soit son nom, murmura-t-il en enfonçant la chevalière dans la poche de jean de Stitch.

Stitch l'observa sans rien dire, mais Zak éprouva un petit sentiment de satisfaction en voyant sa peau rougir.

— Mon problème ne sera jamais résolu après avoir été dans ce corps chaud et serré, murmura-t-il, et son souffle était si proche qu'il brûlait.

— Ce corps chaud et serré ? répéta Zak entre ses dents, en serrant le poing de sa main droite. Tu parles de moi à la troisième personne maintenant ?

— Ce n'est pas ce que j'essaie de dire.

Stitch ferma les yeux un instant.

— Pourquoi *n'écoutes-tu pas* ?

— Tu viens de me larguer.

Zak rit aux éclats et recula quand ses yeux se mirent à pleurer. Il était vraiment fini. S'il avait besoin d'un signe qu'il en avait fini avec cette ville, c'était celui-là.

Stitch sortit la chevalière de sa poche et la tendit à Zak.

— Veux-tu la garder ?

Zak recula en titubant, comme si l'anneau était une arme, et s'accrocha à la poignée de la porte, qu'il poussa rapidement vers le bas, ouvrant la porte. Il n'avait pas besoin de souvenirs comme celui-ci. Stitch ne le suivit pas dans le couloir et ne dit pas un mot de plus. Sans lui aux côtés de Zak, le couloir lui paraissait si étranger et si peu accueillant que Zak avait envie de partir.

Ne sachant pas si la porte du club était ouverte, il retourna au bar et se précipita vers la porte, ne voulant parler à personne. Dehors, il fut aveuglé par la lumière du soleil, mais se fraya un chemin jusqu'à la voiture, en gardant la tête basse.

Capitaine était assis à la table, entouré de filles, et ressemblait à un coq dans un poulailler. Il regarda Zak pendant tout le trajet jusqu'à la voiture, mais Zak choisit de l'ignorer. Il enfila ses lunettes de soleil et démarra le moteur, s'éloignant sans un mot. Le heavy métal qui déchirait l'air dès qu'il alluma son lecteur MP3 devrait suffire. Il n'avait pas encore envie de rentrer chez lui. Le soleil se couchait lentement, il n'y aurait donc pas beaucoup de voitures sur les routes locales, et il pourrait juste aller dans un coin calme pour avoir un endroit où crier.

Il sortit du parking du club et s'engagea sur la route à toute vitesse, pour quitter la ville le plus vite possible. Le vide sur le doigt où il avait l'habitude de porter la chevalière brûlait encore, alors il força sa vieille voiture à rouler encore plus vite, juste pour être le plus loin possible de ce bâtard de menteur. Bientôt, Zak passa devant des petites maisons et des champs interminables. La nuit commençait à tomber lorsqu'il arrêta enfin la voiture au bord de la route et sortit, tournant son visage vers le soleil. Le soleil ne brûlait plus, mais laissait une chaleur agréable sur sa peau. Lentement, il se dirigea vers les arbres qui bordaient la route, seul et avec un trou dans la poitrine de la taille du Grand Canyon. Il jura dans l'obscurité rampante et frappa de la main l'un des troncs.

Il n'avait pas encore décidé de ce qu'il allait faire. Six mois, c'était beaucoup, et il commençait à se sentir à l'aise dans sa nouvelle maison. En ville, Versay n'aurait pas autant d'espace que maintenant, et Zak ne voulait pas l'abandonner. Il n'avait aucune idée de la meilleure marche à suivre, et le chaos qui régnait dans sa tête n'arrangeait rien.

Tous ses sens se mirent en éveil dès qu'il entendit le rugissement d'une moto sur la route. Stitch avait-il changé d'avis ? Zak ne l'accepterait pas comme ça, mais si Stitch faisait pénitence et disait qu'il quitterait le club, Zak supposait qu'il pourrait accepter des excuses. Son cœur bondit vers le moteur qui grondait encore, mais son esprit refusa de le laisser marcher aux pieds de Stitch comme un chiot battu. Il se retourna pour faire face aux buissons odorants et s'appuya contre l'arbre, écoutant.

Les pas lourds des bottes écrasaient les herbes sèches, mais au lieu de la blondeur nordique de Stitch, ce que Zak vit fut la barbe et les cheveux noirs et touffus de Capitaine émergeant de derrière un arbre épais. Le premier réflexe de Zak fut de reculer, mais il se força à tenir bon même si ses entrailles se figèrent et que son cerveau se mit à chercher des armes possibles aux alentours. Malheureusement, il craignait que casser une branche ne suffise pas.

— J'ai pensé qu'il fallait qu'on discute un peu, dit Capitaine, qui aimait visiblement s'approcher de Zak comme un prédateur.

Ils savaient tous les deux qui avait le dessus ici, mais Zak avait l'intention de ne montrer aucun signe de faiblesse, aussi difficile que cela puisse être.

Il haussa les épaules avec un profond soupir.

— Je ne pense pas que ce soit encore le cas.

Capitaine se tenait devant lui, bien trop près.

— Si je te revois au club, tu seras aussi bon que de la viande d'alligator, compris ?

Zak savait ce qu'il devait dire, mais la colère l'emporta. Il n'allait pas pisser dans sa culotte devant le type qui lui avait enlevé Stitch.

— Tu prends ton pied avec ça ?

Au lieu d'une réponse, il reçut un coup de poing au visage si rapide que Zak eut du mal à comprendre pourquoi il se retrouva au sol, la tête encore étourdie par le coup.

— Maintenant, oui.

Capitaine recula d'un pas et le regarda de travers.

— Je ne vais pas laisser un pédé dégénérer mon ami.

Zak avala le goût cuivré dans sa bouche, ses muscles se raidirent tandis qu'il vérifiait l'état de ses dents. Toutes étaient encore en place.

— C'est ce que dit le type qui mange une fille en public, marmonna-t-il en se levant lentement.

Cette fois, il serait prêt.

— C'est mieux que de se faire baiser le cul.

Capitaine se lança sur Zak et même si Zak essaya de lui donner un coup de pied, le gars était comme un bulldozer de muscles à côté de lui, poussant Zak au sol, coup après coup.

La tête de Zak était un mélange de panique et de résignation. Il réussit à donner quelques coups de poing, mais cela ne sembla pas ralentir l'enfoiré.

— Personne ne veut baiser ton sale cul, grogna-t-il les dents serrées en protégeant son crâne des coups de poing.

Il était pris au piège d'une tornade, ballotté sans issue. Son esprit se mit en pilote automatique, cherchant une ouverture vers l'aine du Capitaine, mais cela ne venait pas.

Capitaine réussit à donner un coup de pied dans le tibia de Zak et à l'envoyer à nouveau au sol avant de reculer d'un pas. Il cracha sur Zak avec un horrible gargouillis.

— Garde ton cul de pédé loin de Stitch.

Zak tressaillit et se mit en boule dans la terre humide. Il observa Capitaine par la fente entre ses paupières mi-closes, prêt à bouger pour éviter un coup de pied dans le dos. Son corps entier hurlait d'une douleur sourde, étourdi par les puissants coups portés à la tête, et il ferma la bouche, souhaitant seulement que cette menace fasse demi-tour et s'en aille.

Et c'est ce qu'il fit. Sans un mot de plus, Capitaine s'en alla, laissant Zak avaler son propre sang en même temps que sa fierté. Cette journée ne pouvait pas être pire. Lentement, il s'essuya le visage avec son bras et se retourna sur le ventre avec un faible gémissement. C'était déjà assez épuisant avec ses muscles tendus comme des cordes, mais le vrombissement soudain d'un moteur de moto réveilla quelque chose au plus profond de l'estomac de Zak, et il fit un bond en avant, vomissant sur la terre battue. Il se hissa au-dessus de la mare et roula sur le côté, regardant les cimes des arbres qui le surplombaient. Il n'avait même pas remarqué qu'il s'était mis à trembler.

— Putain... prononça-t-il en crachant du sang alors qu'il se redressait en s'appuyant sur un arbre qui lui servait de support. Chacune de ses articulations tressaillait, comme si chaque coup de poing qu'il avait reçu était précisément destiné à le transformer en une boule de douleur. Ses paupières brûlaient, il ne savait pas si c'était à cause de la honte ou de la perte, mais il se serra contre le tronc, enfonçant ses doigts dans l'écorce comme s'il s'agissait des patchs sur la veste de Stitch. Un faible sanglot essoufflé quitta ses lèvres et il ouvrit les yeux, chassant la brume d'humidité avant de se diriger lentement vers l'avant. Il avait l'impression de se déplacer comme un pingouin, mais à chaque pas, son corps s'habituait à la piqûre. Lorsqu'il se laissa enfin tomber sur le siège de sa voiture, la sécurité de la sellerie connue, de l'odeur familière, lui fit prendre conscience de la situation.

Il démarra doucement, craignant que les vibrations ne le fassent souffrir encore plus, mais comme rien ne changeait, il accéléra, souhaitant rentrer chez lui le plus vite possible. Conduire pour réfléchir dans la campagne alors qu'un motard fou vous haïssait n'était pas une bonne idée. Peut-être même que rester à Lake Valley n'était pas une bonne idée. À chaque kilomètre qui le rapprochait de la ville, il roulait plus vite. Et si cet enfoiré venait chez lui et empoisonnait Versay ou quelque chose comme ça ?

— Non, non, non, murmura Zak, en enfonçant encore plus la pédale d'accélérateur sur la route déserte.

Chaque pulsation dans ses tempes était comme une lumière stroboscopique qui explosait dans sa tête. Cela lui donnait à nouveau le vertige, mais il était trop près de la maison pour s'arrêter au milieu de la route, alors il accéléra encore, se concentrant sur les marques fluorescentes de la route.

Le signal sonore d'un véhicule de police lui creusa le crâne et il vit la voiture dans son rétroviseur, comme un piranha qui s'approchait de lui alors qu'il était déjà au fond de l'eau, en sang et incapable de s'en sortir à la nage. Rien ne pouvait aller dans son sens aujourd'hui ?

En serrant les dents, il se rangea lentement sur le côté de la route et posa les mains sur le volant. Il regrettait d'avoir obéi au protocole dès qu'il vit ses doigts trembler, mais le policier s'approchait déjà dans les lumières vives de sa voiture.

Et bien sûr, ce n'était personne d'autre que Cox. Était-il le seul putain de flic de cette ville ? Zak grogna lorsque Cox frappa à la vitre de la voiture. Il baissa la vitre, essayant de garder son visage dans l'ombre. Il voulait juste rentrer chez lui.

— Hé, marmonna-t-il.

Cox s'inclina devant la fenêtre.

— Hé, Zak. Tu te dépêches d'aller quelque part ?

— Désolé, mon esprit s'est égaré, dit-il, se demandant si Capitaine n'avait pas castré sa langue, car il n'avait aucune remarque intelligente à destination de Cox.

Cox fronça les sourcils et regarda Zak de plus près.

— C'est Larsen qui t'a fait ça ?

Oh, pour l'amour de Dieu.

Zak tourna la tête vers Cox, sachant qu'il ne servait à rien de cacher ses blessures maintenant qu'elles avaient été repérées.

— Quoi ? Pourquoi ferait-il ça ? Bien sûr que non.

— Peut-être parce qu'il n'est plus chez toi depuis une semaine ?

Cox tendit la main pour inspecter le menton de Zak.

— C'est parce qu'on a rompu, dit Zak en s'éloignant du contact. Écoute, je vais bien. Ne parlons pas de lui.

— Non, parlons de lui. Je n'arrive pas à croire que cet enfoiré t'ait fait ça. Il faut que tu fasses photographier ça, que tu le fasses signer par un médecin et que tu portes plainte. Viens avec moi au poste.

Cox respirait difficilement et regardait Zak avec une expression maniaque.

— Non.

Zak inspira brusquement, surpris par l'emportement.

— Ce n'était pas lui. Je peux prendre ma contravention pour excès de vitesse et rentrer chez moi ?

— Tu vas laisser cette ordure te marcher dessus comme ça ? Tu sais quoi ?

Cox sortit son carnet d'amendes, mais ne l'ouvrit même pas.

— J'en ai assez de le voir agresser et tourmenter un gentil garçon comme toi. Je me fiche qu'il m'attaque en représailles. Je vais mettre son cul de gay en prison, et tu pourras me remercier plus tard.

Les doigts de Cox serrèrent le carnet si fort que Zak entendit un craquement dans les articulations. Avec un coup violent sur le toit de la voiture, Cox repartit vers sa voiture.

Zak cligna des yeux et se pencha malgré la tension douloureuse dans son dos.

— T'es malade de la tête ? Je t'ai dit que ce n'était pas lui !

Cox monta dans sa voiture et ralentit en passant devant Zak.

— Je vais m'occuper de ça, Zak, dit-il d'un air sérieux, sans attendre de réponse avant d'accélérer.

Zak fixa les lumières de la voiture de police qui disparaissaient dans l'obscurité, un sentiment d'urgence brûlant dans sa poitrine. Il tendit la main vers le siège passager où il avait posé son téléphone portable et tâtonna pour trouver le numéro de Stitch, qu'il n'avait heureusement pas encore effacé.

— Décroche, espèce de con, siffla-t-il lorsque l'attente dura plus de trois tonalités.

CHAPITRE 22

STITCH

STITCH ÉTAIT ASSIS SUR le lit de sa chambre, se sentant plus vide que jamais. Il n'arrêtait pas de mettre la bague de Zak (comme il y pensait maintenant), mais elle ne faisait que lui rappeler que Zak avait disparu de sa vie. Les Hounds étaient à Houma pour faire la fête avec un autre club avec lequel ils étaient en train de s'allier grâce à l'ennemi commun que représentaient les Coffin Nails. Stitch avait choisi de ne pas y aller, sachant que ce serait la merde. Il était de mauvaise humeur et, en plus, Capitaine continuerait probablement à lui imposer Raven. Il n'y avait rien de mal avec cette fille, c'était une rockeuse cool, mais ce n'était pas Zak. Et ce n'était pas seulement une question de bite ou de pas de bite non plus. Avec Zak, le monde entier disparaissait tandis qu'ils se baisaient jusqu'à l'oubli, puis restaient allongés comme s'ils ne formaient qu'un seul corps, jusqu'à ce qu'ils aient assez d'énergie pour recommencer.

Stitch regarda son téléphone où il avait trois appels manqués. La dernière chose qu'il voulait maintenant, c'était que des gens essaient de le convaincre d'aller à une fête pleine d'alcool et de nichons. Quelque chose qui était autrefois son élément lui semblait plus étranger que jamais. Comme si Zak avait changé quelque chose dans son ADN. Il voulait tellement que Zak revienne que ça lui faisait mal, mais il ne pouvait pas le faire maintenant, alors qu'une explosion de violence menaçait de déchirer la ville. Alors si Zak ne pouvait pas attendre, c'était le moment ou jamais. Stitch imaginait déjà Zak en train de trouver un mec cool avec qui commencer sa vie et serra les dents si fort que cela commença à lui donner mal à la tête.

Stitch était un tel gâchis d'espace. Un problème pour Crystal, un père égoïste, il n'arrivait pas à s'entendre avec Zak, ni à suivre aveuglément les décisions et les plans de plus en plus violents du club. Il enfila sa veste et sortit le pistolet qui y était caché. Le canon était brillant et noir, la lourdeur si certaine dans ses mains. Peut-être pouvait-il faire quelque chose de bien ? Il enfonça le bout de ses doigts dans le duracier lorsqu'il entendit un violent coup de poing à la porte arrière du club. C'était comme si quelqu'un frappait sur le bois avec ses deux poings.

— Oh, putain de merde.

Il se leva et sortit dans le couloir.

— Ferme ta gueule ! hurla-t-il avant d'ouvrir la porte de derrière d'un coup de pied.

Cox recula, sa main se rapprochant dangereusement de son arme. C'était la dernière personne que Stitch s'attendait à voir.

— Quelqu'un a un penchant pour la violence aujourd'hui, grogna Cox.

— Qu'est-ce vous voulez, Cox ? Si c'est une « bite », ce n'est pas moi qui te l'offrirai.

Il ricana en direction du flic, l'image de Cox au lit avec Zak étant impossible à effacer et encore plus vive qu'à l'accoutumée.

— Ce n'est pas une bite, dit Cox avec un sourire dégoulinant de miel empoisonné.

Il fit un geste pour entrer.

— Allez-y, grogna Stitch en le laissant passer.

Toute l'herbe avait été emportée à la fête, il s'en fichait éperdument.

— Je suppose que vous n'avez pas de mandat ?

Stitch s'imaginait enfoncer ses pouces dans le cou épais de Cox et les maintenir serrés jusqu'à ce qu'il cesse de respirer.

— Je n'en ai pas besoin.

Cox se dirigea lentement vers le centre du salon et croisa les bras sur sa poitrine. Ses yeux étaient sombres et poignardaient Stitch comme des lasers invisibles.

— Vous êtes une triste excuse pour un homme, Larsen.

— Vous avez quelque chose à dire, Cox ? Ou vous nous rendez visite sans raison ?

Stitch fronça les sourcils et serra les poings. Il n'avait pas besoin d'entendre quoi que ce soit de la part de cet enculé.

— Oui, je vous arrête pour agression.

Cox ricana comme un chien vicieux.

— Au moins, vous ne toucherez plus à Zak.

— Agression de qui ? Restez ici plus longtemps, et il pourrait s'agir d'une autre agression contre un officier de police. C'est bien.

Stitch mit ses mains dans ses poches pour ne pas pousser Cox tout de suite.

— Vous n'avez rien à faire avec moi ou Zak.

Cox rit en secouant la tête.

— Vous êtes incroyable. Quelle merde. Vous savez quoi ? Je me fiche de savoir si vous me balancez. Je survivrai, mais si les gens découvrent ce que vous faites, vous serez vraiment dans la merde.

Cox se rapprocha, montrant ses dents comme un chien enragé. Il contournait Stitch, se préparant à l'attaquer.

Le corps de Stitch se refroidit et il saisit le devant de l'uniforme de Cox.

— Qu'est-ce que vous avez dit ?

Il n'avait pas fait toute cette merde avec Capitaine pour se faire démasquer et peut-être tuer par ses anciens frères. Il était déjà suffisamment aliéné.

— Qu'est-ce que vous voulez de moi, hein ?

Il s'efforça de garder une respiration normale malgré la panique qui s'insinuait dans son cerveau.

Ils se tournèrent tous deux vers la porte lorsqu'elle heurta le mur, poussée de l'extérieur. Zak entra, les yeux grands ouverts, une fine couche de rouge autour de la bouche, les cheveux en bataille. Il appuya son dos contre le mur en poussant un faible gémissement.

— Je t'ai dit que ce n'était pas lui, dit-il

Mais Cox était déjà revenu à la conversation qu'il avait avec Stitch.

— Vous allez coopérer. Je veux votre bande de voyous derrière les barreaux !

Les yeux de Stitch s'écarquillèrent devant les bleus sur le visage de Zak. Est-ce que Cox avait osé toucher Zak pour cette merde ?

— Je ne vais pas balancer qui que ce soit ! Vous savez très bien que ça me tuerait ! hurla-t-il à Cox en le secouant si fort que quelques boutons se détachèrent de la chemise de ce dernier.

— Ah oui ?

Le souffle de Cox était humide et chaud sur son visage.

— Alors je m'assurerai que vous soyez victime d'un viol collectif en prison si souvent que vous m'appellerez pour me supplier de dénoncer votre propre mère, grogna-t-il, le visage crispé entre le rictus et la mine renfrognée.

Stitch se sentait déjà comme un rat, piégé, acculé, sans issue possible. Chaque option était comme un mur qui l'enfonçait, qui essayait de l'écraser. Crystal, Zak, la prison, les Hounds, Capitaine, sa propre sexualité au centre de tout cela. Il aurait aimé pouvoir l'extirper de son corps comme une tumeur. Au lieu de ça, il y avait un mur qu'il pouvait écraser. Une tumeur à éliminer.

Il sortit son arme et tira dans la poitrine de Cox. L'impact fit basculer Cox en arrière, les yeux grands ouverts, et Stitch tira deux fois de plus pour être certain que ce soit bien fait.

La poitrine de Cox, visible à travers la chemise entrouverte, changea de couleur et devint rouge vif, tandis que le reste de son corps devint d'une pâleur effroyable en une fraction de seconde. Les yeux écarquillés, il ouvrit la bouche et sortit son propre pistolet. Le cri de Zak résonna dans la tête de Stitch en même temps que le coup de feu, mais Cox avait déjà laissé tomber son arme sur le sol et s'était agenouillé, avant de tomber la tête la première comme un arbre. Il était mort.

L'adrénaline s'était tellement répandue dans le corps de Stitch que ce n'est que maintenant qu'il posa sa paume sur son bras, réalisant que la balle avait effleuré son flanc. Le sang dégoulinait sur sa peau, mais il leva les yeux vers Zak, incertain de ce qu'il devait faire ou dire maintenant. *Putain. Putain de merde.*

Zak était figé près de la porte, le visage en état de choc. Il tremblait légèrement en promenant son regard entre Cox et Stitch. La pièce résonnait de ses respirations profondes et sifflantes.

— Tu l'as tué.

Stitch regarda le corps et les taches sombres sur le sol. Il n'avait jamais tué personne auparavant, mais Cox l'avait poussé à bout, l'avait menacé. C'était lui ou Cox.

— Il t'a tabassé, dit Stitch plus doucement qu'il n'en avait l'intention.

Son estomac était en ébullition, mais son esprit était vide, il était encore en train d'assimiler ce qui s'était passé.

Zak secoua la tête. Il se décolla du mur comme s'il y était collé et avança en trébuchant avec des mouvements raides et prudents.

— Oh, mon Dieu, Stitch... Qu'est-ce que tu as fait ?

— Tu l'as entendu !

Les stalactites de son corps se réchauffaient et faisaient couler la peur et la panique dans le sang de Stitch. Ses mains tremblaient, mais il mit rapidement la sécurité sur l'arme. Sa respiration s'accéléra.

— Qu'est-ce que tu fais ici, d'ailleurs ?

Il ne voulait pas élever la voix, mais c'était trop. Il avait le corps d'un flic en train de refroidir sur le sol, le sang d'un homme mort sur son visage.

Zak s'arrêta à mi-chemin de la pièce et fit un signe de tête vers Cox sans mot dire. S'il y avait quelque chose que Stitch ne voulait pas que Zak voie, c'était bien ça.

— Qu'est-ce qui s'est passé ?

Stitch écarta les bras, puis posa les mains sur sa nuque.

Pour ne rien arranger, des pas lourds résonnaient dans le couloir du fond.

— Stitch ! Combien de fois dois-je t'appeler ? Prépare ton cul pour la fêt... hurla Capitaine, mais il coupa la phrase au moment où il entrait dans la pièce.

— C'est quoi ce bordel ?

Zak croisa les bras sur sa poitrine et regarda le corps refroidissant, se mordillant la lèvre comme s'il voulait la mordre. Capitaine ferma rapidement la porte derrière lui, fixant lui aussi le cadavre.

— C'est Cox ?

— Oui, c'est Cox, putain !

Stitch lui hurla dessus, mais lorsqu'il remarqua des taches rouges sur les articulations de Capitaine, une lumière rouge s'alluma dans son cerveau.

— C'est le sang de qui, hein ?

Il s'approcha de Capitaine, regardant entre ses mains et le visage en désordre de Zak. Il se fichait éperdument du sang qui coulait de son bras. S'ils ne se débarrassaient pas correctement de Cox, il irait vraiment en prison en tant que putain de tueur de flics. Ce serait la fin de sa vie. Il ne reverrait plus Holly. Zak passerait à autre chose et l'oublierait. Personne dans le système de justice pénale ne croirait jamais qu'il s'agissait d'un accident. Il ne voulait pas appuyer sur la gâchette. C'était juste... arrivé.

Capitaine ricana et marcha vers Zak, comme s'il essayait d'effrayer un chien.

— On dirait que ce n'était pas assez pour ce pédé.

Zak tressaillit, regardant en arrière. Il se rapprocha même du corps, posant sa main sur l'arme délaissée de Cox.

— Putain, je l'ai quitté sous ta pression et je t'ai dit de ne pas le toucher !

Stitch se dirigea directement vers Capitaine, prêt à l'écarteler comme s'il s'agissait d'un bœuf cuit à l'étouffée. Assez, c'était assez.

— Je t'ai dit de le laisser tranquille ! Ce n'est pas sa faute si je suis comme ça !

— Peu importe. Je ne veux pas de son sale cul dans ma ville. Les autres non plus, grogna Capitaine en repoussant Stitch.

Ses cheveux noirs étaient sauvages et indisciplinés, comme ceux d'un méchant démoniaque dans un film.

— Ne le touche plus jamais !

Stitch lui hurla dessus et donna un coup de poing dans le ventre de Capitaine, même s'il savait que cela provoquerait un assaut. Il s'en moquait comme d'une guigne, car ils commençaient à se frapper et à se donner des coups de pied dans un combat à armes égales. La pensée que Capitaine avait battu Zak fut la goutte d'eau qui fit déborder le vase.

Capitaine grogna et se tordit juste assez pour frapper Stitch à la mâchoire. La douleur irradia toute la tête de Stitch comme un rayon de chaleur. Il pouvait entendre la voix de Zak en arrière-plan, mais il était complètement pris par le besoin de tordre les couilles de Capitaine.

Tout pouvait être utilisé dans le combat, les genoux, les coudes, les dents. Stitch mordit l'oreille de Cap, l'arrachant presque, mais Capitaine lui donna un coup de coude dans l'estomac et le projeta sur la table basse. Le cliquetis du verre brisé accompagna sa chute lorsqu'il renversa le vieux meuble. Stitch donna un coup de pied si fort dans le genou de Capitaine que celui-ci poussa un cri et se jeta sur lui. Ils se roulèrent dans le verre brisé comme deux pitbulls qui avaient été entraînés toute leur vie pour ce combat.

— Il y a un putain de corps ici ! siffla Zak, mais Capitaine ne fit que regarder dans sa direction avant de donner un coup de tête si fort que le cerveau de Stitch eut l'impression de s'écouler par le nez.

— Prends-en soin, minet, grogna-t-il, crachant du rouge sur le côté.

— Ne t'avise pas de l'appeler ainsi ! marmonna Stitch, encore étourdi. Il posa sa main sur le visage de Capitaine et enfonça ses doigts dans la peau, mais lorsqu'il remarqua le visage de Zak au-dessus de lui, Capitaine reprit le dessus et enfonça ses pouces sous les côtes de Stitch, ce qui lui arracha un gémissement.

— Je m'en fiche. Stitch, tu as tué un homme, on doit faire quelque chose !

Zak n'était pas loin d'avoir une respiration sifflante.

— Allons-y avant que quelqu'un ne se mette à le chercher. La putain de voiture de police est dehors !

Cela semble avoir dégrisé Capitaine, car il s'éloigna, fronçant les sourcils en direction de Zak.

— Putain de merde.

Stitch roula sous Capitaine, le poussant vers la vitre. Il en avait fini avec cette merde. Le fait qu'il ait tué un homme n'était pas encore intégré, mais le fait de regarder Cox, allongé là, face contre terre, lui donnait l'impression d'être réel.

— C'est vrai. La voiture, marmonna-t-il en crachant du sang.

CHAPITRE 23

ZAK

ZAK S'INSTALLA SUR LE siège passager, ne cessant de scruter le visage ombrageux de Capitaine dans le rétroviseur. Ils attendaient Stitch, qui était encore en train de manipuler la dépouille de Cox, qu'ils avaient enveloppée dans plusieurs sacs en plastique pour éviter les taches dans le coffre de Zak. Zak croisa ses mains sur sa poitrine. Elles étaient sèches et douces après tout le travail de blanchiment et de nettoyage qu'il avait dû faire au club house. Il préférait cela à se débarrasser d'une voiture ou à découper un corps chaud avec une scie de l'atelier de Stitch. Zak ne pouvait se résoudre à penser à Stitch découpant méthodiquement les bras, les jambes, la tête, sans avoir la nausée. Ces mains, qu'il savait si douces, n'étaient pas faites pour un tel acte.

Le processus d'élimination de la flaque de sang dans le salon du club avait été douloureux, et il avait dû constamment se dire que ce n'était pas du sang qu'il absorbait avec des essuie-tout et qu'il nettoyait avec une éponge rugueuse, sinon il n'aurait pas été capable d'aller jusqu'au bout. Il avait fallu beaucoup de désinfectants, mais il avait réussi à rendre tout le sol plus propre qu'il ne l'avait probablement été depuis sa pose.

Stitch évita le regard de Zak lorsqu'il revint et s'assit sur le siège du conducteur. Il démarra le moteur aussi calmement qu'une vieille dame. Zak ne put s'empêcher de jeter un coup d'œil aux mains de Stitch, s'attendant à voir du rouge sous ses ongles, mais heureusement elles étaient propres.

Zak déglutit difficilement et tourna la tête pour lui faire face. Stitch était pâle, les yeux cernés, les épaules comme attachées à un cadre de bois.

— Tu as tout nettoyé ?

Stitch acquiesça et prit la route la plus rapide pour quitter la ville, mais Capitaine ne voulut pas se taire.

— Bien sûr qu'il l'a fait. C'est un pédé, pas un idiot.

Zak inspira une goulée d'air et se pencha en avant pour ne pas être trop proche du bâtard derrière lui.

— Tais-toi déjà.

— Rien de tout cela ne serait arrivé s'il n'y avait pas eu d'homophobie dans le club, grogna Stitch à Capitaine, tout en gardant les yeux sur la route. Si le fait d'être assumé n'était pas un tel péché contre l'humanité, je n'aurais pas été aussi effrayé à l'idée que Cox le dise à tout le monde.

Capitaine ricana sur la banquette arrière.

— Si nous avions su que tu étais une telle mauviette, nous ne t'aurions pas accepté.

— Tu crois que ça a toujours été évident pour moi ? Tu sais que dalle.

— Et tu n'es pas une mauviette, ajouta Zak, à l'amusement apparent de Capitaine.

— Allez Stitch, maintenant tu as un caniche de protection personnelle ? Qu'est-ce que tu as fait pour qu'il te défende si violemment ? Tu lui as sucé les couilles ?

— Ferme ta gueule, Capitaine.

Stitch fronça les sourcils et tourna dans un petit sentier menant à la forêt et au marais.

— J'ai fait ce que les gens font dans les relations amoureuses. J'en ai marre d'entendre ces conneries. Tu ne veux pas savoir, alors arrête de demander !

Zak venait à peine de reposer son dos contre le siège que Capitaine s'élança vers l'avant, et son bras lourd, revêtu de cuir, s'appuya contre la poitrine de Zak, le maintenant en place comme un dispositif de contention par-dessus l'épaule. Même sans Capitaine, ce voyage était loin d'être agréable, et Zak se rappelait constamment qu'il devait garder son dîner au chaud. Il en oubliait presque de respirer, imaginant inconsciemment ce bras se relever pour l'étouffer.

— Alors c'est une « relation » maintenant, hein ? grogna Capitaine. Tu lui apportes des fleurs tous les dimanches ?

Stitch regarda vers eux, mais ne laissa pas Capitaine le provoquer.

— Oui, c'est une putain de relation, bon sang ! Et non, je ne lui apporte pas de fleurs. Je promène son chien, je peins la maison et on baise comme s'il n'y avait pas de lendemain. Ça te suffit, ou tu veux savoir exactement ce qu'on fait ? Qu'est-ce que tu veux, putain ?

Capitaine fit exactement ce que Zak craignait. En une fraction de seconde, le bras musclé se leva pour presser sa gorge, mais avant qu'il ne puisse ne serait-ce qu'essayer de se libérer, Capitaine se retira comme s'il s'agissait d'une simple plaisanterie.

— Putain, dit-il entre ses dents. Sans ce monstre, rien ne serait arrivé.

Un puissant coup de pied secoua le siège de Zak, mais il n'essaya même pas de raisonner cet être déraisonnable.

— Ce n'est pas de sa faute si je n'aime pas les chattes.

Stitch se retourna brièvement et frappa la jambe de Capitaine.

— J'en ai marre de faire ce que les autres essaient de me faire faire. On n'est pas censés être des putains de hors-la-loi ? Vivre sans règles ? Qui dit que je ne peux pas baiser un mec si j'en ai envie ? Je l'emmerde.

Le visage de Capitaine se figea un instant, avant d'exploser en un grognement.

— Nous ne sommes pas liés par des civils, mais cela ne veut pas dire que nous n'avons pas de putain de règles.

Zak déglutit, regardant Stitch en silence. Il ne voulait pas lire trop dans les paroles de Stitch, surtout pas après l'avoir vu tuer un homme. Ce n'était pas prévu, et les mots cruels de Cox avaient été le déclencheur, mais cela ne changeait rien au contenu du coffre. Il avait envie de faire un trou dans le sol et d'y hurler jusqu'à ce que sa voix s'éteigne. Si seulement il pouvait enterrer tous ses soucis et ses doutes de cette façon. Cox ne méritait pas ça. C'était un bon gars, avec des rêves et des espoirs pour l'avenir qui ne se réaliseraient jamais.

Zak jeta un coup d'œil par la fenêtre, observant les arbres qui passaient pendant qu'ils roulaient. Il était encore trop engourdi pour désespérer, mais logiquement, que faisait-il ? Il aidait à se débarrasser d'un corps. Il n'avait jamais pensé qu'il serait *ce type*. Il plaisantait avec certains de ses amis sur le fait qu'ils étaient si proches qu'ils s'appelleraient l'un l'autre en cas de besoin pour cacher un corps. Mais il n'aurait pas fait ça pour eux. Ses yeux se tournèrent lentement vers Stitch, qui avait les mains crispées sur le volant, le visage étrangement pâle.

— Ce sont *nos* règles. Pourquoi ne pas les changer ?

Stitch s'engagea dans un autre petit sentier et s'enfonça dans les arbres.

Capitaine se pencha en avant et saisit les deux sièges avant.

— Parce qu'aucun homme ne veut fraterniser avec un pédé. Depuis que tu l'as rencontré, tu as même commencé à prendre du retard dans les affaires du club. Nous devons nous développer. Comment peux-tu ne pas le voir ?

— Cela n'a rien à voir avec Zak. Je me retire parce que je ne veux pas me faire tirer dessus en dealant de la drogue. C'est si difficile à comprendre ? Stitch regarda Capitaine d'un air renfrogné.

— Alors achète une putain de Vespa, cracha Capitaine et s'adossa au siège.

Il n'ouvrit pas la bouche pendant le reste du trajet et, pour une fois, sa voix manqua à Zak. Le silence le faisait trop réfléchir, et plus Zak se concentrait sur les crampes d'estomac, plus il croyait sentir une odeur de décomposition, ce qui n'avait aucun sens. Après tout, le corps devait être encore chaud.

Stitch gara la voiture dans la boue du marais. L'éclairage inquiétant de la voiture et les bruits de milliers d'insectes rappelaient à Zak un épisode de *X-Files*.

— Pourquoi ? Parce que je ne veux pas faire du trafic de drogue ? Je n'ai pas besoin de plus d'ennuis dans ma vie, siffla Stitch et sortit de la voiture en claquant la portière derrière lui.

— C'est l'affaire du club, et tu es le seul à avoir un problème avec ça. Le vote est passé, Stitch, grogna Capitaine en sortant lui aussi de la voiture.

Il donna un coup de pied à la porte de Zak en se dirigeant vers l'eau, mais Zak ne lui donna pas satisfaction et sortit plus rapidement, malgré toutes les crampes dans son corps.

— C'est des conneries, grommela Stitch en s'approchant du coffre.

— Je ne veux même pas en parler. Emmenons ce corps aux alligators.

Zak regarda ses mains lorsque Capitaine tourna son visage narquois vers lui.

— Je vais chercher des pierres, ouais ? marmonna-t-il, s'éloignant au moment où le coffre fut ouvert.

— Merci.

Stitch soupira comme un vieil homme en regardant à l'intérieur.

— Je ne comprends pas, continua Capitaine en ouvrant sa sale gueule. Tu as été avec Crystal pendant tant d'années, et tout allait bien.

Stitch se fâcha.

— Non, ça n'allait pas ! C'est pour ça qu'on a divorcé. Tu es vraiment aussi bête qu'un caillou.

Il tira sur quelque chose qui ressemblait à un sac en plastique.

Zak détourna le regard et alluma la lampe de poche de son téléphone, à la recherche de pierres ou d'autres objets lourds qui pourraient maintenir le corps sous l'eau. La situation était surréaliste. Il n'avait jamais rien fait d'illégal. D'accord, il avait fait les petites choses que tout le monde fait, mais il n'avait jamais rien fait qu'il considérait comme « criminel ». Tout avait changé depuis qu'il avait rencontré Stitch. Il avait fermé les yeux sur les activités des Hounds, et maintenant il aidait à nourrir les alligators avec un homme avec qui il avait couché. Un officier de police. Un homme globalement décent. Cela faisait-il de lui une mauvaise personne qu'il soit prêt à laisser Cox disparaître sans laisser de traces parce qu'il ne voulait pas que Stitch lui soit enlevé pour quelque chose qui était clairement le résultat d'une erreur de jugement ? Il ne s'agissait pas d'un meurtre de sang-froid, et Zak voulait croire de tout son cœur qu'il faisait ce qu'il fallait, même si la plupart des gens n'étaient pas d'accord. Mais qui aurait intérêt à ce que Stitch purge une peine ? Au contraire, le mettre en prison rendrait sa famille malheureuse. Et Zak perdrait le seul homme qui l'ait jamais fait se sentir aussi intensément vivant.

— Parce que ça n'a pas de sens !

Capitaine aida Stitch à ramasser les morceaux de corps en grognant.

— Pourquoi échanger une vie avec Crystal contre ce type ? Les pipes ne doivent pas être si bonnes que ça.

Ils portèrent le corps vers le rivage. Il était à peine visible dans l'obscurité, mais Zak remarqua tout de même que Stitch secouait la tête.

— Tu ne sais pas de quoi tu parles. Quand on tombe amoureux, même un baiser est époustouflant. Tu ne baises pas avec d'autres personnes, parce qu'il n'y a qu'une seule personne dont tu veux être proche. Quand il me baise, c'est comme si je lui donnais une partie de mon âme. Je ne cherche pas d'autres gars et je ne veux pas le faire avec quelqu'un d'autre.

Zak se retourna pour leur faire face, son cœur s'agitant autour de sa poitrine comme s'il voulait se libérer et ramper jusqu'aux pieds de Stitch. Il n'était pas d'un naturel imbécile, mais c'était la chose la plus romantique qu'on ait jamais dite à son sujet. Stitch était-il revenu sur sa décision de rompre ? Parce que Zak avait déjà pris sa décision, même si cela signifiait être complice d'un homicide involontaire.

Capitaine lâcha son côté du sac, qui tomba avec un bruit sourd.

— Ce pédé a fait de toi sa chienne ? dit-il, l'air sincèrement surpris.

Stitch lâcha aussi la charge.

— Tu n'écoutes pas, putain, n'est-ce pas ?

— Tu délires, grogna Capitaine en donnant un coup de pied à la carcasse. Tu as besoin d'être enfermé, putain.

— On y va, c'est tout. Tu peux t'asseoir dans cette putain de voiture si tu veux. Zak, tu as ces pierres ?

— Oui, donne-moi une seconde.

Zak respira l'air humide et s'éloigna de la conversation sur le rivage. Il ramassa quelques pierres et les ramena aussi vite que possible. Il était heureux d'avoir gardé les clés de la voiture sur lui, car Capitaine retourna au véhicule sans un mot de plus.

La demi-heure qui suivit fut les trente minutes les plus longues de la vie de Zak. Chaque fois qu'il essayait de l'aider, Stitch lui disait de rester à l'écart, ce que Zak trouvait noble de sa part. D'autant plus que tuer des gens n'était pas non plus une routine pour Stitch. Il devait être traumatisé par le fait de devoir découper un corps en morceaux. Zak savait qu'il l'était, mais en ce moment, la mort de Cox était trop surréaliste pour qu'il s'en rende compte. C'était peut-être un choc, mais il se sentait froid à l'intérieur, ne pensant qu'à retrouver la sécurité de leur maison. Un alligator qui sortait de l'eau, les yeux brillants dans la lumière de la voiture, n'aidait pas les nerfs de Zak. À chaque partie du corps que Stitch jetait dans le marais, les paumes de Zak devenaient de plus en plus moites, son imagination le conduisant à des scènes où les reptiles attaquaient Stitch, et où il serait trop tard pour le sauver. Il avait vu assez de sang ce soir pour toute une vie.

— J'ai entendu ce que tu as dit, finit-il par prononcer dans le silence, en jetant un coup d'œil à son amant.

Il avait envie de le prendre dans ses bras, mais il était hors de question qu'il le fasse sous le regard de ce salaud de borgne.

Stitch ne le regarda pas, traînant le dernier sac, le plus gros, vers le marais. Zak eut un haut-le-cœur à l'idée de ce qu'il contenait. Il marmonna :

— Ouais.

Zak frissonna et se serra contre lui alors qu'une vague de froid lui traversait tout le corps.

— Qu'est-ce qui t'a fait changer d'avis ?

— Je n'ai jamais changé d'avis.

Stitch grogna en jetant le sac le plus loin possible dans l'eau noire.

Zak soupira, se précipita vers lui et l'éloigna du rivage. Du coin de l'œil, il remarqua que l'eau devenait agitée au clair de lune et que les reptiles se rapprochaient dans l'obscurité, prêts à manger de la viande fraîche.

— Tu reviendras à la maison avec moi ? dit-il, des sueurs froides glissant le long de son dos.

Stitch respira profondément et s'accrocha à la main de Zak.

— Si tu veux bien de moi, chuchota-t-il. C'était une journée de merde, n'est-ce pas ?

Zak serra fortement sa main en poussant un soupir frémissant. Un homme qui avait tremblé de plaisir dans son lit s'était transformé en nourriture pour alligator, et Zak avait choisi de le trahir. La mort pouvait encore être découverte, ils pouvaient encore être accusés de meurtre, mais il était déterminé à se maintenir en un seul morceau.

— J'ai tellement envie de t'embrasser.

Stitch s'inclina devant lui et lui donna le baiser dont Zak avait tant besoin. Ses lèvres douces et chaudes faisaient fuir toutes les idées noires dans les profondeurs de l'esprit de Zak.

— Je ne peux pas plaire à tout le monde.

Sa voix était si faible qu'elle se perdait dans le bruit des éclaboussures d'eau et du bourdonnement des insectes.

Zak se poussa contre Stitch et sursauta lorsque l'adrénaline lui monta au cerveau. Le parfum de Stitch était plus vif que jamais, chargé de tout le stress et de la peur de la journée qui venait de s'écouler.

— Je t'aime.

— Je sais, je t'aime aussi.

Stitch embrassa à nouveau les lèvres de Zak et lui caressa le côté de la tête.

— Rentrons à la maison.

Zak s'accrocha à lui. C'était si difficile de lâcher prise après tout ce qui s'était passé, mais il finit par se défaire du torse ferme et fit face à la silhouette sombre de la voiture avec un petit sourire aux lèvres.

— Comment le sais-tu ?

— Tu viens juste de m'aider à jeter un corps dans le marais pour que je n'aille pas en prison.

Zak déglutit, s'étrangla, mais il acquiesça et effleura la main de Stitch. Il regretterait peut-être ses décisions à l'avenir, il pleurerait un homme qui n'avait pas à mourir, mais pour l'instant, tout ce qu'il voulait, c'était s'enfouir dans les bras de Stitch et oublier.

CHAPITRE 24

STITCH

SUR LE CHEMIN DU retour, la voiture était aussi silencieuse qu'un cortège funèbre. Parfois, Stitch pensait que Capitaine s'était endormi sur la banquette arrière, mais dès qu'ils s'arrêtèrent devant le club house, il reprit vie et se précipita hors de la voiture, claquant la porte derrière lui. Une partie de Stitch comprenait que la confession de ce soir était une pilule difficile à avaler, mais il fallait le faire. Il espérait que dans un an, ils se remémoreraient cette période sombre et oublieraient leurs différences.

Zak posa sa main gauche sur l'épaule de Stitch, lui rappelant qu'il n'était pas seul dans cette épreuve. Ce geste silencieux fut tout le réconfort dont Stitch avait besoin. La route semblait s'éterniser dans l'obscurité, la pâle tache de l'aube n'effleurant que l'horizon. Stitch essaya de se concentrer sur la route, et non sur les souvenirs sanglants de la manipulation du corps de Cox. Tout s'était si mal passé.

Stitch se gara dans l'allée, et lorsque le moteur de la voiture s'éteignit, il sembla que tout mouvement s'arrêtait. Zak se pencha et posa sa tête sur l'épaule de Stitch. C'était si paisible et si calme.

— Je suis désolé pour tout.

Stitch caressa les doigts de Zak, essayant d'ignorer l'odeur de marécage dans la voiture. Cette odeur qu'il associerait à jamais à celle d'un cadavre ensanglanté s'enfonçant dans l'eau trouble.

Zak soupira et embrassa son bras, s'appuyant sur Stitch plus fort que d'habitude, comme s'il avait besoin de ce soutien.

— Je sais.

— Je n'ai jamais voulu que tu me voies comme ça.

Stitch ne trouvait pas la forcer de bouger.

Zak fixa leurs mains entrelacées et caressa celle de Stitch avec son pouce.

— Comme quoi ? demanda-t-il, même si la réponse était évidente.

C'était gentil de la part de Zak de prétendre que tout allait bien.

— Comme un sauvage. Incontrôlable. Je le détestais, mais je n'avais pas prévu ça.

Stitch fronça les sourcils et regarda la porte du garage.

Zak expira et tira lentement Stitch par le col pour que leurs lèvres se rencontrent. Doux et chaste.

— Je sais. Je suis vraiment désolé.

Stitch se tourna vers l'étreinte et posa sa tête sur l'épaule de Zak. Il voulait rester ainsi pour toujours.

— Je suis une mauvaise personne, mais je ne peux pas te dire non. Quoi qu'il arrive, j'essaierai de faire en sorte que ça marche avec toi. Veux-tu être mon ancre ?

Stitch en avait bien besoin après les ténèbres qu'il avait vécues juste avant que Cox ne fasse irruption dans le club. Son monde semblait alors en train de sombrer. Pas d'issue, personne pour lui permettre de garder les pieds sur terre dans la tempête.

Zak déglutit, serrant la main de Stitch avec la sienne, qui était brûlante et légèrement humide.

— Tu n'es pas une mauvaise personne. Tu es juste dans une situation horrible, mais on va faire en sorte que ça marche, d'accord ?

— Crystal a dit qu'elle me laisserait voir Holly si je rompais avec toi, mais je ne peux pas. Je suis si faible quand je te vois.

Zak tressaillit et ses yeux s'écarquillèrent.

— Oh, mon Dieu, je suis vraiment désolé, Stitch, murmura-t-il en regardant son amant dans la pénombre intime. Je suis sûr que ça peut se négocier, elle reviendra à la charge si elle aime Holly autant que toi.

— Je ne peux plus revenir en arrière.

Stitch entoura Zak de ses bras.

— Même une semaine sans toi m'a semblé inutile. Tu m'as changé, et je ne peux pas le fuir.

Zak acquiesça et prit une grande inspiration, regardant la maison sombre.

— Je n'ai jamais rien ressenti de tel. S'il te plaît, ne pars plus jamais, murmura-t-il en se blottissant contre Stitch.

— Je ne le ferai pas. Je quitterai le club si cela doit arriver. Je ne veux pas que ma Holly grandisse sans père comme je l'ai fait. Je veux être là pour elle.

Stitch embrassa la mâchoire de Zak et s'éloigna. Il était prêt. Prêt à assumer la responsabilité de ses choix.

— Rentrons à la maison.

Zak lui sourit en sortant lentement de la voiture. Stitch vendrait son petit doigt pour voir ce sourire tous les jours.

— Nous puons tous les deux, nota Zak avec un petit rire, mais à la façon dont son regard se posa sur le sol, il était clair où cette pensée le menait.

— Prenons une douche. Pour faire disparaître tout ça, d'accord ?

Stitch embrassa sa tempe et passa son bras sur les épaules de Zak tandis qu'ils marchaient jusqu'au porche. Versay les accueillit à la porte et glapit, sautant sur Stitch comme si rien ne s'était passé ce soir. Comme si Stitch n'avait pas découpé un corps en morceaux.

Zak gloussa et chassa l'humidité de ses yeux en regardant Versay sauter sur Stitch comme s'ils ne s'étaient pas vus depuis des années. Cet enthousiasme, ces pleurnicheries, firent sourire Stitch pour la première fois depuis longtemps.

— Hé, Versay, tu m'as manqué, oui, tu m'as manqué.

— Laisse-le sortir. Le pauvre est probablement sur le point de faire pipi dans sa culotte, dit Zak d'en haut dès que Stitch se baissa pour prendre le chien surexcité dans ses bras.

Stitch ricana et se pencha pour embrasser le genou de Zak. Il pourrait s'agenouiller aux pieds de cet homme pour toujours, se délectant de la caresse apaisante des doigts de Zak sur son cuir chevelu.

La porte s'ouvrit et Versay se précipita à l'extérieur en poussant un glapissement. Stitch ne dit rien, écoutant le claquement des pattes à l'extérieur et le bruit de la serrure. C'était comme rentrer à la maison après des mois, pas une semaine. L'épuisement de la journée quittait lentement son corps.

— Je veux t'embrasser partout, dit Stitch en se levant et en entraînant Zak vers l'escalier.

— Tu es si doux aujourd'hui, dit Zak en souriant.

Il posa sa tête sur l'épaule de Stitch tandis qu'ils montaient les escaliers hanche contre hanche. C'était tellement agréable que Stitch n'avait même pas de mots pour le décrire.

— Je baise peut-être comme un diable, mais je ne suis pas une brute par nature.

Stitch embrassa le côté de la tête de Zak et lui caressa le dos.

— Dis-moi quelque chose que je ne sais pas, Trouble.

Zak gloussa, le serrant dans ses bras comme si Cox était encore en vie. Comme si Stitch n'était pas un tueur.

— Je me suis doigté en pensant à toi, dit Stitch avec un sourire en coin et il commença à se déshabiller dès qu'ils furent entrés dans la salle de bains.

C'était la vérité, mais il l'avait dit juste pour embêter Zak. Pour voir ce qu'il dirait. Après tout, Zak avait bien demandé « quelque chose qu'il ne savait pas ».

Zak cligna des yeux, les lèvres entrouvertes. Mission accomplie. Zak était sans doute pris dans sa propre vision de ce à quoi ressemblait Stitch en train de se doigter. Stitch était sur le point de passer une serviette à Zak pour éponger la bave sur le côté de sa lèvre.

— Oh, putain...

— Tu es devenu rouge comme une vierge lors de sa nuit de noces, ricana Stitch, qui enleva sa veste et son sweat à capuche dans un mouvement lent destiné au plaisir des yeux de Zak.

Zak gloussa, baissant la tête et s'approchant de Stitch, il passa doucement ses doigts sur les ecchymoses fraîches de son flanc.

— Des vierges ? Tu en connais au moins une ? Dans cette ville ?

— Non, pas des adultes.

Stitch inspira profondément, ce qui fit gonfler toute sa poitrine. Ces doigts fins étaient si familiers et si apaisants.

Zak se mordit la lèvre lorsqu'il dut lever les bras pour retirer sa chemise. Même plusieurs heures après la raclée infligée par Capitaine, son corps lui faisait mal. Les bleus qui apparaissaient entre les tatouages sur le ventre de Zak lui rappelaient que Stitch n'avait pas été là pour l'aider quand il le fallait. L'attaque elle-même était de la faute de Stitch et avait déclenché une chaîne d'événements qui avait conduit à un corps découpé en morceaux dans un marais.

— Quoi qu'il en soit, c'était super chaud.

— Tu le verras peut-être un jour si tu restes assez longtemps dans les parages.

Stitch aida Zak à se déshabiller sans lui épargner les baisers et les douces caresses.

Zak se détendit et s'appuya contre le mur. Bien que Stitch ait parlé de se coucher, Zak semblait passif et prêt à être le centre des attentions de Stitch.

— Tu sais que je le ferai.

Stitch enleva le reste de ses vêtements et entra dans la douche avec Zak.

— Dis-moi si quelque chose te fait mal, dit-il avant de faire couler l'eau.

Il se pencha pour un long et profond baiser dans les gouttelettes fraîches et laissa ses mains explorer le dos et les fesses de Zak. C'était comme mordre dans un croissant chaud après une nuit épuisante et froide.

— Peux-tu au moins voir quelque chose de mal chez moi sous toute cette encre ?

— Non, tu es plus parfait que jamais, murmura Stitch en s'agenouillant lentement dans l'eau chaude. Partout.

Il embrassa l'intérieur de la cuisse de Zak, qui tremblait contre ses lèvres.

Zak s'adossa au mur carrelé. Son corps était magnifique, mince, mais bien tonique, avec des épaules larges et des hanches parfaites par rapport à la moyenne. Les images sur sa peau s'animaient dès qu'il bougeait, attirant Stitch. C'était comme si l'encre sur les cuisses et le ventre de Zak n'était là que pour mettre en valeur son entrejambe, où le tatouage du serpent attendait Stitch, sa bouche crochue prête à recevoir un baiser profond.

Stitch lécha le dessous de la queue de Zak, lui donnant vie. On s'en fout des règles, de qui a le droit de faire quoi. Stitch sucerait ce sexe quand il le voudrait. Il regarda tout le long du corps de son amant et ce beau visage, rougi et ruisselant d'eau, avant de laisser ses lèvres remonter jusqu'au piercing à la base du pénis de Zak. Il aimait ce petit morceau de métal et son contraste avec la peau douce. Il passa le bout de sa langue dans le cercle et tira doucement dessus. Le gland de Zak glissa sur son cou, comme si le serpent encré dans la peau de cette incroyable verge voulait sentir Stitch là où le sang pulsait le plus fort. Stitch aspira le piercing dans sa bouche et remonta ses mains le long des cuisses maigres devant lui, suivant les pas de toutes les créatures étranges qui grimpaient le long des jambes de Zak pour adorer sa bite.

Il essaya de ne pas tirer trop fort sur le piercing, mais il se frotta contre le pénis lorsqu'il le sentit tressaillir. Savoir qu'il était la source de l'excitation de Zak était déjà stimulant en soi. Ses doigts explorèrent plus haut, jusqu'au cul de Zak, s'arrêtant dans la courbe où les cuisses se terminaient et où les fesses commençaient. Il sourit en voyant la chaleur grandir dans le gland de Zak et décida qu'il était temps de lui accorder plus d'attention.

Des doigts humides lui tirèrent les cheveux et s'y accrochèrent, se posant sur le sommet de la tête de Stitch, mais le geste n'avait rien de menaçant. Zak lui sourit et tira sur son mamelon percé avec l'autre main. L'eau chaude éclaboussait leurs côtés et obligeait parfois Stitch à cligner des yeux pour chasser l'humidité, mais elle embuait la cabine de douche, les rendant tous deux plus chauds et plus essoufflés.

Stitch commença à masser le cul de Zak tout en aspirant plus de la tige dans des mouvements langoureux, la caressant avec sa langue. Zak aimait les taquineries lentes et Stitch était prêt à les lui offrir. Ils n'étaient pas pressés d'atteindre l'orgasme ce soir. Ils allaient tout de même se mettre au lit pour une bonne et longue baise.

— Tu es si bon, murmura Zak, en balayant l'humidité de l'épaule de Stitch.

Les minuscules gouttes d'eau qui glissaient sur la peau de Stitch étaient comme la caresse d'un millier de doigts, l'excitant encore plus alors qu'il aspirait la hampe maintenant dure comme de l'acier dans sa bouche. Elle était lisse, chaude, et pulsait sur sa langue comme si elle avait une vie propre. Une fois que Stitch eut dépassé ses inhibitions initiales, il comprit pourquoi les gens voulaient faire cela. C'était comme le plus intense et le plus intime des baisers.

Stitch aimait déjà regarder le visage de Zak quand il le suçait. Il pouvait voir la tension, le rougissement, les sourcils qui se fronçaient, tout cela correspondant à la façon dont Stitch le caressait. Il plaça une de ses mains entre les cuisses de Zak et la passa sur les couilles de ce dernier, en faisant de lents mouvements de va-et-vient.

Les cuisses de Zak tremblèrent et il poussa un gémissement sonore, inclinant ses hanches vers Stitch, mais en bougeant son corps, l'eau commença à couler plus librement le long de son torse, ruisselant sur sa bite et éclaboussant le visage de Stitch. Stitch ferma les yeux, ce qui l'immergea complètement dans le monde du sexe. Il se concentra sur les pulsations, la chaleur, la texture lisse de la peau. Il essaya de se souvenir de chaque veine qu'il avait tracée avec sa langue.

— Oh, putain, Stitch... Plus fort, gémit Zak, qui commençait lentement à pousser ses hanches d'avant en arrière, signe évident qu'il était sur le point de jouir.

Stitch se retira et se lécha les lèvres. Il enroula ses doigts autour de la base de la queue de Zak avec un sourire tordu.

— Tu ne vas pas jouir tout de suite, bébé.

Zak grogna, son beau visage se crispant, mais il finit par acquiescer et tira sur l'épaule de Stitch.

— Tu es une vraie plaie.

Stitch lécha encore une fois le bout de la verge de Zak avant de se lever.

— Non, je veux juste sentir ton cul s'agripper à ma bite quand tu jouiras.

Zak se rapprocha de lui, faisant glisser son beau corps sur le sien pour qu'ils soient sexe contre sexe, cuisses contre cuisses, les piercings des mamelons de Zak frôlant les pectoraux de Stitch. Il embrassa le côté du cou de Stitch et reposa sa tête sur son épaule, ses cheveux mouillés s'accrochant à Stitch comme des tentacules.

— Romantique.

Stitch ricana et le serra contre lui.

— C'est moi.

Il embrassa les lèvres de Zak, frissonnant au goût de sexe sur leurs lèvres.

Il fut entraîné dans le courant d'eau chaude, et il put bientôt sentir le parfum familier de la menthe et de la bergamote lorsque Zak commença à faire glisser ses doigts savonneux sur la peau de Stitch. C'était un rituel si familier que, entre les mains de Zak, il se sentit immédiatement plus en sécurité. Zak jouait de lui comme d'un instrument bien connu, sachant où appuyer et où tirer pour que Stitch joue son rôle et se joigne à lui.

Même si Stitch se détendait, son pénis ne s'assouplissait pas, trouvant toujours une nouvelle excitation lorsqu'il frôlait la peau de Zak. Lorsqu'ils eurent terminé, Stitch avait hâte de se mettre au lit et de faire l'amour avec son homme. La journée avait été épuisante dans tous les sens du terme. Ses émotions s'étaient transformées en montagnes russes indésirables, il avait perdu un ami, il avait tué un homme, il avait rompu avec Zak pour se remettre ensemble, et il s'était disputé en plus de ça. Il avait besoin que Zak prenne les lambeaux qui restaient de lui et les recolle.

— Tu vas bien ? murmura Zak en déposant un baiser sur la joue de Stitch.

Sa main glissa plus bas, entre les pectoraux de Stitch, sur son ventre tendu, jusqu'à sa verge. Zak la savonna, taquina le gland, tandis que Stitch l'étreignait.

— Oui, j'ai eu une journée difficile et je suis heureux d'être ici avec toi. Je ne veux plus jamais vivre une merde comme celle d'aujourd'hui.

Stitch arqua volontiers ses hanches, mais la main de Zak glissa plus bas, massant ses testicules dans un mouvement si doux que les genoux de Stitch s'affaiblirent.

Zak était là pour apaiser Stitch en l'embrassant lentement sur la bouche, l'attirant encore plus près de lui.

— Moi non plus, murmura-t-il, la voix vide.

Stitch n'avait plus de promesses à faire, il s'agissait maintenant de tenir celles qu'il avait déjà faites. Ils s'embrassèrent sous la douche, se fondant dans les carreaux chauds du mur, mais lorsque leurs lèvres se séparèrent, il était temps de partir. Stitch coupa l'eau et tira la main de Zak pour le guider vers la sortie.

Les doigts chauds serrèrent fortement sa main, mais Zak n'émit aucun son ni aucune protestation lorsqu'ils sortirent de la pièce humide pour entrer dans le couloir beaucoup plus frais, sans se sécher. Cette maison était devenue leur espace de sécurité, et il leur semblait tout à fait naturel de se promener nus, jusqu'à la chambre à coucher éclairée par la lune.

— Tu as très mal ?

Stitch caressa le côté du corps de Zak, s'émerveillant des tatouages. Il les connaissait tous, mais il y trouvait toujours quelque chose de nouveau. Un démon qu'il n'avait pas remarqué ou une femme dont le manteau avait disparu, la laissant nue. Jetée dans la foule des autres personnages, elle n'était pas si facile à repérer.

Zak leva les yeux vers lui avec un petit sourire.

— Je vais vivre, mais restons simples ce soir, d'accord ? demanda-t-il en caressant la mâchoire de Stitch alors qu'ils se rapprochaient automatiquement du lit.

— Tout ce dont tu as besoin.

Stitch s'assit sur le couvre-lit moelleux. Il ferait n'importe quoi pour Zak, et en regardant son corps magnifique, il ne pouvait s'empêcher de sourire.

Zak se glissa entre ses cuisses écartées et l'attira à lui, berçant sa tête contre le ventre encré, la queue raide piquant à nouveau le cou de Stitch comme pour lui rappeler son existence.

— Capitaine ne te dénoncera pas, n'est-ce pas ?

— À ce stade, je ne sais pas ce qu'il fera. Il gardera Cox secret, mais je ne sais pas pour le reste.

Stitch passa ses bras autour de la taille de Zak et écouta les battements de son cœur. Il tambourinait légèrement au-dessus de son oreille, ferme et rapide. Son rythme suffisait à déclencher une nouvelle énergie chez Stitch, le faisant se sentir plus vivant à chaque pulsation bruyante.

— Ça va aller.

Stitch tourna le visage et embrassa le ventre de Zak au-dessus du nombril.

— J'y réfléchirai demain.

Il tira Zak sur le lit, mais pas trop brutalement. Il ne voulait pas que les bleus fassent mal.

Ils roulèrent sur le matelas et Zak tira sur les cheveux de Stitch, ouvrant sa bouche pour l'embrasser. Ses tétons durcirent sous l'effet du changement de température, et Stitch les sentit frôler sa peau dès qu'il se pencha.

La chaleur qui régnait entre eux asséchait leur peau en un rien de temps. Stitch explora chaque partie du corps de Zak du bout des doigts, tout en veillant à ne pas trop s'appuyer sur lui. Il ferma les yeux tandis que le baiser s'intensifiait et se transformait en ébats amoureux de langues.

Stitch continuait à pétrir les cuisses de Zak et imaginait déjà sa virilité dans le corps chaud de son amant, pompant ce trou palpitant jusqu'à ce qu'il jouisse. Il adorait y aller à cru, faire suinter son sperme de ce cul tendre et voir son amant l'accepter si complètement. Il ne le disait pas, craignant que Zak ne trouve cela effrayant, mais parfois il souhaitait faire des bébés avec Zak. Ils auraient ces yeux bleus parfaits, et Holly pourrait avoir des frères et sœurs avec qui jouer.

Zak gloussa lorsque sa main chaude se posa sur le sexe de Stitch, chaud et invitant. Dans la pénombre, le toucher, le goût et l'odeur suffisaient à Stitch pour le savourer.

— Quand tu es avec moi comme ça, j'ai l'impression que ma peau brûle, murmura-t-il doucement.

— C'est bien. Souviens-toi que je suis le seul pour toi, dit Stitch en allant chercher du lubrifiant dans la table de chevet.

Il aimait les lubrifiants neutres, pour pouvoir se concentrer sur l'odeur fraîche de Zak.

Le souffle chaud de Zak se répercuta sur la colonne vertébrale de Stitch.

— Je sais.

Stitch lui embrassa l'oreille, de plus en plus désireux de mettre le lubrifiant à sa place. Il en fit couler un peu, se rappelant toutes les innombrables fois où ils avaient baisé. Rapidement, lentement, brutalement, doucement, dans la voiture, au marais, dans la cuisine, dans le garage, dans le bain, au lit, sur le sol. Chaque fois, c'était gravé dans la mémoire musculaire de Stitch. À chaque fois, Zak devenait plus familier et pourtant, aucune fois n'était la même, le désir profond faisant que Stitch pensait constamment à son amant. C'était tellement différent de tout ce qu'il avait pu ressentir pour quelqu'un, même pour Crystal ou pour certains des gars qu'il aimait secrètement. Cette fois, il choisissait de suivre ses instincts, de s'enfoncer dans l'étreinte de Zak et de ne jamais le laisser partir. Il ne devait rien à ceux qui qualifiaient cet amour de mauvais, pas quand il lui semblait si juste, si satisfaisant. Le simple fait de voir Zak lui sourire, dessiner sur le canapé, jouer avec Versay suffisait à le rendre tout chaud et gluant à l'intérieur.

— À quoi tu penses ? dit Zak avec un petit sourire, alors qu'il se mettait lentement sur le côté.

— À combien je veux que tu sois ma famille.

Stitch embrassa l'épaule de Zak et mit du lubrifiant sur ses doigts avant de les glisser entre les fesses chaudes. Sa hampe palpitait d'urgence. C'était bien de prendre son temps pour faire l'amour, mais il avait envie d'accélérer.

Zak haleta et leva un genou. Il s'adossa à la poitrine de Stitch et posa sa tête sur le biceps de Stitch avec un faible gémissement.

— Toi, moi et le chien ? La famille gay parfaite, gloussa-t-il en embrassant l'intérieur du bras de Stitch.

— Je veux tout. Je veux Holly dans ma vie, et même Crystal. Je veux que ça marche.

Stitch déposa une trainée de baisers le long du bras de Zak tout en taquinant l'anus avec ses doigts glissants, déjà excité par la chaleur du corps de Zak. Il l'aspirait, se resserrait autour de lui lorsqu'il se retirait et s'ouvrait pour avaler sa queue lorsqu'il l'enfonçait.

Zak se retourna avec un gémissement et sa main se referma sur le poignet de Stitch, pressant la main de ce dernier contre son cul d'un geste exigeant. Il n'eut pas besoin de le suggérer deux fois. Stitch enfonça deux doigts à la fois, dans un mouvement circulaire lent, mais ferme. Il savait déjà que Zak serait prêt en un rien de temps. Connaître le corps d'un partenaire comme ça, c'était loin de la première fois qu'ils avaient baisé, quand il n'était pas sûr de ce qu'il fallait dire, de la façon de traiter un gars ou de ce que Zak aimait. Le fait d'être passif avait également permis à Stitch de comprendre ce qu'il ressentait lorsqu'il était pénétré, et même s'il était le plus souvent actif, cette expérience lui avait permis de mieux comprendre ce que ressentait son amant. C'était à la fois être vulnérable et puissant, le plaisir d'être rempli, pénétré par quelqu'un pour qui il ressentait tant de choses, et l'extase pure d'avoir sa prostate touchée par une queue. Il n'y avait rien de comparable, et lorsque le corps serré de Zak s'ouvrit à ses doigts, il gémit, suçant son épaule, enfonçant les doigts profondément et les faisant s'entrechoquer dans le trou déjà détendu. Zak aimait être baisé, il n'y avait donc généralement pas grand-chose à surmonter, mais Stitch aimait quand même plonger ses doigts à l'intérieur et taquiner la chair sensible partout où il pouvait l'atteindre.

— Tu es prêt pour moi, Zak ? murmura Stitch dans sa peau, mais il savait déjà quelle serait la réponse.

Il sortit ses doigts et pinça le cul de Zak.

Le dos de Zak se cambra et, pendant un instant, Stitch crut que c'était la sorcière encrée sur la peau qui bougeait, mais ce n'était qu'une illusion. Zak enfouit son visage dans la douce face interne du coude de Stitch et gémit, ses fesses frôlant la longueur de Stitch.

— J'ai besoin que tu me gardes près de toi.

— Je ne te laisserai jamais partir.

Stitch lécha la peau de Zak, savourant le goût salé. Il saisit fermement la cuisse de Zak et la maintint en l'air tandis qu'il taquinait la fente de Zak avec son gland. Sous l'effet d'une impulsion, il poussa, respirant l'odeur de Zak alors qu'il s'enfonçait profondément dans ce trou accueillant. Tellement chaud, glissant et invitant.

Le gémissement de Zak résonna dans la pièce. Il se cambra contre Stitch et repoussa ses hanches, s'empalant complètement et moulant leurs corps l'un contre l'autre.

— Nous sommes ensemble. Personne ne t'éloignera de moi, murmura-t-il, et peu importait qu'il parle de Crystal, du MC ou même du système de justice pénale.

Stitch serra Zak contre lui, son ventre contre le dos de Zak, sa main s'accrochant à la cuisse de Zak. Il enfonça profondément sa queue et commença un rythme de claquements. Il s'imaginait déjà en train de laisser son sperme dans Zak, le marquant de son odeur, tandis qu'il mordait son oreille chaude. Il avait besoin que Zak le sente jusqu'au plus profond de lui-même.

Ils bougeaient ensemble, complètement immergés l'un dans l'autre, le souffle de Zak brûlant l'avant-bras de Stitch, son cul se resserrant autour de lui encore et encore, comme si Zak voulait le garder au plus profond de lui, l'étreindre à la fois de l'extérieur et de l'intérieur. Le shampoing sentait si bon sur la peau de Zak que Stitch enfouissait son nez dans la crinière humide tandis qu'il enfonçait son sexe à un rythme régulier, mais ferme. Zak cracha sur sa main libre et la descendit pour se toucher avec un faible gémissement.

Stitch posa son menton sur le bras de Zak et regarda cette belle verge, bougeant ses hanches au même rythme que la main de Zak.

— Jouis d'abord. Je veux regarder, haletait-il, le corps si chaud qu'il aurait probablement besoin d'une autre douche.

Zak frémit dans ses bras, compressant la hampe dans son poing et serrant Stitch au même moment.

— Mon téton, murmura-t-il en renversant la tête pour regarder Stitch, les yeux brillants, les lèvres sombres et pulpeuses.

Stitch sourit aux anneaux dans les tétons de Zak et lâcha la cuisse de ce dernier pour déplacer sa main là où elle était le plus nécessaire. Il tira sur le piercing et le tordit doucement.

— Allez, branle-toi, râla-t-il.

Zak tressaillit contre lui et claqua des dents vers Stitch avec une expression maniaque.

— Quelle sale bouche, dit-il à bout de souffle, mais sa main se mit à bouger plus vite, plus fermement, frappant contre ses couilles.

— Quel sale garçon !

Stitch gloussa et baisa Zak plus fort, avec des coups secs et rapides.

— Oui, j'aime ta bite dans mon cul, grogna Zak.

Il se mordit la lèvre, tremblant légèrement alors que ses yeux se voilaient et qu'il jouissait, d'épaisses cordes de sperme éclaboussant la couette et la main de Zak. Stitch s'assura de ne pas cligner des yeux pour pouvoir regarder le spectacle, mais lorsque les muscles du cul de Zak commencèrent à se contracter autour de sa longueur, il gémit, sachant qu'il n'allait pas tarder à finir. Il pinça le téton de Zak et enfonça son sexe plusieurs fois de plus. Il respirait à peine lorsqu'il jouit et injecta son sperme dans Zak.

— C'est si bon, râla-t-il. Prends tout.

— Oui, je le veux, murmura Zak.

Ses doigts se refermèrent sur les deux poignets de Stitch, les maintenant près de son corps. Il se pencha et déposa des baisers rapides et sensuels sur les deux, comme s'il s'agissait des choses les plus précieuses au monde.

Stitch n'avait plus de mots, alors il se contenta de retourner les baisers sur la peau de Zak, partout où il pouvait l'atteindre sans trop bouger. Ses muscles étaient en bouillie.

La dernière chose qu'il entendit de la bouche de Zak fut :

— Tu es tout à moi.

Il ne s'était jamais senti aussi hors-la-loi qu'aujourd'hui.

CHAPITRE 25

ZAK

ZAK TOUCHA LE SABLE et leva les yeux vers la surface tremblante de l'eau. Il faisait si chaud qu'il se sentait presque sec, les rayons du soleil caressant sa peau. Mais il s'éloigna de la surface, et les rochers du rivage devinrent plus lointains, comme s'ils appartenaient à un autre monde. Son dos toucha le sable et il roula sur le ventre pour faire face à Stitch. Son amant était assis les jambes croisées à côté d'un gros poisson rose, qui gardait les yeux fixes sur quelque chose que Stitch écrivait dans le sable.

Stitch lui sourit et Zak remarqua qu'il était écrit « Hounds of Valhalla ».

— Nous devrions déménager au Mexique.

Zak sourit et s'avança à quatre pattes, repoussant les cheveux qui flottaient sur son visage. Il s'arrêta lorsque sa main saisit quelque chose d'étrange au lieu du sable. C'était un visage, et ses doigts étaient enfoncés dans les orbites sans yeux, le talon de sa paume reposant sur la bouche ouverte. Tout à coup, Zak manqua d'air, sa poitrine se serra comme si quelque chose en elle aspirait ses poumons, comme s'il y avait un trou noir à la place de son cœur. Il essaya de crier, mais aucun bruit ne lui parvint, et dès que sa bouche s'ouvrit, de l'eau salée et amère s'engouffra dans sa gorge comme un poing. Il retira ses doigts des orbites du visage. C'était Cox.

Il fut secoué par une vague violente, non, par une paire de bras puissants. S'accrochant à la chair chaude de ses bras, il hurla lorsqu'une douleur sourde se propagea dans son cerveau à la suite d'un coup de poing sur le côté. Pendant un instant, il n'eut aucune idée de l'endroit où il se trouvait, ses yeux le picotant, son esprit s'accrochant encore au rêve.

— Tu dois te foutre de ma gueule.

Il entendit une voix masculine dure et rencontra soudain le sol, le renversant plusieurs fois. C'était plus dur qu'il ne l'avait imaginé, et il entendit un claquement sec dans sa nuque lorsqu'il atterrit. Mais non, il pouvait encore bouger la tête.

— Je te l'ai dit. Assez, c'est assez, dit Capitaine.

— Qu'est-ce que vous faites ici ? Foutez le camp ! cria Stitch.

Zak se retourna et tenta de se mettre debout, mais Capitaine se jeta sur lui comme l'incarnation de la fureur. Un coup de poing dans le ventre lui coupa le souffle, et ses genoux se ramollirent. Il se laissa tomber au sol malgré lui.

— Partez, s'étouffa-t-il. C'est ma maison.

Les bords de sa vision s'assombrissaient lorsqu'il regarda autour de lui, apercevant six hommes vêtus de vestes de cuir trop familières. Depuis le sol, ils ressemblaient à des démons venus de l'enfer, prêts à les traîner, lui et Stitch, dans la cave et à les enterrer vivants.

— Nous sommes ici pour prendre ce qui nous appartient, minus, dit Gator en fumant une cigarette près de la fenêtre. Je ne te prenais pas pour un gars du genre rose.

Il saisit le rideau fleuri dans sa main.

— Mais je ne prenais pas non plus Stitch pour un pédé.

— Il n'a rien à voir avec nos affaires ! leur cria Stitch.

Zak remarqua enfin que Stitch avait été tiré de l'autre côté du lit et forcé de s'agenouiller. Un type lui tenait les bras en arrière et le menottait, tandis qu'un autre lui mettait un couteau sous le cou. C'étaient tous des gens que Zak connaissait, mais à cet instant, ils semblaient former une masse sans visage, comme des fourmis partageant un même but : dévorer ce qui se trouvait sur leur chemin.

Zak ne pensait plus à rien, laissant derrière lui le chaos tandis que ses mains et ses jambes se mettaient soudain à chauffer. Il leva les paumes, luttant pour chaque mot qui sortait de sa bouche.

— Laissez-le, s'il vous plaît. Vous pouvez avoir ce que vous voulez, murmura-t-il, étouffé.

Ses yeux le piquaient et il avait l'impression que quelqu'un essayait de l'étrangler avec un poing épais.

Capitaine ricana et frappa l'arrière de la tête de Zak. Pourtant, ce n'était rien de comparable à la raclée que Zak avait reçue hier, ce qui le rendait encore plus nerveux, car cela signifiait qu'ils n'étaient pas là pour lui faire du mal. Ils étaient là pour Stitch.

— Si tu le touches, je vais… cria Stitch, mais il se fit boucher la bouche par un bâillon de fortune.

Du sang coulait sur son cou et sa poitrine à l'endroit où le couteau s'était enfoncé alors qu'il se tordait.

— Nous partirons aujourd'hui, je vous le promets. Vous n'aurez plus jamais à nous voir, dit Zak, craignant de faire un geste brusque avec la lame contre la peau de Stitch. Je ferai tout ce que vous voulez. Laissez-le partir… murmura-t-il encore une fois alors que sa respiration se transformait en un sifflement.

Cela ne pouvait pas arriver.

Gator éteignit sa cigarette sur le rebord de la fenêtre.

— Trop tard, enculé. Je ne me soucie pas vraiment de toi. Je ne veux plus jamais voir ta tête dans le club. Lui, il désigna Stitch, on va devoir s'en occuper. Un putain de menteur qui pourrit notre club de l'intérieur. Pas étonnant que tu aies été une telle mauviette ces derniers temps, Stitch. C'est plus logique maintenant.

Les narines de Stitch se dilataient à chaque fois qu'il prenait une grande inspiration. Il observait Zak, les yeux grands ouverts et le visage si rouge qu'il semblait contenir la majeure partie du sang de son corps. C'était un homme si robuste, mais nu, agenouillé sur le sol avec trois hommes au-dessus de lui, il avait l'air plus vulnérable que jamais.

— Qu'est-ce que vous voulez faire ? murmura Zak.

Il pourrait peut-être raisonner Gator d'une manière ou d'une autre, lui proposer de lui donner l'argent que le club avait perdu dans la drogue. Il avança lentement, concentré sur le crâne chauve comme s'il s'agissait du Saint Graal.

— Ce ne sont pas tes affaires. Mon conseil ? N'appelle pas les flics, et tu le récupéreras vivant. Même s'il s'agit d'une marchandise endommagée. Allons-y, dit Gator en faisant un signe de la main à ses hommes, et l'un d'eux tira Stitch sur ses pieds.

L'estomac de Zak se resserra comme s'il était compressé par un poing. Il fallait qu'il trouve quelque chose. Au lieu de ça, il se tenait là comme un épouvantail, incapable de faire un geste pour empêcher l'inévitable. Il ne pouvait pas protéger Stitch dans sa propre maison.

— Il a une petite fille, pour l'amour de Dieu. Ne lui faites pas de mal !

— Regardez, il s'est même fait tatouer la bite dit l'un des gars, Tank, en pointant Zak du doigt avec un sourire d'enfant, mais Capitaine le poussa vers la sortie.

— Gator a dit « allons-y » !

Le borgne poussa Tank vers la sortie. Les deux hommes qui tenaient Stitch le suivirent.

Gator fut le dernier à s'attarder et regarda Zak d'un air renfrogné.

— Ne te mêle pas des affaires du club. Il vivra. Probablement.

Zak serra les dents, reculant contre le mur. Sa peau était comme un champ de mines, prête à exploser de chaleur ou de gel lorsqu'il regardait les yeux sombres. Il voulait menacer Gator, lui promettre une mort douloureuse ou l'arrestation de tous les membres du club par la police, mais il savait très bien comment cela se terminerait. Il n'avait aucune chance avec les Hounds. S'il appelait la police, le club pourrait se venger en blessant Stitch plus que prévu, ils pourraient révéler que Stitch a tué Cox. Stitch pourrait mourir, être gravement blessé ou aller en prison.

Zak glissa le long du mur pour s'accroupir et s'agrippa à ses propres cheveux dans un mélange de peur, de rage et d'impuissance. Il était si inutile, incapable de protéger la seule personne qu'il devait avoir à ses côtés.

Gator partit sans un mot de plus, laissant Zak dans la chambre rose à fleurs, avec une literie qui sentait encore Stitch. Zak serra les dents et se laissa glisser sur les fesses. Sa poitrine se serra tandis qu'il écoutait le bruit sourd des lourdes bottes dans les escaliers. Il était dans les limbes, son cœur essayant de le pousser à se redresser, de l'inciter à les poursuivre, à se battre, mais c'était exactement pour cela qu'il se contentait de serrer ses cheveux plus fort, en se mettant en boule. Il ne pouvait pas partir. Cela ne ferait qu'empirer les choses. Il devait rester immobile comme une petite salope et attendre. Ce n'est que lorsque les moteurs rugirent que toute tension quitta ses muscles et qu'il se mit à sangloter, laissant les larmes couler librement.

CHAPITRE 26

STITCH

STITCH REGARDAIT LE FEU avec un engourdissement dans la tête. La terreur était à venir, et tout ce qu'il pouvait faire était de s'y préparer. Le gravier sous ses genoux creusait sa peau nue, mais c'était le moindre de ses problèmes. Face au feu de joie, s'agenouiller ressemblait à une punition de maternelle. Le sang se précipitait dans les veines de Stitch dans un pompage incessant, tout comme les flammes devant lui.

Il était ironique que la vieille entreprise de ferraille de la ville, l'endroit où Stitch avait volé sa première télévision avec Capitaine, où il s'était engagé sur la voie qui le mènerait aux Hounds of Valhalla, soit l'endroit où on lui retirait ce privilège. Ou était-ce un fardeau à présent ? La veste avec ses patchs n'avait jamais semblé aussi lourde qu'hier, alors qu'il sciait le corps de Cox comme s'il s'agissait d'un animal mort sur la route. La veste lui collait à la peau à cause de la sueur, mais il ne l'avait pas enlevée, elle le définissait toujours. Après toutes ces années d'amitié, de crimes et de secrets partagés, le club était sa famille au même titre que Holly et Crystal. Ce n'était pas quelque chose dont on pouvait se débarrasser.

Même après le combat avec Capitaine, il s'était imaginé qu'il pourrait rester dans les parages, travailler au développement de l'atelier de menuiserie, peut-être prendre un apprenti. Mais maintenant ? S'il survivait à ce qui allait arriver, il n'y aurait plus un seul fil à sa veste auquel il pourrait s'accrocher.

Son havre de paix et celui de Zak avaient été profanés, ce qui le laissait vide à l'intérieur, comme si tout ce en quoi il avait confiance devait être piétiné et écrasé. Au moins, ils n'avaient pas fait plus de mal à Zak. Il devait rester fort et les laisser faire ce qu'ils jugeaient nécessaire pour qu'il puisse retourner auprès de sa famille en un seul morceau.

Gator, assis sur un vieux bloc de ciment de l'autre côté du feu, fumait une cigarette d'un air pensif. Stitch gardait le silence, n'essayant même pas de défier toutes les insultes homophobes qui lui avaient été lancées depuis qu'ils avaient quitté la maison de Zak, ignorant les gifles et les coups de pied. Ce serait plus vite fini de cette façon. Il semblait que tout le monde attendait Capitaine, qui était parti depuis plusieurs minutes.

— Alors, tu es une femme, ou c'est lui ? cracha Jynx, l'un des plus jeunes de l'équipe, qui avait déjà donné deux coups de pied dans les reins de Stitch quand Gator ne regardait pas.

— Il n'y a pas de chatte dans notre relation, gémit Stitch en serrant les dents.

Il aurait aimé qu'ils ne le laissent pas nu, mais se plaindre ne ferait qu'aggraver l'humiliation.

— C'est toi la chatte ! s'emporta Jynx.

Un puissant coup sur le côté de Stitch le fit basculer dans le gravier. Stitch se retint de justesse de siffler de douleur lorsque les petits cailloux pointus s'enfoncèrent dans sa chair. Il avait l'impression que sa cuisse venait d'être malmenée.

— « Relation » ? Tu vas te marier ensuite ?

Gator mordit la cigarette qu'il avait dans la bouche, son visage se crispant pour ressembler à l'animal dont il portait le nom.

Stitch ne réagit pas à l'attaque de Jynx. On aurait dit qu'il était une proie facile pour n'importe qui. Stitch leva les yeux vers Gator et plissa les yeux. Il serra les poings avec toute l'agressivité qu'il avait refoulée.

— Je suis un hors-la-loi. Je fais ce que je veux, putain.

Il se tourna vers Jynx et le regarda droit dans les yeux plats qui reflétaient la stupidité latente du type.

— Si je veux, je me fais baiser le cul.

Le silence soudain dura trois secondes durant lesquelles le visage de Jynx passa de la stupéfaction à la rage. Il donna un coup de pied au cul de Stitch avec tout ce qu'il avait, lui faisant perdre le souffle.

— Ouais ? Tu veux ça ? Je peux te baiser avec un bâton de ce feu de joie. Ça te plairait ?

— Quel âge as-tu, petit con ?

Stitch se retourna vers lui, essayant d'établir sa position même s'il était allongé nu dans la terre.

— Tu veux toucher mon cul, c'est ça ?

Quelqu'un renifla en arrière-plan, ce qui donna à Stitch une petite lueur de satisfaction. Stitch espérait cependant que son visage ne finirait pas dans le gravier. C'est le contraire qui se produisit. Les graviers lui arrivèrent au visage lorsque Jynx donna un coup de pied dans le sol, envoyant les petits cailloux dans sa direction. Par chance, Stitch réussit à fermer les yeux à temps, mais la poussière lui monta au nez et il s'étouffa en toussant.

— Repose-toi. Capitaine arrive, dit Gator, et ce n'est qu'à ce moment-là que Stitch entendit le rugissement d'un moteur de moto.

Il se retourna et son cœur se serra à la vue de sa propre moto. Elle avait l'air extra-terrestre avec Capitaine au guidon. Il avait l'impression d'être victime d'un viol de moto ou d'une connerie du genre.

Stitch resta silencieux, ne voulant pas leur donner la satisfaction de voir son angoisse, mais cette moto devait être là pour une raison, et ce fait lui serrait déjà les tripes. Il resta sur le côté, regardant Capitaine descendre. Leurs regards ne se croisèrent qu'un instant lorsque Capitaine donna un grand coup de pied dans la moto, qui bascula dans le gravier avec un bruit de métal endommagé. Stitch n'arrivait pas à croire qu'ils puissent faire une chose pareille.

— Prends le crochet, Jynx.

Capitaine désigna la petite grue utilisée pour hisser et déplacer de plus gros objets, comme des voitures. Ou des motos.

Stitch ne put s'empêcher de se renfrogner malgré les battements furieux de son cœur.

— Vraiment ? C'est tellement bas. Tu ne peux pas t'occuper de *moi* ?

Il avait l'air confiant, mais ses paumes étaient moites comme lorsqu'il était allé en prison pour la première fois.

— Ne t'inquiète pas pour ça.

Gator se renfrogna et fit signe à Tank de lui ouvrir une bière. Il se leva, et lorsque Stitch remarqua un pied-de-biche dans sa main, son sang se glaça. Lui était-il destiné ? Voulaient-ils lui briser les bras et les jambes et lui laisser des cicatrices dont il se souviendrait ?

Dès que le pied-de-biche frappa le rétroviseur de sa moto, Stitch se mordit la joue si fort qu'il en a perdu du sang. *Il y aura toujours une autre moto,* se dit-il en voyant son précieux véhicule, son partenaire depuis dix ans, réduit en miettes par des tuyaux métalliques et des pieds-de-biche. Il n'arrivait pas à croire que cela se passait sous ses yeux. Une telle sauvagerie lui fit seulement réaliser à quel point il ne voulait plus être un Hound. La peinture s'écaillait quand le métal se cabossait, les rétroviseurs se disloquaient et gisaient en morceaux sur le sol tandis que la moto mourait dans une flaque de sa propre essence.

Stitch n'arrivait pas à croire qu'ils préféraient la détruire plutôt que de la prendre pour leur propre usage. Était-ce à ce point qu'il était devenu un lépreux pour eux ? Il n'y avait rien à sauver. Stitch ne voulait pas voir sa monture dans cet état, mais sachant que ses anciens amis étaient à l'affût de la moindre faiblesse, il la fixa droit dans les yeux. Il regarda chaque bosse, chaque coup de pied, et lorsque sa moto fut remontée par la grue pour être ensuite déposée sur un tas de ferraille, il ne détourna jamais le regard, même si c'était l'ultime écrasement de son rêve d'une vie libre avec les Hounds.

— Personne ne veut monter sur une moto de pédé, grogna Capitaine, la voix chargée de satisfaction.

Il s'approcha lentement de Stitch, ses bottes grinçant sur le gravier, tandis qu'il sortait son couteau de chasse. Celui-ci reflétait la lumière du soleil, poignardant Stitch en plein dans les yeux. C'était la même arme que celle utilisée pour tuer le Nail.

La lame attira l'attention de Stitch, et même s'il ne le voulait pas, sa respiration s'arrêta. Qu'est-ce que cet enfoiré allait faire ? Ses pensées se transformèrent en un tourbillon blanc et lumineux lorsque Jynx et Tank saisirent soudain les bras de Stitch et le poussèrent face contre terre. La douleur provoquée par le frottement de ses parties génitales contre les pierres poussa Stitch à se mordre les lèvres.

Il tourna la tête sur le côté juste à temps pour ne pas avoir le nez écrasé sur le gravier, mais la poussière s'insinua quand même dans sa trachée. Stitch toussota, n'essayant même pas de s'enfuir alors qu'il était en infériorité numérique. Chaque pas de Capitaine était comme le bruit des bottes d'un bourreau sur l'échafaud, et Stitch eut du mal à respirer dès qu'il le comprit.

— Personne ne veut qu'un pédé porte le tatouage de notre club non plus, grogna Capitaine au-dessus de lui, la botte à semelle épaisse s'enfonçant dans la terre devant le nez de Stitch.

Stitch tente de nier la sueur froide qui lui coulait dans le dos. Prétendre qu'il n'avait pas peur était tout ce qui lui restait. Il y aurait de la douleur, et argumenter ou se défendre ne servirait plus à rien. Il se mordit l'intérieur de la lèvre et essaya de respirer lentement et profondément. Il avait besoin de trouver quelque chose à quoi se raccrocher, mais ses pensées éparses étaient difficiles à saisir. Il était certain d'une chose : il ne supplierait pas.

Capitaine s'agenouilla près de lui et, l'instant d'après, l'acier froid se déplaça le long de l'épaule de Stitch, le faisant sursauter comme s'il s'enfonçait déjà dans sa peau.

— Tu vas avoir d'autres points de suture pour correspondre à ton nom.

— Il faut s'y mettre, gémit Stitch, mais il pouvait à peine bouger sa mâchoire, attendant l'incision.

Il avait participé à de nombreux combats et savait ce qu'était la douleur, mais cela ne signifiait pas qu'il voulait la ressentir. Sans parler du fait qu'il était allongé là, avec des graviers creusant sa peau, et qu'il avait l'air d'une salope.

— Alors, qui aimerais-tu sucer dans le club ? murmura Capitaine en déplaçant lentement la lame sur la surface de la peau de Stitch dans une parodie de caresse.

Le visage de Stitch se crispa tellement sous l'effet de l'humiliation qu'il ne savait même plus s'il se renfrognait ou si son visage n'était qu'un masque fait de rides. Il n'avait jamais regardé ses frères de cette façon, et ça l'énervait que Capitaine puisse le suggérer. Bien sûr, il pouvait évaluer si quelqu'un était son type ou non, mais la plupart du temps ce n'était pas le cas, et cela ressemblerait à de l'inceste de penser à eux de cette façon.

— Je te ferais sucer la mienne, enculé. C'est ce que tu veux ? cracha-t-il, même si la chair de poule sur sa peau trahissait sa peur.

Mais lorsque la lame s'enfonça dans sa peau, Stitch se figea, la bouche grande ouverte, essayant désespérément de ne pas émettre un son face à cette coupe barbare et impitoyable qui ne voulait pas s'arrêter. Capitaine savourait, prenait son temps comme si la vue de la chair qui se fendait, le sang frais que Stitch sentait couler, lui procuraient du plaisir. C'était insupportablement horrible. Rien à voir avec la douleur du combat quand l'adrénaline et la colère étouffent le coup. C'était long, douloureux et calculé.

Stitch s'efforçait de ne pas faire de bruit au point de perdre le contact avec ce que les autres disaient. Il entendait la voix de Gator, le rire de Jynx, les commentaires des autres hommes, mais la douleur se mêlait à la masse indiscernable. Garder le silence lui coûtait de se mordre les lèvres jusqu'au sang. Il frotta son front moite contre le gravier tandis que le sang ruisselait sur ses flancs. Capitaine pratiquait de longues incisions parallèles et traînait méthodiquement le couteau d'un côté à l'autre de son dos.

La torture recommença lorsque Capitaine décida qu'il n'en avait pas encore fini et enfonça son couteau dans l'autre sens, commençant à créer un damier de sang sur le dos de Stitch. Il essayait de se distraire, de s'enfoncer dans son esprit, de ne pas penser que l'homme qui avait été son meilleur ami depuis l'enfance lui faisait cela avec autant de plaisir. C'était comme lorsque Capitaine avait torturé un chiot, juste pour voir combien de temps il mettrait à mourir. Mais ce n'était pas ce dont Stitch voulait se souvenir. Il se concentra sur sa fille et sur le poney motard qu'elle voulait. Elle adorerait que Stitch y parvienne. Et il y avait Zak, dont le sourire chaleureux ne manquait jamais de rendre Stitch tout gluant à l'intérieur, qui était si sûr de qui il était et de ce qu'il voulait accomplir dans la vie que Stitch ne pouvait tout simplement pas le décevoir.

Stitch devait oublier le sang qui brûlait sa peau et s'infiltrait dans le gravier, oublier le couteau et le sourire de Capitaine. Ses dents claquaient lorsqu'il oubliait de les serrer. Il se passait trop de choses dans son corps pour qu'il puisse tout contrôler. Les muscles tremblaient de tension, la sueur dégoulinait de ses poings serrés, la chaleur palpitait dans son visage. Il lui fallut un moment pour réaliser que la lame n'était plus en train de déchirer sa peau, parce que l'agonie était si accablante qu'elle ne s'arrêtait pas au moment où la torture le faisait. Il se rendit compte qu'il n'était plus plaqué au sol, que c'étaient ses propres muscles qui avaient lâché, lourds et épuisés à force de résister à la douleur. Il ne résista pas lorsque quelqu'un lui souleva brutalement la tête pour qu'il regarde le feu, les bouteilles de bière vides qui se trouvaient autour de lui comme s'il s'agissait d'une sorte de rave. Il remarqua à peine Gator, qui le fixait de l'autre côté du feu avec un gros objet dans les mains. Il fallut un moment à Stitch pour comprendre de quoi il s'agissait. Son blouson, avec tous ses patchs. Avec lui depuis tant d'années. Son identité.

— Tu es une salope, pas un Hound, cracha Gator.

Juste comme ça, il jeta la veste dans le feu.

— Tu vas regretter d'avoir rencontré ce pédé si tu te réveilles après ça.

Stitch était à moitié conscient, mais la piqûre de ces mots, l'odeur du cuir brûlé, l'avaient transpercé comme le couteau de chasse de Capitaine l'avait fait dans son dos. Ses lèvres étaient sèches et avaient un goût de sang, mais cela n'avait pas d'importance.

— Je n'aurai pas de regrets, murmura Stitch.

Son corps n'était plus qu'un paquet de misère palpitante. Il ne pouvait même pas tenir sa tête toute seule, alors quand celui qui tenait ses cheveux les lâcha, il retomba comme un poids inerte d'os et de chair.

Son visage heurtant le gravier fut la dernière chose dont il se souvienait de ce supplice.

CHAPITRE 27

ZAK

ZAK FIXA LE VISAGE noir et bleu qui se trouvait devant lui. Stitch était allongé sur le ventre sur un lit spécial, son dos meurtri rafistolé, recouvert d'une substance jaune et de bandages, une perfusion envoyant constamment de liquide directement dans sa veine, comme pour compenser tout le sang qu'il avait perdu. Même s'il était horrible de voir Stitch dans cet état, le blanc et le vert de l'hôpital rassuraient Zak. Il n'y avait rien de comparable à voir Stitch pâle sous une couche de crasse, jeté d'une voiture comme une poupée de chiffon, directement dans la terre devant la maison de Zak.

Il avait passé la pire journée de sa vie assis près de la fenêtre, s'agrippant à Versay dès que le chien revenait d'une promenade non autorisée à l'extérieur de la clôture. Il ne pouvait pas manger, et même s'il voulait boire pour s'engourdir, il ne pouvait pas se permettre de perdre conscience. Il savait que Stitch reviendrait blessé et qu'il devait être là pour lui, mais il ne s'attendait pas à ce que son amant le regarde avec des yeux brillants et qu'il bafouille en crachant du sang sur des lèvres qui ressemblaient à de la viande attendrie.

Zak n'avait pas appelé d'ambulance. Il avait réussi à traîner Stitch dans sa voiture et l'avait conduit à l'hôpital, les larmes aux yeux. Il ne pouvait supporter de voir Stitch brutalisé de la sorte. C'était la chair qu'il avait goûtée et tenue tant de fois, elle n'était pas faite pour être déchirée en lambeaux ou meurtrie. Et même s'il voulait simplement prendre Stitch dans ses bras, il fallait qu'il désactive son instinct protecteur et qu'il le confie au personnel médical.

Ce n'est qu'à ce moment-là que la faim le prit, et la quantité de chocolat qu'il mangea en l'espace d'une demi-heure lui donna assez de sucre pour envoyer un message à l'ex-femme de Stitch. D'après ce qu'il avait entendu de Stitch, elle était une figure importante de sa vie, la mère de son enfant, et malgré toutes les rancœurs, Stitch semblait toujours l'aimer à sa façon.

Tout ce qu'il avait obtenu comme réponse, c'est :

— Je serai là.

Zak s'assit et croqua dans son chocolat. Il se sentait soulagé et chanceux que personne ne lui reproche de rester avec Stitch, puisqu'il n'était pas de la famille. Il posa sa tête sur le côté du lit et continua à jouer avec les cheveux de Stitch. Chaque respiration de son amant le réchauffait et le faisait frissonner de soulagement. Il aurait pu le perdre à cause d'une bande de porcs homophobes.

Zak se pencha et embrassa les jointures éraflées. Il aurait bien voulu les lécher, goûter la saveur métallique, mais comme il savait que ça aurait été vraiment flippant, il se contenta de serrer plus fort les doigts de Stitch.

Et c'est là que ça se produisit, Stitch les serra en retour. Ce n'était qu'un léger mouvement, mais il fit couler des larmes sur les joues de Zak. Un sanglot s'échappa de sa gorge et il couvrit la main de baisers, regardant les yeux gonflés, à peine visibles sous les bandages. Sa poitrine explosa de soulagement et il se jeta presque sur Stitch pour le serrer dans ses bras.

— Bébé, je suis tellement désolé...

Mais il n'y eut pas de réponse, juste ce doux contact toujours sur ses doigts. La porte s'ouvrit et Crystal entra, respirant à peine, le visage aussi rouge que ses cheveux.

— Oh, mon Dieu, je suis venue dès que j'ai pu. Qu'est-ce qui s'est passé ?

Zak leva les yeux vers elle, son sang s'épaississant sous l'effet d'une panique soudaine. Leur première rencontre pouvait difficilement être considérée comme civile, était-il censé se lever et la saluer ? Maintenant que Stitch lui rendait son contact ?

— Je... il a été attaqué, marmonna-t-il, sans lâcher Stitch.

Son regard balaya la pièce et il fut soulagé de voir qu'il y avait une autre chaise. Elle la tira à côté de Stitch, si près de Zak qu'elle touchait presque la sienne. Ce geste l'angoissa tellement qu'il en eut la chair de poule. Et si elle faisait une scène et essayait de le mettre à la porte ? Techniquement, elle n'était plus de la famille, mais le personnel pouvait les faire partir tous les deux en cas de forte dispute.

— Je ne peux pas croire qu'ils lui aient fait ça, dit-elle en passant le bout de ses doigts sur la cuisse de Stitch.

— Ouais, marmonna Zak, qui s'accrochait à la paume large et charnue, convaincu qu'il perdrait Stitch s'il lâchait prise.

— Écoute, crevons l'abcès.

Elle le regarda avec ses grands yeux attentifs, accentués par une épaisse ligne de liner en œil de chat.

— C'est vrai, cette merde ?

Elle fit un geste en direction des mains de Zak et de Stitch.

C'était une femme fringante et irritable, rien à voir avec Zak. Il se demanda comment Stitch et elle s'étaient entendus avant qu'elle ne s'aperçoive qu'elle n'obtenait aucun orgasme de son mari. Zak acquiesça en soupirant lentement.

— Nous sommes ensemble, dit-il en la regardant droit dans les yeux, ce qui n'était pas vraiment un défi, mais presque.

Elle lui fit la moue et croisa les bras sur sa poitrine.

— D'accord, mais vas-tu rester ? Tu es sérieux ? Est-ce que tu seras encore là dans cinq ans ?

Zak secoua la tête avec un petit ricanement sombre et se pencha pour embrasser à nouveau la paume de Stitch. Pendant tout ce temps, il n'avait pas voulu s'engager et pourtant, hier, il était là, à dire à Stitch à quel point il ressentait quelque chose pour lui. Sa vie avait été bouleversée, mais il n'avait que peu de regrets. Il avait aidé à se débarrasser d'un corps la nuit dernière, et il l'avait fait pour Stitch et lui-même, pour qu'ils puissent être ensemble. Si cela faisait de lui une personne horrible, qu'il en soit ainsi.

— Il est à moi. Je ne veux pas qu'il parte.

Stitch marmonna et entrouvrit un œil.

— Personne ne m'a demandé... marmonna-t-il.

Zak inspira brusquement et se pencha pour regarder le visage de son amant.

— Tu as mal à quel point ? As-tu besoin de calmants ? chuchota-t-il en caressant doucement le sommet de la tête de Stitch.

— Je ne suis pas Versay. Et je crois que je suis déjà sous calmants.

Stitch n'ouvrit pas plus grand les yeux, mais son iris suivit les mouvements de Zak.

La bouche de Zak s'étira en un large sourire, à l'image de la chaleur qui régnait dans sa poitrine.

— Tu ressembles beaucoup à Versay, Trouble. Ne te fais pas d'illusions.

Crystal prit une profonde inspiration et se racla la gorge, leur rappelant sa présence.

— Plus important encore, dans quoi t'es-tu fourré, Stitch ?

— Juste un malentendu...

— « Un malentendu » ? Vraiment ?

Elle se leva de sa chaise et Zak craignit qu'elle ne soit sur le point de crier.

— Ouais, ils ont fait ça parce que je suis gay, mais ils ont mal compris que je me fous de leur opinion.

Stitch gloussa, mais grimaça de douleur.

Zak se mordit la lèvre tandis que la colère montait au fond de sa gorge. Si seulement ils pouvaient faire intervenir la police en toute sécurité... Avec Capitaine qui savait ce qui était arrivé à Cox, c'était la dernière chose qu'ils pouvaient faire. Ces enfoirés resteraient libres, même si aucun d'entre eux ne méritait d'être heureux dans la vie. Non, ils méritaient une mort douloureuse, d'être brûlés et d'avoir les ongles arrachés. Zak souhaitait parfois être plus sanguinaire qu'il ne l'était.

— Enfoirés...

— Ce n'est pas drôle, Stitch.

Crystal s'agenouilla sur le sol pour mieux voir le visage de Stitch.

— Combien de temps cela va-t-il encore durer ? À ce rythme, tu vas te retrouver six pieds sous terre l'année prochaine.

Zak expira et détourna le regard. Ils ne pouvaient pas rester ici s'ils voulaient être ensemble, il n'y avait aucune chance que cela se produise. Il regarda Stitch, déglutissant difficilement en attendant une réponse.

— Je ne me vengerai pas, murmura Stitch en fermant les yeux.

Crystal resta silencieuse.

— Merci putain, murmura Zak, même si au fond de lui il avait envie de sang.

Il savait qu'ils n'avaient aucune chance. Tout ce qu'ils pouvaient faire, c'était partir, c'était la seule option, et Stitch devait s'en rendre compte.

— Tu ne seras plus un Hound, bébé ?

Crystal caressa le bras de Stitch si doucement qu'il semblait qu'elle le touchait à peine.

Zak cligna des yeux, la regardant sans rien dire. Il passa son pouce sur la main de Stitch, la pétrissant lentement.

La paupière de Stitch se rouvrit.

— J'en ai fini. Je ne veux pas me venger. Je veux juste avoir une vie. Ça s'éterniserait et ne s'arrêterait jamais. C'est exactement ce qui a tué tant de gens. Je ne veux plus rien avoir à faire avec ça.

Crystal lui sourit.

— Tu as vraiment changé.

Zak se laissa tomber sur la chaise, observant l'échange silencieux. Il espérait au moins que l'épreuve adoucirait le cœur de Crystal, et qu'elle laisserait Stitch voir sa fille plus souvent. Mais encore une fois, comment cet arrangement pourrait-il fonctionner s'ils étaient loin de Lake Valley ? Stitch prit la parole, comme s'il répondait consciemment à certaines des préoccupations de Zak.

— Je pense que Zak et moi devrions quitter Lake Valley, juste au cas où. J'en ai marre de cet endroit de toute façon. Il est trop chargé de souvenirs.

Stitch leva les yeux vers Zak et poussa un gémissement de douleur lorsqu'il bougea trop sur le lit.

Le regard, encore si trouble à cause de toutes les drogues et de la fatigue, fit battre le cœur de Zak, et il se rapprocha, poussant Crystal avec son genou dans le processus.

— Oh, mon Dieu, je suis si heureux d'entendre ça. Je vais vendre la maison, et nous pourrons nous installer dans un endroit assez proche pour que tu puisses voir Holly...

Il ouvrit et ferma la bouche, réalisant soudain que Stitch lui avait dit que leur rupture était le prix à payer pour ce privilège. Ses yeux se posèrent sur Crystal.

Elle se lécha les lèvres.

— Si tu es vraiment si sérieux à ce sujet, Stitch, alors je pourrais peut-être déménager moi aussi. J'ai des problèmes avec Milton de toute façon, marmonna Crystal, comme si cela la gênait de l'admettre. Je pense toujours que c'est bizarre, mais... Tu ne mérites pas ça, et Holly aime tellement son papa. Et tu me dois une fière chandelle, alors on ne meurt pas, d'accord ?

Ces mots firent naître un léger sourire sur les lèvres abîmées de Stitch.

— Je n'ai jamais été aussi heureux, Crys.

Cela semblait tellement surréaliste dans sa position que Zak se demanda à quel point Stitch était sous morphine.

Il les regarda, surpris par la fluidité du processus. Comme dans un mauvais film. Ce ne fut qu'au bout de quelques secondes qu'il se rendit compte que ce déménagement signifiait qu'ils allaient peut-être vivre avec Crystal et Holly, au moins pendant un certain temps. Il pouvait l'accepter, même s'il n'avait jamais envisagé la possibilité de vivre avec une enfant aussi jeune, mais ce n'était pas ce qui l'inquiétait. La présence de Holly et de Crystal signifiait qu'ils ne pourraient pas exprimer leurs sentiments aussi librement qu'ils en avaient l'habitude. Et même s'il aimait Stitch, il ne voulait pas perdre cette partie de leur relation.

— Zak ? Approche-toi, demanda Stitch.

Zak sentit déjà que quelque chose n'allait pas quand il vit ce sourire stupide, même s'il était faible.

— Qu'est-ce qu'il y a, bébé ? demanda-t-il, sentant le besoin de montrer à Crystal à quel point ils étaient proches.

Lentement, il se pencha et fit passer ses lèvres entre les bandages pour embrasser le front de Stitch.

Stitch s'approcha de la table de chevet et sortit une chevalière de la pile qui reposait dans un petit bol.

— C'est la tienne, tu te souviens ?

Sa main chaude rencontra celle de Zak et lui glissa lentement dans la paume la chevalière ornée de Mjölnir.

Zak soupira avec un large sourire et l'embrassa encore, et encore, même si c'était avec douceur. Il voulait dire à Stitch ce que ce petit bout de métal lui faisait ressentir, mais pas sous le regard de quelqu'un d'autre. C'était privé, d'autres choses ne devraient pas l'être.

— C'est Thor qui me donne son marteau ? murmura-t-il à la place.

En mettant la bague sur son pouce, il se sentit soudain à nouveau entier, protégé par l'homme qui l'avait mise là.

Le sourire bleu et meurtri de Stitch s'élargit, et il passa son doigt sur le tatouage au-dessus des clavicules de Zak, le marquant de sa chaleur.

— Je savais que je n'aurais pas dû parler à des étrangers.

Épilogue

Stitch déplaça sa main le long du bois lisse. Il aimait terminer un projet, et rien n'était aussi gratifiant que de réaliser les rêves de quelqu'un. Le berceau était maintenant presque terminé et il ne restait plus qu'à le peindre. Il ne manquerait pas de faire sourire les deux mères qui l'avaient commandé pour leur enfant à naître. Il l'avait personnalisé en y ajoutant des ailes en bois qu'il avait lui-même conçues. Les commandes qui sortaient de l'ordinaire étaient ses préférées.

Stitch fabriquait toutes sortes de meubles, mais ceux destinés aux enfants étaient spéciaux. Un parent se souviendrait toujours du berceau de son enfant, tout comme Stitch se souvenait de tous les jouets qu'il avait fabriqués pour Holly.

Il y a deux ans, lorsqu'ils étaient revenus dans la ville natale de Zak et qu'ils s'étaient retrouvés coincés dans le garage des parents de Zak, Stitch n'aurait jamais pu imaginer la vie qu'il menait aujourd'hui, une vie qui impliquait la création de sa propre entreprise. Les conséquences de son conflit avec le club pour lequel il s'était tant dévoué l'avaient laissé marqué d'une manière qui allait bien au-delà de la peau. Il s'était effondré émotionnellement, incertain de son avenir, de ce qu'il pourrait apporter à sa famille, ou même à Zak.

Zak appréhendait de devoir revenir en rampant vers ses parents, qui n'avaient jamais vraiment approuvé son mode de vie, ce qui avait entraîné des relations tendues. Mais avec le temps, ses parents avaient non seulement changé d'avis, mais ils avaient même accepté le gigantesque météore qui avait frappé leur vie sous la forme de Stitch et de son bagage.

Le tournant s'était produit lorsque Stitch avait proposé de carreler leur cuisine, et depuis, la vie n'avait fait que commencer. M. et Mme Richardson avaient même présenté Stitch comme le « partenaire de vie » de leur fils à un groupe restreint d'amis de leur église lors d'une fête du 4 juillet l'année dernière. Il était là.

Le processus de guérison de Stitch n'avait pas été une promenade de santé, et certains des nerfs endommagés dans son dos bousillé lui causaient encore des problèmes, mais le fait de pouvoir travailler donnait un sens à sa vie. C'est la mère de Zak qui avait aidé Stitch à trouver un emploi à temps partiel dans un magasin de bricolage qui avait besoin d'un menuisier temporaire. Lorsque le magasin avait dû le licencier, Zak avait encouragé Stitch à monter sa propre affaire, puisqu'il faisait déjà de petits travaux de menuiserie dans leur garage.

Un coup de chance et beaucoup de travail acharné sur des commandes fantaisistes plus tard, ils avaient pu obtenir un prêt hypothécaire pour une maison dans laquelle Stitch espérait vieillir. Avec Zak.

Il ferma sa petite menuiserie et se dirigea vers la maison lorsque les aboiements de Versay lui firent jeter un coup d'œil dans le jardin de Crystal. Stitch avait fait une trappe entre les deux propriétés pour que leur chien puisse se déplacer librement, ce qui signifiait qu'il passait le plus clair de son temps dans la chambre de Holly. La petite princesse de Stitch avait des amis aujourd'hui, et Versay était prêt à affronter une foule de fées. Toutes les filles portaient des robes colorées, mais il reconnut immédiatement la tenue qu'il avait achetée pour Holly lors du récent voyage de la famille en Floride. Les vacances avaient vidé ses poches, mais il était trop heureux de la voir sourire pour s'en soucier.

Elle l'aperçut par-dessus la clôture et le salua avant de continuer à poursuivre l'une de ses amies dans un tourbillon sauvage de tissus colorés bon marché et d'ailes de fée faites de mailles et de fils de fer colorés. Son regard glissa ensuite plus haut, dans la cuisine de Crystal. Elle buvait du vin avec d'autres femmes de son âge, probablement les mères des autres enfants du jardin, et son petit ami, Gene, ne viendrait pas ce soir.

Contrairement à Milton, Gene était un bon gars, même s'il avait fallu à Stitch un certain temps pour surmonter sa propre anxiété territoriale. Gene traitait bien Crystal et Holly. Et les soirs où Gene et Crystal voulaient avoir plus d'intimité, Stitch était plus qu'heureux de recevoir Holly. La petite chanceuse se vantait même auprès de ses amis d'avoir deux chambres, alors au moins, elle prenait bien la séparation de ses parents. Il était vrai que depuis que Crystal avait accepté l'orientation sexuelle de Stitch et qu'il avait cessé d'attendre le pire d'elle, leur relation s'était considérablement améliorée. Ils n'étaient peut-être pas les meilleurs amis du monde, mais des amis normaux ? Sans aucun doute.

La maison de Stitch et Zak était plutôt modeste, avec seulement deux chambres à l'étage et un petit jardin, puisque la plus grande partie de la propriété était occupée par l'atelier, mais c'était leur maison. Ils avaient fait beaucoup d'efforts pour la rendre accueillante pour tous les deux, ce qui impliquait des compromis sur la décoration, Stitch préférant la simplicité et le confort au style gothique moderne privilégié par Zak. Maintenant que tout était terminé et qu'il ne leur restait plus que quelques années de paiement, Stitch souhaitait secrètement que la maison reste telle quelle, une capsule temporelle de leurs premières années de bonheur ici.

Il prit une douche rapide et revêtit l'uniforme simple marine qu'il portait en tant que pompier volontaire avant de descendre chercher son déjeuner. Même aujourd'hui, trois ans après leur rencontre, Zak insistait pour préparer la nourriture de Stitch, car ce dernier était tellement nul en cuisine que les fruits de son travail finissaient généralement à la poubelle.

Il leva les yeux lorsque la porte se déverrouilla, et son cœur battit la chamade à la vue de la silhouette familière, grande et mince. Il ne se lassait jamais de reluquer Zak, et Stitch adorait le sol sur lequel marchait cet homme. Personne d'autre n'aurait été là pour lui comme Zak l'avait été. Malgré toutes les erreurs de Stitch, Zak avait non seulement persévéré, mais il avait aussi aidé Stitch à devenir un homme meilleur. Un homme que Stitch était fier de voir dans le miroir.

C'est Zak qui avait demandé à son frère pompier si Stitch pouvait se porter volontaire, et le fait de pouvoir faire quelque chose de bien de sa vie avait enlevé au moins une partie de la culpabilité que Stitch ressentait pour toutes les conneries qu'il avait faites.

Zak ouvrit la fermeture éclair de ses bottes à semelles épaisses et s'étira, avant d'apercevoir Stitch. Ses traits se détendirent et il tendit la main vers lui, qui se rapprocha et lui prit la main. Être ensemble comme ça, simplement reconnaître l'autre et être à ses côtés, c'est quelque chose d'intemporel.

— Hé.

Stitch s'approcha de lui et passa son bras autour de la taille de Zak. Il n'était pas seulement d'un grand soutien, compréhensif et bon cuisinier. Il était aussi le plus beau cul que Stitch ait jamais vu.

— Hé, tu es en avance.

Stitch se pencha pour l'embrasser, heureux d'avoir pu le voir avant qu'il ne parte pour la soirée. Zak avait trouvé un emploi dans l'un des studios de tatouage les plus réputés du coin, et son travail était bien payé, mais comme le magasin était ouvert jusqu'à une heure tardive, leurs horaires ne concordaient pas toujours. Cela demandait du travail supplémentaire pour s'assurer qu'ils passaient suffisamment de temps ensemble, mais comme dans un monde idéal, Stitch ne serait jamais séparé de son amant, ce n'était pas une corvée de trouver des moyens de sortir de cette énigme.

La bouche de Zak se contracta, mais il détourna la tête après un simple baiser.

C'était alarmant.

Stitch prit ses joues en coupe, cherchant les yeux bleus.

— Qu'est-ce qui se passe ? Qui dois-je frapper ? plaisanta-t-il, car il ne travaillait plus dans ce domaine.

Mais il pouvait faire une exception si son homme le lui demandait.

Zak ricana et ses lèvres s'étirèrent pour former le plus beau sourire de l'univers.

— Ce n'est pas du tout ça, dit-il doucement.

Il toucha le visage de Stitch avec de longs doigts qui rendaient Stitch fou.

— J'ai juste... J'ai quelque chose à te dire.

Stitch se mordit la lèvre.

— Oh. Tu es enceinte ? On va gérer ça ensemble, bébé.

Cette fois, Zak éclata de rire et plongea directement dans un baiser rapide et profond.

— Tu es impossible ! Ça fait trois ans, et c'est toujours un peu bizarre que je sois devenu monogame. Il doit y avoir quelque chose de spécial chez toi.

Stitch sourit et glissa ses mains sous le tee-shirt de Zak tout en jetant un coup d'œil à l'extérieur par une petite fenêtre. Mike, le collègue avec lequel Stitch faisait du covoiturage pour se rendre au poste, n'était pas encore là.

— Tu sais que c'est le cas.

La bouche de Zak était toujours courbée en un sourire, mais il expira et se racla la gorge, comme s'il était sur le point de faire une annonce importante.

— Ils ont classé l'affaire.

Les doigts de Stitch se refroidirent malgré la chaleur du corps qu'il touchait. Il était souple et vivant, si différent de celui qu'il avait découpé à la scie.

Il déglutit.

— *L'*affaire ?

La pomme d'Adam de Zak se dressa et il fit un petit signe de tête à Stitch tout en lui caressant doucement la tête.

— Je... je pense encore parfois à cette nuit-là.

C'était difficile de ne pas le faire. L'image du cadavre de Cox ne quitterait jamais les cauchemars de Stitch, gravée dans son esprit par un pistolet de tatouage tenu par la Mort elle-même. Stitch n'était pas une fleur. Il s'était battu, il avait volé, il avait mis le feu, mais il ne se pardonnerait jamais ce qui s'était passé avec Cox, peu importe à quel point il détestait ce type. C'était une chose avec laquelle il devrait vivre pour toujours.

Ils suivaient de temps en temps les nouvelles de Lake Valley, mais Stitch avait craint que la recherche de Cox ne s'arrête jamais, jusqu'à ce que quelqu'un trouve une trace qui conduise la police à des restes. Le fait de savoir qu'il n'y avait plus d'enquête en cours allégea un peu le fardeau qui pesait sur les épaules de Stitch.

Les cauchemars de Stitch n'enlèveraient pas ceux de Zak. Si c'était le cas, Stitch serait heureux de les faire deux fois plus souvent, car ce n'était pas Zak qui avait appuyé sur la gâchette. Il avait été une victime de plus de la peur et de la rage de Stitch, et maintenant ils devaient tous les deux porter ce fardeau.

— J'aurais préféré ne pas t'impliquer.

— Ce n'est pas grave. Tu n'avais pas prévu de le faire. Je suis content que ce soit fini, murmura Zak en serrant Stitch dans ses bras.

— Je suis désolé que tu doives t'inquiéter. Tu mérites mieux.

Stitch enfonça son visage dans les cheveux de Zak. Il sentait l'encens utilisé au salon de tatouage, mais aussi le corps de Zak, un parfum que Stitch avait envie de respirer plus que de l'oxygène.

— Je vais bien. On va bien tous les deux, d'accord ? demanda Zak, croisant le regard de Stitch de si près que sa vision se brouillait.

Stitch prit une grande inspiration et embrassa les lèvres de Zak.

— Tu as raison. Il n'y a aucun moyen de réparer le passé.

Zak serra les dents sur sa lèvre inférieure et acquiesça.

— C'est vrai... sois prudent au travail, d'accord ? Je t'attendrai.

Stitch caressa le dos de Zak, ne voulant pas le lâcher s'il n'y était pas obligé.

— Merci. J'adore quand tu fais ça. Versay est chez Crystal. Je... te remercie pour tout, Zak. Pour tout.

Il sursauta lorsqu'une voiture klaxonna trois fois pour l'attirer hors de la maison.

Zak lui fit un clin d'œil avant de se diriger vers la porte.

— Il n'y a pas de quoi. Dis bonjour à Mike.

— Je le ferai. Il est très content de sa nouvelle encre. À toute !

Stitch ouvrit la porte, mais recula pour embrasser Zak une dernière fois. Sa vie ne serait jamais parfaite après les fractures qu'il avait subies, mais elle était aussi parfaite qu'elle pouvait l'être.

FIN

MERCI

Merci d'avoir lu *La route sans retour*. Si vous avez apprécié votre temps passé avec notre histoire, nous vous serions vraiment reconnaissantes si vous preniez quelques minutes pour laisser un commentaire sur votre plateforme préférée. C'est particulièrement important pour nous, en tant qu'autoéditées, qui ne bénéficient pas du soutien d'une maison d'édition.

Sans oublier de mentionner que nous adorons savoir ce que nos lecteurs pensent !

Kat & Agnes, alias K.A. Merikan
www.kamerikan.com/french

Coffin Nails MC

SA COULEUR PRÉFÉRÉE EST LE SANG

SÉRIE SEXE & CHAOS

K.A. MERIKAN

SA COULEUR PRÉFÉRÉE EST LE SANG

K.A. MERIKAN

Quand la vie te donne du sang, fais-en du chaos.

Grim. Assassin. Dieu du sexe vêtu de cuir. A un goût très inhabituel pour les hommes.
Misha. Mutilé. Effrayé. Ne fera plus jamais confiance.

Grim est un tueur assoiffé de sang et il l'assume. Gay dans un monde de bikers hors-la-loi, il campe fermement sur ses positions si quelqu'un ose le croiser. Il prend plaisir à montrer leur place aux homophobes et à baiser pour se frayer un chemin dans une vie de chaos.

Mais une partie de lui est toujours en quête de quelque chose qu'il ne peut obtenir. Lorsque, par hasard, il sauve l'homme le plus parfait qu'il ait jamais rencontré, il n'est pas près de le laisser partir. Même si cela signifie qu'il doit étouffer son oiseau brisé.

Lorsqu'un homme masqué et maculé de sang sauve Misha de sa captivité, il ne sait pas s'il doit remercier l'étranger menaçant ou le poignarder et s'enfuir. Grim n'est pas le genre d'homme à accepter un refus, et Misha pourrait bien être encore plus en danger que lorsqu'il était prisonnier comme esclave sexuel.

Misha ne peut cependant pas nier que Grim est aussi séduisant qu'il est effrayant, et une fois qu'il réalise le pouvoir que son corps détient sur Grim, il comprend que dompter la bête humaine pourrait être à sa portée.

Mais toute possibilité d'avenir ensemble se transforme en château de cartes lorsque Zero, le baron du crime sadique qui a détruit la vie de Misha, entreprend de le récupérer.

L'impitoyable biker assassin aux côtés de Misha suffira-t-il à vaincre les monstres de son passé?

Thèmes: Club de bikers hors-la-loi, crime organisé, assassin, poursuite, handicap (amputé), dévotion, vengeance, rédemption, enlèvement, road trip, peur, douleur/réconfort, références à des abus passés.
Genre: Dark Romance érotique M/M, thriller
Longueur: ~120 000 mots (roman indépendant)
AVERTISSEMENT: Ce livre contient du contenu pour adulte qui pourrait être considéré comme tabou. Vulgarité, violence et torture. La discrétion du lecteur est conseillée.

AMAZON

JE SUIS LE
POIGNARD DE DIEU

K.A. MERIKAN

JE SUIS LE POIGNARD DE DIEU

K.A. MERIKAN

« **Je sais ce qu'on t'a fait, je te vengerai.** »

Gabriel. Brisé. Solitaire. Balafré. Délirant ?
Abaddon. Seigneur des sauterelles. Maître de l'abîme. Ange de la destruction et de la vengeance... Mais est-il réel ?

À la suite d'un épisode psychotique survenu dans son enfance, Gabriel se retrouve brisé et incapable de s'intégrer à la société. Enfermé dans l'orphelinat où il a grandi, il est en proie à des cauchemars d'événements qui n'ont jamais eu lieu, des événements qui l'ont marqué, qui l'ont fait tressaillir et qui l'ont rendu douloureusement seul.

Jusqu'au jour où il décide, sur un coup de tête, de ne plus prendre ses médicaments.

Né d'un ventre froid dans le sol, Abaddon s'éveille au monde avec un seul objectif : détruire une secte qui commet des crimes blasphématoires en son nom. Ce à quoi il ne s'attend pas, c'est de rencontrer un garçon qui a survécu à l'un de leurs rituels.

C'est alors que Dieu révèle le véritable but d'Abaddon. Il doit protéger le garçon des vautours qui lui tournent autour et venger sa douleur. Il prendra Gabriel sous son aile et lui donnera tout l'amour et l'affection qu'il n'a jamais connus.

Alors qu'ils partent ensemble à la chasse aux monstres, Gabriel confie son corps et son âme à son bel ange gardien, mais il ne peut s'empêcher de se demander si Abaddon est réel ou s'il n'est qu'une création de son esprit en manque de contact.

Quoi qu'il en soit, la vengeance a commencé à trancher les cultistes avec sa faux, et il n'y a pas de retour en arrière possible, quelle que soit la profondeur du trou de lapin.

Thèmes : les opposés s'attirent, blessure/confort, différence de taille, angoisse, traumatisme et abus dans l'enfance, santé mentale, automutilation, tromperie, manipulation mentale, occulte, vengeance, torture, blasphème, orphelinat, cultes.

Genre : Sombre, thriller, romance M/M

Longueur : ~ 86 000 mots (peut se lire indépendamment)

AVERTISSEMENT : Ce livre contient un contenu pour adultes qui pourrait être considéré comme offensant. Langage cru, violence, torture et scènes explicites. Le lecteur est invité à faire preuve de discernement. À ne pas mettre entre toutes les mains.

AMAZON

À PROPOS DES AUTEURS

K.A. Merikan est une équipe d'auteurs qui essaient de ne pas se conformer aux normes que l'on attend de la part d'adultes, avec quelque succès. Toujours avides d'explorer les eaux troubles de l'étrange et du merveilleux, K.A. Merikan ne suivent pas les formules toutes faites et désirent que chacun de leurs romans soit une surprise pour ceux qui choisissent de monter à bord.

Patreon : https://www.patreon.com/kamerikan

K.A. Merikan ont écrit quelques romances MM plus douces aussi, bien qu'elles se soient spécialisées dans le dark, sale et dangereux côté du MM, plein de bikers, de bad-boys, de mafiosos et de relations brûlantes.

Faits amusants :

Nous sommes Polonaises

Nous ne sommes ni sœurs, ni un couple

Les doigts de Kat font deux fois la taille de ceux d'Agnes.

E-mail : kamerikan@gmail.com

Si vous souhaitez avoir des informations concernant nos projets et travaux en cours :

Page auteur de K.A. Merikan : http://kamerikan.com

Facebook : https://www.facebook.com/KAMerikan

Printed in France by Amazon
Brétigny-sur-Orge, FR

21074468R00181